"新时期文学"代表作家作品选

航鹰文集

卷 七 · 散 文

绿 魂

航鹰 著

文匯出版社

图书在版编目（CIP）数据

绿魂／航鹰著. —上海：文汇出版社，2017. 7
（航鹰文集；卷七）
ISBN 978 - 7 - 5496 - 1965 - 8

Ⅰ.①绿… Ⅱ.①航… Ⅲ.①散文集—中国—当代
Ⅳ.①I267

中国版本图书馆 CIP 数据核字（2017）第 061661 号

"新时期文学"代表作家作品选
航鹰文集（卷七）

绿魂

作　　者／航　鹰
特约编辑／马津海
责任编辑／苏　菲
封面装帧／航　鹰　张　晋
出 版 人／桂国强

出版发行／**文汇**出版社
　　　　　上海市威海路 755 号
　　　　　（邮政编码 200041）
经　　销／全国新华书店
排　　版／南京展望文化发展有限公司
印刷装订／启东市人民印刷有限公司
版　　次／2017 年 11 月第 1 版
印　　次／2017 年 11 月第 1 次印刷
开　　本／787×960　1/16
字　　数／310 千字
印　　张／22

ISBN 978 - 7 - 5496 - 1965 - 8
定　　价／55.00 元

目　　录

难以描述的感情记忆

亭亭白桦　依依白桦

盛开的生命花朵

城 市 素 描

自　序

　　作家纷纷出文集那年头我未跟风，自觉还没到火候。如今老之已至，多亏汤吉夫、盛英、李玉林诸友提醒催促，我这才下决心在有生之年把这事办了。

　　搜罗旧作，重读下来竟很吃惊——我并不用功，从来不熬夜，带大一双儿女，过日子琐事哪样都没耽误，近十几年来又忙于创办博物馆，以至文学作品不多，这辈子怎么会写出那么多字儿来呢？上世纪八九十年代散发于报章的短文已无从查找，大致找到的文学作品已近二百万字了。若是再加上拍摄的电影电视剧本、电视片广播剧脚本、公演的话剧歌剧本，还得再出版二三百万字的剧本集呢！

　　不只是字数超出预计，手捧旧作竟有陌生感，真的想不起来自己当年怎么会有精力有能力写出那么多五花八门的作品。莫非年高健忘到了一个母亲认不出自己儿女的程度？更可笑的是重读鄙作竟然沾沾自喜，很是崇拜年轻时的自己，文字之生动，叙述之流畅，心理刻画之细腻，想象力之丰富，涉猎题材之广泛，尤其是一些作品中那种对生活的诗意的理解及孩童般纯真的表达方式，那是我吗？我曾经活得那样精彩吗？

　　如今虽未到风烛残年却也迈入切实思考生死的岁数，朝花夕拾，犹如回眸翻越过来的山峰。心底唯有感谢命运，感谢文学艺术，是文学艺术给了我两度青春——生命的青春与创作的青春。从我 15 岁进入天津人民艺术剧院起始，再过两年就是我的文学艺术生命甲子之庆了，可以说比别人多活了一辈子。

当然这只是自我感觉，文人多为狂徒，不足为凭的。客观评价又该是怎样的呢？我是属于"新时期文学"的作家，在"新时期"我又处于什么位置呢？回首往事，有幸运也有尴尬，有温暖也有愤懑，有欢笑也有泪水。回首往事是晚年的消遣，实话实说再无顾忌则是晚年的"红利"了。

回眸"新时期文学"那一道风景线

文学界所称"新时期文学"之发轫与我国的改革开放同步，清算"四人帮"，"文革"结束不久，一些压抑多年的文学青年早已骨鲠在喉，一遇开闸便如洪水般喷涌，迸发出以"伤痕文学"为潮头的一大批颇具批判现实主义深度的佳作。

那道文学胜景的前提是中国历经长期的文化荒漠，十几亿中国人十年的光阴只能看八个"样板戏"，文化饥渴烧灼着每个人的心。忽然有了几篇敢于说实话的小说，一下子成了压力锅的出气阀，全民都以读小说为宣泄的渠道了。报纸杂志的发行量飞涨，社会人心捧出了文学的盛花期。

各省市的刊物太多了，而广大读者总是想看到最好的小说。于是，《小说选刊》《小说月报》《中篇小说选刊》《长篇小说选粹》等转载性期刊应运而生，跃升为全国级文学展台。每逢佳作问世，亿万读者口碑推荐争相传阅的速度不亚于如今的电子微信。鄙作《东方女性》发表于名刊《上海文学》（1983 年第 8 期），经发行量高达 160 多万份的《小说月报》转载其影响迅速扩大。据资深编辑邓元惠大姐说，那一期《小说月报》除了邮局固定订户，全国各地报刊亭零售的刊物十天之内脱销，许多书商打电话要求增订。如今的青年人或许无法想象，那时候没有电子信息全靠纸媒传播呀！

在那难忘的万众阅读的黄金时期，每年一度的全国评奖，烈火烹油一般助推炸响的轰动效应。全国优秀中篇小说、短篇小说发奖大会几乎成了全民的节日，绝不像如今沦为一种行业活动。最初几年的评奖最为公正，获奖作者大多是无名之辈，其中许多人是从农村、山沟、边疆走出来的。选票附在中国作协主办的《小说选刊》《人民文学》《中国作家》等期刊里寄出，票面含有邮资，每位读者选出自己喜欢的本年度20篇作品寄回北京。那时候的人们很淳朴，还不大懂得贿选、雇佣"水军"等伎俩。

我自诩为"民选作家"，是全国读者投票把我推向文坛的。1981、1982两年我在毫不知情的状态下忽然接到通知去北京领奖，真跟天上掉馅饼似的。那年我女儿12岁，儿子10岁，家里穷得连一件出门穿的体面衣服都没有，我这个孩儿妈妈蓬头垢面地走上了全国领奖台。

家人亲友为我的金榜题名而庆贺，但到了北京我很快就发现自己只是身处光圈的边缘。聚光灯打在舞台上会形成耀眼的光圈，你或者站在光圈里风风光光，或者躲在光圈外的暗处不被人注意为好。最怕的是身处明暗交接线之反差最为强烈的临界点，半张脸锃亮半张脸黢黑，那是一种多么尴尬的处境啊！在北京领奖大会上，我糊里糊涂地扮演了两回"陪衬人"角色：1982年我和王安忆同住一屋，1983年和铁凝同室。记者们编辑们蜂拥围堵两位"超级女生"，我被挤到屋角无所适从，只好躲到别的房间去找那些从农村、山沟来的获奖者作伴。据悉在评委会讨论时某权威人士不喜欢我的作品，只是碍于我得到的读者投票太多（《金鹿儿》获票第四、《明姑娘》获票第一），不好把我踢出去罢了。也正是读者捧场与权威摇头之间的反差，使我痛切地感受到了名利场中的人情淡薄。从此我始终和北京文学圈保持距离，后来又因得罪了天津文坛霸主而被驱逐。远离了是非漩涡，日子过得反倒心安理得，清静遂意，无人喝彩总比横遭冷眼强多了。幸运的是读者始终未忘记我，让我心里感到无比温暖。

小说家是用故事来思维的

回顾创作历程，我总是在想当年自己是出于什么动力写了那么多五花八门的小说呢？出名说？我写的话剧、影视剧本得过七项全国奖，并非只靠小说成名；赚钱说？当年稿酬很低，全国优秀短篇小说奖的奖金只有300元；忧国忧民说？我的题材离政治很远，没有那么高大。那么，当年的写作迸发期又该做何解释呢？

我很欣赏莫言在诺贝尔领奖台上说的话："我是个讲故事的人。"其实作家写作的动力很纯粹，那就是由喜欢听故事发展到喜欢讲故事。19世纪英国作家毛姆有一句名言："听故事的欲望在人类身上就像对财富的欲望一样根深蒂固。有史以来人们就一直聚集在篝火旁或者市井处互听讲故事。"因为大家都想听故事，后来就有了讲故事人的行当，这跟大家需要理发于是就有了理发师行当是一样的供求关系。我想这就是我写作的初心，既然干了这一行就必须把它干好，我把讲故事看作是乐趣，事情就是这么简单。

山东自古盛产思想和故事，孔子孟子曾子墨子董子……水浒聊斋金瓶梅……莫言问鼎诺贝尔奖毫不奇怪。今夏我回到阔别66年的德州、临清，站在运河旧道大堤上，儿时的生活记忆早已模糊了，唯独外婆讲的那些鬼怪故事犹在耳畔……我自幼是个故事迷，6岁来到天津以后把零花钱都用去租"小人书"，上世纪五六十年代出版的所有的"小人书"我几乎都看过，连环画不仅让我爱上了文学也爱上了美术。12岁上初中我参加了学校美术社，同时几乎读遍了中国古典名著，三国、红楼囫囵吞枣，爱看西游水浒聊斋说岳全传杨家将演义封神演义唐宋传奇三言二拍……15岁考入天津人艺舞台美术班，剧院藏书丰富，我由古转洋通读了18、19世纪俄、英、法文学名著和戏剧名作。身处剧院看戏方便，看遍了天津人艺北京人艺上演的剧目。剧院自己的剧场白天演电影，我又有机会看了那个时代几乎所有的电影，遇上根据世界名著改编的影片会看上许多遍，剧中台词都会背。可以说，我是在听（看）故事中泡大的，在讲（写）故事中变老的。

孔子《论语》曰：知之者不如好之者，好之者不如乐之者。人的幸福不在于赚了多少钱，而在于其职业与兴趣的高度契合，苍天赐予我这样的幸运。自幼生活在书籍、戏剧、电影、绘画汇成的梦幻世界，便觉得生活本身过于平淡。我需要虚构另一个文学世界来增添人生的精彩，写作已经成为一种精神需要，而不仅仅是谋生的手段。讲故事既是职业又是乐趣，乐此不疲，我想这就是写作的动力。

形象思维是长着翅膀的

当初有几位评论家可能出于打抱不平的侠肝义胆垂顾过鄙作，但他们抱怨不好评说，发现我的小说题材飘忽不定，不入流，很难归类。诸如"伤痕文学"呀，"知青文学"呀，"寻根小说"呀，"意识流"呀，"后现代"呀什么的，都没有我的份儿，只能是不伦不类的个例。他们好心地试图帮助我归纳出条理来，把鄙作分为"青春题材""伦理道德系列""市井小说""幽默小说"等，但那些作品并不能以时段划分，而是呈花搭交叉的混乱状态。例如有评论文章说《明姑娘》是我的早期作品，失之浅薄单色；《前妻》苍凉深刻，是我后来趋向成熟之作，殊不知两篇小说都是在 1981 年秋季完成的。至于一个作家怎么能同时写出如此悬殊的两篇小说来，那是因为两个截然不同的故事需要不同的讲述语境呀！

小说中的人物、情节为什么那样设置？其实我"设置"的权力有限，只能粗略"设置"个框架。多数情况下"构思"源于灵感，而灵感由某个精彩细节激发，顺着那个"中心细节"向"开头""结尾"两端铺衍故事。还有很多时候是"倒着想的"，先设置故事的结尾，然后往前捯情节，用剧作家的话来说叫作"从高潮看全剧的统一性"。

具体动笔时我是个跟着感觉走的人，故事框架一旦立了起来是有它自己的逻辑的，不是都能由着作家的性子来。很多时候故事的走向是"写"出来的，不是事先想出来的，而"写"是跟着感觉走的。所谓笔下生花，下笔时才能生花；笔走龙蛇，情节的"龙蛇"是随着"笔走"而一路蜿蜒的，尤其是电光石火般的精彩语言更是"下笔"和"笔走"时才会随时迸发的。人物关系"设置"好了以后，每个角色都会按照其性格逻辑行动，沿着各自的"贯穿动作"去完成其"最高任务"。作家若是强行写乱，故事本身的逻辑、故事框架也就倾斜或干脆坍塌了。不让每个人物按照他自己的贯穿动作那样说话那样做事，整个故事就无法向前递进了。尤其像《东方女性》这类内心冲突激烈的故事，所有相互冲突的人物都必须合乎情理合乎逻辑。往往作家写着写着就跟着人物"跑"了，"跑"远的那一段若是离题了只好删去，若是比预先"设置"的精彩，那就割舍别的情节别的人物，顺着精彩的这一段"伸腰"。

我是个十分随性，自由散漫的人，很容易心血来潮忽然对某个题材感兴趣，并无理性的写作计划。又给自己立了个规矩：既不能重复别人，也决不重复自己，于是总是寻求新的题材领域。所幸捕捉素材挺敏感，一旦获得生动的细节即能编织故事，也打下了文学知识和语言的童子功，于是写出了那么多五花八门的作品。

事情就是这么简单，这么随性。我只是个自幼在艺术氛围熏大的人，没有受过高等教育，对文学创作知其然不知其所以然，甚至写出一篇小说自己也掂不出其分量。当初资深编辑崔道怡先生问我："为什么不把《宝匣》给《人民文学》？"我问："《宝匣》有那么好吗？"他惋惜地说："那可是获奖的苗子呀！"果然，它被收入多家"1984年小说遗珠"选集。

评论界说我"形象大于思想"，看来并不冤枉。形象思维是长着翅膀的，无法框定。

作家的本心与政治的本性

我以为鄙作与政治关联不大，但政治却没有放过我。

1983年发表的《东方女性》不巧赶上了"批（精神）污染"，竟被扣上了"（汉奸文人）张资平之流的艳情小说"大帽子，上海、北京多家报刊都登载了批判文章。荒诞的是那些高论从左、中、右三个方面围剿我，分别批我"封建主义"、主张"性解放"、同情"第三者"，令人无所适从。

文友们替我捏了一把汗，嗔怪我本来以"青春题材"开局好好的，为什么要写这么一篇"艳情小说"惹来事端？其实写那篇小说的起因很简单，那年我生病住院，医生不允许写作，只好看书。恰巧读了奥地利作家茨威格的《一个女人的二十四小时》《一个陌生女人的来信》，很喜欢他那种以紧张的心理描写推动情节发展的手法，也想尝试一下"心理情节"。我自少年时就在剧院生活，后来又常住北影厂写剧本，知道许多演艺界的绯闻，好歹虚构一下就是一篇茨威格式的好故事。一气呵成自己先读了一遍，既像茨威格又无抄袭之嫌，很高兴尝试成功。

本来只是一种文学手法的尝试，不料却被拖入政治斗争的漩涡。当时虽然"文革"已经结束七年了，但"左"爷们的文章从思维逻辑到批判用语仍为"文革"遗风。一篇无足轻重的写婚姻爱情的小说，竟然害得天津首脑们开会研究如何应对，市委书记表态"保护天津自己的作家，北京上海批判批他们的，天津不发文章"（大意）。我和那位陈书记并不熟，至今感激他的开明善良。那件事情竟然严重到须得天津市委保护我，试想若是那位官员也是"左"爷呢……不敢想下去了，后怕。

还有一种貌似沾政治光的"被拖入"，也叫人受不了。

我写《明姑娘》的缘由只是受广播电台之托去写盲人听众，因涉及残障人士用笔便温情悲悯，以浪漫主义的诗情画意去慰藉他们生活的残缺。小说发表于 1982 年 1 月《青年文学》创刊号，2 月《小说选刊》《小说月报》同时转载。做梦也没想到迎头碰上 3 月全国掀起的"五讲四美三热爱"精神文明宣传高潮，不由分说被绑上了那趟政治列车。沾政治的光大大提高了《明姑娘》的知名度，但也大大地造成了文学圈对《明姑娘》的误解。

有一例证说明我写的是全人类的主题：比利时一位盲姑娘在火车上听了一位老先生念法文《明姑娘》，激动得哭了，为此错过了该下车的车站。一篇好的小说是会跨越国家民族意识形态，博得各种肤色的读者共鸣的。

时过境迁，时间是最好的清洗剂和还原剂，当初被外力强加的抹黑也罢炫彩也罢都会褪去，能够留下来的作品是经得起时间考验的。

说到底《明姑娘》是有福之作，直到 2008 年广州画家李鸿飞将其绘成同名连环画，不仅荣获全国奖，还带火了他的美术公司。彼时社会政治环境早已改变了，但是读者还是喜欢那个故事。我从网上竟然还发现另外四种连环画版的《明姑娘》，不由得忆起幼时流连忘返的"小人书"摊儿，谁能说《明姑娘》跟那些琳琅满目的"小人书"没有关系呢？

不厌其烦地介绍写作实况，我不是写"创作谈"，而是剖白作家的本心，想说：真正的文学创作其实是遵循文学艺术自身规律产生的，没有那么多的政治考量政治目的，起码我这等家庭主妇式的作家没有。但是，在文学艺术面前政治总是很强势，总是喜欢按政治需要或政治眼光去审查、框定文学作品。或许这就是政治的本性。

"社会小说"之回顾

编文集时我问年轻的责任编辑："你们这一代人读我的作品有疏离感吗？"

她说："那倒没有，老作家写作很贴近当时的社会生活，我可以当作历史资料来读。"

历史资料？此话乍一听令人失望，略作思考便又聊以自慰了。经过岁月的沉淀、筛选、漂洗，如果文学作品在不乏文学性的同时还能兼具珍贵的史料价值，不也是一种独特的历史贡献么！

"新时期文学"涌现了大批"社会小说"，无论是作者还是读者，文化官员还是编辑出版家，全民关心的都是社会问题。中国社会处于大变革大转折时期——官方宣布不再搞阶级斗争了，重心转向经济建设。那是个仅次于新中国建立的重大历史拐点，亿万人民关心国家命运，期盼社会变革。那时候没有电脑、手机，电视剧尚在起步期，电影生产周期太长，只有纸媒承担了传导社会信息主力军的重任。

"社会小说"的万民阅读，当然看重其文学性故事性，但是更看重其反映社会问题的深刻性尖锐性。作者搜寻题材，编辑遴选作品，也都秉持相同标准。

当年的"社会小说"中，兼美社会意义与文学价值的佳作有之，属上乘之作。但也有引起轰动效应的作品是由于其"切中时弊"，其社会意义大于文学价值。当时的社会人心把文学举到能够立言安邦定乾坤的位置上，夸大了文学的作用。

在任何时代任何国家那种图解政治式的时令文章都没有久远的生命力。

斗转星移，沧海桑田，那些红极一时的应景之作总会随着岁月季节的变换褪尽铅华，还原其干瘪乃至投机的本来面貌。毛姆早在一百多年前就指出："小说被看作传播思想的方便讲坛，有不少小说家愿意把自己看作是思想的领袖。他们写小说与其说是小说，毋宁说是报章文字，具有一种新闻价值。缺点是过了一段时期以后，它们和上星期的报纸一样令人看不下去。"

凡是读过"新时期文学"某一类名作的人，看了这段话都会忍俊不禁。

"社会小说"中虽然库存一些"上星期的报纸"，但也留下了一大批"兼美"之作，无论是思想价值还是文学价值都沉甸甸的有分量，一望而知出自作家严肃的社会责任感，不像如今的"私人写作"那样轻飘。

我只是个不入流的边缘作家，旧作虽属"社会小说"范畴，也没有多么深刻的社会意义。尚能有些文学性，也够不上阳春白雪，不过是见长于故事性，供人消遣而已。晚年出版自选文集，只是想给过往人生一个交代。

我生怕当今年轻读者看不下去，如果有人浏览一二看得下去，发现还有几个耐读的故事，我就心满意足了。

决不重复自己

近年来有文友偶见我的新作，不止一人且贺且劝：你的文思如旧并未枯竭，怎么不写小说了呢？还是要写呀！

去年《天津日报》文艺周刊主办"津味小说大赛"，主编宋曙光催我写小说，还限了命题——老天津、租界、侨民生活题材。以我的年龄早该"挂靴"了，还掺和什么大赛！《天津日报》文艺周刊是孙犁大师创办的，至今荫泽津沽大地，各地报纸的副刊大都缩版了，只有《天津日报》仍然坚持给副刊很大的版面。为了表示对曙光老弟和他的前任孙犁前辈的尊敬，我专门"做作业"写了小说《洋老乡》。"文艺周刊"整版容纳八千字，分两期发完，大概这是空前的篇幅待遇了。感谢评论家黄桂元在其大作中给予好评。前年我还在"文艺周刊"发了一组幽默小说《批示》《酒局》《红包》《求生有方》，谐谑故伎，逗人开心而已。此番一并收入文集，算是填补近作小说之空白罢！

在小说创作中我下功夫最多的是90年代写的长篇《普爱山庄》，却只是事倍功半的收获。自1988年我就趁出访奥地利之机去了维也纳儿童村采访，后来又跑遍了天津、烟台、南昌、东北多地的儿童村、福利院、荣军疗养院……《普爱山庄》细致地写了十几位单身女子和十几个孤儿之人物形象，人道主义主题，人像展览式结构，浪漫主义风格，几易其稿，前后写了近十年。初稿先以五部中篇同时在几大名刊上发表，几年后又归于长篇成书。反思事倍功半的主观原因，或许是仍然写女性、儿童、伦理道德、家庭悲剧，笔力虽未滑坡却也难以再登新峰。客观上社会生活趋于商业化物质化多元化，文学则日渐边缘化了，我这等以轰动效应起家的幸运儿，再难重铸昔日辉煌。

世界文学史上不乏高龄作家笔耕不辍之先例，但像杜拉斯那样以七旬之躯写出爱情佳作《情人》再鸣惊人者范例不多。上了岁数写不出大部头小说了，有人开玩笑归罪于"荷尔蒙少了"。体力、心力影响笔力，也不是无稽之谈。

小说创作时断时续还有一个原因，我总是喜欢挑战，对不同门类不同体裁不同题材的尝试总是兴趣盎然，讨厌重复。在文学和影视两个"法门"之间转来转去，结果对文学界若即若离，也未能真正投身影视界。

新世纪以来我仍然难以舍弃老本行剧本创作，和儿子刘悦又花了好几年功夫写了55集电视系列喜剧《火凤凰》，剧中以15个不同层面的婚礼展现社会百态市井民俗，一并收入文集。

早年我曾发表文章放过大话：我不敢说能够超越别人，但是要超越自己；我不敢说总能超越自己，但是绝不重复自己。至今未敢食言，不愿借名气发些平庸之作。春花绽放时灿若云霞，转瞬间便落英为泥，引得古今多少文人墨客伤春惜春。比起那些吃青春饭的行当来，画家、作家还算是"宝刀不老"的职业，但也不是越老越值钱。古诗曰：自古美人如名将，不许人间见白头。如果你不能攀越新的高度，那就宁缺毋滥，让读者记住你巅峰时期的最佳力作，定格春花烂漫时，也不失为一种明智选择。

敬畏文字与文字自律

我未敢忘记幼时外祖母的教诲："敬圣人书"。或许因为山东是孔孟之乡，姥姥不识字，却能说出许多"圣人曰"。凡是有字的纸，她老人家都不许家人当手纸使，一定要等识字的人来辨认，即使没用了，也把"字纸"叠好了压在炕席底下。姥姥说我躺在铺满了"字纸"的炕上睡觉，夜里做梦有那么多字儿陪伴我，长大了识文断字。果然就应验啦！

这就是对文字的敬畏！我们吃文字饭的人更应该敬畏文字，还要懂得文字自律。

冯骥才曾经对我说：咱千万要保持文字的洁净，在文章里骂人只能弄脏了自己的文字，日后出全集的时候收进去不好、不收进去也不好。此乃至理名言。有的名人写文章泄私愤，甚至动粗口，殊不知文如其人，恰恰暴露其粗鄙根底。

还有一些名家在报上连篇累牍地絮叨些庸常琐事，寡淡无味。名家更需要文字自律，敬畏文字，不能因为你发作品容易，就连洗脚水都敢往字里行间滥泼。

西方古典名著不乏以"忏悔""救赎"为主题的传统，诸如卢梭的《忏悔录》、托尔斯泰的《复活》，我以为文字自律的最高境界是为自己的过失公开忏悔。

这次出文集为了找到小说《房梁上的红布包》，我老伴翻箱倒柜找出了1985年第一期《文汇月刊》（停刊号）。封面上周扬的整身相满头白发，一身灰色中山装，挂着拐杖，稍稍歪着头微笑着观望这个世界。

我对这位前辈的敬重之情，源于他的道歉和忏悔。

"五四"时期他是上海左翼作家代表人物，却被鲁迅骂为"四条汉子"之一；五六十年代任中宣部部长，整过不少人；"文革"中他又被整为"文艺黑线"头目，九死一生；到了80年代似乎又成了"右"的代表人物……他的事情，我们这辈人很难说清，但他却得到了"新时期文学"大多数作家的尊重，只因"文革"后他为自己曾经推行极"左"路线向好几位被整过的人道歉。在漫长的"阶级斗争""政治运动"年代，特别是"文革"十年，有那么多"左"派借整人而飞黄腾达，试问，有几人站出来承担责任公开道歉呢？几乎人人都把自己说成是受害者，谁是加害者呢？

这一荒诞现象突显中国的国民劣根性，我们缺乏担责精神、忏悔意识和道歉的勇气。

我自己也做过亏心事，暗自悔恨多年而没有勇气公开承担责任。

1988 年天津作协换届改选时，我迈入文学圈不久，幼稚浮浅。某人打电话露骨地希望我为他拉选票，出于中青年作家之间的"哥们义气"我加入了他们"倒孙犁"的串联。老主席孙犁先生是个极为自尊、清高的人，本来是坚辞连任的。天津市委为了平衡老中青三代作家、新闻出版各方意见，多次派员恳请人家参选。结果，给老先生的晚年生活造成了很大伤害。"倒孙犁"的后果也伤害了整个天津文学界，失去了"南巴（金）北孙（犁）"大好格局。孙老在任时很超脱，从不过问作协机关日常事务。他懂得文学规律，善待同行，文学出版新闻各方人士相安无事。我们原先期盼文学界新生力量团结共迎创作繁荣的局面，不料迎来的是"春秋战国"之乱，28 年不换届，未开过一次主席团会、理事会的黑暗期。

当我认识到自己的愚蠢行为铸成大错以后，多少次想向孙犁老前辈道歉，却总是怯懦。他病重住院，我曾想去探望并当面道歉，又怕遭到人家家属的唾骂。直到传来孙犁先生逝世的噩耗，我才意识到自己已陷入了永久的遗憾。

痛定思痛，我终于鼓起勇气在《天津日报》发了悼文《大师往生》，向文学大师做了迟到的公开道歉。如今我把那篇悼文也收入文集，留下我真诚的永久的忏悔，见诸报章，又收入自选集，告白天下，这也是敬畏文字与文字自律。

"转身"何须"华丽"

2000 年，也就是我 56 岁的时候，事业突然出现了一个拐点。当时我并未觉察那是一次转身,以为自己仍然是沿着文学之路前行的。不料,那一个拐点竟然转身了17年,直到如今决心出文集了才重新拾回纯文学写作。

事情的起始只是为了寻找新的写作素材。

我一向信奉"题材决定论",题材选对了作品就成功了一半。追求"冷门"堪称诀窍,抢先占领题材高地,"人无我有",以新取胜;步人后尘,要想做到"人有我优",写起来可就难了。偶然听朋友说起天津旧租界的洋楼往事,我立即捕捉到这是一块尚未开垦的处女地。天津城市的一大特色是历史上曾有"九国租界",西方列强把一座城市割裂成九个"国中之国",各有其市政厅、驻军、法院、税收……是世界城市史的唯一现象。"九国租界"风格各异的洋楼又把天津变成了"万国建筑博览会",因此有了"北京四合院,天津小洋楼"之说。我是自幼在旧租界长大的,学美术时就对那些千姿百态的洋楼感兴趣。"昔人已乘黄鹤去",那些洋楼里都发生过什么故事呢……

不料,收集旧租界的第一手素材十分困难,尤其是外国侨民的生活史料几乎是空白。当初在"阶级斗争"年代,即使有的市民家里敢保留那些东西也早被抄家"扫四旧""砸烂"了!于是,我下决心出国去寻访。

资深外交官杨成绪老大使帮助我们取得德国方面的资助,我和老伴带着一架傻瓜照相机一台粗笨的录音机就出发了。这一走不要紧,被记者称为"洋长征"的跨国采访断断续续坚持了十几年。我们走访了德国、奥地利、荷兰、比利时、英国、法国、美国,找到了50多位在天津出生或生活过的老侨民,或其后人。那些老人散居于欧美各地,其中很多人住在偏僻的小城,翻译和交通工具都很困难。我们还是坚持入户采访,从外国人家藏的私人相册中找到大量关于天津的历史老照片,记录下了众多老侨民的"口述历史"谈话。我着迷地做那些事情时,没有意识到那已经偏离了作家做文学采访的思维轨道,不知不觉"坠入历史的隧道"出不来了。

其实再转几次身也丢不下文学,多年来我积累了几大本采访笔记,也有不少写作计划。可惜,馆里的事务缠身,总是坐不下来。近两年好了,新馆运转踏入正轨,我忙里偷闲开写历史报告文学《洋楼故事》。这是个系列故事的架式，今后如果健康状况允许，趁着尚未老年痴呆，我会陆续写出一个又一个独具天津味儿的故事。

"转身"何须"华丽"，甘守朴素人生。

我"写"了一座博物馆

本套文集的散文卷有一册书名取自其中的篇名《误攀穹顶》，评家认为是我最重要的一篇散文，说的是在梵蒂冈由于语言不通我于毫不知情的状态下被人群挤上了大教堂穹顶。我患有40多年的风湿性心脏病，根本不能登高，但甬道越来越窄人流拥挤没有退路，最高处的旋转楼梯仅容一人走，只能伏在狭小的窗台上喘息歇脚，让来自世界各地的游人从我背上跃过去……事后深有感慨，因为那次险遇就是我人生事业的真实写照，多少事情我都没有预见，更谈不上预谋，却一次又一次地误攀"穹顶"。

17年前当我为了寻找"冷门"题材出国采访时，纯粹是作家的文学行为，不料却一脚跨入了历史文化保护领域。随着天津经济开发城市建设，许多历史建筑被拆毁了，昔日国人贫穷，拥有照相机的人很少，许多见证城市历史的老房子甚至连一张照片都没留下来就消逝了，取而代之的是高楼大厦。如果我们这一代文化人不能挽留住城市记忆，子孙后代将完全不了解曾经那样丰富多彩的"天津卫"了。我采访的外国老人最高龄的101岁，听到他用中国话喊出"海河""天津"时，我切实地意识到时间的紧迫性。如今，我们采访的老侨民中已有十几人作古，这是一项刻不容缓的文化抢救工作。面对文化毁灭而尽绵薄之力的悲壮感，使我忘记了自己是个作家，变成了一个行动者，相比之下为自己发表作品而写作已经不重要了。

这件事情一旦干起来就收不了工了，如同滚雪球一般越滚越大，让你力不从心，误攀穹顶。我们远赴欧美从外国一家一户搜集来了关于天津的历史老照片，没有地方展示成了新的难题。于是，募集资金找房子，修房子，布置展览，耗去了七八年的时间，终于创办了"近代天津博物馆"。好容易喘一口气了，我也做了重返书斋的素材准备，不想馆舍鉴定成危房，又要为落地重建工程而奔忙了。我馆地处天津原英租界"五大道"黄金地段，小洋楼林立，若想在历史街区交通干线一侧盖房子，谈何容易！又一轮的写申请报告、求首长批示、找钱、规划审批、找建筑设计师、找有资质的国企工程队，光是"走程序"就盖了近百个公章……派年轻人去办事总是遇到冷脸，为了加快速度我只好大事小事亲自出马，时年65岁了，而且刚刚做了心脏换瓣大手术，我又一次九死一生误攀穿顶了！

新楼落成，面临新的布置展览，又遇到一桩事先难以预料的困难：新楼位于历史建筑街区，必须和周边老洋楼风格统一，因此设计了许多窗子，而一般博物馆展厅不设窗子，该如何处理窗口强光"破坏历史氛围"的问题呢？我想起了西方教堂的彩色玻璃镶嵌窗，如果把那种艺术移植来设计成以天津各种小洋楼为主题的彩色玻璃窗，古香古色又突出天津历史建筑特色该有多好呀！经上网查询，我们和上海魏清公司合作"教堂玻璃"工艺品，并培训了自己的工艺师和技术力量。如今展厅拥有60扇彩色玻璃镶嵌工艺窗，阳光照耀下晶莹绚丽，美轮美奂，成为一种古董式展品，参观的人无不称奇。

津津乐道于这些远离了文学的琐事，因为它们毕竟未出大文化的范畴。

有的文友为我的壮年搁笔感到惋惜，一个作家牺牲了写作，耗费十几年光阴只干了这么一件事，值吗？就个人而言既耽误了时间又没有稿酬，当然太亏了！但是就天津这座城市来说，少了一个只擅长写女性、儿童的作家，多了一座填补空白的博物馆，是很有历史文化价值的好事。海河哺育了我，能够为城市留下一部分记忆，也算是我对故乡热土的报答。

一路遇天使

人越老越珍视友情，想念老朋友，值得欣慰的是我在国内外结识了许多朋友，没有众多朋友的后援绝对完不成几次"转身"的事业。

我并不相信占卜，但到各地寺庙道观喜欢凑趣抽签，签上总是写着"有贵人相助"。说来奇妙，每当我想做一件大事而起步艰难时，上苍总是派来一位甚至几位高人鼎力相助，事后他们也不图回报，再说一介文人又能给人家什么回报呢？有朋友说我是文坛福将，幸运之神频频叩门，真不知道几辈子修来的福气。

2010年8月，我赴台湾收集史料，台湾女作家、老朋友张典婉帮忙寻找上世纪初比利时人雷鸣远在天津活动的记载资料。我们在完全没有线索的情况下，经台北、桃园、台中一路热心人士的辗转介绍，获得了大批的翔实史料。典婉驾车在高速公路上飞驰，我俩兴奋地高喊："一路遇天使！一路遇天使——"

一路遇天使，确实是我人生经历的神奇体验。

在文学圈我有幸交下了一群几十年如一日的莫逆老友，诸如鄙作获奖小说《金鹿儿》的伯乐编辑刘品青，获奖小说《明姑娘》的伯乐编辑、中青社原总编王维玲，资深编辑褚建民，学者型作家汤吉夫，评论家盛英、张春生，《今晚报》著名记者杜仲华，天津人艺"发小"高长德、许瑞生，雕塑家刘鑫……每当我心灰意冷时，他们是永远的"供暖系统"。我身边还有一位不善言辞的全天候挚友，和我共同创办《慈善》杂志的作家李玉林，连我老伴都为此感叹："咱能有这么讲义气的老朋友，真是太幸运了！"

我并非纯粹的书斋文人，很多时候都是"行动者"。没有那么多热爱天津历史文化的政界朋友支持，我不可能完成一件又一件文化项目。不论他们年轻还是年迈，在位还是退休，升迁还是丢官，健在还是谢世，我都会牢记他们善待文人的风度，后人将会记住所有的为城市留住记忆的人的历史功德。

我馆展厅"结束语"前面设有"本馆史料收集的国际支持"专栏，陈列了近50位国际友人的照片。他们是我们漫长的"洋长征"一路上结识的"洋老乡"或其后人，没有他们的帮助，近代天津博物馆不可能拥有这么多珍贵的独家史料。

一路遇天使！

朋友的意义不仅在于助你事业成功，更在于友情烘暖你的心房，让你少有孤独沮丧，生活充满阳光。回忆当年呼朋唤友欢聚一堂海阔天空侃大山的乐子，更是一大精神享受。

2016生肖为猴年，是我72岁"本命年"，年初开始了本文集的整理工作。春节一高兴写了一首自嘲诗在手机上发给朋友们。为了表示对朋友的尊重，不是"群发"，写了不同的贺岁词——发出的，录于此作为我晚年生活的写照，逗君一笑。

老猴本命年，
随俗穿红衫。
走路迟珊珊，
上楼气喘喘。
旧友忘不了，
新事记住难。
幸未用人搀，
顾影不自怜。
古稀已不稀，
童心胜当年。
自得乐陶陶，
淡泊名利圈。
金箍量力舞，
筋斗勿再翻。
秋实已累累，
笑坐花果山。

2017 年 7 月 28 日
写于结婚 49 周年纪念日

享受《绿魂》

李玉林

我和航鹰是相处三十多年的老朋友了，过去只注意到她的小说，而今她的文集竟列出几卷厚厚的散文稿，嘱我为其中的《绿魂》卷作序。

翻阅几页，便如卷帘春风，曲径通幽，引人踏入一方碧绿葱翠的园林。恍惚中，我觉得自己仿佛置身花荫、树丛；置身人生走廊、成长长河；置身知识的海洋。

静静地，品读一页页透着青碧的文字，真是一种精神享受，享受一种美：轻松的美，和谐的美，深沉、悲怆、壮丽的美。眼下社会生活太浮躁，我们太需要这种美了。享受中，眼前浮现了一幅幅美丽、生动的画面，引人在不知不觉中回忆、思考、联想。

《绿魂》是一个植根于大地的缤纷世界，分为七个专辑，其中的《绿魂》《亭亭白桦　依依白桦》《城市素描》《相伴吉祥鸟》《生命之水》都不乏饱蘸绿色的笔量，组成了本书的绿色主调，体现作家对生态环境的关注。

《绿魂》专辑的13篇文章，虽说写的多是花草树木，可让读者感到的却是人的异常丰富的情感。作家以拟人手法刻画了杨树、枣树、白桦树、橡胶树、檀香树、箭毒树、霸王树等各种树木的"性格"特征，以"树格"写人格，别具一格。读这些文章，不但可以了解到许多有趣的有关植物的知识，还可以陶冶人的情操。航鹰笔下活灵活现的花草树木都在故事里，是故事里的花草树木，花草树木里的故事，耐人寻味。

《城市素描》专辑16篇也属于绿色题材，大多是写城市的。谈到城市，人们想到的常常是拥挤、嘈杂、灰色森林等字眼。可航鹰笔下的城市却让我们发现、感受了城市一种独特的应该珍视的美。譬如对天津"五大道"的描写，她用生动的笔墨、细腻的情感、丰富有趣的生态知识把"五大道"的花草树木和各种小鸟动画般地呈现在读者面前，让大家从一个全新的角度融入"五大道"的建筑和历史。这样描写"五大道"，至今好像只有航鹰一人。这和她几十年来一直在那里生活，和她对周围环境细致入微的观察，及她出众的文学思考不无关系。

《相伴吉祥鸟》专辑的 3 篇文章，我看到了那么多可爱的活灵活现的小鸟，它们是绿色生活的一部分，是与人类息息相通的朋友。

《生命之水》是航鹰的一篇十分重要的散文，也应该归为"绿色主题"范畴。发表于《人民文学》，多家报刊转载。作家捕捉到一个震撼人心的细节，大旱之年蜜蜂找不到水源只好聚集在她家冷气机外机的出水口维持生命。"大自然的精灵被迫成为工业化机器的降兵！""地球上最后一滴水是人类的眼泪！"作家为改善生态环境发出强烈的呐喊。航鹰的这种细腻的观察与发现，让大家发现和感受到生活的美好，提醒人们珍视人与自然的和谐，保护环境，善待人类的地球家园。

《盛开的生命花朵》专辑的 10 篇文章都是写人物的，里面既有吕正操、阎明复、谢晋、邓朴方、冰心这样的著名人士，也有航鹰学生时代的几位老师及她的婆婆这样的普通人。著名人士有不少人写过，但航鹰的这些文章读起来非常抓人，有一种特别的新鲜感和吸引力。我想这不仅出于她的独特亲身经历，也出于她独特的思考和独特的文学表现。对老师、亲朋好友的描写，不但让我们认识并记住了一个个鲜活的人物，更让我们看到一种品格、一种境界、一种亲情，看到了作者的人品和人格魅力。

从《难以画出的感情记忆》专辑的 9 篇文章里，记载了航鹰的成长经历、心路历程。文章记述的虽然多是几十年前的事情，但读起来依旧有新鲜感，依旧有启发。我一边读，一边想，现在的年轻人如果读读这些文章一定大有益处；从《生命之水》专辑的 10 篇文章中，我读到了一个善于思考的航鹰，体味了航鹰的思考深度。航鹰的思考不是凭空想象，而是她人生旅途、创作生涯的探索与总结。唯美向善、文海慈航，是她创作和人生的真实写照。

　　读《亭亭白桦　依依白桦》专辑的9篇文章，我眼前似乎出现了一个个浪花泛起的画面。其实，每个人的生活中都会有浪花泛起。只是有的人捕捉得到，并把它记录下来。有的人却任它一晃而过，淹没在人生的长河里。航鹰这个专辑的文章记述的多是她童年、青少年时代的生活，不同寻常的生活浪花，是有时代特色，值得记忆和感悟的生活浪花。

　　……

　　真是一种享受啊！合上这卷书，我依旧在享受。在回味中享受；在享受中回味。

绿 意 独 钟

黄桂元

　　散文常常被视为最适合女性的一种文体，航鹰却鲜见涉足。这位以市井味、戏剧化和叙事能力见长的小说家，其创作视角多出于社会而非"自我"，其内蕴表现为道德激情而非性情衷曲，其风格亦往往"巾帼气"有余而"女儿性"不足。"绿魂"系列散文（连载于天津日报副刊"满庭芳"专版）却使读者发现了航鹰善怀、忧思的散文家的情感风貌和她的绿色生命世界。

　　散文、随笔的系列化、集束化确是当代散文写作的一种走向。将生活见闻、往事回忆、人生感悟，以类似组歌、套曲般的形式见诸报刊，对于丰富散文、随笔的载体容量、可读性与表现力无疑是功效卓著的。这自然也不可等量齐观。有些系列随笔就很像拉长了的"流水账"，不厌其烦地记录下鸡毛蒜皮的日常琐事，只因自己是个名人。实话说，我对"绿魂"的兴趣也是在逐日阅读的过程中产生的。我颇有一种耳目一新之感，不仅对作家航鹰，而且是对我们所置身的自然生命现象与人生社会。如此，倘若把"绿魂"诸篇视作一般的系列游记显然是一种误读，航鹰的绿意独钟，是她孕于幼时的情结，苦觅"绿魂"则是悲天悯人的艺术家气质所然，是她半生绿色梦思的延续。深爱绿色实际上是深爱人类共同的家园，世界"绿色和平"组织成员皆有此举，苦觅"梦魂"却是航鹰身不由己追求完美的一种生命冲动。她说："我对绿色朋友的无声语言有一种领会的悟性"，这种悟性使得她走南闯北追踪绿影，与冥冥之中的绿魂对话。我由此想到，男人即使游历名山大川也常常为诸如历史、社会、人生这类命题所困扰，而女人却与土地、树木、花草、河流血脉相连，或者说女人本身就是自然和生命。而心怀绿色情结的航鹰更有一种痴爱绿影、梦萦绿魂的生命依恋，并将这种生命依恋诉诸笔端，说与世人。

不过"绿魂"系列告诉读者的并非都是美好的信息。绿色不知何时已从人类生存空间悄然移退，被现代工业污染、科技文明所疏离，作家不禁黯然伤神："我们接受大自然的如此厚待，又给予了地球母亲什么报答呢？"其实，"绿色乃生命的颜色"绝非只是诗人的比喻，作为人类资源与生态环境的象征，对于地球它既可"载舟"亦可"覆舟"，只是急功近利的人类尚未彻底醒悟。在《见血封喉箭毒树》中，作家描写了一种海南热带植物"箭毒树"，人的毛细血管只要被它的汁液稍加触碰就会立即死亡，令人谈而色变。此树虽毒性巨大却不会主动伤人，而是出于自卫的本能。""大自然皆无恶意，全是你们人类自己在折腾！"作家的感叹之中，透露出对于人类自身生存的远虑近忧。

然而，航鹰并未与她所苦觅的"绿魂"融为一体，而始终持有一种观照、探究的视角距离。这不仅是诗人与散文家的异同，而且与航鹰惯有的文学风格一脉相承。为此，她充分调动有关知识、阅历、记忆与想象，精心构思谋篇，阐扬一种鲜丽、执著的人生指向与道德激情。从事舞美工作的经历使她敏于描摹色彩，点染画面，而小说家的才禀又使她长于捕捉细节、发掘心理。她特别善于将描写对象拟人化、象征化以加强情感力度与思辨深度。在《绿色魔鬼霸王藤》中，她讲了霸王藤幼时依附于旁树猫尾木方可生存，得势后弱肉强食，霸占空间，缠死了猫尾木，面目狰狞可怖，遂感言："我们的社会人群中，不是也有乔木与爬藤、猫尾木与霸王藤么？"见树多了，她相信树的灵魂各具秉性。比如人们皆讲"有枣没枣打三杆子"，枣树有刺是一方面，更由于今年打得重，来年枣才多，怎不"使我想起了同样难以理解的国民们……"（《挨打的枣树》）白桦则性情刚烈，"宁愿玉碎，不肯瓦全"。一旦被人剥掉一圈皮，白桦不仅会淌出殷红殷红的血，而且三五年内便死掉，"以凛然的雪和凛然的血，交响人格的凯歌，交响贞洁的挽歌，交响生命的天堂之曲"。（《娉婷玉女小白桦》）绿色世界也不乏爱情故事，《檀香树与洋金凤》吟述了一曲枝叶相抱根须相缠情有独钟的绿色恋歌，檀香树人工栽种极难成活，试种多年发现只有让豆科植物洋金凤与其伴生，檀香树才肯成活。作家再接再厉，生发开来："树且如此，人乎?"读之确让人有无地自容之感，也使人认同作家的"绿魂"之说。

如此，读者随作家经历了一次悲喜难名、奇妙复杂的绿色行程。航鹰不属于主观型的女作家，却于绿意独钟之中透视出自我情绪的影像，明快而苍然，洒脱亦缠绻。航鹰是一位注重生活实感而难于沉入"白日梦"的女作家，溶入血液的社会忧患意识又使她对于善恶美丑异常敏感，她无法超然物外专注于一己宣情。行万里路苦觅"绿魂"，除了使她添了几许沧桑，几多深挚，航鹰还是航鹰。

绿　魂

绿魂常伴征程

女人独自远行，怕的不是车船劳顿，而是形单影只。每到一地，朋友迎送总还是有的。洗尘，饯行，相逢，话别，热闹一阵，终归得应了林黛玉那句话：千里搭长篷，没有不散的筵席。长途之中，临时旅伴总还是有的，聊天说笑，消磨时间，终归是来去匆匆的过客，一旦分手即成陌路人。人生亦是一次单程远行，不论男人女人，阔人穷人，伟人凡人，都只能是独自远行完成个体生命历程。情侣夫妻，子女亲眷，莫逆高朋，总还是有的。男欢女爱，天伦之乐，朋友义气，人间温情，终归躲不过生离死别。世态炎凉，荣辱盛衰，世俗是非，大家各自为了生计去挣扎奋斗，谁又能和你永相伴呢？人，孤零零赤条条落到世上，总是想找个永远相伴的朋友，万般无奈养起了宠物花草。狗儿猫儿花儿草儿虽说忠实的抚慰你落寂的心灵，但花儿草儿总要枯萎，留给你更多的伤怀惆怅。狗儿猫儿的小命不如人寿长，一旦它们走失夭折，那一番难以割舍痛苦思念不亚于人类之间的离情。那么，人天生就没有伴你终生甚至对你的子子孙孙也陪伴下去的长久朋友了么⋯⋯

我在远行途中，常常凭窗而坐，久久的眺望车窗外向后闪去的树木。无论走到哪里，无论白天黑夜，风里雨里，寒冬炎暑，山峦平原，只要有路的地方，几乎都有树。沉默而坚贞的大树，一排排一队队守望着公路铁路，陪伴着远行的人。试想一下吧，如果没有这些绿色朋友，人生将是怎样的荒凉！将是怎样的贫瘠干渴！

我对树的一往情深始于幼年，早期记忆有时能够决定人一生的感情倾向。引导我对树木感兴趣的是外婆，那时我才四五岁，寄居在山东外婆家。我能

——叫出各种植物的名字，可惜后来进城上学又把他们忘记了。不过，爱树的情愫已经深埋心底，使我走到任何地方都爱了解那里的花草树木，而不是高楼、大街或酒店。我特别喜欢独立于悬崖上的大树，也留恋黄昏时原野上的树影。俄国风景画家列维坦的成名作《绿茵喧闹》，这名字算是起绝了，一幅"哑巴"绘画能叫人听出森林的音乐。我在后来写小说时，总是寻找机会描写大自然的美景，延伸大自然的主题。如果碰到一棵高大优美的树，我会仰望很久，寻思一个永远也得不到答案的问题：树，有没有灵魂呢？

成年以后，世俗的纷扰，人间的浩劫，使我挚爱的绿树也蒙上层层尘埃，心中涌出种种人生的悲剧意识。倘若树真的有灵魂，而他是生了根的，永远被捆在固定地方寸步难行，不是只会加深他的痛苦么？倘若他向往自由，想走出去看看世界，又有什么用呢？倘若他知道了人们要锯掉他，他有血有肉，难耐疼痛惧怕死亡，又怎能逃开劫数呢？既然如此，还是没有灵魂的好。

然而，树确是有灵魂的。在我远行的征途上，领略过那么多独具秉性的绿魂……

赤 道 怀 秋

　　新加坡和马来西亚的文友都对我夸耀当地的气候,虽然接近赤道,幸有海风和雨水时常驱散酷热。我来访问时适逢雨季,天气尤其温润宜人。南洋作家们有一句诗意的形容:长年是夏,一雨成秋。

　　友人驾车带着我游览雨中的吉隆坡,繁茂的热带植物愈加青翠碧绿,城市显得分外艳丽清亮。他关上车内冷气,打开一半车窗,阵阵爽风夹带着雨珠扑面而来。他问:"怎么样?长年是夏,一雨成秋了不是?有没有秋意?"

　　我笑了:"这句形容很美,但要问我们北方人有没有秋意,我只能说有些凉意。"

　　他奇怪地反问:"凉意,不就是秋意么?"

　　我说:"电扇、冷气机都能制造凉意,你真该去北方体验一下什么是真正的秋天。"

　　他似有所悟:"你是指热带植物没有变黄落叶?"

　　"我指的是……秋意。"

　　"秋意?到底是……"

　　我不知如何对这位自幼生活在热带的朋友讲述秋天,想了想,说:"不仅是树叶的变化。秋意,与其说是秋天的景色,不如说是一种人生况味。老之将至,漂泊异乡,或失意落魄的人,对秋景特别敏感,在秋天更容易触景生情,感物伤怀。秋意,总是有某种愁思柔情,空寂中略带忧郁,肃杀中勾起你对人生苦短,命运无常的联想。愁字,就是由秋心组成。人所以爱在秋天发愁,是因为大自然虽然展示金黄火红的色彩,同时却在演绎着新陈代谢,垂老死亡的无情法则。一年一度的秋意，让人不得不一次又一次感悟生存困境，超越死亡恐惧，继续蓄积越过严冬迎来新春的勇气。我劝你在深秋时节，去一趟北方的大兴安岭，你就会体验那种难以言传的秋意了。"

我还想告诉他，秋，不仅有意，还有灵……

是啊，这个时节，正是北方的深秋啊，身在赤道怀念秋之意，秋之灵，别有一番滋味……

或许年龄的关系，我愈来愈钟爱秋天了。少年时也曾吟诵"停车坐爱枫林晚，霜叶红于二月花"，但那只是故作老成，四旬过后方领略些许秋的神韵。

深秋，我和一友人游盘山，踏上蜿蜒盘旋的石阶香路。香路，当年善男信女上山进香拜佛之路。我虽不是佛门弟子，踏上此小路亦即升起一股虔诚，只是一时弄不清这心底的虔诚该朝谁供奉。

山山谷谷，目及之处皆是耀眼的火红。树上的红叶在秋风中飒飒浅唱，飞落的红叶在空中冉冉妙舞。厚厚的一层红叶铺满这几十里香路，踏在上面又松又软比踩着地毯还舒服。秋色浓浓，红得叫你觉得自己浑身的血液都与山林脉息相通。那些只知春游夏游的人真是太憨，放着这满山红叶寥廓清幽自飘自落，几十里的红地毯竟然只为我和友人铺设，厚厚的叶毯还散发着沁人心脾的馨香呢！我不禁受宠若惊了。作为平民百姓，我从没有享受过红地毯迎接的隆重礼节，今天却愧领这一份殊荣，拾阶而上时心里诚惶诚恐。我们接受大自然的如此厚待，又给予了地球母亲什么报答呢？

关于秋之魂灵，我在写小说《枫林晚》时颇费苦思。终于，我找到了枫的"参照物"——四季如一的松，生怕这一灵感随风遁去，疾笔写下了如下文字："枫，落叶木，它不想追求松树的常青。不是秋风的威逼，而是它自己的选择，自己的愿望，在该落叶的时候慷慨而去，为新的绿色让出位置。但在落叶之前，枫树会蕴足了全身的血液，升华到叶子上去，做一次总的、最后的爆发，染红了寒林，染红了秋天，染红了——心灵！"

这便是秋之灵么？

一份虔诚，满腔崇拜，应该献给秋天女神——收获、生育、传宗接代的母亲之神。

红叶落去是肃杀的寒秋，果实累累接踵万物萧瑟，朔风牵着严冬的冰手带来漫长的等待，封冻沉寂的大地却是春姑娘的睡床。盛，包容着衰；败，孕育着兴；获得，意味着失去；久失，又必将复得。生生死死，往复无穷。人生滋味，总是充满酸甜苦辣。月圆月缺，斗转星移，哪能尽遂人意？

秋的美就在于割舍，收割之后宁肯露出残茬枯根的裸土；秋的美在于谦让，年年为新绿留出席位；秋的美，甚至在于缺陷，谁能说干花、秃树、衰草、残荷不是一种同样摄人心魄的美呢？换言之，任何一种美都是有缺陷的，完美之美永远寻觅不到，而缺陷美却是永恒的。

在异国他乡怀念故土寒秋，这一番意味，叫我如何对从未领略过北国之秋的南洋朋友诉说呢？

这便是秋之灵的启示么？

见血封喉箭毒树

在马来西亚，当地朋友介绍，出了吉隆坡坐三个多小时的汽车，再坐摩托艇沿着淡比宁河逆流而上，有一片占地四十三万多公顷，生长了一亿三千万年之久的原始森林。我对如此古老的热带雨林很感兴趣，可惜这次访问日程安排得太紧了，下次再来时一定进入森林去探险。友人说："热带雨林好可怕的，蚊虫叮人，水蛭吸血，还有不少有毒的动物和植物，好多人不敢去的！"

我笑道："我不怕，在海南岛我就钻过许多森林，还见过最有毒的箭毒树呢！"

一席话，使我想起了两下海南的愉快旅行，想起了那棵难忘的箭毒树。在我有生以来见到的大树中，它是最有威严的魔王了……

在海南岛热带植物园里，主人笑吟吟地指着一棵高大的树问我们："各位看这是什么树？"这棵树的模样跟橡胶树差不多，只是更加笔直高大，树皮如白皮松，叶墨绿色，甚是威严肃杀。经主人介绍，才知道这就是久闻大名的箭毒树，当地人把箭毒树叫作见血封喉，这个名字听起来更令人恐怖，意思是说，它的毒汁只要渗入人的皮肤，哪怕碰一碰毛细血管，人也会立即停止呼吸。听说热带土著人用它来制造毒箭，只要用箭头、刀尖，哪怕是一根针，插进树干里一蘸，再拿出来伤人，即可毒人致死。有一种毒蛇叫七步蛇，人被它咬了走不出七步就会倒地。看来，七步蛇的毒性比起见血封喉来算是小巫见大巫了。

主人说着请大家到近前去看看，人们怯生生望而止步，只远远地仰望着。

见血封喉，这样可怕的名字，谁能不退避三舍呢？其实到树下站一站也无妨的，只是怕万一被它落下的树枝砸着头，或者被它的一根小刺扎了脚，后果均不堪设想。我自恃胆大，慢慢地走近它，仰望它那刺向蓝空的黑绿色树冠。接近它时的那种感觉是刻骨铭心的。经历了那一瞬间，你会痛切地意识到生命的宝贵，你会对生活充满了感激，你会有勇气面对人生路上的一切苦难，这就是它给予人们的特殊馈赠。

仰望阴森的箭毒树，我忽然想起了橡胶树，它们的树干里也有丰富的汁液，命运却是多么不同啊！一恶一善，一强一弱，一位凛然愤世，一位任人宰割。依我看，箭毒树的活法也不错，如此所向无敌，谁还敢像对待橡胶树那样一刀一刀割它，让它的毒汁四溢呢？人们不敢碰它，大概也没有什么鸟儿昆虫病害敢触犯它，所以它安然无恙，傲视一切，比任何树木都高大强壮。

见血封喉，无疑是位强者。只是过于恶毒了些。当初为了对付什么威胁，致使它练就了这一身自卫的本领？出于什么深仇大恨，使它对人间万物采取如此势不两立的态度？

善与恶，自古以来的话题。弃恶扬善，是人类的道德准则。然而，恶，往往是强者；善，往往是弱者，这又是多么不公平呀！有论曰：恶是推动社会发展的力。有论曰：人类永远追求真善美。实现真善美的社会何以得用恶推动呢？个中的二律背反，实在深奥得令人费解。

哦，恶毒之王见血封喉，你心中不可能没有善的种子，你的灵魂不可能没有爱的追求，若不然你怎会只用毒汁防身从不主动出击，若不然你怎会用清凉的绿荫抚慰炙渴的本土？

面对我的感叹疑问，见血封喉漠然置之。阵风袭来，叫你听到它的声音也觉得恐惧，但那树叶飒飒分明在说：大自然皆无恶意，全是你们人类自己在折腾！

绿色魔鬼霸王藤

在海南热带植物园，有一种植物名叫霸王藤，长大以后则成为霸王树，这是个比箭毒树更加可怕的绿色恶魔。箭毒树虽有剧毒，并不去侵犯别人称王称霸，一副"保护主义"的姿态，人类利用它的毒汁做杀伤武器，责任并不在箭毒树。绞杀植物霸王藤就不同了，它在弱小时并不能独立生活，必须依附在别的乔木上，以后生出气根。气根从空中或沿着所攀附的乔木的树干下入土壤，方可转而独立生存。但是，它并不感激支撑它的乔木，甚至不能与人家和平共处，而是恩将仇报，任其章鱼触手般的气根越生越多，扭结成网，霸占空间，将所依附的乔木严密包围，越缠越紧，直到把恩人绞死。

我见到的这棵霸王树，死死绞住了一棵猫尾木，里三层外三成的气根扭曲着，活像一条条缠在一起的巨蟒。"巨蟒"拧成的粗大"树干"，比乔木树干还要坚固挺直，已经自成气候完成霸业了。猫尾木本来是一种漂亮的乔木，现在早已窒息而死，变成一段焦黑的朽木。

看着一绿色王国的惨烈景象，我的身上仿佛也被绞疼了。过去，从未听说过植物界也有如此残忍的生存竞争，一直以为弱肉强食只是动物的本性。有不少攀缘植物，也靠着寄生依附生存，它们的缠绕对乔木也有伤害，但还不至于到了非要把恩人置于死地的程度。

望着霸王树狰狞的枝条，生发许多联想。我们的社会人群中，不是也有乔木与爬藤，猫尾木与霸王树么？举凡有真才实学的人，大都犹如乔木，根深叶茂，刚直不阿，堂堂正正昂首而立。也正是因其是乔木良才，不需要弯曲取巧，他们往往性情耿直，直言直语，因而得不到上司的赏识。他们的下场往往很惨，或因树大招风，或因遭人嫉妒，或者干脆就因其出类拔萃，到头来难免被砍被伐的命运。相比之下，别看那些蛇一样的爬藤连自家腰身都立不起来，一副奴才贱骨却善爬高儿，爬杆爬墙爬树，见高就攀缘而上，用不了多久，他们就能爬得高过杆顶高过墙头高过梯端高过树冠，一旦树倒墙塌梯朽杆断，他们跟着摔倒地下躺不多久，就又捡着别的高枝儿爬上去了。

这些爬藤固然可恶，远远避开他们就是了，一旦碰上了霸王藤，那可就要倒霉了。当他匍匐在地的时候，他会诌媚的对猫尾树说："你这样高大强壮，我这样软弱渺小，只有借您的提携我才能成人，请收我做您的随从吧！我永远忠于您，我永远不妨碍您！"善良的猫尾木一向助人为乐，也就接纳了他，把他当成了好朋友好邻居，岂料引狼入室葬送了自己的性命。霸王藤借着猫尾木的支撑爬到高处，立刻翻脸无情露出杀机了。

猫尾木死去了，霸王藤称王称霸。猫尾木死得无辜，死得窝囊，偌大偌直的乔木竟如此束手被缚，实在令人痛惜。望着七扭八歪恐怖丑陋的侵略者，我忽有所悟，猫尾木也死得壮烈，霸王树在扼死他的同时也扭曲了自己，把自己的恶行暴露于世。

同在一个植物园内，同是热带植物，同属恶树之名，箭毒树从来不主动侵犯他人令人望而生畏；霸王树把自己的霸业建立在恩主的尸体上，令人望而生憎。

猫尾木以自己的悲剧告诫世人：警惕攀附者，他们中间有霸王藤！

生存竞争，当然是残酷的普遍规律。但是，随着现代文明的发展，随着科学技术越来越多地造福于人类，随着物质产品的日益丰富，原始状态时你死我活的生存竞争，能否趋向缓和呢？大家能否找到一种方式长期共存和睦相处呢？即或为了进步而必需的竞争，能否以文明的方式取代野蛮残酷呢？

所幸，森林里的绞杀植物不多，大多数猫尾木或可安然无恙。

橡胶林的呻吟

在马来半岛，到处可以看到郁郁葱葱的橡胶园。第一代华人闯南洋，大多在橡胶园里做工。当地华人的命运与橡胶林的命运联结在一起，相依为命，共损共荣。可以这么说，有橡胶园的地方，准有华人；有华人的地方，准有橡胶园。华人或种胶，或割胶，或做橡胶生意，老一代南洋华人与橡胶树，你中有我，我中有你，心灵相通，秉性相似，堪称人与树的浑然一体。新一代的南洋华人，大都搬到城市去居住；仍在橡胶园里做工的不多了。但华人种植园主仍然坚守在自己的胶林中，他们的后代也不会忘记橡胶林对他们的养育之恩。

从吉隆坡通往马六甲的高速公路上，两旁都是橡胶林和棕榈林。友人以为我没见过橡胶树，问："要不要下车去看看橡胶园？这可是我们这里的特色。"

我说："不了，从远处看看就行了。我去海南岛时，是由农垦局接待的，他们总是请我们去看看橡胶林。"

我一直以为，在地球上庞大繁杂的绿色家族中，大概要属橡胶树的命运最凄惨了，也属她性情最奇特了。当我第一次走进海南岛的橡胶园，看见割胶工人的操作和橡胶树流出的胶液，心灵为之一颤。这不是绿色的奶牛么？这不是绿色的乳娘么？雪白的汁液源源不断，几乎和母乳一模一样，难怪同行的人竟伸手蘸一滴尝尝了。橡胶树虽然高大，却是一副母性，比老牛更为驯顺，一辈子任人宰割的。人们用刀子在树皮上割出一条螺旋下滑的伤痕，白色的血液即顺着伤道流下来。大约一昼夜的时间，旧的伤痕刚刚止血，人们又用刀子在那斜坡的表皮薄薄割去一层，新的伤痕即又涌出白血……如此循环往复，直到树皮被割到接近地面才罢休。殊不知那时树干上端的表皮又快康复，新的一轮宰割又将开始。一棵橡胶树一辈子究竟得被凌迟多少年呢？她有没有疼痛神经呢？倘若有，她怎堪忍受？在植物的王国，大概该举橡胶树对人类的贡献最为急需最为昂贵了，大概也只有她在受此苦刑罢！她的前世做过何等恶事遭此报应？或许，她压根儿没有作恶，只因盖世奇材才不得善终。

我们这个民族自古以来讲"中庸"，"忍为高"，讲"木秀于林，风必摧之"，听话的庸才可以得到重用，卓越的人却遭人嫉恨陷害。不过，木秀易折，尚可认之；木秀而被剐，可就过于惨烈了。我不由得想起了历史上仅执行了几例的剐刑其中就有一桩千古奇冤。

明末忠臣袁崇焕，率兵打败入侵的后金（清）兵，努尔哈赤受伤而死。崇祯二年后清军绕道入关包围北京，袁将军星夜驰援，没料到崇祯皇帝中了反间计，竟疑他与后金有密约，判以剐刑。剐刑是最残忍的酷刑，把罪大恶极者剐一千刀，即俗语诅咒的"千刀万剐"。

历史的公正评判总是姗姗来迟，当时的北京市民不明真相，受了舆论蒙蔽，群情义愤，竟要亲口吃了"叛贼"袁将军的肉才能解恨。刽子手趁机发杀人财，每一刀剐下的肉可以卖到几两金！这位拼上性命孝忠皇帝的袁崇焕之恶死，可真算是登峰造极了。

大凡忠臣奇才多不得好下场。树的王国如此，人的王国皆然。

有时我想象袁崇焕的冤魂决不肯罢休的，可能就是他化作了橡胶树，一滴一滴地流出白色的汁液，用来证明自己的清白。他是广东人，他的灵魂是会回到南国归根为树的。岂料，他的转世之树却又因了这份清白与卓越继续受到永无休止的剐刑！

风在林中穿行，温顺的树叶只敢发出低低的呻吟。我站在阴森森的橡胶林中，惊异地发现无论朝任何方向看，一株株橡胶树都以同等距离排成直线，真难为当年橡胶园工人的栽种技艺了。

列队而立的胶林，共同承受着苦难的命运，也就听天由命，以为天下的树木都不免此刑了。

或许我的凭吊和咏叹是自作多情，橡胶树镇静自若地流着白血，全然无知无觉的麻木样子，既被造物主罚作此树，还是没有灵魂的好，我真怕她有灵魂啊！

檀香树与洋金凤

　　本文在前面讲了，在我走南闯北远行的旅途中，领略过许多独具秉性的绿魂。我对绿色朋友的无声语言有一种领会的悟性，才揣摩出造物主造出这些绿色生命来，就是为了让他们长久地陪伴和慰藉人的孤独灵魂的。想想一棵古老的大树，不仅是我们终生不渝的朋友，也曾见过我们的父辈、祖父辈、曾祖父辈，乃至远祖。他知道他们的出生、成长、爱情婚姻、喜怒哀乐、生老病死。古树得日月山川之精华，早已修行出一身佛性，懂得生生灭灭万物轮回。因此，它以超然的开朗目送他们从人世间消失。想到这些绿色朋友还将陪伴我们的儿子、孙子、子子孙孙，它会替我看到他们可爱的小脸，听到他们的爱情誓言……

　　说到爱情，绿色世界也有许许多多动人的故事。只是树们不喜欢张扬，不像我们人类这样总是爱死爱活地咏叹吟唱，浪费纸页文字没完没了地书写唠叨，它们只是默默相爱就是了。在山川大地上，只要有绿色的地方，就有爱情、性，就有生命的繁衍。不仅相同植物之间有着忠贞不贰的爱情，不同树种之间有时也会发出"非她不娶，非他不嫁"的山盟海誓。

　　你听说过不同树种之间的故事么？你相信大自然中也有娶不到钟爱的姑娘宁可死去的多情公子么？你愿意听一曲枝叶相抱根须相缠的绿色情歌么？那就是檀香树与洋金凤。

　　美国檀香山早先盛产檀香木，因滥伐过伐，现已有名无实，空有檀香城没有檀香林了。美国人曾多方试种檀香树，均难成活，也就无可奈何了。

　　名贵的檀香树很难人工栽种，实乃一大憾事。为了种活檀香树，植物专家们绞尽了脑汁，搞了一片又一片试验田。然而，不管你为他选择多么优良的水土条件，多么细心地照料他，他仍旧病恹恹地捱不了几年就死去了。后来不知出于什么机缘，人们发现得为他选择一个伴侣，也不知怎么弄懂了他的心思，选来了洋金凤种在他身旁，这才喜结良缘，生机盎然。一排排檀香树与洋金凤，宛如宫廷舞会上翩翩起舞的对对佳侣。

我见到他们的恩爱情景时，檀香树已长成三四米高。洋金凤依偎着他的树干盛开艳丽的花朵。听说檀香树挑选伴侣的条件非常严格，他要求妻子必须身段娇小，枝干苗条，根系发达并生得浅，寿命要长，相貌要俊美，性格要温顺。人们煞费苦心，觅来了基本具备这些条件的紫珠姑娘做新娘，谁料不合他的心意，夫妻不睦，他又奄奄一息。终于，洋金凤小姐盛装出嫁，檀香树才如愿以偿，琴瑟相合，鸾凤齐飞。有意思的是，人们为了搞实验，在这片爱情之林的边上种了几棵未曾娶妻的檀香树，果然比同龄兄弟们瘦小得多，孤苦伶仃一副病容，看来是长不大了。

檀香树出身名门，气质高贵，为何单单钟情于洋金凤呢？我仔细端详她，果然是一位风姿绰约的绝色佳人。她是一种直立灌木，茂密的枝条异常娇嫩纤细，她以众多酥软温柔的玉臂拥抱着丈夫，使他得到最大的满足。她的花朵也真美得奇特，朱红的花冠镶着金黄的花边，花心处，不知是复瓣还是花蕊，竟有一只欲飞欲落乍翅收翎的金红凤凰。那金凤如此轻盈，吹口气儿也怕她飞了去。娇枝嫩叶顶着一朵朵金丝绒红丝绒的花凤，难耐扶持欲还扶持，真是胜似瘦飞燕赛过病西施了。她的根部与檀香树相通，付出自己全部的爱。不知两树地下互通互缠的根系分泌些什么生命的奥秘，如何互相滋润，使双方在爱情的甜蜜中求得长寿。

古往今来之情种，不过如此了。树且如此，人乎？大自然中尚有纯洁的爱情，人类社会的现代文明竟不容此纯情乎？

不同的树种尚能相亲相爱，相依为命，何况处于不同环境的人乎？

挨打的枣树

    海外见过不少奇花异树，我总爱向当地主人打听那些花树的名字。可惜，因大多是外语名字，发音不好记，典故问不清，也就不得要领。比如新加坡的国花叫胡姬花，名字美，花枝亭亭玉立，典雅妩媚，令人联想到那位胡姬的美丽。我向当地朋友请教胡姬的身世，以胡姬花作为国花的缘由，可惜在座的人对此均不甚了了，胡姬花也就只有给我留下一派朦胧美了。

    爱树之人，走到哪里都爱谈树。我说起树不仅有灵魂，通人性，还像人一样有乡土特色，有民族性格。海外朋友笑我用惯了文学语言，离不开拟人与夸张。我则认真坚持："各位是没有用细心观察，别说一方水土养一方树，就是同一种树，《晏子春秋》里不是说了嘛，橘生淮南则为橘，生于淮北则为枳。有的树至死不肯换地方，有的换了地方，脾气秉性也就变了。"

    友人听了笑问："那你说说，什么树最能体现中国大陆的乡土特色和民族性格？"

    我加以界定："我是北方人，只熟悉北方有代表性的树种。"朋友们很感兴趣，我便讲了枣树的故事：在北方的农村，没有比枣树更普通常见的了，没有比枯瘦干巴的枣树给人更多的欢乐与实惠的了。碧玉般的青枣，玛瑙般的红枣，轻盈的干枣，饱满的醉枣，醇香的枣花蜜……桃李苹果固然好，却要专人在果园里伺候。只有枣树随便长在房前院后，村头地边，几乎不需什么肥水，人们从不照顾她，她便悄悄地奉献颇多的果实。你看，这像不像北方人淳朴敦厚的性格？

    春天，你从枣树下走过，真要醉倒在那袭人的香风中了。甘甜的小枣，具有补血暖肾，滋养身体的作用，是产妇、病人、血小板缺少者必不可少的美食，又是年糕、腊八粥、粽子、切糕、八宝饭等民间小吃必不可少的用料，为佳节平添多少情趣。

枣树有这样亲近人的性格，却颇薄命，不仅得不到人们的照顾，反而常常遭到毒打。常言说，有枣没枣打三杆子。每当枣树上缀满果实，大人也罢，孩子也罢，都要抄起杆子打她一顿，直到打落满地枣儿才心满意足。后面来的人，又是一顿好打。

我很为枣树姑娘抱不平，为什么人们对别的果树都是登上梯子小心翼翼地摘取果实，单单对瘦削的枣树施之棍棒呢？若说因为枣儿小，葡萄不小么？不过人家生得娇嫩罢了。农人说："这枣树不打是不行的。今年打得重，明年长枣才多。没听说那句老话，许妈妈打错了孩子，不许孩子怨恨妈妈么？你可倒好，竟替枣树说话！"

天下竟有这等性情儿，枣树是生来做人奴婢的命？我怀疑她的前世是个从主人家逃跑的女奴，逃到这个世上来仍然躲不掉追赶而来的主人的惩罚。唉，可怜可叹的枣奴，你果然就心甘情愿地无辜挨打么？在"文革"浩劫整人时也讲"有枣没枣打三杆子"，也讲"只许妈妈打错孩子，不许孩子怨恨妈妈"。你看，这不是树似人，人似树了么？

我家胡同里也有一棵枣树，枣儿又熟了。我出于对她的尊重，决不抄杆子打她，小心翼翼地伸手去摘。不料，枣刺儿却重重地扎了我一下，疼得我缩回了手。倒是那乱棒齐挥的人们，从地上捡枣来得轻易。我抚摸着伤指，觉得又可气又可笑，一怒之下便也想抄杆子。转念一想，枣树姑娘浑身是刺，人们不敢近前，才去打她。她身为奴婢，也是晴雯式的傲奴。她只因长了一些并无大碍的小刺儿，照样的忠诚，照样的俭朴，照样的奉献，何以就招至强暴呢？话又说回来，这枣树的秉性也真是叫人难以捉摸，其实她只长了些小刺儿，往大处说却是地道的忠臣顺民，越挨打越多贡献果实，这又何苦来？

枣树的灵魂和品格到底是什么？她使我想起了同样难以理解的国民们……

守望者大眼晴杨

我到过中国北方很多地方，华北、陕西、东北、内蒙古……见到许多北国特有的树，似乎分布最广的要属杨树了。你坐在火车上，或是走在公路上，映入眼帘的首先是一行行高大挺拔的杨树。杨树颇能忍耐干旱和寒冷，在盐碱薄地上也照样扎根生长。越是往北走，越能看出杨树的优势。别看他是落叶树，在耐寒方面却不亚于针叶长青的松树；松树成林才能茂盛，也多选择山区。杨树可没那么多讲究，成林，成行，三三两两，形单影子，怎样都成活，都皮皮实实长得高耸入云。从北京坐火车经过赤峰往满洲里沿线，在农田和草原的接壤处，土地贫瘠，气候干旱，全年无霜期不足一百天，别的树木已经很难生长了，只有杨树还在排着队向北延伸。往前望去，出现了沙漠的黄龙，在那昏黄的地平线上仍能看见杨树的身影。

只要有最低生存线，就能忍耐着活下去。你看，杨树像不像世世代代生活在北国的人们？

也像中国人一样能够大量繁衍，杨树的家族众多，大叶杨、小叶杨、钻天杨、毛白杨、加拿大杨……有一种土生土长的大叶杨的树干很奇特，树皮的疤痕形如一双双眼睛。这绝不是牵强附会的联想，真是栩栩如生的大眼睛，任何人见了都会惊奇地认出那是眺望远方的明眸。

海外朋友听我这么讲，都有些将信将疑。我劝他们去中国北方看看，看了就会知道，杨树的眼睛甚至不是毕加索式的变形画，简直就是真真切切的写实素描呢！

天津有许多这种大眼睛杨，脾气秉性颇像天津人。杨树的日子过得挺热闹，春天长出毛毛虫一般很不漂亮的花穗，洒落满地害得环卫工人好一阵辛苦打扫。然后钻出嫩叶，由鹅黄而银灰，由银灰而翠绿，又由翠绿而变成油亮的墨绿。厚重的胶质叶子比巴掌还大，黑压压的犹如一座青山。他天生乐观，容易知足，于恶劣环境中也自得其乐，但并不能真正地充实自己，不耐烦像松树那样每年只长出一道头发丝一般细密的年轮，心急火燎草草率率只顾长高。别看人家都说他的木质不成材，他在人前一站仍然一副英雄好汉高大雄伟的气魄，又极爱喧哗凑热闹，来一阵微风便哗哗地拍起巴掌，落一阵小雨便沙沙地抖起筛子，到了秋天有满树金黄来一番辉煌的谢幕。不过，你也别说他终无大用，作为北方城市和公路的绿化树，他也是不可多得的角色。

最早指给我看杨树眼睛的是外婆，那时我才四五岁，住在山东临清运河畔。外婆指着运河堤上高大的杨树说："瞧！双眼皮儿，单眼皮儿，丹凤眼儿，倒梢眼儿，杏核眼儿，鱼尾眼儿，翻白眼儿，这双眯缝眼儿在笑，那双肿眼泡儿在哭……"

我问："杨树长眼睛干啥？"

"往远处看呗！越长高越能瞧远儿，要不他就一股劲地蹿高儿啦？"

"瞧远能看见啥？"

"盼着你爹妈回来，盼着往后有好日子过。人都是一天一天往前盼，一辈一辈往下盼，他也跟人一样，谁不眼巴巴地盼着时来运转，儿孙有福呢！"

听了外婆的话，我常常去河堤上去看大眼睛杨。果然，杨树日日夜夜巴望着什么。春，漫天漫野刮起风沙，大眼睛不怕迷了眼，一眨不眨地圆瞪着，望着天边的小路……夏，阴雨连连淅淅沥沥，那些眼睛湿润润地淌着泪水，因没有盼到心中的希冀在伤心，但他仍然睁大眼睛巴望着……秋，朔风卷走了所有的树叶，杨树枝光秃秃的，大眼睛没遮没挡显得深陷憔悴，迎着寒霜守望着……冬，大雪压枝，眼睛们的睫毛都变白了，像个白发宫女，仍然执著地企盼着，企盼着……

多少年来，我走在北国任何地方，都能看到睁圆眼睛巴望着什么的杨树，心中再也升不起惊喜与好奇，只剩下一丝惆怅。他们在盼什么？盼到了什么？既然盼不到什么为什么还是总在盼呢？盼来盼去，他们的目光是闪出希望还是失望……我这样问杨树，他不回答，仍然睁着一双双巴望着的眼睛。

中国人难道不是这样一代复一代地盼望着的么？如果一个民族在忍受贫穷方面所显示的坚韧程度，远远超过摆脱贫穷的拼搏程度，不是很可悲的么？如果只是被动地期待着明天，而不是去顽强地开创明天，那不是徒劳的么？

噫唏！守望者大眼睛杨。

三百朵红玫瑰

绿色家族，没有鸟儿的翅膀和歌喉，没有马儿志在千里的飞蹄，也不能像鱼儿那样自由地翱翔大海，但他们却有自己独到的法宝——开出色香万千芳姿各异的花朵，把地球装点得绚丽多彩。花朵，是绿色朋友的眼睛，语言，笑靥；是大自然的音乐，舞蹈，诗歌。

在浩瀚的花海中，受到各个国家的各个民族共同宠爱的大概要数玫瑰花了。玫瑰花花色品种繁多，其中最出风头的当推红玫瑰了。红玫瑰之花语是"炽热的爱"，于是格外受到年轻人的青睐。可以说，只要有青春与爱情，就少不了红玫瑰来凑趣。在文艺作品中，爱与死是永恒的主题，红玫瑰也就堪称永恒的花朵了。

不知当初欧美情人缘何把红玫瑰选为爱情的象征，或许是取它的香艳多情吧！玫瑰与月季是近亲，几乎是月月有花期的。次数众多的爱情，也就谈不上腊梅的冷傲菊花的忠贞了。这位世俗美人的秉性，符合人间男欢女爱的实际，更加符合现代露水鸳鸯们的"花期"。于是，红玫瑰愈加成为现代商品社会的点缀了。

我却知道另外一种红玫瑰的故事。

马来半岛有一位女作家，她丈夫出身名门，事业成功，但他们夫妇真正的财富不是物质金钱，而是三个美丽出众的女儿。大小姐十九岁，二小姐十二岁，三小姐只有八九岁。三姐妹都是明眸皓齿，肌肤雪白，身材修长，气质高雅，在肤色黝黑的南洋华人中十分引人注目。他们年纪虽小，却有许多名门富户提出订亲。女作家和她的先生都是受英美教育的，颇具现代意识，对上门求亲的人一律婉拒，表示尊重孩子们的选择，爱情婚姻由年轻人们自己做主。

大小姐在美国韦斯莱因大学读书，这是一所贵族大学，宋庆龄、谢冰心等著名人士都曾是该校学生。大小姐不但学习成绩优秀，而且含蓄谦和，善解人意。今年夏季考试，班上只有她一人的总成绩获得了 A，她怕考试成绩不理想的同学们难过，没有对任何人显露。这样一位聪慧貌美有修养的姑娘，当然会有许多追求者，美国和马来西亚的不少男孩子都梦想娶她做太太。

她回吉隆坡探亲，正巧赶上过生日，家里自然要庆贺一番。一个富家子弟为了讨她欢心，送来了一份昂贵的生日礼物——用三百朵红玫瑰扎成的两只大花篮，每一朵玫瑰花都修剪去刺，还包着纱网，配以青翠欲滴的枝叶，娇艳夺目，华美之极。红玫瑰是象征爱情的花朵，因为小伙子不惜重金买了它献给姑娘以示求爱之意，所以永远是花店里的俏货。吉隆坡的花市行情，平时要花三元马币买一朵，大约相当于十元人民币。到了情人节，每朵红玫瑰涨到十几马币，这还不算制作花篮的工料费呢！虽然大小姐的生日离情人节还远，这只巨大的花篮也要一千多元马币，折合三千多元人民币。

三百朵红玫瑰编织而成的两只大花篮，摆在她家客厅里，如火如霞，满室生香。全家人都来观看，老少三代人却有着不同的评价。

爸爸抽着烟，瞅着大花篮直摇头。

奶奶一进门，见了这么多红玫瑰很不高兴，问："谁家的孩子这么没有家教？自己还没挣钱，花父母的钱摆什么阔？不知勤俭的人，日后不会有出息！"

二小姐不以为然："这样才罗曼蒂克！"

妈妈说，"唉，你爸爸从没这么浪漫，他很实际，都是买些实用的东西送我，像手表啊什么的。"

别看三小姐年幼，却发表了旁人莫及的高见："等我长大了，不要男孩子送花篮，要他送我一座花园。"

全家人一听都乐了，爸爸逗她："为什么要一座花园呢？"

三小姐说："这些花几天就凋谢了，什么也留不下。花园里可以种玫瑰花，年年开花，月月开花。再说，还有土地呢！"

小小年纪妙语惊人，爸爸笑道："小三三真是孺子可教，既要浪漫又重实际！"

全家说得热闹，唯独红玫瑰的主人大小姐默默不语。她在写请柬。在生日派对的客人名单中，没有这位送来三百朵红玫瑰的公子。

她很礼貌地给他打电话作了解释："谢谢你对我的生日祝贺！你送了这样的礼物，如果我邀请你来我家，就表示了我有某种承诺，朋友们也会对咱们的关系发生误解。实在对不起了，请原谅！"

今年七月在北京，我见到了这位漂亮的大小姐，她是利用暑假来北京语言学院学习汉语的。她请我看她的诗集，其中就有她坐在红玫瑰大花篮旁的照片。那花儿很美，花丛中的人更美。她仍然芳心未许，秋天还要到英国去学习，她是个志向远大的姑娘。

花　涛

　　浪涌成涛，云浓成涛，麦田滚滚成涛，松林飒飒成涛，雪原漫卷成涛，大漠移沙成涛。花，也可成涛么？你见过花涛么？你想看如云如霞如雪如海的花涛么？我领略过花涛之美，在花涛中徜徉过，沉醉过。别以为那由无数鲜花簇拥而成的波涛离你很遥远，用不着去山野幽谷寻觅，她们就在我们居住的城市，只要你肯留意，只要你肯体味。

　　那年春天，天津影视文学中心的摄制组借用一座小洋楼拍摄我的剧本《晨歌暮曲》，来到了睦南道 70 号院落。这是一处幽静的招待所，以前我来过这里，只是匆匆会客未及端详楼台庭院的独到之处。这一次安营扎寨十几天，有机会里里外外看了个仔细，这才发现此处堪称天津最好的花园洋房了。一楼大厅宽敞讲究，成为我们的剧中主要场景。导演在精雕细刻地排戏，我在拍摄现场事情不多，连日劳累，烦恼缠身，想到院子里散散心。

　　我看到大厅朝阳处有一扇玻璃门，阳光照在美丽的花玻璃上闪烁着宝石般的光泽，甚为好奇。摄制组运来器材和道具时，走的是侧门，这扇花玻璃大门通向哪里呢？我刚打开门，就被铺天盖地袭来的花香撞了个满怀，还没看清花在哪里，已经醉醺醺脚底发飘了。

　　来到院子里，阳光刺眼，一时仍然辨不清花香来自何处。春天的风送来一种奇妙的声响，忽大忽小，忽远忽近，细密如秋雨连绵，温柔似南海细浪，风乍收时万籁俱寂，风又起时天筛摇珠。顺着声响抬头望去，一片玫红粉白遮天蔽日，原来是一排将院子团团围住的海棠树在风中摇曳。这些排列紧密的海棠有十几棵，棵棵有三层楼那么高。海棠树虽为乔木，但从紧贴地面处就长出分枝，枝条相依相扶托举着连接成片的树冠。正值海棠花怒放盛期，一簇簇花朵相挨相挤，耳鬓厮磨，难怪一阵风穿过即涌起香气袭人的花涛了。

我来到花荫之下，伸手去接冉冉飘落的粉白的香瓣，细细思量海棠树的种种好处。依我看，天津也可以尊海棠为市花之一的，她在海河之畔到处落户，为冷清的北国之春平添许多似锦繁花。水上公园、北宁公园都有海棠林，仲春时节都能看到这遮天蔽日香气袭人的花涛奇景。日本人尊樱花为国花，有多少大和民族的民歌诗句名篇佳作吟诵樱花，甚至樱花花期短暂的缺点，竟也成为武士道慷慨捐躯精神的象征了。依我这中国人的眼光看，樱花是远远不如海棠树的。樱花像桃花般单薄细弱，含苞欲放时尚有红润，刚一盛开即成惨白，一夜风雨香消玉殒，落英铺地，能有几日青春健美生命的享受？海棠枝头却是这般繁花压枝，花团锦簇，红蕾朱唇点点，花朵粉面含春，浓妆淡抹，蝶舞蜂飞，轰轰烈烈合唱春天的赞歌。

海棠属蔷薇科，花冠之大花色之艳花香之浓，和玫瑰月季是表姐妹，可玫瑰月季极少能长成三层楼高且又开出千万朵花的。若与果树相比，苹果和梨树在春天也是满树繁花，但她们枝条稀疏身材矮小，很难像海棠花这样在空中前呼后拥如波如涛了。

我在花涛香海中徜徉，忘记这里地处市中心，以为是到了山野幽谷世外桃源了。招待所的工作人员来了，小伙子见我这么爱花，便要往土里压几条嫩枝，待嫩枝生根成活移到我家院子里去。他指了指一片被海棠围在中间的花畦说："过些日子再来，白牡丹就要开了。"

我惊奇地问："院子里还种着白牡丹？"

他指着紫红的牡丹新枝和枝头嫩叶说："这些牡丹少说也有六七十岁了。"

他看到我怀疑的目光，讲起了白牡丹的身世："听老花匠说，这所楼是在30年代盖的，早先的主家在时，院子里就种着这些海棠树和牡丹花。说也奇怪，白牡丹在这里开得又大又好，远近闻名，有许多花圃的师傅来求枝移栽，但是，谁也没有移栽成功，只要一挪地方，牡丹就不愿意活了。更奇怪的是，十几年前楼房大修时，平整院子地面，干活的工人把牡丹花畦给刨了，从那以后好多年没有牡丹花了。你猜怎么着，这几年又钻出了牡丹枝，可能是老牡丹根深，没刨干净。也没人管它们，它们就长得又高又壮，牡丹花开时比娃娃脸还大呢!"

我听了这牡丹花的故事，俯下身去对她们肃然起敬。蒲松龄老先生在《聊斋志异》中描述的牡丹花妖颇为多情，莫非这白牡丹矢志不移生死相守是恋着一同长大的海棠树么？莫非海棠树根与牡丹花根相缠相依，地下有约，这先来一步的花潮花涛的交响乐，都是为了召唤牡丹妹妹么？绿魂之间的语言，非我等凡胎能够听懂，只好揣测想象了。

回首望去，庭院深深，花影憧憧，亦真亦幻，神秘莫测……

松 树 的 母 亲

我很喜欢看《人与自然》这个电视节目，每逢从报上的电视节目预告中发现《人与自然》，我就坐在电视机前早早地恭候了。那晚，赵忠祥以他那固有的稳重委婉的风格，向观众诉说着我国西北部土地沙化的严酷现实。他使我想起了抵挡北部沙漠进犯的大兴安岭森林，想起了呼伦贝尔草原西北方向清晰可见的沙漠黄龙。

1987年大兴安岭森林大火的前一年夏天，我和一群作家到过那里，领略过森林完整的原貌。不知为什么，作家们在互相邀集时都说："快去看看原始森林吧，去晚了就看不见了。"大家的原意是指森林的采伐，不想竟成了预示转年大火的谶语。从电视新闻里看到大兴安岭的熊熊烈焰，我感到浑身被炙烤得发疼。我刚刚去那里结识了许多绿色朋友，未想竟成永诀！

如果你知道中国大陆的森林覆盖率实际上不足6%，而欧洲的奥地利骄傲地拥有"三个四"——森林覆盖率达到44.4%，如果你知道像日本这样的富国，为了保护自己的森林资源，不肯砍伐国内的森林，花钱购进穷国的木材，其中就有我们这个森林少得可怜的中国，这真叫越穷越吃亏了！如果你看到中国北部的土壤已出现严重的沙化，沙漠正在以可怕的速度向东南良田进犯，而我们的农业区由于滥伐森林，水土流失已经到了不可挽救的程度，你就会理解我对大兴安岭森林大火的痛惜之情了。

当年，在大兴安岭原始森林采伐过的山峦上，我认识了松树的母亲。顺着山顶的弧线等距离地高耸着一些大树，远远望去像是稀疏的绿色梳子。浑圆的山岭逶迤起伏，这些绿色梳子又像奔驰的骏马的鬃毛，更像翻腾的蛟龙的脊鳍。当地主人说，这是为了天然再生林留下的母树。母树的条件是必须树冠大，树干直，松果多，无病害。我想，这就是森林女神了，心中充满了对她们的敬意。我暗暗地为她们庆幸，被选为母树就可以逃避砍伐了。

后来我才知道，在这样恶劣的环境中当好母亲，谈何容易！一颗松子落下，顶风飞八十米，顺风飞二百米，但松子扎根成活的可能性非常小。林子里有一层厚厚的枯枝败叶，松子难得和底下的土层接触。即使有幸扎进土里，山皮只有一尺多的薄土层，下面全是非石非沙的白渣，松子只得顽强地求活。这里已邻近俄国的西伯利亚，每年的无霜期只有七十天到一百天，一棵幼松一年才能长十厘米高。看一看砍倒的大树吧！每一道年轮都细得像头发丝。人们用电锯锯倒一棵二百年的大树用不了几分钟，然后把艰难的森林再生任务交给松树的母亲！

在母树的周围，到处可见腐朽发黑的树墩，她若是有情有泪，该如何为死去的同胞恸哭！人们敬畏山神，把每一棵树锯倒后留下的残墩都尊称为"山神爷的供桌"，不许踩，不许坐，一派虔诚。既怕山神爷怪罪，又砍山神爷的儿女；既大肆讨伐，又供奉牺牲者的灵牌，亏得聪明的人类想得出来这种自相矛盾自圆其说的"供桌"！

母树毕竟是母亲，她知道这一切，容忍了这一切。在一望无际的"供桌"的缝隙中，她顽强地哺育着松果，顽强地撒着松子。尽管空付了许多心血，尽管儿女们只有极少数能够成活，她还是顽强地哺育着松果，顽强地撒着松子。

终于，一片天然再生林成活了！母树完成了传宗接代的使命，也在劫难逃被砍伐掉了，变成了"山神爷的供桌"……低矮的幼林举着嫩绿的小伞，掩盖了母亲的残躯。

母树若是地下有灵，她该哭，还是该笑呢？

在庞大的绿色家族中，我见过并叫得上来名字的花草树木不过是沧海一粟，却已千姿百态灵性各异了。环球各洲，高山平原，陆地海岛，何处无绿魂芳踪？个中奥秘，如何摸得清写得尽？冷静的绿魂高高在上地注视着人间的一切活动，默默地给予人们的善行以报答，给人们的恶行以报复。他们期待着人类终于有一天能够懂得：人在戕害大自然的同时，也戕害了自己，爱护大自然不仅为了人类的生存，根本还在于这种爱能够改善人性。

我喜欢结交绿色朋友，追寻绿魂芳踪去接近大自然。清新纯净的绿意洗涤我的灵魂，连我的血液也染得青碧，驱赶了尘俗的纷扰，开悟天人合一的真谛，求得心灵的超脱与睿智，这是绿色朋友给予我的最宝贵的馈赠。

娉婷玉女小白桦

友人问我："你这么喜欢树，能说出最喜欢什么树吗？"

这可真叫我为难了，我喜欢的树太多了，外出旅行，每一个地方的花树都叫人迷恋。多少年以后，甚至只记住了那地方特殊的花树。

要说最喜欢的树，想了又想……应该是小白桦了。

我在见到白桦树之前，已经爱了她20多年了。几乎每一个50年代长大的人，都和我一样钟爱那遥远的白桦树。俄罗斯文学艺术的影响，使中国当年的学生们都知道各种关于白桦林的故事、绘画、舞蹈、电影、歌曲。"小白桦舞蹈团"的来华演出，一排美丽的少女，以优美的舞姿表现白桦林的各种形态。这个舞蹈也出现在当年苏联影片《幸福生活》里，配以俄罗斯原野白桦林的外景，在中国几乎家喻户晓。俄罗斯油画《白桦林》《金黄的秋天》《白嘴鸦归来》，都传递着白桦那种特有的诗意的美。

我对小白桦还有一份特殊的感情——她是我真正的处女作。1960年，我是个16岁的辫子上扎着蝴蝶结的小姑娘，在天津人民艺术剧院舞台美术班当学员。剧院排演列宁戏《以革命的名义》，要在舞台上做一棵立体逼真的白桦树，设计师把这个任务交给了我。

我找来几本油画册和摄影集做蓝本，用树枝、铁丝、布和颜料，精心制作了一棵金色小白桦。小白桦"种"到舞台上了，灯光一照，栩栩如生，烁烁增辉，立即把观众带入俄罗斯田野的情调中去了。我的第一件艺术作品，博得大家的一致好评。

我很想在小白桦跟前照相留念，穷，没有照相机。每天演出之前，我都早早地赶到剧场把我的小白桦搬到舞台上去，大幕敞开着，观众席里空无一人，舞台黑黝黝的，我抚摩着小白桦，只有在这空寂的剧场，她才属于我。唉，这简直是我的初恋！少女之树，青春之树，梦幻之树，艺术生涯从这里起步。

直到我42岁时，实现了一次去朝拜大森林的远行，才第一次识得白桦真面目，那是东北大兴安岭活生生的有灵性的白桦林。

北国的白桦树，如果不是亲眼见到，谁能相信树的家族能有这般冰清玉洁的机体？早年画她时，我以为凡是树皮总要有一些青白色或灰白色，看来那真是给这位白雪公主蒙垢了。这浑身雪白的姑娘真像挽留住了严冬的皑皑白雪，纤细的秀枝摇着翡翠雕成的碧叶，白绿相间，清纯优雅，令人惊异威严肃穆的大兴安岭竟然能生出如此柔美娉婷的丽质，又怎能想象她们是如何顶住一年中长达九个月的冰封期逆风寒流的？在墨绿色近于发黑的松林中，她们像一盏盏明亮的银管灯，点亮了苍茫沉郁的北国山林。

小白桦是山神的女儿，哪里有滥伐后的"过伐林"，哪里的白桦就飞速生长，闪闪发光的小白桦列队林立，组成高举绿色旗帜的仪仗队，遮掩了青松哥哥的残躯，保护了山神母亲赤裸的胸脯。待到山林冰封，积雪不化，山川大地一片缟素，这北国女儿也抖落掉绿裙，裸露出洁白的肢体，归于雪山，隐于雪原，加入到百色归一的混沌纯净。远远望去，你再也分不清哪里是山川，哪里是白桦，她和白色的大兴安岭浑然一体了。

你见过白桦林的血么？那不是人们常把树的绿汁比喻的"血"，是和人的鲜血不差分毫，殷红殷红的血。我头一次看见她流血，惊骇得失声大叫。洁白的树干上，拦腰一片血痕，在阳光下发出刺目的猩红。白桦只要被人拦腰剥了皮，就这样流着血。她疼得发抖，但她咬紧牙关不肯呻吟一声，只是默默地流出殷红殷红的血。人们剥掉她的皮，只是为了烧柴时当引火这类蝇头小利，而一棵亭亭白桦只要被剥掉一圈皮，不出三五年就死掉了。

白桦，纤柔的白衣少女，竟是如此烈性。

她在受到侵犯之后，以凛然的雪和凛然的血，交响人格的凯歌，交响贞洁的挽歌，交响生命的天堂之曲。

哦，北国贞女小白桦。

花　　趣

我的业余爱好是种种花草，极为大众化的普通花草。我住在由连排老楼挤成的长方形大杂院里，以胡同入口为分界，左右各有一条小小绿地，宽仅两步，长亦不过30步。我家居于院子右侧，如今右边这条绿地就归我来耕耘了。

当初市政部门为大院铺地面时预留了绿地，园林部门来人种上了丁香、珍珠梅等花树。可惜好景不长，不知为何那些美丽的小树相继枯萎，空置的土地渐渐成为邻居们堆放蜂窝煤、杂物的地方，煞是难看。后来，趁着有邻家迁居或老人去世，我自动接管了这块土地种上花草。医生建议我找一点轻微的体力劳动，借以缓解长期写作带来的精神压力。

我对这块一字形的土地作了"认真考察"，研究每天阳光照射的角度。两排四层楼房相距很近，日照时间不长，还有两棵遮天蔽日的大杨树挡住了胡同口的风力，这样的条件适合什么植物生长呢？我决定营造"垂直绿化"，于是找人焊了铁栅栏，买了十几棵蔷薇幼条种上，当年成活，来年就依栏形成绿墙，绽开了粉红色和白色的花朵。为了让空余的土地绿起来，我专程驱车奔向郊区买来了海棠、紫薇、香椿树、枣树和十几棵月季，院子里来了这么多绿色朋友，一下子春意盎然、生机勃勃。

不料，没过几年，除了蔷薇，其他绿色朋友一位也未成活。我虽不至于黛玉葬花伤怀垂泪，也免不了蹉跎叹息。失望之余，我决心挖开树根探个究竟。刨到深处一看，禁不住给逗乐了！原来，当初筑路工人铺地面时砸上了坚硬的三合土，甚至有人偷懒把筛出的白灰疙瘩就近扔进这里。这花坛的黄土层很浅，底下全是白灰层，可惜了我这几年下的功夫！更难为了蔷薇花，可能它的根系浅而广，竟能在这等恶劣的土壤里茁壮成长！

我只好去找"客土"，然而对于城里人来说要把这块花坛换上一米多深的"客土"谈何容易！起初我和老伴满大街去找，趁路边植树使用小行李车、簸箕和塑料袋把黄土一点一点驮回来，怕影响人家种树，不敢在同一树坑旁取土，还得跑很远每个树坑偷一点土。土源有限杯水车薪，反正我也不着急，一有闲空儿就坐在小板凳上用儿童玩具小铲挖坑，把白灰疙瘩挖出来，直到看见下面的胶泥层才罢休。更逗人的是扫院子的清洁工不准我们把废土倒入垃圾箱，我们只好每天偷着往垃圾箱里倒两三簸箕，慢慢消化不断挖出的"白灰山"。我和老伴本是正人君子，为了种花过上这等偷偷摸摸的日子，太富于刺激性了！

北郊部队农场的纪政委听说了我的"愚公移坑"工程，派了几名战士送来一卡车黄土。小伙子们三下五除二就挖好了坑，呼啦啦倒入了好土。感谢之余，我竟然有些遗憾，我已经体验到"幸福其实是追求的过程"，人家都给干好了，今后只是赏花浇花不是太清闲了么！

这几年市里大兴绿化，园林界的朋友们给我送来了牡丹、芍药、月季、金银花、凌霄，加上原来的蔷薇、迎春花、海棠、葡萄，小小园地拥有了9种花树，堪称绿色家园了。得意之余却又有些失落，七八年来始终在为花奔走为花忙，如今"坐享花天下"了，反倒怀念那"追求过程的幸福"了。

岂料，麻烦事儿又来了，去年冬天我去美国期间，不知何人出于何种动机把月季枝条全砍了。今春堆雪融化该整理花树时我才发现，气恼之余忽然又乐了，这不又有活儿了吗，雄关漫道真如铁，而今迈步从头越！寻找良种月季"追求过程"的幸福生活又开始啦！

五一节前后，院子里的牡丹花艳紫艳紫的，芍药花还在悄悄孕蕾，金银花枝爬满绿墙。凌霄枝噌噌蹿上了大杨树。蔷薇团队最为壮观，早已织成了满荫满架。其实，赏花的幸福也在于过程本身，起初蔷薇的花蕾和绿叶极难区分，每天你都得去分辨、猜测、发现，乍一看你以为它们只是叶子，仔细端详你才会发现它们犹如一盏盏向高空举着的枝形吊灯，几千朵蓓蕾一旦绽放绯色云霞，你会听到花儿团队的大合唱。

难以描述的
感情记忆

难以描述的感情记忆

尽管已有不少报刊发表过介绍我的"剪影"之类，那都是别人拿的"剪刀"，我本人则很少写自己。

《难以描述的感情记忆》这个题目。采用了"感情记忆"一词，是因为它们完全不是履历的"大事记"，只是沉淀于心底的几个"情绪片断"。为什么单单记住了它们，几乎没有什么道理的。

往事浩如烟海，记忆的过滤纸总是滤出一些画面，一如我在中篇小说《红丝带》中写的那样：淡了，如同一团遥远的雾。然而，那是永远不会消散的雾。无论生命的年轮怎样一环又一环地裹住它，无论生活琐事的尘埃怎样一层又一层地罩上它，无论是春、夏、秋、冬，滂沱大雨还是漫天风雪，朝霞绚丽还是暮霭沉沉，无论是醒着，还是梦中……我总能清晰地望见它。

六岁以前的"宏观"记忆，山东的运河岸边，几乎紧贴河堤的外婆家院墙。黄的岸，黄的水，黄的泥屋。我和一群男孩子在河边沙地上掏乌龟蛋，爬到树上去看天边出现的纤夫队。"微观"记忆很奇怪，最难忘的"特写镜头"是一个瓦盆里栽的凤仙花幼苗，一株株只有两个榆钱般小的嫩芽，在春雨中摇摇曳曳。凤仙花是我认识的第一种花，那时乡下人叫它"指甲花"。每年春天我和外婆都忙着种花籽，盼发芽，把幼株倒种到土地上，看着它们长大，开花。然后，摘下火红的花朵捣碎了掺上蒜泥敷在指甲上，染红的指甲经久不褪。至今每当我在花园里看见凤仙花，还会下意识地伸出指甲瞧一瞧。我不记得"宏""微"两种截然不同的生活怎么在我身上调和起来的了，大概因为红指甲并不影响爬树吧！多少年以后，我的性格仍有两个貌似不可调和的方面，我也常常同时对几种完全不同的事情感兴趣，以致后来写的作品也彼此相背甚远。

我忘不了在运河边的胶泥里踩出无数脚印的纤夫队，每当读到"远古""祖先""民族文化土壤"这类词句，不知为什么我总想到那些长长的纤绳，仿佛它们就是从远古拉向现代的维系。当我第一次看见列宾的油画《伏尔加纤夫》，第一次听到俄罗斯民歌《伏尔加船夫曲》时，一个劲儿地想哭。幼时见到的纤夫队总是从天边来，吃力地拉着纤走着，走着，直到消失在天的另一边。河床平坦而光秃，辽阔的平原没有什么可以遮挡视线的东西，还是看不见他们从哪里来，到哪里去。外婆说，运河往北通天津卫，那是我出生的地方。外公说，我的父母去太行山参加革命，说不定哪一天坐船回来接我。从此，那来往不断的纤绳牵住我的心。直到解放的炮声响过，纤夫队拉着我北上，头一次看见一片灯海——天津。

真可惜那时没有照相机，把我进城时的模样照下来：长长的小夹袍，梳着"仙桃辫"——头顶刺出青头皮，中间留着一束桃形黑发，扎着红头绳的独辫歪垂到肩上，外围一圈"刘海"。虽然"仙桃"取长命百岁之意，到了天津也得剪去，只好变成了分头，使我看去像个男孩子。爸爸给我买了"布拉吉"，生平第一次穿裙子，深蓝底子橘红色大花，布面有核桃皮儿似的小疙瘩，穿上得意非常。后来穿过几十条裙子，只有那第一条记得最清楚，觉得最漂亮。姨表姐带我第一次逛马路，叮叮当当的电车，热闹的商店。我看见小摊上摆着一块块"花点心"，要买一块吃，姨表姐说那是皮鞋的后跟。

小学。一个人有两只手，人手口刀牛。我一时改不了爬房上树的野丫头脾气，一天早上捉到一只雏鸟，到了学校，偷偷把鸟塞在同学的书桌里。老师正在讲课，小鸟飞出来乱扑腾，扰乱了课堂。老师逼问，我只好招供。后来，老师带着我们把小鸟放掉。从此我懂得了爱，再没有捉过鸟。

离婚，起初我并不觉得它可怕，它能叫爸爸妈妈不再吵架了，家里倒清静。反正我到处都敢闯，想爸爸了就跑去看他，他总是把我抱在膝上，临走时给零花钱。8岁那年我去看他，撞见了他的婚礼。贺喜的人们对我异乎寻常的热情，新婚夫妇努力对我做出欢迎的表情。那时我还不懂汉字里有"尴尬"这个词，但它却在我不认识它时就自愿当起我的老师，教会我早熟。幸好，母亲的婚礼没有被我撞见，当时我在寄宿学校住宿。后来，她让我管一个不认识的男人叫爸爸，我没有叫。一直到17年后，我和丈夫新婚三天，按照习俗"回门"时的路上，商量他该管我父母叫什么，他说："当然叫爸爸妈妈。"我进了娘家门，第一次叫了"爸爸"。这时我才发现，继父是一位善良的人。

特殊的家庭遭遇，使我那开放性格中有一个暗角封闭了，外表仍然泼泼辣辣，嘻嘻哈哈，内心却孤僻自傲，极端敏感，极易激动，不善于和人相处，为了一点小事不惜以自己的伶牙俐齿恶语伤人。幼时外祖父母的溺爱和后来的缺乏"规范"的家庭教育，造成了我的桀骜不驯和散漫性格。在我有了自己的小家庭和儿女之后，朋友们都对我竟然能当个主妇和变得较为宽厚温和而表示惊讶。不知是文学融化了我的刚硬之心，还是小家庭的温暖招回了我的女性的温柔。

应当感谢生父生母，他们的离异教会了我三个字：靠自己。这一人生体验我一直恪守到今天。初中毕业时我才15岁，班主任一次又一次到家里动员我升学，但我固执地选择了就业的道路。当时我心里迫切的愿望只有一个：结束"手心朝上"的生活。

1959年8月3日清晨，倾盆大雨。我扛着行李走下13路汽车（欧美人认为13这个数不吉利，可是我乘这趟车开始了人生之路，还不算不幸运）。雨变小了，我踏进天津人民艺术剧院的大门。排练场里正在开欢迎新学员大会，我进去后发现新学员们都没戴红领巾，悄悄地摘下了自己的红领巾，过早地告别了少年时代。

素描、水彩、水粉、油画……集中训练结束后，我到绘景车间给师傅"打下手"。先把新白布用缝纫机缝得好大好大，铺在地上待美工师画好山石、树冠、房屋、砖墙……之后，我用剪刀剪出它们的轮廓，翻开来再粘贴在米字形网子上。观众坐在剧场里看到美丽如画的布景，谁也不知道那是我们一剪刀，一剪刀，一针一线，一点一点又缝又粘做好的。绘景工作很苦，冬天大车间冷得要命，颜料盆要围在大炉子周围烘烤，蘸上一刷子颜料往布上一画，立即冻成凌碴儿，画好后几个人再抬着布景烘烤……我患了风湿性关节炎，不能再干这种劳动强度大的工作，改为学习服装设计。服装股的分工不十分明确，年轻人更得抢着干脏活累活。这倒没什么，可气的是演员瞧不起舞台美术人员，他们脱下来的服装、鞋、袜，都得由我们给洗（当时还没有洗衣机）。一些好心的演员自己洗袜子，也有一些人把臭袜子往我们身边一扔扬长而去。我忍受了这些，暗暗地刻苦学画，收集资料，争取早日当上正式的服装设计。剧院里名利地位分明的风气，处处敲击着我的自尊心。一天夜里散戏以后，我因忙着整理服装，回去时无人作伴了，推着自行车出来，见到剧院的卡车还没开走（当时剧院里没有大轿车，用运布景的卡车蒙上篷子接送演出人员），一时害怕，便要求连人带车都上卡车。一个演员在车上喊了一声："不行！"虽然有好多人批评了他，招呼我上车，我倔强地没有回头。夜深人静，我在路上遇到六七只狗，狗群吠叫着狂追了我两站地……回到地处偏僻的剧院，女伴们看到我面无人色，都来安慰我。当晚我对自己说：刻苦奋斗改变自己的命运！

和剧院里浓厚的艺术气氛相比，这些不愉快是微不足道的。图书室里一排排高到天花板的书柜，资料室里一本本精美的名画画册，使我着迷到废寝忘食的程度。最初，我爱上了梅里美和屠格涅夫这两位风格迥异的作家，迷恋《卡尔曼》，画了一张又一张吉卜赛女郎，同时又结识了几乎所有的"屠格涅夫式的女性"。后来，手捧《简·爱》度时光，再后来，《白痴》一书看了两遍，同名电影看了三遍……我的床头摆着自己做的娜斯塔霞的全身像，临摹了油画《无名女郎》，笔记本里抄写了大段的《草原》《致大海》《叶甫根尼·奥涅金》……我的业余时间几乎都花在了看书、画画、抄录上面了。提到抄录，有两三年几乎到了集邮家一般的狂热。我有几个本子，分为格言，警句，民谚，歇后语，气象谚语，美术理论，名画目录，普希金、莱蒙托夫等人的诗句，从什么叫形象思维到早期印象派的绘画理论，我都抄在本子上。我搜集精美的剧照和电影画片，贴了两大本，另外还有自己写的日记，诗，观察自然风景的《大自然的日历》……可惜，"文革""扫四旧"时，我怕招来灾祸，偷偷把它们付之一炬。当时干那些事情完全受兴趣驱使，并不曾想到日后当作家。我实在解释不清楚，单凭兴趣怎么会花了那么多时间和气力，或许是借此慰藉实际上很寂寞的心灵。

如果说我还具备一些文学艺术常识，只是日熏月染而得。早在电视机发明之前，视听艺术即成了我的"家常便饭"。剧院自己的剧场白天演电影，晚上演戏，许多名著我都是一看数遍，熟记在心。在1982年调到作家协会之前，我已经在这种得天独厚的艺术海洋中浸泡了23年。所以，1970年我的处女作独幕喜剧《计划计划》取得成功，算得上是水到渠成。后来人们说我的小说"画面感强"，原因也在于此。

我的爱情生活毫无浪漫的插曲，经人介绍的丈夫刘晋秋几乎从天而降。他从部队回来探亲，冬天在路上散步冻得我直发抖，我提议去起士林坐一坐，他不去。我说："我带着钱呢，我请客。"他因自己穿着军装仍然不想去昔日只有"资产阶级"才去的餐厅。后来我们没有向双方家长要钱，自己凑钱结了婚。我不愿叫娘家人送亲，只请了两位女同学送我。来接亲的大姑姐见我穿着白上衣银灰色裤子，含蓄地建议我和女同学换换上衣，于是我穿了她的虎木棉小粉花衬衫。我们一行坐公共汽车来到婆家，丈夫穿了一件白衬衣和一条没上过身的新军装裤子迎候在门口。当时是1968年，亲友们不敢送别的礼物，我们的新房里摆满了毛主席像，立式、坐式、戴军帽的、举手检阅的、绣像、印在铁板上的像、塑料的、石膏的、瓷的、荧光的……直到多少年以后，我们仍然不知拿这么多像怎么办。

我受了那么多小说、电影、戏剧的浪漫影响，少女时代曾经做了多少阿细亚、简·爱、伊林娜式的梦，实际生活中的婚姻却如此严肃而平凡，这是我的认真选择。我害怕重复父母的婚姻悲剧，或许是老天爷怜悯，或许是自幼经历了破碎家庭的人容易知足，我和丈夫生活得挺和谐。我的外露、好强和他的内向、稳健互相搭配，不容易吵架（他不和我吵），倒也相安无事。

1966年以后的几年里，我的感觉、观点、经历都很混乱，一方面渴望得到一条红卫兵袖章，羡慕"革命小将"的风姿；一方面因继父、生父都是"黑帮"，对剧院里挨打挨斗的"走资派"有着深深的同情。继父是其厂办技工学校的校长，每天去学校都被打得死去活来，一天他把几个日记本交给我，说："我这几个孩子里只有你日后能给我报仇，记住，如果我被打死了，凶手是×派红卫兵头头×××，诬陷我的人是一个姓×的教员。"当时这种"转移查抄品"是有罪的，我在去剧院的路上心情极其紧张。路两旁搭着一个又一个批斗台，台上的人戴着纸糊的高帽子，有的一家老小都跪在台上，高帽如林，帽尖垂下的白穗迎风飘舞……后来，虽然我们这一派"正确"了，我对旷日持久的你整我我整你还是从内心里感到疲倦和厌恶。

我决定急流勇退，"逃"回到小家庭生儿育女去了。

"文革"留给我最深的印象是贫穷。从 1962 年至 1977 年，我始终只有每月 42 元工资收入。单身时很富裕，婚后拖儿带女就陷入赤贫了。我的儿女都没有奶吃，喂牛奶开销很大，天津人艺没有托儿所，放在寄托户。这样一个孩子的费用我一个人的工资还不够，而两个孩子的年龄只差一岁半。借债。每到月底，我们翻箱倒柜寻找可卖的废品。春节，天津的风俗少妇们都要打扮得花枝招展回娘家。我没有新皮鞋，只好往旧鹿皮鞋上搽些粉子凑合穿，没想到上鞋粉时碰破了早已磨薄的鞋尖。我和丈夫抱着孩子等公共汽车时，为了不叫人看见露脚趾的鞋尖，我一直把右脚藏在左脚后面……

1970 年上级派下来一项宣传晚婚计划生育的写作任务，我写了独幕喜剧《计划计划》，公演后一炮走红。那是我的处女作。院长发现我搞创作比搞美术更适合，调我担任编剧。我对新职业非常喜爱，扔下幼小的孩子到处去深入生活。虽然那些年的"题材决定"和集体创作没有什么成果，但我有机会去了不少工厂、学校、农村、部队、建筑工地……

1978 年春节，是我艺术生命的转折——几乎从大年初一开始我就开始了大型话剧《婚礼》的初稿写作。当时，我们的住房非常窄小，坐着小矮凳伏在床上写作，床上摆满几幕几场的剧本，倒能一目了然，但这"宽大的办公桌"后来造成了我的腰病。我像一名为一次大战役准备了多年的将军（尽管当初的准备并非有意的），对《婚礼》孤注一掷。在导演方沉丁小平夫妇的帮助下，剧本改了二十多稿，演出稿五稿，我的右手中指被钢笔挤出一个凹坑。《婚礼》赴京获得建国 30 周年献礼演出剧本创作二等奖，后来北京电影制片厂将其拍摄电影，我又成了电影编剧。

不知是屠格涅夫式的少女们的召唤，简·爱的悠惠，还是卡尔曼的诱惑，我那早年对文学的爱情，在戏剧创作的顺利开端就来争夺地盘了。1979 年秋，由于一位朋友力劝和编辑的热情约稿，我尝试着写了短篇小说和报告文学，转年在《新港》发表了《开市大吉》。或许是这个名字的魔力，以后就越发不可收拾了。当《金鹿儿》《明姑娘》《前妻》等问世之后，我考虑再在剧院呆下去会遭人议论，认为我不务正业，于是再一次来了个"急流勇退"，决心调离剧院来到作家协会。

1982 年春天，我第一次赴京领全国优秀短篇小说奖那天的情形很有趣：丈夫非要包一顿饺子为我送行，好像我去北京会吃糠咽菜，而我忽然想起要给来帮助照顾孩子的小姑做一床干净被子，以免被那位护士小姐笑话。我们夫妻互相不以为然，吵了几句，决定互不帮忙。当我急急地吞了一盘饺子上路时，忽然发现由于阴天洗了两天的衣服仍未干，而那件咖啡色加厚针织涤纶西服上衣是我唯一的"逛衣"，其他衣服更加破旧不堪。我只好穿着半干的衣服上了路。丈夫追到汽车站，给我一条纱巾，说："北京的春天风沙大……"

限于篇幅，我不再赘述近年的"感情记忆"，它们还有待于封存、沉淀、过滤。我只是经历了普通人的生活，还愿意以普通人的方式生活下去，也只能为普通人写些作品。如果要我对青年朋友们归纳几条人生体验，我想应该说：善良，毅力，热爱生活，不崇拜名声而注重实际，靠自己。这里重复了"靠自己"，是因为"从来就没有救世主"。我只拜生活和书籍、电影、戏剧、绘画为师（当然不能缺少编辑和文友们的帮助），没有给名人写过信。现在许多青年文学爱好者喜欢给名人写信"拜师"，我认为毫无意义，文学是不能像戏曲演员那样"口传心授"带徒弟的。

我不再像少年时那样抄录许多格言警句了，如果问我还有没有崇拜的名言，答曰：有。那就是巴金老说的：作家的名字应该和作品联系在一起。如果问我最大的希望是什么，我希望众多的读者在较长（不敢企求很长）的时间里，不会忘记我的作品，而不单单是我的名字。

1985 年 8 月 4 日写于天津

爱是一句永久的诺言

我的爱情哲学是宁可恬淡，不可放纵，不加节制地追求情爱是破坏家庭和谐的主要因素。也许我的哲学太土，但是我始终认为它是重要的"家庭和弦"。

不知是因为我幼年时父母离婚，自七八岁就羡慕小朋友有完美的家庭，还是我侥幸遇见了说得过去的丈夫；不知是我这个人性格豪爽对男女之情索求不高，还是出于母性生怕儿女重复我童年时的家庭悲剧，在文学圈子里，我是众所周知的"传统家庭"维护者。这在眼下时髦的"40岁女人刚刚开始第二次生活"的潮流中，未免有些迂腐守旧，有些土。

有人问我和丈夫是否"热烈相爱"，我不知如何回答。

热：温度。烈：强度。如何衡量爱情的温度和强度呢？我相信，炽热到把自己的心烧化了的程度，强烈到把爱之弓箭拉成最大张力的程度，一般都在热恋时期。结婚以后，在漫长的共同生活中，不能设想双方总是生活于高热的爱情之炉，感情总是处在最大张力下。追求这样高热与张力，或许还是一种不稳定因素。

炽热的火焰稍不添薪就会降温，拉成最大张力的弯弓稍一疲劳就会懈怠，而这种降温和懈怠正是感情危机之端。那么，家庭的稳定因素最主要的是什么？青年人会不加思索地回答：爱悦，夫妻双方的爱悦。

我的回答则是：和谐。爱悦当然是家庭的感情基础，但夫妻双方相爱的程度往往不一样，你爱我十二分，我只爱你七八分，或干脆还有"剃头挑子一头热"的；爱的"分子"实在太活泼了，很难叫它长久地处于稳定与平衡的状态。

我以为和谐才是家庭乐章尤其是夫妻关系的主旋律。奏出和谐之美的音节，则是长期的共同生活所自然形成的理解与默契，信任与体谅，习惯与适应，责任与义务，同舟共济，相濡以沫……

所有这些才能促成了经久不衰的夫妻情感。

现代社会犹如噪音喧哗的闹市，和谐的家庭则像一小块寂静的绿林，安宁与绿色对于现代人是至关重要的。

近年来，西方国家的"性解放"有所收敛，不少人感觉到"人心永远在那里辘辘地转着"的疲劳，认识到"衰竭的神经，复以更强烈的刺激，以纵情和狂欢来求复原，事后不免变得更为衰竭"。一些年轻人已经厌倦情场辘辘地转着的角逐，重新追求温暖和谐而稳定的家庭生活。

被人称作"新贞洁"的这股"回潮"，认为生活中不停地变换伴侣终究不是好事，它给人们带来的是孤独。很多人期望恢复更牢固、更长久的夫妻关系。

处理好情欲与婚姻的关系，是能否生活得幸福愉快的关键。家庭，是作为无休止地追求情欲的角逐场，还是作为休整、放松、康复的平静港湾，更多的人会作出冷静的选择。

我自15岁即考入天津人民艺术剧院，在活泼多情的艺术氛围里泡了23年，调到天津作家协会以后，又经历了所谓的"成名"考验，我对家庭的眷恋一直是顽固的。我读了不少爱情小说，尤其偏爱《卡尔曼》《巴黎圣母院》等富于浪漫主义色彩的小说，自己也写了不少爱情小说，倾注了不少抒情缠绵的笔墨。但是，我的个人生活可以说是很严肃的。

我和丈夫是经人介绍认识的，那时是1967年，正是"文革"的恐怖气氛最强时期，他又是军人，和我出去散步都要摘下领章帽徽。晚上我们在海河边上逗留，荷枪实弹的巡逻兵会来驱赶我们。我们极少有娱乐，没有电影可看，没有咖啡馆或冷食店。结婚时，朋友们不敢送别的礼物，只送各式各样的毛主席塑像。新婚蜜月，晚上刚刚躺下，大喇叭里宣布"最高最新指示"我们得立即起床，骑车奔向各自路途极远的单位去游行，彻夜学习……

以后，是带孩子的艰辛和贫穷……再以后，我们人到中年，各自奔自己的事业……直到近几年，才有了一点儿喘息，有了少得可怜但中国人已易满足的舒适、松弛、和谐、宁静。尽管我们还得为儿女的考试分数之类事情操心，但这是一种乐趣了。

我也常常为逝去的青春而伤怀，为自己没什么浪漫色彩的婚姻而稍有遗憾。但我并不想在实际生活中去寻找"补偿"，我知道所谓"补偿"必须付出更大的代价。

我的许多小说都是在家里写的，一边写作品，一边担任家庭主妇，自己上街采买，自己炒菜做饭。我丈夫原来不会做饭，洗衣服也洗不干净，现在有了进步。我们一家四口关系融洽，经常互相揶揄，儿女也敢和父母开玩笑，我写作累了，有时和一米八的小男子汉头碰额头玩"顶牛"。我的信件他们父子三人都敢擅自拆阅，我恼怒了几回也不管用。我和男文友们出洋相拍得比夫妻合影还像回事的照片就摆在家里，我丈夫只是一笑了之。每天吃晚饭时一家四口天南海北地闲聊，一天的疲劳便消除大半。

我那当过兵的古板丈夫现在也学会了跳舞，我们经常出入文艺圈子里的舞会，我为他邀请漂亮女人当舞伴。

许多刊物编辑部请我到外地住一段时间，躲开各种来访者和家务事集中精力写作，但我在他乡客居时心里总是惶惶然，只有回到自家的小安乐窝心里才觉得踏实。

朋友们说我缺乏雄心壮志，要我"在女作家和家庭主妇之间选择一个"，命运却叫我两副担子一齐挑。将来写不出东西来了即急流勇退，不叫读者厌烦，尽一个妻子和母亲的天职，此生足矣。

婚姻与家庭不可能尽善尽美，只要尚还和谐，就值得珍视。

蜗　居

　　只要是晴日，多情的阳光就探进书房来看望我。一斜温暖的金黄，被窗子剪成了一幅绒布那么宽，像一张发光的床，叫人直想躺到上面去。窗台上有几盆普通的花，一齐在明媚中唱着绿色的歌，笑看外面积雪的屋顶。

　　这些在别人看来寻常的景象，却时时令我激动，慨叹，甚至有些惆怅。一个舞文弄墨的人过了不惑之年，才有了属于自己的一方小小书房，才有了一幅明媚几分绿意。满足，疲惫与流逝感相杂的心境，真是一言难尽。

　　屈指算来，我出嫁20年来竟然搬了九次家！其中，包括新婚时借的房子和地震后两处自己动手搭的"临建棚"，平均每两年多就要搬一次家。在漫长的迁居史上，不知为什么太阳对我十分吝啬，不论搬到哪里，我们一家四口始终住在不朝阳的阴冷潮湿的房间里。偏偏我又患有风湿性心脏病，不适宜住在一层楼背阴的水泥地屋子。不知是遗传因素还是冷屋造成的后果，十几岁的女儿时时叫着膝盖疼痛，更是敲击着父母的心。居于南国暖阁或宽堂大屋的人，不会理解北方严冬的阳光对干居屋之重要，尤其是对于书斋之意义。

　　我曾经在重庆道一座楼的一层"铁角"（即最坏的方向）住了八年，虽然号称里外两间，但每间不到八平方米。里屋搭了大半屋子的床铺，挤着我们夫妻和一双儿女，剩下的空间便只能容纳一个衣柜了。外屋充当书房兼客厅，摆了一个小书桌，一个小书架，便只能再摆一只单人沙发了。

来了客人，主客之间对面而坐就得膝盖对着膝盖，成为名副其实的促膝谈心了。好友齐明昌在写他对我的"印象"文章中，曾经形容走进我家小屋"像一只大脚踏进了小鞋子，又窄又挤"，足以说明我把它叫作"蜗居"是并不夸张的形容。

两个孩子一天天长大，那"蜗牛壳"和"小鞋子"越发一天天显得小了。不仅窄小，冬天还奇冷。充当卧室的里屋摆不下炉子，而外屋火炉那点儿可怜的热气，又顶不过窗子灌进来的西北风，常常躺到后半夜才能用体温把被褥暖过来。天长日久，我深深地陷入了"房子情结"，发痴发疯地盼望有朝一日住进朝阳的楼上房间，为了实现这个愿望竟然奋斗了十七八年！我从1970年拿起笔杆，多年来与其说是在写作，不如说把主要精力放在梦房子，想房子，"跑"房子……奔的是什么？身为一个作家，主要奔的是这一方小小书屋啊！而今，真的有了书房，又很奢侈地拥有了这一幅明媚几分绿意，面对镜中早卸的鬓发和细密的皱纹，真想大哭一场。全家人终于搬入这处打算定居的房子时，我望着单相思了多年的这一幅阳光，浑身散了架子，疲惫地瘫坐在椅子上不想动弹了。

谁承想，我在这张有阳光抚慰的书桌前瘫坐着，瘫坐着，始终慵懒得不想动弹，一呆就是两年！只要不到外地出差，我就痴恋着自己的书房。不妙的是，那一幅明媚和几分绿意竟像是有魔法似的，一直把我置于慵懒、困倦之中，思想怎么也集中不起来，也写不成什么作品。原来设想的安居才能乐业，从此奋笔鸿篇巨著，怕是成为泡影了。

人，是这么复杂，这么爱跟自己过不去。真见鬼了！我呆望着阳光中的浮尘，竟又怀念起旧居那阴冷的小屋了。结婚时买的木床已经卖掉了，在"蜗居"时，那张婚床每年都要搭到马路对面朝阳处晒掉潮气，两个孩子在上面蹦跳得早已塌陷过几次床屉，淘汰掉它本来不该可惜的。然而，它是多么大的一张"书桌"啊！真正的书桌，从两个孩子学龄前就归他们占有了，我的使用权只限于孩子们不在家的时候，因此我宁可坐在小板凳上伏床写作。当年我在天津人民艺术剧院当编剧，七场八场的剧本手稿，都能在"桌"上一字排开，查阅起来十分方便。我的第一部大型话剧本《婚礼》和同名电影剧本，先后修改过二十多稿，每稿六七万字，一遍又一遍在"桌"上摊开，满床都是稿子，蔚为壮观。由于多年在阴冷的水泥地上坐矮凳，落下了腰椎顽疾。唉，不知为什么，虽然现在写作环境改善了，当前那股拼搏奋斗的劲头，却随着那阴冷的小屋一去不复返了。

嘻唏，蜗居！

写于 1988 年 7 月 28 日
结婚二十周年

点　与　线

　　我很难说出自己的全部履历，只有沉淀于心底的一些"感情片段"。为什么单单记住了它们，几乎没有什么道理。我相信人生不是一条平直的线，只是几个凸突的点，几个对人的性格和命运起重要作用的点。

　　1944 年农历二月十七黎明，在天津鼓楼医院，我被医生用产钳夹着脑袋强拉到这个陌生世界。对此种暴力行为我以沉默表示抗议，医生却非得以看到我啼哭为快，倒提着人家的双脚打人家脊背。刚出世还没犯错误先挨一顿打，我委屈地哇哇大哭，这是外婆讲的故事。

　　我第一眼看到的世界是颠倒的。

　　初次认识母亲，我已经五岁了。山东外婆家"一明两暗"的房子，不知为什么我在光着屁溜儿睡午觉。姥姥叫醒我催我穿衣服："快，你妈妈在叫门呢！妈妈回来了！"我光着赤脚跳下炕，穿过堂屋，躲进东屋说什么也不肯出来了。姥姥给我穿上衣服把我拉进堂屋，我看见了一位穿着灰军装坐在躺椅上的大肚子孕妇，旁边还有一个小女孩，姥姥说是我的妹妹。这种对母亲的生疏感似乎跟了我一辈子。

　　初次看见电灯，是在 1950 年。六岁半的我，跟随外祖父母去天津投奔我的父母。当旅客们喊"到了"的时候，我从车窗探出头望见一片灯海。从此，天津在我心中成为最明亮的地方。

　　初次穿上花裙子，对于一个农村小丫来说简直是灰姑娘坐上了金马车。我要上小学了，爸爸给我买来了一件深蓝底子橘红色大花儿的连衣裙，圆圆的领子，两肩有乍翅儿的灯笼袖。50 年代初的人们管连衣裙叫俄语的"布拉吉"，我穿上它高兴地蹦跳着叫喊："布拉吉！布拉吉！"至于第一次进学堂的情形记不大清楚了，但那布拉吉布料上的小核桃纹儿至今仍然历历在目。

8岁时，父母离婚，我住在寄宿学校。有一天我想爸爸了，跑到他工作的学校去看他，不料碰上了他和继母的婚礼。这种事对我来说是第一次也是最后一次，一个人一辈子遇到一次这样的事情也就够了。大约一年后的一个周末，我从寄宿学校回到家，妈妈让我管一个陌生男人叫爸爸。尽管我感激她没有叫我回来参加她的婚礼，但我还是只能叫这个人为"叔叔"。我二十五岁时初为人妇，在"回门"路上，新婚丈夫说我们应该进门叫爸爸妈妈。于是，我第一次叫了继父一声"爸爸"……

1959年8月3日，滂沱大雨，15岁的我扛着行李初次独自走向社会。在天津人民艺术剧院欢迎新学员的会场，我看到别人都不戴红领巾，第一次摘下了红领巾，藏在了衣袋里。经历了那场大雨的洗礼，我第一次产生了自己是个大人的感觉。

1962年的冬天，病房窗外树枝上积着白雪。我因胸膜炎住院时，第一次被告知我患了风湿性心脏病。在没住院之前，因病情危重，妈妈以为我的小命要完了，把我的生父找来，生父和继父第一次也是最后一次见了面。暖日照得雪树滴着泪珠，我万念俱灰。但我毕竟只有18岁，窗外的树枝绽满桃花时，我又振作起来了。

1968年的夏天，我跟在一群复员军人后面去参加他们的聚会。望着前面一个高个子的背影，他魁梧的脊背把旧军装撑出一道道横褶。我初次意识到，在陌生人和丈夫之间，有时只有一步之遥。

初为人母是在1969年的初冬，我生下了一个白嫩的女儿。产期过后不久，我又生下了一个"女儿"——处女作独幕喜剧《计划计划》。这两个"第一次"出现在同年，是我人生的辉煌。转年夏天，该剧爆响，久演不衰。从此，我改行成为剧院里的专业编剧。

第一次领到的稿费，只有30元。《计划计划》公演七年以后才有机会发表剧本，"文革"以后刚恢复了稿酬制度。我们夫妻每月只有80多元工资收入，拖着一双儿女处于贫困的低谷。收到邮局汇款单那天，狂风刮黄了天。

那所邮局很远，我劝丈夫："明天风小了再去吧！"他还是冒着飞沙走石骑车去了，在以后的几十年中收到的稿酬次数已经记不清了，再未超过那第一次的喜悦。

初次应邀去北京电影厂写剧本，一住就是几个月。有一次忽感不适去医务室看病，因我穿得寒酸，大夫在登记时问我："你是来干活的园艺工人吗？"

第一次赴京领全国优秀短篇小说奖，那是1982年春天，《金鹿儿》为我驮来的荣耀。临出发前，忽然发现因为阴天洗了两天的衣服仍未干，而那件咖啡色加厚针织涤纶西服上衣是我唯一的"逛衣"，其他衣服更加破旧不堪。我只好穿着半干的衣服上了路，后来有个算命先生说我是水命。转年春天，我又进京领了《明姑娘》荣获的全国奖，但它引起的激动就远远不如第一次了。看来我这人永远追求初次印象的新鲜感觉，有此心理素质的人大概能够永远保持一颗童心。

1982年，是我人生道路上的又一个转折点。我调到天津作家协会，开始了职业作家的生涯。原先以为找到了没有写作任务压身的轻松和自由，岂料从此陷入了强迫自己超过自己的文学马拉松，十几年来写出了两百多万字的作品。

我仍然不断追求着"第一次""第一个"：

《明姑娘》，是全国第一个描写残疾人生活命运的小说和电影。

《东方女性》（1983），是全国第一个正面反映感情危机和"第三者"问题的爱情小说。

《枫林晚》（1984），是全国第一个涉猎老人题材的中篇小说。

连续电视剧《乔迁》（1989），我第一次充当了制片人兼编剧。

电影《启明星》（1992），我和谢晋导演启用了十六名智力残障儿童演电影，这在世界上尚属首例。

⋯⋯⋯⋯⋯

今年春天的一个明媚的中午，有人按门铃。开门一看，是女儿的大学同学。她在利顺德大饭店工作，手里提着漂亮的蛋糕盒，是女儿从上海打长途清她帮忙订了送来。我在惊喜之余这才记起来，这是我步入知天命之年的第一天！

新的起点开始了，我觉得自己还年轻，还有无数个"第一次"在前方招手呢！

写于 1994 年 50 岁生日

有裂纹的罐子

去年春天我咳嗽得很厉害，打针吃药怎么都止不住，后来造成肺感染，无可奈何去住院输液。我说"无可奈何"，是因为我这人不到万不得已的境地是不会去医院的。

天津胸科医院心脏内科的老医生老护士听说我住院了都跑来看我，1982年我在这家医院住了四五个月，他们都还记得我。在医生眼里，我是个有严重风湿性心脏病的患者，而胸科医院是天津最有名的心脏病专科医院，因此在我出院时医生说："从此你就是我们医院的常客了，你要常来复查。"

他们没有料到，我这一走就16年没露面。医生们怪罪道："这些年不来，看上哪家医院啦？"

我急忙申辩："除了有一次我发低烧住在总医院检查了些日子，很少上医院。"

医生又问："那你经常吃些什么药？"

我说："除了感冒发烧，我不吃药。"

医生不相信地追问："你是有30多年病史的风心病人，吃些什么治疗心脏病的药呢？"

我笑道："非得到连气都喘不匀的地步，我想不起来吃药，心慌难受时偶尔吃片舒乐安定什么的。"

医生们仔细研究我的胸片，满腹狐疑地走了。第二天查房时，医生说："我让病案室把1982年你来住院时拍的胸片找了出来，和新拍的这张叠在一起放在灯光箱前做了个对照，16年来两张片子竟然丝毫不差，证明你的左心室肥大的程度一点都没有发展。我还从来没见过这样的风心病人，能介绍一下你的养生经验吗？"

我一听乐了："我懂什么叫养生啊！要说经验，说出来你们当大夫的不高兴，我的经验就是少上医院少吃药。"

医生告诫道："你已经50多岁了，今后可不能这么大意了，多年的风心病，到一定的年龄再加上外部原因，感冒、劳累等因素，心功能会突然下降，出现心力衰竭。今后要有意识地注意养生之道了。"

我很感谢医生的好意，躺在病床上望着输液瓶中缓缓滴落的药液，开始琢磨慢性病患者该如何养生，这得从38年前说起……

在我们生命的历程中，有时会闯来一个驱赶不走的讨厌的旅伴——慢性病，这真是一种人生的无奈。

1963年冬天，我患了急性胸膜炎，住院期间又被医生们检查出风湿性心脏病，而且是严重的联合瓣膜症：主动脉瓣闭锁不全、二尖瓣狭窄。那年我才19岁，正是风华正茂的年龄，却不得不困在病床上。记得那张病床靠近窗口，望着窗外的冰雪，我的心也凉到了极点。医生说心脏病不能做体力劳动，要严防感冒，也不宜激动、兴奋、悲哀、生气，而我恰恰是个好说好动情绪化的人。当时我刚刚在天津人民艺术剧院舞台美术班毕业，想在艺术上干一番事业，没有了身体本钱还谈什么成名成家呢？对一个女孩子更大的打击是，医生告诫我，这个病婚后不能生育，生孩子时有生命危险。当时，我真不知怎样度过这一生。

病室窗外冰雪消融，桃花盛开的时候，我的心随着春天复苏了，我毕竟还年轻，不能被疾病吓倒，既要承认现实，又不能向命运低头。我想，舞台美术是需要体力的工作，装台卸台，绘景运景，夜间演出，显然是力不胜任了，应该寻找一门新的专业。我自幼喜好读书作文，不知不觉地就钻研起编剧和写小说来了。

35年过去了，风湿性心脏病一直伴着我长途跋涉。许多朋友说我搞文学创作比搞舞台美术更合适，更能发挥我的才能，谁能说当年的改行没有疾病的功劳呢？

多年来，我对疾病的态度是：既要放在心上，又不要太放在心上；既拿自己当个病人，又别太拿自己当个病人；既要乐观，又别太不在乎。久病成医，自己最了解自己的身体适应程度，只要有科学的态度，慢性病也不那么可怕。

身怀"名牌"病，我不得不"娇贵"起来：从来不干重活，不登高，上楼梯不着急，上到二层楼歇一歇，喘匀了气再慢慢上，这样我也曾爬上电梯未开的14层高楼。冬季特别要预防感冒，有个头痛脑热的要当大病去医院。在这方面，我有过一次严重的教训，1982年夏天患热伤风，发烧20多天未及时看病，勾起了风湿热住院三个多月，险些把小命丢了。

医生断言风湿性心脏病人不能生孩子，我在结婚前曾诚实地对未婚夫刘先生说明这一点，得到了他的谅解。但婚后我非常喜欢孩子，凭着自己少年时爱好体育的本钱，我认为自己可以生孩子。怀孕期间，我注意营养，吃了大量水果和含钙丰富的炸虾、排骨什么的。听信了朋友关于胎教的理论，我还常去公园看花儿，在月季花坛前一坐就是几小时，保持一种美好的心情。产科医生说胎位正常，我便信心十足地去生孩子。半夜阵痛，当刘先生用自行车带着我赶到产院时，医生高声朝产房里喊："快——来了个风心病产妇！"

医生埋怨我来晚了，已处于紧急临产状态。躺在产床上，我看到几个护士往这边推氧气瓶，笑道："我不要那东西，像个炸弹！"医生见我还有心思说笑话，摇头说："没见过你这样的心脏病产妇！"不到3个小时，我就顺利地生下一个7斤重的胖女儿，临出产房时我没有忘记向医生致谢。但是，就在住院的那几天里，同一病房的一位风心病产妇因产后心力衰竭死在了我身边，我这才信了医生的话。不过，一年半以后，我又生了个7斤8两重的儿子，看来我真是风心病人中的幸运者了。

其实，除了生孩子敢于冒险，平时我挺注意保存体力的。自1970年发表处女作以来，我从事写作已有28年了，正巧和我的女儿同龄。为了保证充足的睡眠，我从来不熬夜，养成了起早的习惯。每天清晨6点钟左右伏案，工作到中午即收工，下午睡大觉、会友、打打电话，晚上和家人聊天、看看电视。年复一年，并不觉得过分疲劳。我发表了 200 多万字的文学作品，六七部剧本，至今仍然白白胖胖。偶有失眠，但大多时还是能吃能睡活得自在。

以病为伴，我想应该摸清这个讨厌的"旅伴"的脾气，制订对付它的办法。我的体验是：开朗、乐观，但不可雄心过强，量力而行，中庸而止。身在名利场，不可过于追名逐利，凡事记住自己是个慢性病人。原先我脾气很大，极易激动，遇到不平之事立即拍案而起，后来被病磨得克制多了。发脾气还是改不了的，但发过之后能很快地调试心情，恢复常态。

天津市井俗语中关于体弱多病的人有一句老话：破罐熬好罐。意思是说，人们使用有裂纹的罐子时小心翼翼轻拿轻放，往往能够使用很长时间。相比之下，使用完好无损的新罐反而容易因马虎大意而被打碎。

我们有病的身体好比一个有裂纹的罐子，只要我们小心翼翼轻拿轻放地使用它，它还会陪着我们跑过人生的马拉松。有裂纹的罐子打上镐子照样能够使用，只要不舍弃它，正确使用它，它还会为我们熬出有滋有味的人生汤汁来。乐观地坚信这一点吧！

一日复一日

混沌梦境的边缘，似有温泉喷头浇下清凉而柔和的水花，犹睡乍醒的这一瞬，是一天最惬意的时刻了。心，总是如同新出生的婴儿呼喊着生命的赞歌，总是充满开天辟地创世纪的始发感，总是要去作宇宙航行似的壮志凌云。不知为何，一些神思妙想也爱乘着明媚晨光翩然而至，撵都撵不开。昨晚的电视剧本《启明星》写到哪儿了……哦，鳏夫谢殿臣患了癌症，他担忧弱智儿子小晨晨无法独立生活。于绝望中竟然想把儿子毒死。在民政局和街道社会公益服务组织"志愿者协会"成员们的热心帮助下，晨晨提高了生活自理能力，并在为弱智儿童开办的启明星学校愉快地学习。谢殿臣看到了这一切。含着微笑放心地谢世……谢殿臣这个名字不好，没意思。主人公的名字至关重要，有个好名字人物就活了，就能够按照自己的生活逻辑行动起来了，最好是含有深意而不露于谐音，更难得的则是能够点题了。殿臣？封建味道，显得年纪太老了，他死时只有四十多岁，而且是充满了对后代的希望微笑而死的，该叫什么名字好呢……

站在阳台上仰望天空，一颗淡白的星星高悬在宝石蓝色的天空，这颗在清晨仍然看得真切的大星便是"启明"了。咦，《辞海》中似乎记载启明星在傍晚时分叫另一个名字……飞奔下楼，找到《辞海》，抄下这个词条——"启明，即'金星'，我国古代把早晨出现于东方天空的金星叫作'启明'，把黄昏出现于西方天空的金星叫作'长庚'，实际上是同一颗星。或叫'明星'、'太白'。金星是太阳系九大行星之一，大行星中和地球距离最近的一颗，在天空中亮度仅次于日、月，最亮时可以在白昼看见"。太棒了，晨晨象征早晨，他爸爸应该叫长庚！长庚的生命虽然已近黄昏，但还有启明星，象征生命的延续，绝妙地表现了父亲对未来的信心。长庚另有长寿之意却是生命短促的悲剧人物，强烈的反差，动人心弦。漱口洗脸，开写！今天就要先写他死去的场面，趁着灵感来临。以后再写他活着时的戏，一位外国戏剧家说从高潮看全剧的统一性。先写生离死别感情的高潮，就这么办！

"妈妈，昨天下午我去煤店买煤，人家不卖，叫今天早晨八点钟去。"儿子上学去了，留下的这张字条赫然摆在写字台上，一下子赶跑了启明呀长庚呀从高潮看全剧的统一性呀一切一切。窗外脱光了树叶的大树在朔风中摇晃。异性大子女加我们夫妻的卧室兼写作间，家里点着三个炉子。蜂窝煤不够是不行的。集中供热何时实现，远暖解不了近寒。穿外衣，去煤店！

排队买煤的人真不少，只好耐心等待。长庚自己未必能懂得长庚与启明的知识，得有个人到病床前讲给他听，谁去呢？当然是晨晨的女老师最合适了……"交零钱呀，没钱找零！"煤店管开票的人一声喊，使我不得不闪在一旁让后面的人先买——手里只有 10 元一张的钞票。排队的队伍乱了，有零钱的没零钱的都往前挤。自认晦气吧，谁叫你只有大团结呢！谁叫这年头煤店卖煤可以不预备零钱呢！长庚去世的场面得反着写，不用惯常的哭哭啼啼场面，要写笑，平静，安宁，从容，晨晨要把自己做的一颗启明星放在父亲床头，摄像机要给启明星长长的特写镜头，由普通的纸扎星星变幻出童话般的璀璨光芒……腰酸腿疼，好容易等到收款员有了一大堆零钱了，我恭敬地递上购煤本。"买过了！"一声吆喝令人一惊，慌忙翻开本来看。这才发现在第一栏内写着"已购煤××斤"。那是在三伏天煤店业务萧条时，业务员挨家挨户动员，我看他喊得口干舌燥，出于同情便买了 500 块煤。此时，我解释需点三个炉子，500 块远远不够。答曰："上级指示，每户只供应 300 块。住和平区知足吧，别的区一次只卖 100 多块。"作为中国人我早已学会了知足，不争辩，争也无用，煤店没有贴出告示说明供应限额，害得我排队耽误了写一场戏的时间……不想这些，以免破坏情绪，驱跑了启明星的诗意。

回家路上，遇几位熟人抬着花圈，一问才知文艺界一位老同志去世了。住街坊，既然知道了，不去吊唁不合适。灵堂、白台布、白蜡烛、老同志遗像面露笑容，一副解脱了的轻松。鞠躬该鞠几个？人三鬼四，鞠四个。"请节哀，您是孩子们的主心骨，为了全家人也要想开些。""走得太急了，一点思想准备都没有。""他这是疼孩子们，总算没受罪……"

终于回到了写字台旁，金星——长庚，启明……电话铃响了，北京长途："我是作家出版社，现在要上报明年的组稿计划，请问明年能不能按时交长篇稿子？"能不能交稿呢……冬煤不够怎么办呢？人三鬼四，为什么人三鬼四……

好了，这回可以坐下来写剧本了。晨晨轻轻来到爸爸的病床前："爸爸，您怎么样？"谢长庚向儿子伸出手……

门铃高唱欢乐颂，天津人艺的一个女演员来访。此人很少来，我愕然地问："有事？""没事，心里闷得慌，找你聊聊天儿，不打扰你吧？""当然……"当然什么？打扰还是不打扰？少年时就在一起的老同事，当然……

好容易熬到旧友告辞，已经十二点了，女作家前面加个女字，就是因为她首先是个女人，为人母，为人妻。两个孩子要回来吃午饭，这会儿的"法定任务"是系上围裙当"锅台转"……

中午，哈欠连连，中国人为什么要睡午觉呢……一说是不良习惯，一说是饮食中缺乏高蛋白，营养顶不上……可是今天不能睡，约定下午去采访。得洗洗脸，换换衣服，不能跟个老妈子似的。劝业场街长寿园，主任老周原来是熟人。著名作家？低头发现指甲缝里还有面粉，偷偷抠掉，掏出钢笔做记录……不由得想起天津作家李玉林写的小说《神仙·老虎·狗》，人在不同的环境中，一天中得有不同的角色认知，神仙老虎狗，煤店、灵堂、客厅、锅台，这回得扮演作家了。采访是件辛苦活儿，沙里澄金，不论被采访者说的话有用无用，你都得睁大眼睛作出满有兴趣的样子听着记着，对方才会滔滔不绝地讲下去……

天黑得早了，拖着疲惫的腿迈入家门时，听见丈夫、女儿、儿子三人同心协力在楼上做饭。儿子在高声埋怨："我妈妈真是的，这几天总叫人吃一个菜：炖牛肉，多好吃的东西也受不了呀！"

吃饭时，女儿说："妈妈，您从来不陪我逛商场！""看什么衣服好，你自己作主买吧!""人家同学的妈妈总带她们逛滨江道!""那你认她们的妈妈当妈妈去吧! 看谁好认谁去!"疲劳、烦躁,真不该拿女儿出气! 真替孩子委屈!

台灯下,启明星该闪烁了……儿子搬来了英文打字机,咔嚓咔嚓……女儿是学德语的,嘀里嘟噜……他爸爸在屋里抽烟,三票反对一票赞成……林老师勉强忍住眼泪问:"您知道您的名字长庚是什么意思吗?"谢长庚苦笑道:"爹妈盼我长命百岁,才起名长庚……可是,你们看……""还有个典故,长庚就是启明星!"谢长庚听了这些话,笑得更加灿烂,拉着晨晨的手说:"明白了……黄昏走了,有早晨……"

电视机响了,我回头抗议:"关上!""这会儿有法国电视剧《交际花盛衰记》!""开那一台电视,楼下大屋看去!""冻死人呀?"是啊,只有这间小屋生了炉子,怪不得都挤到小屋来凑热闹呢! 只有 500 块煤,不能多点炉子……好吧,那就《交际花盛衰记》吧。这个剧名太有诱惑力了……

铺床时,丈夫递过一条秋裤:"喂,劳驾!"裤裆处破了个洞。"我最腻烦做针线活儿!""我娶媳妇是干什么的?""穿在里面又看不见!""洗澡时怕叫同事们笑话。""好吧,找针线去!"唉,神仙老虎狗……

一日复一日,明日何其多。我生待明日,万事成蹉跎……

明天,启明星……

母子的"代沟"

儿子，日报《七色社会》版编辑约我写一写代沟问题，这你得帮忙说说，你认为咱们两代人最大的代沟是什么？

代沟？代沟是写得出来的吗？代沟只是存在心里的一种感觉。

那就说说你的感觉吧！写文章最讲究感觉了。

写这种不疼不痒的文章干什么？有什么用？能解决搞活大中型企业问题么？能解决下岗职工再就业问题么？

你这不是抬杠吗？日报开辟这个专栏很有意义，两代人都可以参加讨论，目的在于增进了解，填补代沟……

填它干嘛呀？有代沟社会才会有进步，隔着一条深沟你们老胳膊老腿儿的蹦不过来抓不着我们了，省得拖我们后腿走历史的老路。

那你真的认为代沟用不着弥补和填平吗？

只能通过对话与交流缩小差异，而不可能填平。这一代人和下一代人所处的历史、社会、生活环境不一样，因而产生的思想观念生活方式都不一样，怎么可能求同呢？依我看，代与代之间有条沟也好，年轻一代跳过沟去跑得快，把老一代甩在后面，没有老一代拉着拽着背着抱着哭着劝着前怕狼后怕虎的，年轻人更可以轻装前进，社会就能发展得快一些。

照你这么说，老一代只能是累赘了？人类文明是一脉相承发展下来的，连西方人也承认前人开拓历史的积淀……

我得赶紧声明：同意。不然您马上就要批评我割断历史背叛祖宗了！

别打岔！你刚才说代与代之间都有一条沟，可是我觉得我们与我们上一代人之间的代沟并不很深，只是你们这代人的观念离我们越来越远了。

那是因为您和您的父母接受的都是 50 年代理想主义教育。那时候您和我姥爷都相信大跃进超英赶美，爷儿俩光顾着做一脚迈入共产主义的美梦了，没空儿留神代沟问题了。

是呀！你这样的少爷羔子有我们当年的独立精神奋斗精神吗？去天津人艺报到时我才 15 岁，那天下着倾盆大雨，一个 15 岁的小女孩扛着行李，没有家长送，现在的大学生入学连铺床都……

我们倒是想有，你们肯给吗？父母给过我们独立的权利吗？你们爱孩子是建立在对孩子的统治权之上的！

照你这么说，你成了殖民地，我成了殖民者了？

差不离！

好极了，你快宣布独立罢！结婚、住房，一切花费全都由你和你女朋友独立奋斗罢！

看您又来了不是？你们老一代人从来不放手让孩子独立，反过来埋怨孩子过于依赖父母！不过，我和女朋友商量过了，结婚费用真的不依赖双方父母，靠我们自己去挣。

嗯，你总算言行一致了！不过，我和你爸爸不会看着你为难的。当初我们结婚时，父母什么都没给我们，他们也没什么财产。

那他们就对了！依我看，爷爷奶奶姥爷姥姥比您和我爸爸高明，他们懂得无为而治，放手让孩子去闯！甭说别的，您当年自作主张去考人艺，说去就去了，家长并没拦着非得逼着您考大学。您靠自己闯荡不也闯出来了吗？如今的家长能够听凭孩子自己的选择吗？

你说的道理有一半是对的。另一半站在父母角度的道理想过没有？你也是快结婚的人了，结婚以后有了孩子，很快就会遇到花不花重金为孩子找好的幼儿园、好的小学、重点中学？管不管孩子功课？逼不逼孩子考大学？对这些你能无为而治吗？孩子对你的苦心不理解，会不会加深新一轮的代沟？你能不能坦然对待？日后你有了孩子，你们两代人之间是否也将存在难以沟通的问题？

嗯，我想想……差异肯定会有的，但不会像咱们两代人之间这么深。

为什么？

上一代人与下一代人的年龄差虽然大都相隔20多年，但各个历史时期的代沟深浅大小并不是相等的。刚才您说了，你们并不觉得和你们父辈的思想观念有太大的抵触，同样道理，估计我们和我们下一代也不会有太大的隔阂。代沟肯定还会存在，家庭矛盾的极端个例也会有，但代沟作为普遍的社会问题不会像现在这么突出了。

你的意思是说，咱们两代人之间的代沟问题是一段特殊的、突出的现象？

我想是的，这是因为近20年来中国社会的变化太大了。你们这一辈人和你们上一辈人都是在政治运动、"阶级斗争"中熬过来的，多年的政治压力框定了你们两代人的思想。改革开放以后你们也觉得舒了口气，但思维模式、价值取向、生活方式已经不大容易改变了。我们这一代人从上小学起就赶上了改革开放大潮，社会生活的重心转向了经济，商品经济和从前的空头政治时代是完全不同的社会机制，所以我们和你们就成了思维方式完全不同的两代人。

你说得有道理。但照此说法建国前后那两代人的思想差别不是更大吗？却没有听说过那时候的人们讨论这个问题。

解放战争结束，共产党执政，那不能叫改革，而是夺取政权的革命。整个社会天翻地覆了，那就不只是代沟问题了。革命对象不敢说话了，年轻人大都向往革命，老一代中的绝大多数也都对新生活充满了热情。再说，当年的劳动分配是供给制，低薪制，大家都是穷光蛋，大家的目光都被引导到狂热的政治理想上去了，全民目标一致，唯恐自己落后，谁还敢谈代沟呀？说错一句话都会被打成右派呢！其实那时的社会上的"沟"更多更深，只是那时的沟是竖的，现在的沟是横的……

你这是又在发什么高论？

竖沟是人为地造成的，把人们分成革命与反革命，左派与右派等；横沟是自然形成的，存在于新老两代人之间。

倒是挺形象的，亏你想得出来！

事情明摆着嘛！老一代人坐在一起就抱怨孩子不学好，不听话；我们年轻人碰了面也常常诉说父母干涉过多，唠唠叨叨。

　　那你能不能归纳一下，咱们两代人最大的区别到底是什么？

　　本质问题是你们年轻时生长在政治神话年代；而我们生长在经济现实年代。计划经济个人崇拜长官意志造成许多人在政治上弱智，在人格上怯懦，政治导向只提倡一心为公集体主义，抑制个性发展，造成你们大多数人都是畏惧长官，谨慎保守，循规蹈矩……

　　这是你们年轻人对老一代的成见，其实，50 年代培养出了许多优秀的人才，没有他们支撑着各行各业重要岗位，国家也不可能说改革开放就改革开放的！再说，就算我们弱智，我们怯懦，这种人只会劝善，并不具备进攻性，对你们又有何妨碍呢？

　　问题正出在这里。自从政治神话打破了，你们老一代人的精神支柱就没有了。适应不了商品社会的激烈竞争，心里就发慌，总怕我们在外面闯祸……噢，对了，昨天陪外宾去文化街买泥人张仕女，您猜我想到了什么？想到了您和我爸爸！

　　你又发什么坏？我们和泥人张有什么关系？

　　你们总想做泥人张高手，拿孩子当泥人捏，按照自己的意愿塑造孩子！

　　我能捏得动你？你是那种老老实实让人捏的孩子吗？别跑——回来！代沟问题还没谈完呢……

心灵的家园

时逢天津人民艺术剧院建院 50 周年华诞，身为剧院的儿女，惊叹岁月如梭，却又多了一份成熟的骄傲。天津人艺，感谢你，在我 15 岁至 37 岁的时候，给了我人生花的季节、耕耘的季节和收获的季节。人这一辈子有几个 22 年呀！无论我走到哪里，都不会忘记你——我文学之旅的始发港，我心灵的家园。

我的写作生涯早已打上了剧场艺术与影视艺术的烙印，藏书丰富的剧院同时也是我青少年时代的文学摇篮。

50 年代最后的三年剧院招收了三届学员，分为演员班和舞台美术班。我是 59 届舞美学员，不仅受到了素描、水粉、水彩、油画的正规训练，还从文艺理论、名画欣赏、音乐欣赏、赴京名剧观摩等各类专业课程中受益匪浅。青春年少记忆力强，文学艺术知识的底功，决定了我日后写作题材的广泛。

那时候剧院里分为"大同志"和"小同志"，"小同志"都住集体宿舍，剧院大院就像一棵落满小鸟的大树，整天叽叽喳喳欢叫个不停。那时候的我们调皮得出了圈儿，"小男同志"们踢球打蛋儿自不在话下，"小女同志"们竟像女童似的跳皮筋、跳房子，还爬到围墙上"绕场一周"。自从我在院墙上跳过一个又一个砖垛子，用双脚丈量了整座大院，心中就永远保存了艺术的家园。

剧院的作息时间与别的单位不同，上午排练晚上演出下午休息。"大同志"特别是主演们为了保证晚上演出时精力充沛，下午都回家睡觉了。"小同志"们哪里肯睡，不是成群结伙骑车去（属于剧院的）人民剧场看电影，就是在剧院大院里打球嬉闹。五六十年代交替时期正值苏俄名著改编电影热潮，很多名著影片我们都是看上几十遍，很多台词都会背诵。年长日久潜移默化，泡在浓郁的艺术氛围中，使我们既了解前台又了解后台，既了解演员又了解观众，非学府书本教育所能相比。

1970 年的一次机遇，我的处女作《计划计划》公演。那部独幕喜剧的成功，仰仗于已故赵路院长的成功导演和已故老演员齐玉珍的出色表演。九年后的《婚礼》能够赴京参加会演，又得到了已故著名导演方沉和他的夫人丁小平的鼎力相助。老一辈艺术家们垫起了一个又一个高起点，托举着我飞向文学艺术的蓝空。再一个十年，我首次担任电视剧制片人兼编剧的《乔迁》，又回到了娘家。在剧院各位同仁的竭诚努力下，《乔迁》捧回了"飞天奖"。

1988 年，我站在莫斯科小剧院门前石阶上，心里默默地说：我终于见到你了……"终于"二字缘于太久太久的理想。当我刚刚摘掉红领巾的时候，就听到赵路院长和石路队长说，咱们要把天津人艺办成莫斯科小剧院那样的艺术殿堂。瞄准世界一流的话剧艺术水平，这就是天津人艺的品位与风骨。

1996 年我旅居吉隆坡，马来西亚艺术学院话剧系让我讲一讲中国的话剧。毫无思想准备我就滔滔不绝地讲开了《雷雨》，阔别剧院十几年，竟能讲得有条有理细致入微，超水平发挥的程度连我自己都很吃惊。回想起来，我作为舞台美术工作人员"跟演出"看过上百场《雷雨》，"吃"透了戏也就不奇怪了。剧院，你是我的大学，我文学的摇篮，你给了我日积月累的艺术熏陶，给了我丰富的戏剧滋养。

我曾三访维也纳，今年夏初和几位奥地利朋友在维也纳话剧院聚会。奥地利朋友介绍了他们历史悠久的话剧艺术，我便骄傲地谈起了你。你拥有那么多值得大侃特侃的名剧，拥有那么多值得大书特书的艺术家，让艺术之乡的奥地利人也对你刮目相看。每逢这种场合，我总是想到家乡不能没有你，你为城市增辉，为生活添彩，为天津人扬名。

天津人民艺术剧院，你这棵繁花簇簇硕果累累的常青树，扎根于海河之畔已经半个世纪了，在新的世纪你仍将永葆艺术青春。你庄重而美丽的芳名，早已铭刻在渤海之滨父老乡亲们心中。在津门文苑你是不可替代的，独一无二的，永远璀璨的艺术明珠。

2001 年 6 月 19 日

福在一颗平常心

——作家心态漫谈

天津日报编辑朋友约我谈谈作家心态，大家认为我的创作心态不错，写作放松，文字自如，涉及题材多种多样，小说散文电影电视剧什么都摸过，在报纸副刊上也发了不少文章。文学潮流怎么变化似乎对我影响不大，朋友们想知道我怎么找到的这种轻松的活法。

我想，福气在于你要有一颗平常心。

我自70年代初开始写剧本，80年代初步入文坛，30年来社会生活经历了各种转折，作为从事敏感职业的人如何既能做到适者生存又不迷失自我？作家心中保持一个"平"字很重要，不管外面发生什么事情，不管人家如何评价你这个人和你的作品，心态上始终保持平和、平稳、平衡，以不变处万变，你就会生活得愉快。

心态上保持平和平稳平衡，别说身处名利场的作家不容易做到，凡是面临竞争的现代人都不容易做到，因而这称得上是一种修养，甚至是一种需时时持戒的修行了。发生在你身边的事情，随时都会打乱你内心的情绪，需要你一件事一件事地去摆平。摆平了心态才平和，摆不平就烦恼缠身。因此近年来我要求自己排除各种诱惑做到几个"不"：

不期望轰动效应。某位从"新时期文学十年"走过来的作家，自解嘲"如今咱不会写小说了"，大有曾经沧海难为水的感慨。我的想法是只要不再期望轰动效应，就能继续依照你自己的风格写你的小说，不期望，心态就能放松。当年的轰动效应并非文学的常态，一些"轰动作品"更多地借助了政治因素，今天重读那些"名作"简直味同嚼蜡。当初全国人民熬过了十年的窒闷期，心中憋着太多的怨愤，对社会改革抱有太强烈的渴望，于是借用文学当了出气筒，乃至致幻剂。只有在那个特殊时代，作家才会被捧到天上去，如今"跌落"回大地上，是一种还原与复归。恢复你本来面目和本来水平，让你过上凡人的平常日子，平常才正常，常态才恒久，这不是很好么！真正有价值的作品的生命力并不在于一时的轰动，而在于经得住时间的考验。我们这个年龄的作家，到了该沉静下来力求写出有久远生命力的作品的时候了。

不刻意"炒作"自己。"炒作"一词不知源于何处，商业包装加竭力叫卖的意思。这几年一些出版社和刊物为了赚钱"炒"劲十足，一些作家也颇为精通"炒"经，串演了"出口转内销"的闹剧，借助洋人的嘴（其实是假洋鬼子，洋人大多看不懂中文小说）抬高自己。我也曾禁不住诱惑想去炒作，七部中篇组成的"普爱山庄系列小说"，其中六部都是在北京发表的，就是考虑到召开作品讨论会比较方便。一切都是按计划完成的，各大刊物也都愿意参加联合行动，筹集经费对我来说也不在话下，但是后来我自动放弃了，因为觉得很没意思！当年未经任何炒作，读者不是照样记住你的名字了吗？如今却花钱买名多么滑稽！还是保持一颗平常心和自信心为好，顺其自然，留待时间的过滤，自信好作品终将不会被埋没。

不追时髦。近年来的文坛不亚于时装模特的 T 形展台，时髦潮流层出不穷。其中有一股"性描写冲击波"，尤其是一些女作家在赤裸裸地写性方面不让须眉。由于我的小说多以女性、爱情、婚姻为题材，这个问题无法回避，好一阵子为此而苦恼。某文友曾问我 80 年代爱情小说与 90 年代爱情小说最大的区别是什么，我答不上来。他戏谑道："你们的小说都写了好几页了，男女主人公才拉拉手。人家的小说头一句话就是'他俩从床上滚到地下'。"我忙问："那么结尾呢？"他笑道："结尾一句是'他俩又从地下滚到床上'，中间的内容可想而知了。"眼瞅着人家这类作品真畅销，作家也随之打响，我非圣贤岂能不受诱惑？要不咱也舍下老脸"玩一把荤的"？转念一想，为了过眼烟云似的虚名及微薄的稿费，写得太牙碜了让女儿、儿子及其朋友看了岂不骂"这个老不正经的！"得，还是别去追这种时髦，甘于落伍，甘于寂寞，保持为人妻为人母的良好形象罢！以寻常百姓家的寻常道理去处理复杂的写作问题，倒也朴实得简单利索省脑筋。

不轻易"变脸"。川剧的"变脸"艺术堪称一绝，但若是作家写作经常"变脸"可就成了"文坛风派"了。有的人作品像一根墙头草似的随着政坛权力的更迭变来变去，即使是对待同一描写对象，也可以随其势力的盛衰而改变写法。我也很想跟上时代的变化，跟上文学潮流的汛汐，在写作题材上与文字手法上都需要不断地改变自己。但是我一直有个清醒的认识，改变自己不等于失去自我，梅兰芳在艺术上再怎么探索创新也不会忽然改唱花脸，作家在创作个性方面应该有一点"乱云飞渡仍从容"的自信。以往我的作品以写人情人性人道关怀人文精神见长，形成自己的特色不容易，哪怕这张面孔不大受人注目，哪怕不够新潮有落伍之嫌，我也决不轻易"变脸"。我打定主意沿着写真善美的路子走下去，不断地完善自己。

不固守窠臼。创作个性上的"不变脸"，不等于在创作思想上固守僵化过时的老套子，也不等于在涉猎艺术门类方面画地为牢作茧自缚。面临商品经济社会的挑战，作家要学会适应文化产品的买方市场，才不会有生存危机。最近，我在报上看到几篇漂亮的散文却是出自几位评论家之手，说明大家不再拘泥于过细的专业分工了。因为我是编剧出身，从来就是"多栖"作业，小说、散文、电影、电视剧、广播剧、小品……什么门类都不拒绝尝试。就小说的题材和样式而论，我也努力适应爱情小说、伦理道德小说、幽默小说、民俗小说、情节小说、心理小说等各种写法。为各地报纸副刊写的短文，更是随缘随意不拘一格。手里有几把"板斧"，就可以面对文化市场的各种需求应付自如。这里也有个调整心态的问题，不染"名人症"，不以"高雅文学作家"自居，一视同仁地看待各种文学样式艺术体裁，才会获得心灵的自由。

不"挤牙膏"，不"掺水"。前者指的是写不出来或不想写时，宁可不写也别硬憋硬挤。后者指的是不为了赚稿费把短稿子抻长了，"掺水"多了淡而无味。我发现有的人近来发表的文章越来越长啰啰嗦嗦王母娘娘的臭裹脚条。我为了防止自己随着年龄的增长变啰嗦，每篇稿子写完之后自己都要先砍一遍，明知这是往下"砍钢镚儿"（硬币）也要砍。很多编辑喜欢找我约稿，并不是觉得我比别人写得好，而是发现我写什么稿子都很认真。置身于"乱哄哄你方唱罢我登场"的文坛闹市，能够做到不想写时就去玩，能够沉静下来认真改稿推敲文字，都需有良好的创作心态。

不抢镜头少出风头。"昨夜星辰"们曾经是新闻媒体镜头聚焦人物，近年来的上镜率程度不同地减少了。新闻新闻嘛，其镜头总是要去发现新人新事的，这本来是符合客观发展规律的正常现象。有的人却难耐冷落在公众场合只要一见到摄像机，就不顾体统推开别人往前抢。当年我也曾有过上镜欲，如今把这些看淡了。时时告诫自己不要"人来疯"，少出风头，对于女作家来说尤其是一种修养。

不怕"断奶"。随着体制改革的不断深入，文化事业单位的人们时常议论何时"断奶"的话题。据悉，全世界只有我国和朝鲜的作家是拿国家薪水的，"断奶"势在必行只是个时间问题。尽管稿酬标准一升再升，我国的低稿酬制度还是不足以养活作家的。特别是写"纯文学"的作家，发表的字数无法和通俗小说作家相比，便有些人心惶惶。在这方面我的心态也不错，第一相信国家不会对我们这些已有 40 年工龄的作家完全"断奶"；第二即或"断奶"，我也相信自己能够养活自己。除了写小说，我还能写影视剧本，能写报纸文章，能编书编刊物，几把"板斧"在手，总能卖文为生罢！即或到了年老体弱的时候做不了事了，即或晚年再有巨额医药费的压力，除了文学作品之外，我还有两个最为得意的作品——一双儿女，他们还可以照顾我们夫妇的晚年生活。

话说到这个份儿上，也就没什么事情可以令人心态不好了。那么，就让我们沉静下来，以自信、淡泊、乐观的平常心，克服浮躁、攀比、粗制滥造、模仿抄袭等不良行为和现象，去迎接生活中的各种机遇与挑战。

亭亭白桦
依依白桦

亭亭白桦　依依白桦

我来到白桦树众多的地球上 42 年了，才第一次见到白桦树。不是油画、照片、电影上的白桦树，是生长在北国山林的活生生有灵性的白桦树。

我的心田早已种下了一棵小小的两个枝桠有着金红色叶子的白桦树，那年我还是个 16 岁的扎着蝴蝶结的小姑娘，在天津人民艺术剧院当舞台美术学员还没毕业。剧院演出话剧《以革命的名义》，剧中有一场戏是列宁和瓦西里在一棵白桦树旁接头。这棵小树在舞台左前侧是演员活动的唯一支点，不能用布片画成软景，须做一棵立体逼真的树，队长把这项任务交给了我。

生平头一次独立进行艺术创作，16 岁小姑娘的处女作，那是怎样的虔诚和认真啊！我找了大量的资料，列维坦风景画集，施什金风景画集，《白桦林》《金黄色的秋天》《绿荫喧闹》《白嘴鸭飞回来了》……凡是有关白桦树的画册都看个仔细，可以投入创作了。我砍下一段小叶榛的树枝充当主干，从扫院子的大扫帚上拔下两根粗苗浸在水里泡软，然后把它烤弯，就成了弯弯的枝桠。树皮，是用制作舞台纱幕的边角条儿缠绕而成，涂上青白色的颜料，再画上点点花斑。叶子，颇费功夫，先从白布上画下大小不同的叶子，一一剪下米，挂在一根根铁丝上，一片一片拴到树枝上，最后再一一画出淡黄、金黄、火红、褐色、暗绿等等叶色……

小白桦"种"在舞台上了，灯光一打，自然逼真，栩栩如生，立即把观众带入俄罗斯原野的情调中去了。

小白桦，获得了导演、美术设计、演员、观众的一致称赞，老师揪揪我的辫子说："好好干，你的艺术感觉很好，会有出息的。"

我很想在自己的第一件作品跟前照一张相。穷，没有照相机。散戏后，拍剧照的摄影师给"列宁"和"瓦西里"在小白桦旁拍了一张又一张。我们学舞台美术的，命中注定一辈子干幕后劳动。再说，我只是个小小的学员，躲在侧幕后面望了又望，没有勇气走上台去站在那璀璨光圈里的小白桦旁。每天演出开场之前，我都早早地赶到剧场，把我的小白桦搬到舞台上去。大幕敞开着，观众席里空无一人。后台除了一个小工作灯，黑黝黝的，小白桦像是在暮色中幽幽闪光。我抚摸着她，只有在这黑暗和寂静中，她才属于我。

　　嗳，这简直是我的初恋！处女之树，青春之树，梦幻之树，种到我心里了……

　　岁月的流逝，尘嚣的骚扰，浩劫，挫折，疾病，贫穷，出嫁，生儿育女，奋斗，失败，一次又一次舔干伤口，名利场，人情的淡薄……皱纹多了，梦少了，心冷了，唯有小白桦，悄悄地在心灵的暗角闪着银白的光……

　　我的母性大于对名利的追逐，为了孩子，较少随作家们出游。每每收到笔会邀请，我都是热了一阵子，临行时又收回脚步。不知为什么，《天津文学》邀我去森林草原，我竟不顾一切拖儿带女出发了。或许，那心灵暗角的小白桦以她洁白的闪光在召唤着我？很多年了，我以为自己把她淡忘了，谁知此时她竟像《黄鹤的故事》中的黄鹤，穿透岁月的重重灰雾显出她清晰的身姿。

　　我来了，小白桦！终于见到你的真面目了，小白桦！久别重逢的老友？还是千里相识的新朋？熟悉？陌生？我坐在森林小火车上远远地望着她们的时候，一时闹糊涂了。只有当我靠近她，仰望她的树冠，抚摸她的枝桠时，才意识到自己心中的感觉——惊奇！令人惊奇的美，难以描绘的美，无法复制的美。

　　我惊奇她的洁白，真像挽留住严冬的皑皑白雪。记得当初我在画小白桦的枝干时，以为是树皮总要有一些青白色或灰白色的，便调进了不少群青和灰色。现在看起来，那真是给这洁白的姑娘蒙垢了。如果不是亲眼见到，谁能相信树的家族能有这般冰清玉洁的肌体？高高低低远远近近的山岭上，墨绿色近于发黑的松林中，亮着一道道耀眼的闪电，一把把闪光的银剑，一盏盏明亮的水银管灯，点亮了莽莽苍苍、沉郁冷峻的北国山林。哪里有白桦树，哪怕是手指粗的幼树，哪里就有了夺目的高光点。哦，森林的闪电，森林的银剑，森林的明灯，森林的高光点！

我惊奇她的秀美，水灵灵犹如出浴的少女。纤细的嫩枝儿是那样柔弱，山风微微一吹，便颤栗着摇摇摆摆，一副病西施醉美人儿的娇态。无法相信威严肃穆的大兴安岭能够生出这般柔弱娉婷的丽质，又怎能想象她们是如何顶住一年中长达九个月封冻期的逆风寒流的？尤其她那翡翠雕成的绿叶，叫我目瞪口呆——叶子！叶子原来这般玲珑小巧！可是当初我给我的小白桦缀上的叶子，竟是按照小叶杨树叶的大小制作的！失真、粗糙，经不住推敲的处女作呀，我竟洋洋得意了二十多年！观察生活，长期的仔细地观察生活，对于一个作家来说是终生的功课。白桦树叶沙沙地响，她悄悄地对我絮语，我听见了上面的话。

我惊奇她的挺拔，笔直的树干一点也不亚于刚劲的青松。白桦和青松并肩而立，竞相向高空射去，竞相向太阳奔去，同是一副刚直不阿的铮铮铁骨。大兴安岭的土地是贫瘠的，山上只有尺把厚的土层，往下即是灰白色的沙石层了。真不知这样薄薄的一层土，这样短短三个月的春光夏日，白桦和青松怎么能够生长得如此挺拔茂盛？看来，他们需要的极少极少，献出的却很多很多。强大的生命力，自强不息的独立性格，似乎专门挑选了这个艰难的生活环境。京城温柔繁华之乡，温室精致的花架上，没有她的身影。热闹的花展，名贵的盆景，客厅里的小摆设，她都显得不可雕琢造就。于是，评奖啦，选美啦，国花国树市花市树啦，当然没有她的份儿。她也愿意变成木器家具造福于人，但加工时稍不顺应她的个性就宁折不弯。嗳，姿色绝伦的白桦呀，只肯自由自在散散淡淡高耸于北原幽谷、边陲野岭。其品其格其洁其傲，令人可钦可叹！

我们来到了一个叫伊图里河的地方，这里的白桦林格外繁茂，密密匝匝满山满坡。相比之下，松林极少，有松树也是些未成材的幼林。我问这是怎么一回事，主人痛惜地说："这是一片过伐林。"经过解释，我才知道"过伐林"就是砍伐过分的林子。果然，仔细一望，山坡上到处是青松树墩，光秃秃，黑乎乎，有的已经发朽了。林业工人管这些树墩叫"山神爷的供桌"，不许坐在上面，更不许踩在上面，一派恭敬虔诚。可是，满山遍野"山神爷的供桌"太多了，人类是怎样怀着恭敬虔诚向大自然"上供"的呀！大自然发怒了。严酷地惩罚滥伐森林的愚蠢行为，这里很快就要变成荒山秃岭了。小白桦，小白桦站出来了！主人们说，哪里有过伐林，哪里的白桦就飞速生长，小树很快地蔓延覆盖。个中奥秘，实在弄不清楚。噢，怪不得眼前的白桦林如此葱茏茂密！闪闪发光的小白桦挨着挤着列队林立，组成高举绿色旗帜的仪仗队，遮掩了青松哥哥的残躯，保护了山林母亲赤裸的胸脯。哦，小白桦，山林母亲的女儿！待到大兴安岭八百里冰封，积雪不化，山川大地一片洁白，白桦也抖落掉绿裙，裸露出洁白的肢体，归于雪山，隐于雪原，加入到百色归一的纯净中去。到那个时候，远远望去，你再也看不清哪里是山川，哪里是白桦，她和白色的大兴安岭浑然一体了。

你见过白桦树的血么？不是人们常把树的绿汁比喻的"血"，是和人的鲜血不差分毫、殷红殷红的血。我头一次看到她流血，惊骇得失声大叫。前面几棵洁白的树干上，拦腰有一道道血红，在阳光下发出刺眼的血色。对于我的大惊小怪，主人解释："白桦树只要被剥了皮，就是这个样子。"我问人们为什么要剥她的皮，主人淡淡道："为了烧柴时当引火儿，桦皮晾干了很好烧。"我追问："剥了皮的桦树还能活吗？"得到的回答是："顶多三五年就死了。"主人见我们如此痛惜，又安慰说，"树，多得很哪！"人类往往破坏自己热爱的东西，又往往能够自圆其说，自行麻木。后来，我们沿着森林公路前进，几乎到处都能见到白桦树的血，也就见怪不惊。通过白桦幼林的缝隙，可以望见一截截"山神爷的供桌"。需要几百年才能长成的原始森林，大片大片地消失了。山岭沉默着，河流沉默着，青松白桦都沉默着，或许它们在告诫着人类听不懂的语言……

当我告别森林时，热情的主人问我要不要一张桦皮，制成美丽的工艺品留作纪念。开始我表示辞谢："不要又毁了一棵树吧！"可是，主人指着一片被推土机推过的空地说："这里要盖房子，反正这几棵树也要砍伐的。"我太喜欢白桦树了，如果能够用桦皮制成永久的纪念品，也不枉千里此行。何况主人这么热情，何况树即将砍伐了……当我抱着桦皮告别森林时，忽然怀疑起主人说的"反正要砍伐的"这句话了，他们知道不这么说我是不会接受这件珍贵礼物的，那么那白桦树的血……唉，难道我不是和所有的人类一样，往往破坏自己热爱的东西，又往往能够自圆其说，自行麻木么……

火车在暮霭中运行，朝着更沉的夜色奔去。当我们告别山林时，山、路、松林……都模糊地隐没在黑暗与寂静中去了。只有白桦，在沉沉幕帷后面闪着幽幽银光。呵，这是舞台？还是人生？亭亭白桦，依依白桦，把我送回 16 岁的梦幻中……

1986 年 10 月 9 日写于天津

大 难 不 死

我自幼就相信自己"命大福大",相信自己是个有天神保佑的孩子,相信自己长大以后是女中豪杰。

这种良好的自我感觉是外祖母不厌其烦地灌输给我的,她老人家是讲故事的能手。从两岁到六岁,我由山东外祖父母抚养,姥姥时常讲起我在婴儿时种种大难不死的奇遇。我对那些奇遇全无记忆,但姥姥一遍又一遍的讲述,慢慢地使我错把想象当成记忆,如临自己"人之初"其境了。

不知为什么,作家诗人们都喜欢祖母、外祖母或保姆,普希金有一位会讲童话的外祖母,鲁迅有一位会讲故事的阿长妈,几乎每个作家的童年都有一位智慧善良的年长女性陪伴他们,我的姥姥则是以各种精灵神怪故事、神奇经历、民间传说培养我的想象力的启蒙教师。她是个高腔大嗓的山东妇女,高鼻梁、瘪瘪嘴,似乎……没有眉毛,身材高大但双脚奇小,站立时为了保持平衡总是前前后后颠着脚后跟。后来,我上中学时读了鲁迅先生描写的"豆腐西施"的小脚像圆规,便深有同感地想起外婆。

姥姥讲的我在人生早春种种奇遇,后来我再三追问妈妈、舅舅和姨妈们,这些当事人都说确有其事,是他们告诉姥姥的,并非姥姥杜撰。人,往往会产生把别人的讲述当成自己记忆的错觉。我的儿子 14 岁时,我问他最早的记忆是什么,他说:"是我出生时妈妈抱着我坐小汽车从产院回家。"我大吃一惊,笑他把大人的讲述当成了记忆。可是他固执己见,说小汽车是黑色的,裹着他的毛巾被是绿格子的……我作出相信他的话的样子,就让他保持这显然是错误但很美丽的"记忆"吧!

我也有许多显然是错误但很美丽的"记忆"。外祖母已经作古30多年了，那些神奇的童年故事仍然时时浮现，鲜活跃动，栩栩如生。

1944年农历2月17日，那是北方早春的一个早晨，我出生在天津鼓楼医院。我是头生女，因为个子太大，荣幸地成为难产儿。当我被医生用产钳强迫夹到这个陌生世界时，我决定不吭声不喘气儿，以沉默对此种暴力行为表示抗议。不料，医生却非得以看到我啼哭为快，竟然倒提人家的双脚打人家脊背。刚刚出世还没犯错误先挨一顿打，我委屈地哇哇大哭。由于被夹脑袋和挨打，后来的我一直不愿意受人挟制，不接受"只许母亲错打孩子，不许孩子抱怨母亲"的理论。

这是我的人之初亮相，是外婆总是双手合十赞叹"天爷爷地奶奶给捡回了一条小命儿"的人生首次历险。

40多年以后的一天，我才去确认自己的出生地。我陪外地客人参观天津戏剧博物馆，路过天津老城中心原鼓楼医院旧址。现在那里是一个狭窄的街道，医院早已荡然无存。面对车水马龙的闹市，我看见小小的自己赤条条被人倒提双脚拍来拍去，为自己降生到这样一个甚嚣尘上的喧闹世界深觉拥挤和压抑。

母亲生我时只有20岁，当时她已去太行山区参加革命，回天津生孩子，度过产期后抱着我赶回太行山，还带去了舅舅和两个小姨妈。途中，日本飞机轰炸火车头，火车被迫停下来。敌机猛烈地向列车扫射，旅客们乱纷纷逃出车厢躲到庄稼地里藏身。妈妈顾不上抱我，拉着舅舅姨妈们跳下车厢。跑到庄稼地里，他们才想起孩子还在火车上。舅舅不顾妈妈的阻拦，冒着枪林弹雨跑回车厢去救我。其实，我一个人躺在座椅上自认为有襁褓包着很安全，高腔大嗓地向日本人提着抗议。年仅18岁的舅舅把我抱回庄稼地，子弹啾啾地在他身边呼啸。

姥姥讲起这件事时，不说舅舅勇敢，说我命大，又一次双手合十说我是天爷爷地奶奶保佑的孩子，大难不死，必有后福。

我出生不到一百天，就演出了第二场惊险剧。这只是初试锋芒，以后我的奇遇还多着呢！说起来谁都不相信，一年以后，我成了与狼共室的孩子。

与 狼 共 室

　　看了奥斯卡获奖影片《与狼共舞》，我很喜欢那只名叫白袜的狼。它的两条前腿长着白色的毛，像是穿了一双白色袜子。它从男主角手中叼走肉的一场戏，男演员冒着九死一生的危险，因为它是一只真狼。可是在我看来它简直就是一只狗，是人类的朋友。狼，生活在贫瘠的荒山野岭，总是处于饥饿状态，所以才十分残暴。饿狼，是它们通常的生存困境。若是让它顿顿美味佳肴，饱狼是否还会伤人呢？朋友笑话我这个想法，告诫"豺狼成性"的规律。我仍相信饱狼是会有些善性的，甚至会有些绅士风度的。这一信念来自我的人之初。婴儿时的我就有过与狼共室的离奇经历。

　　我刚出生不久，父母和舅舅、姨妈都去山西太行山参加抗战，我的乳名"行婴"即取"太行山婴儿"之意。我们居住在一孔分成里外间的窑洞内，窑洞挖在半山腰上。有一天，妈妈、姨妈和几个战友在里间炕上包饺子，我在外间炕上睡觉。他们把包好了的饺子一板一板送到外间炕上，摆在了我的外边。既然那时我只会吃奶不会吃饺子，也就对此毫无兴趣呼呼大睡。

　　大家又包满了一板饺子，一个战士端起来刚要往外屋送，一掀门帘吓呆了——不知何时来了一只狼，扒着炕沿吃饺子呢！突如其来的大祸使屋里的人们屏住了气不敢出声，轻轻掀起门帘一角朝外看，人人出了一身冷汗。看得真真切切，那不是村里的土狗，是一只狼！它的大尾巴拖在地下！他们后悔没有关门，后悔枪支都放在了外屋，后悔把孩子搁在外屋炕上，但一切都来不及了！因为担心正面冲突时狼会把我叼走，人们不敢冲出来，一时毫无计策地盯着狼吃饺子。狼吃饱了，睬也不睬我，文质彬彬地走了。

这件事留下了多年难解之谜，那只狼究竟是没发现我，还是认为我的肉不如饺子好吃呢？狼有没有储存食物的习性，为何不把我叼走留作晚餐呢？或许它不是一只母狼，没有嗷嗷待哺的幼仔在等待食物？或许正因为它是一只母狼，才不忍心叫我母亲失去孩子……这些问题永远不会有答案了，不过有一点是肯定的，与狼共室，我充分地表现出大将风度，安然入睡，置若罔闻，才没有惊动狼先生。

在我两岁时，又发生了一次狼口脱险的奇事。当年太行军区某纵队司令部设在一处原先地主的宅院里，后院作为军人宿舍。司令部大门外有一棵又粗又矮的柿子树，我和另外两个孩子常在树底下玩耍。我喜欢坐到树桠上，哨兵叔叔就把我抱了上去。不料，他刚回到大门口，忽然发现山路跑来一只狼。大概这只狼饿极了，不顾哨兵的存在，朝着我们三个孩子直扑而来。哨兵急忙返回树下一手抱起一个孩子跑回大院，只剩下我仍留在树桠上！这回我再也摆不出大将风度了，吓得哇哇大哭。狼来到树底下朝我张望，树很矮，它一蹿高就会叼住我。哨兵拉开了枪栓，正要开枪，说时迟那时快，只见我惊慌中从树上掉了下来，正落在狼的面前。哨兵想开枪又怕打着我。在那千钧一发之刻，悲剧本来已成定局了。岂料，狼性最是多疑、胆小、机警，它看到我呼号着威风凛凛从天而降，以为我定有制狼法术，吃惊地掉头就跑，跑出丈把远停下来满腹狐疑地打量我。哨兵叔叔趁机开了枪，虽然慌乱中没有打中狼，也足以把它吓跑了。哨兵叔叔急忙冲到大树下，抱起我跑回大院关上了铁门……

外祖母在讲这些事的时候，一遍又一遍地念着"阿弥陀佛！菩萨保佑！"如果没有神灵保佑，我怎么能够一次又一次地死里逃生，转危为安呢！

多少年以后，我问几位山西作家："你们那里狼很多吗？"他们摇摇头说除了在动物园没见过狼。看来，现代工业文明对大自然的进犯，把狼驱赶到和人类相隔更远的荒野去了。

我的人之初历险记，还有更加叫人不敢相信的奇事在后头呢！在和狼先生擦肩而过之后，我又见识了为爱情而发疯的驴子和通晓阴界阳间的巫婆……

难 解 疑 团

　　早年我家有一副灰色粗布绑腿，两条绑腿接在一起很长很长。我和小朋友们拿它做军事游戏捉特务，把人五花大绑捆起来绰绰有余。妈妈说她在八路军中行军时，骑在马上抱孩子不方便，用这副绑腿把我绑在她胸前。就这样，小小的我曾经走遍太行山区，真不愧我的乳名行婴。

　　经过多次搬家和"文革"浩劫，这副有纪念意义的绑腿不知流落何方。我出嫁以后，对家的物件也就不大留心了。我生了女儿，待孩子掉了脐带，我把那个连接女儿和我的脐带放入一个小瓶里。女儿长大以后，我要让她看看她与母体的生命纽带。捧着珍贵的小瓶，我忽然想起了那副粗布绑腿，难道它不是我在脱离母体之后的另一种脐带吗？可惜，当我理解了它对于我的意义时，已经找不到它了……

　　提起那条绑腿，姥姥讲起我幼年时又一个大难不死的故事。虽然故事的原版不属于她老人家，但她是那样津津乐道。后来我从妈妈口中得到证实，对此也就深信不疑。

　　姥姥总是说："来姥姥给你讲大叫驴的故事！"虽然那些故事我早已听姥姥讲了多少遍了，但还是很爱听，每一次都像是新听到似的觉得新鲜有趣。

　　姥姥总是向人夸耀："俺闺女会骑马，骑马打仗！"其实，妈妈告诉我她只是后方人员，没有上前线打过仗，行军时骑马的机会也不多。山西人兴骑驴，更多的时候是骑驴，那还是因为她带着孩子受到的照顾。于是，便有了大叫驴的故事……

　　有一次夜间行军，队伍走在窄小的山路上，下面是深深的山谷，妈妈用绑腿把我牢牢地系在胸前，我们娘儿俩骑在高大的驴背上也很威武。路过敌人岗楼时，绝对不能发出声响，队伍在黑暗中迅速前进。我当然很懂事，既然干涉不了大人们的事情，不如乖乖地睡觉。突然，我们乘坐的公驴发现前面有一头美丽的母驴，它的爱情使它丧失了理智，不顾小路只能走一头牲口，不顾跌下山谷的危险，发疯地向前面冲去。后果当然是很悲惨的，它驮着我们母女跌下山去！战友们不敢惊呼喊叫，情况万分紧急，只要孩子一哭或牲口一叫，就会被敌人发现。看当时的情形，谁都认为我们母女没命了，摔不死也会被大牲口压死。

我真是"命大福大"，遇到天大的危险都能化险为夷。说来凑巧，我们跌下去的山坡下面有一片成熟了的麦子地，或者是谷子地，至于到底是什么庄稼，因为那时我正在做梦，没顾上细看。反正庄稼地温柔地接待了我们，只是摔伤了妈妈的一条腿。更加幸运的是，那位多情的驴先生摔得比我们远几步，也没压坏我们。可能它感到很羞愧，或者是摔昏了，没有亮出它那嘹亮的嗓音。我当然比它更知道关系全军的安危，懂事地保持沉默。总之，一切都很万幸，战友们松了一口气，溜下山坡，把我们扶上山路，队伍继续前进了……

睁大眼睛听外婆讲故事时的我，还不懂得追究细节的合理。现在我身为职业作家和编剧，不由得生出一些疑问。既然是夜行军，那头公驴是如何认出队伍前方有一头母驴的呢？动物的眼睛在夜里能够看清景物？要不就是它早在白天就看见并爱上了驴小姐？还是雌雄动物之间会传递某种气味？左思右想，这份空白随你任意去填补。由此悟出一个道理，文学作品应该留出空白，留给读者以想象的余地。

我的"人之初故事"还有一件奇事，更加令人捉摸不透。有一次，部队住进太行山区某地一处空宅中。老乡们传说那处宅子"不净"，闹神闹鬼的无人敢住。军人们哪里信这一套，妈妈和一位女战友，带着我睡在一个大炕上。她们把我放在炕里头，还没学会爬的我，隔着两个大人是不会摔到炕下面去的，夜里没有任何动静。但不知为什么，第二天早晨妈妈醒来一看，发现我睡在炕下面的地上，双手还抱着一把扫帚。头一天晚上，她们清楚地记得屋里并没有扫帚。我发烧了，病得很厉害。热情的乡亲们不顾妈妈的反对，请来一位跳大神的巫婆。巫婆抱起我左瞅右瞅，吹了几口"仙气儿"，又绕着屋子来了一番实地勘测，炕上炕下一通折腾，阴界阳间一通对话，终于察明了事情的原委，笑道："是土地奶奶喜欢这孩子，和她闹着玩儿呢！土地奶奶保佑，孩子就好，就好！"巫婆又把土地奶奶如何喜欢我的话，向人们作了传达："这闺女圆头大脸，一脸福相，聪明伶俐，日后必有大出息……"说也奇怪，果然我就退烧了。

"阿弥陀佛，俺说过你是有天爷爷地奶奶保佑的孩子吧？"姥姥念一声佛，就算对这件怪事作了全部的解释。可是，多少年来，我一直揣摩不透，难解疑团：一个不会爬的婴儿如何跃过两个大人跑到地下的呢？妈妈或那位阿姨夜里撒癔症？可是她们都说夜里睡得很沉，连被窝都没有弄乱。再说，那把扫帚又是如何跑到我怀里来的呢？外面的人夜里进来装神弄鬼也不可能，因为妈妈和阿姨睡觉前插紧了房门。这个故事的空白实在不好填补了，它只能叫我相信世界上存在着我们无法解释的神秘事物。

一个人如果自幼就听到这么多关于她自己的神奇故事，对她的性格、命运、心理气质会有什么影响呢？这个问题我还没有思考到理论的深度，但我觉得很幸运，很得意。或许，正是这些"史前童话"，使我变得自信、坚强、乐观，使我相信奇迹，盼望生活中的戏剧性变化，富于想象力，喜欢浪漫主义的文学作品，使我接近天命之年仍能保持一颗童心。

想到这些，我学着当年外祖母的样子双手合十：阿弥陀佛，菩萨保佑！

外婆的鬼故事

本文开篇就介绍了外婆，不知为何，作家诗人的童年几乎都有一位善讲故事的年长女性陪伴，普希金的外祖母，鲁迅的阿长妈。或许有了善讲故事的女人才会鼓动孩子想象的翅膀，使其日后总想舞文弄墨？或许，文人墨客的童年记忆中，只对善讲故事的女人铭刻于心？不管怎样，我有一位善讲故事的外婆。至今，我仍然弄不清楚，是她的故事指引了我的文学之路，还是我的文学气质使我记住了她老人家。

外婆，城里人叫姥姥，山东乡下叫姥娘。姥娘个子高，脚小，在高大的山东女人中她仍然显得高大，在时兴裹脚的孔孟之乡她仍然显得脚小。姥娘长得丑，眉骨上光秃秃，但她从来不描眉，任凭那里寸草不生荒芜着。姥娘单眼皮儿，左眼角下面还有一块疤，但那并不影响她笑起来神采飞扬。山东妇女有"绞脸"的习俗，用两根线拧着把脸上的汗毛绞光。姥娘脸上平光光的，额头发际被绞成一条直线，显得脑门方方正正的，再配上高鼻梁大嘴巴，很是威武严厉。姥娘脾气大，不是一般的脾气大，犯上脾气来大哭大闹寻死上吊直到挺死过去才罢休。用现在的医学名词说，这种毛病该叫歇斯底里癔症休克。但她从来不对我发脾气，只对姥爷发脾气。姥爷老实厚道，在老实厚道的山东人里他仍然以老实厚道闻名乡里。我只记住了姥爷和善亲切的笑容，他长得端正漂亮，笑起来露出两颗金牙闪闪发光。对于姥爷的印象我只记住了一些"无声电影"，却记不清他说过什么话。沉默寡言的姥爷似乎只是笑或不笑，充其量用眼神表达一下对悍妻的不满而已。

姥娘最突出的特点是嗓音高，在惯于高腔大嗓讲话的山东人群中仍然属她的声音洪亮。她端食喂鸡时不招呼"咕咕咕",而是大喊"逮逮逮",鸡群闻声就疯了似的往家跑。我小时候顽皮得出奇,成天和男孩子们在村外玩耍,老远地就能听见姥娘喊:"行婴——吃饭啦——"行婴是我的乳名,她的山东口音喊"婴"字时要拐一个好大好大的弯儿。后来我们全家进城到天津,她仍然像在村里村外那样高声拐着腔儿喊我,我求她老人家别那样喊,她就是不肯改乡音。

姥娘不识字,但很会讲故事,不知师承何处。我们老家离蒲松龄的故乡不远,盛产千奇百怪的"鬼故事"。我随外祖父母在山东生活时是在三至六岁,但姥娘讲的故事至今记忆犹新。有两段亲妈和后妈的故事,令人毛骨悚然,姥娘绘影绘声地说:"有一个年轻的亲妈死了,舍不下吃奶的孩子,每天夜里从坟里出来回家给孩子喂奶。这家人常听见夜里闹鬼,有女人哄孩子逗孩子的声音,捅开窗户纸往屋里瞧,只见一个影影绰绰的女人抱着孩子,看不清眉眼。孩子的爸爸总想找到女鬼的来历,后来想了个法子。他让老娘纺了一根很长很长的线,把线缠在放风筝用的转轴儿上,再把线头穿到针鼻里。夜里,他藏在门外黑处,等那女鬼哄完孩子出门时,他偷偷地把针线别在她的后背上。第二天一早儿,他顺着拖在地上的白线找到村外坟地里,白线钻进他媳妇的坟里不见了。他们全家人在坟前摆上供果烧香,念祷说:'孩子他娘,你放心走吧,有奶奶喂孩子,孩子挺壮实,你别惦记……'后来,女鬼就不来了……"

我听了很不甘心,问:"那家人为啥不叫孩子他娘来喂孩子呢?"姥娘说:"她成了鬼啦!"我又抗议:"鬼怎么啦?她是孩子的亲妈呀!"姥娘有些理屈词穷,但又说:"那也不行,阳间的孩子不能沾了阴气。""阴气是什么?"对于我没完没了的追问,姥娘总是威胁:"再瞎问,不讲了!"于是我不敢再问,央求姥娘讲下一个故事。

姥娘还给我讲了各式各样的鬼故事。农村,傍晚一过家家户户就熄了煤油灯,上了炕我就央求姥娘讲故事。从三岁到六岁半,我随外祖父母在山东生活了一千多天,就像《一千零一夜》那样,几乎每天晚上姥娘都给我讲一个故事。她没有那么多故事。有些就翻来覆去讲多少遍,我却总是百听不厌。

姥爷反对姥娘给我讲鬼故事："看吓着孩子！长大了胆小，不敢走黑道儿。"我却越听胆子越大，长成了个天不怕地不怕的野丫头。少女时不怕独自走夜路，不知为何年龄大了反而变得胆小起来，走夜路时总怕身后有坏人跟踪，但那也只是怕人，从来没有怕过鬼。想想挺有意思，这又是为什么呢？大概姥娘只是爱讲善鬼的故事，从来不讲恶鬼吃人血淋淋的故事。尤其那些美丽多情的女鬼，不但不吓人，还让你很想和她们交朋友。40多年以后，我才到了蒲松龄的故居。在牡丹花鬼绛雪生长的地方，竖着一块"绛雪石"，我抚摸着它，心中倏然升起了对遥远的童年的回忆。

童年时代听到的那些荒诞不经的故事，鼓起了我的想象力的风帆，使我从小就爱瞎编故事讲给小朋友听。我能够轻易地由一些细节触发许多毫无关联的联想。在别人看来两者毫无关联的事情，在我心中却容易牵出奇巧神秘的导线。例如，只要看到有人转着风筝轴儿放风筝，甚至每当拿起线来认针，我都会想起那个舍不下孩子的女鬼。

姥娘不只讲鬼故事，还像所有的农村妇人一样爱给孩子讲后妈的故事。我在大半生中听过各种各样的后妈故事，但都不如姥娘讲的后妈故事可怕。童年时的印象太深了，那些故事影响了我和后妈的关系，使我们至今形同陌路。

后 妈 与 蛇

姥娘讲的后妈的故事，是一个非常可怕的传说。姥娘每次讲它，我都吓得从自己的小被窝钻到姥娘的被窝里，搂紧了姥娘，却又央求："再讲！再讲！"

姥娘用山东快书式的纯正山东腔绘影绘声地说开了："有一个狠毒的后娘，为了害死前窝儿闺女，把一条小长虫放进肉汤碗里，晚上摸黑儿糊弄着闺女连汤带蛇喝下去了……"

听到这里我就会纠正："不对，上回您说的是把小长虫放进面汤里，以前还说过放在杏仁儿粥里！"

姥娘对这个细节轻描淡写："放进什么汤里还不是一样？"

我不罢休，追根问底："肉汤、面汤、杏仁粥，不会把小蛇烫死吗？"

姥娘打了我的屁股一下，申斥："后娘不会等汤晾凉了再放蛇吗？后娘有的是坏主意！再打岔不讲了！"

我只好央告姥娘接着讲。姥娘说："那闺女平常吃不饱，见后娘给了好吃的，狼吞虎咽连汤带蛇喝下去了。后娘以为这样可以把闺女害死，没想到小长虫在闺女肚子里活了下来，一天天长大了，还生下一条又一条小长虫……"

我吓得捂住自己的肚皮，浑身直起鸡皮疙瘩。那时我还小，不懂得蛇类也需要雌雄交配才能繁殖，所以对那个故事深信不疑。

姥娘接着说："闺女的肚子一天天大了，胀得圆鼓鼓。她爹以为闺女做了丑事，要把闺女活埋。在活埋以前，闺女说想最后见姥娘一面，她爹套车去接她亲姥娘。姥娘一听知道劝不过来，哭着带了白面和香油来，让外孙女最后吃一顿好饭。闺女见了姥娘哭着喊冤，姥娘问她的肚子是怎么大起来的。闺女说是喝了后妈给的汤，嗓子里觉得滑溜溜地吞下了个活物。姥娘有了主意，和好白面多放香油烙了几张饼。她叫闺女别吃，把饼趁热坐在屁股下面。她肚子里的长虫闻到了香味，一条条都爬了出来。她爹见了大吃一惊，问是怎么一回事。后娘知道瞒不住了，跑出去跳井死了。"

我听了追问："长虫在人肚子里还能活吗？"姥娘回答得干脆："敢情！肚子里暖和，又有好吃的！"我又问："长虫也爱吃香油烙饼吗？""敢情！""那些长虫爬出来到哪里去了？""见了人一害怕就跑了呗！"我仍然百思而不解："那闺女怎么那么傻，咽下长虫都不觉知呢？"姥娘被问烦了："先甭管人家，看看你这泥爪子吧！吃饭时不洗手，手上的小虫虫也爬到你肚子里去！"

我一听吓坏了，从此养成了饭前洗手的好习惯。多少年来，每当喝水或喝汤时，我都会下意识地朝碗里仔细看看，生怕吞下什么活物。家里人都知道我是个洗手癖，每天要洗十几遍手，冬天把手背上的皮肤都洗坏了。手上的皮肤似乎有一种对水的饥饿感，摸点什么都想洗洗手，自己也不知道为什么。或许，那个远在人生早春时代听到的故事，至今还有神奇的魔力。

当年姥娘不厌其烦地讲那些后妈的故事，是因为她自幼母亲去世，提起后妈来总是咬牙切齿。她老人家万万没想到日后我真的会有个后妈，如果她能预料家族中后来发生的事情，以她善良的心地，她会讲后妈中间也有像"善良的女鬼"那样爱孩子的人。可惜，姥娘的故事深深地刻入我的小脑瓜，竟种下了我终生无法和继母亲密相处的苦果。

我八岁时父母离婚，爸爸娶了他们学校的一个女教师。继母从来没有和我一起生活过，对我谈不上好也谈不上坏。我上小学时住寄宿学校，上中学时姥姥还在世，继父在外地工作，我跟着姥姥、妈妈过着"母系社会"的日子。15岁时我就考入天津人民艺术剧院，住集体宿舍。可以说，我与生父生母各自再婚的两个家庭都毫无关碍。但是，我接受了这边的继父，感情上却无论如何也接受不了那边的继母。儿童时代的一幕戏剧性场面令我永远难忘：有一天我去爸爸所在的学校看望他，无意中撞见了他和继母的婚礼。人们把我拽到继母面前让我叫妈妈。她微笑着向我走来。那一刻我想起了姥娘讲的后妈故事，盯着她脑顶上箍的一条红丝带一言不发。爸爸命令我叫妈妈，我钻出人群跑走了……等到我长大了，为人妻，为人母，才意识到当初真是冤枉了那位后妈。她并没有加害于我，反而是我冲撞了她的婚礼的喜庆气氛。

1984 年，我在《收获》发表了中篇小说《红丝带》，是我为数不多的有自传体色彩的作品。

当年，姥娘不只是讲些关于蛇的故事。乡下蛇多，我们的生活中还有许多真实的蛇的故事。

与蛇共室

　　现在的城市孩子，没有机会和动物交朋友，真是人生的一大缺憾。我的女儿和儿子对他们童年生活最快乐的回忆，是 1976 年大地震以后，全家搬进一处工地的临建棚里的日子。那个大院里有水坑，有两只狗，孩子们每天和狗一起玩耍、奔跑，还可以捉蜻蜓、捞鱼，从水坑里捞出大蜻蜓的幼虫观察它的蜕化，养鸡、逮蛐蛐……对于成年人来说那段灾民生活很苦，对于孩子们来说却是难得的快乐记忆。仅仅一年多的时间，姐弟俩就长得又高又胖，冬天被风吹皴了的小脸蛋红扑扑的，不再像在幼儿园时那么爱生病了。

　　比起他俩来，我在山东时的童年生活更加野趣横生。回想起来最为得意之处，是我和许多动物交过朋友。那时候的动物还愿意和人类亲近，不像现在的野生动物对现代工业文明退避三舍。

　　乡下的蛇很多，出门遇见一条蛇夺路而过是常事。似乎山东的毒蛇不多，也就很少听见过有人被毒蛇咬死的事。姥娘说野地里有一种毒蛇叫草上飞，能够在草尖上飞蹿，人被它咬着走不出七步远就会断气，所幸我没有遇见过。

　　姥娘裹着小脚，跑不快，非常怕蛇，可又总爱讲蛇的故事。什么青蛇白蛇斗法海啦，蛇是龙王的小儿子犯了天条被贬人间啦，都是我的必修课。有一天，姥娘带我出去串门，走过一条僻静的小路，在一面土墙根的拐角处，有一条秃尾巴蛇盘伏着睡大觉。它的秃尾巴盘在最上面，红艳艳的十分少见。姥娘见了又惊又喜又怕，双手合十念起佛来："阿弥陀佛！天爷爷，可了不得啦，秃尾巴老李！"

　　我问秃尾巴老李是谁，姥娘说："秃尾巴老李是条小龙，是一个孝子变的，最孝敬他娘。每年六月二十八前后，他都要下凡回家看他娘。只要天上打雷打闪，最亮的那道闪就是秃尾巴老李回来了！"她又屈指掐算了一下，越发激动："可不，六月二十八快到了！"

姥娘朝着那盘蛇拜了又拜，又说："红红的秃尾巴长虫是福蛇财蛇，遇见它的人大福大贵。它要是呆在谁家的粮囤里，粮食就总吃总涨，永远满满的。"我一听有这样的好事，就撺掇："那咱们把它兜到家里放到粮食囤里去！"姥娘也跃跃欲试，兜起衣襟想去抓蛇，可她又胆小，犹犹豫豫不敢上前，我勇敢地表示："我来！"可惜，没等我去抓，我们这一番朝拜已经惊动了蛇。大概它不高兴我们惊扰了它的美梦，懒洋洋地爬走了。我要去追，姥娘拽住我说："天意，勉强不得！"错过了这个机会，我也就没见过总吃粮食总是涨满的粮囤了。

等到六月二十八那天，我盯着天空盼啊盼，果然从天边飞来团团阴云，不大功夫电闪雷鸣下起大雨。一道道耀眼的闪电张牙舞爪酷似画上的龙，看来龙的模样是照着闪电画出来的。从此，我对秃尾巴老李的传说深信不疑。

大概蛇听说了我喜欢它们，跑到我家找我玩来了。在我们的住室里有一堆煤块，是预备冬天取暖用的。忽然有一天从煤堆里钻出一条大蛇，昂着脑袋朝我吐信子表示友好。谁也不知道这条蛇究竟有多长，仅从探出来的一截看就有三尺多。奇怪的是它既不蹿出来也不退回去，只是时不时探出半截身子朝人吐舌头。这下子可吓坏了姥娘，天天跪在炕上朝蛇磕头求它快走，长虫却不给她面子，赖着不走。当时，姥爷去天津办事了，家里只剩我们娘儿俩。姥娘哆哆嗦嗦不敢下炕做饭，我要抓起炕笤帚砍蛇她又不让，说是"柳仙得罪不得！"白天那条蛇退出去一些时候，姥娘赶紧下炕胡乱做些饭，炒了一大锅花生堆在炕上防备挨饿，又把妈妈在部队得的战利品一把日本指挥刀拿来，立在炕角防备万一。几天过去了，蛇并没有爬到炕上与人为敌的意思，但是姥娘仍然提心吊胆夜不成寐。

我的一个叔伯舅舅听说了这事，用一根长竹竿把蛇挑走了。大蛇缠绕在竹竿上，昂头朝舅舅吐着蛇信子。舅舅一点都不怕它，挑着竹竿走到院子后面的河堤上，把它远远地一甩扔到运河里去了。奇怪，当我和舅舅回到家里时，那蛇早已从煤堆里探出半条身子等我们呢！它怎么能爬得这么快？从河里上到河堤蹿过院墙再跑到屋里？还是地下有一条蛇道？或许，煤堆后面的墙洞里有两条一模一样的蛇，公蛇被甩到河里去了，母蛇出来看动静？这是个永远无法解开的谜了。

不管怎样，煤堆里的蛇坚持和我们同居一室，害得姥娘烧香拜佛都不管用。后来不知谁提醒道："怎么就忘了，龙虎斗呢！"姥娘急忙找街坊借来一只大花猫。"虎"来了，也不敢去和"龙"搏斗，只是站在炕边躬背翘尾吹胡子瞪眼睛冲着蛇咪呜一通。夜里，猫眼贼亮像两盏灯监视着煤堆，彻夜发出愤怒的呜呜声。第二天早晨一看，蛇不见了，从此再没来我家造访。有时我很想念它，可能它来是为了帮我们捉老鼠，猫不高兴它管这件事，它就很礼貌地走了。

冬天，我爱朝村外土坯墙的洞隙里窥视，用小棍掏一掏墙洞，就能看见里面有亮晶晶的闪光，那就是一条冬眠的蛇了。这时候不管你怎样引逗它，它也懒得理你。

我给现在的孩子讲自己的童年故事，他们说我是瞎编。唉，怎么才能叫这些城市孩子知道，大自然里的动物是多么可爱呢？我庆幸自己有过丰富多彩的童年。

红公鸡　黑公鸡

　　我小时候梳着一根"仙桃辫"，用我现在的眼光来看，实在是不雅观。头顶斜束一根歪垂到肩头的独辫，扎着红头绳。独辫周围剃出一圈青头皮，使脑顶的头发呈桃形。那是外婆特意叮嘱剃头匠给剃的"仙桃"，说那样可以长命百岁。幸亏绕头顶一圈的青头皮外沿还有一圈黑黑的前后"刘海儿"，当我六岁半来天津上学时剪掉了"仙桃辫"，勉强敷衍成个小分头，锅盔似的黑白分明扣在脑袋上。虽然许多人都把我认成个男孩子，总比露出青头皮强多了。我上小学时留下一张小分头的照片，可惜没有留下梳"仙桃辫"的尊容。

　　我和外祖父母在山东临清油坊对面的一个大院子里住，那时我的"仙桃辫"后面总是跟着一大群鸡。可别小瞧这一群鸡，这是我们为爸爸、妈妈、舅舅和两个姨妈养的，他们都去太行山当八路去了，姥娘说存多了鸡蛋等他们回来吃。其实，那时八路军已经改名解放军了，可乡亲们还是习惯叫"八路"，我家仍然被称作"抗属"。

　　每逢母鸡下蛋，我总爱蹲在鸡窝外面陪着它使劲。等它下了蛋不等它咯咯嗒报功，我就把热乎乎的蛋掏出跑去交给姥娘。十几只母鸡轮流下蛋，每天我都忙个不亦乐乎。姥娘买来几个用麦秸编的小囤子，我把囤子分别插上黑、白、黄、芦花、太和黄几种颜色的鸡毛，哪只鸡下了蛋，就放到哪个囤儿里去。小囤子又分别说是爸爸的，妈妈的，舅舅的，四姨的，老姨的。鸡蛋存满一囤又一囤，他们也没有回来，只好用来换零用钱，剩下的腌咸了留着冬天吃。

姥娘喂鸡很有讲究，除了剁菜掺上玉米面或高粱米，还说鸡多吃活物才肯下蛋。于是，每天一早一晚我和姥娘都去运河堤上捉虫子。河边柳树棵子里有一种会飞的黑壳虫，当地人管那叫老鸹虫，鸡最爱吃。我每天捉很多老鸹虫放在瓶子里，回家喂鸡吃。你说那群鸡能不围着我的"仙桃辫"转吗？我那飞舞的大红辫梢儿和每只鸡头上顶着的大红冠子一个颜色，现在回想起那幅画面，我和鸡倒是很和谐的一群。

我家的鸡群里只有三只公鸡，一只雪白，一只火红，一只乌黑。姥娘说它们是赵云、关公和张飞。"赵云"一身银袍，"关公"一身红袍中闪着五彩金光，"张飞"乌黑的羽毛中透着绿色的金光。它们翘起的大尾巴恰似戏台上武将背后插的令旗，头上都顶着鲜红肥大的"英雄冠"，尖喙下面的大红坠坠一直垂到昂起的胸前，活像一簇红胡子。凌厉的眼睛鹰钩嘴，再配上一双尖利的铁爪，果然像威风凛凛的三位将军。

三只大公鸡保护着母鸡和小鸡，锐利的目光时刻盯着天空，天上哪怕飞过一片云彩，它们也要大惊小怪地嘎嘎报警。远处飞来一只鹰，它们立即带领鸡群围到我的身边，好像我是鹰的天敌，它们的保护神。它们发现美味食物，总是咯咯地招呼母鸡和小鸡来吃，自己站在一旁看着，俨然一副慈父心肠。人们早就听说过公鸡敢吃蝎子，我的一个叔伯舅舅便捉来一只大蝎子放在地上，那蝎子爬走逃命。只见"张飞"凶猛地冲上去狠狠一啄，一下子就啄掉了蝎子的毒尾巴，叼起蝎身就跑。红白二将紧紧地追去，三只公鸡追打着夺吃蝎子。"张飞"一边躲闪一边张大嘴巴把个大蝎子吞了下去，噎得它抻脖子瞪眼睛。

我家这三只凶猛的大公鸡，已经远近闻名，有它们，生人休想进入我家院门。只要看见生人进来，它们就大喊大叫扑上去啄咬。有一次，姥娘招呼卖馒头的人进来，自己回屋去拿笸箩买馒头，大公鸡们就围住那人把他的棉袄啄开了花。因此，我们不用养看家护院的狗。街坊邻居来了，站在门外先得喊一声："看住你们家的公鸡！"而不是喊："看住你们家的狗！"

黑、红、白三位鸡公将军之间，可不像桃园三结义兄弟那样讲义气，不知为什么，它们总是互相恶狠狠地厮打，一场恶斗下来弄得满院子飞鸡毛。

渐渐地，黑公鸡取得了霸主地位，红白二将远远地侧目而视，战争平息了些日子。忽然有一天，红白二将结成统一战线轮番对黑将军发起了决一死战式的进攻。黑公鸡的红冠红坠被啄得鲜血淋淋，黑羽毛飞落满地，丢盔卸甲好不狼狈。红白二将仍然穷追猛打，逼得它无处可逃只好飞到房顶上，再也不敢下来了。姥娘怎样叫它，用食物引它，它也不下来，姥娘只好把些高粱米撒到房顶上让它吃。直到天黑它也没下来，后来竟不知去向了。

姥娘心疼地说："准是叫黄鼠狼叼去了……"

黑公鸡不见了，我很想念它。抓住红白二鸡狠打了一顿，好几天不理它俩。它俩也好像懂得自己做错了事，比先前老实多了。

每天黎明，姥娘都从炕上爬起来侧耳倾听，然后失望地念叨："唉，再也听不着黑儿打鸣儿了……"我也睡眼惺忪地细听，只有红白那两个家伙叫唤，没有"张飞"的声音。黑公鸡打鸣的啼叫与众不同，它在"喔喔啼——"的后面，还拖着一声长长的"哼——"，瓮声瓮气，非常好听。

一天天过去了，黑儿没有回来。

有一天清晨，姥娘又带着我到运河堤上去捉老鸹虫。远远近近的村庄里雄鸡报晓此起彼伏，简直成了雄鸡大合唱。忽然，姥娘一指远处说："快听！"我顺着姥娘指的方向仔细一听，嗬！老远的村子里有一声声"喔喔啼——哼——"的鸡鸣声。我惊喜地大叫："是黑儿！"我们娘儿俩沿着河堤寻去，找到那个村子的一家人。姥娘问那家主人是不是捡到一只黑公鸡，主人笑道十几天前跑来了这只鸡。姥娘扯开大嗓门喊："逮，逮，逮——"只见黑儿从院子里冲了出来，乖乖地让我逮住了。

回家的路上，我抱着黑儿亲啊亲啊，它也咯咯叫个不停，好像在表达别后的思念。黑白红三位鸡将军又会师了，奇怪的是它们竟能不计前嫌友好相处。只是黑儿稍显胆怯，失去了往昔的称霸雄心，大有某种落叶归根安居乐业的满足感。

四十多年过去了，三位鸡朋友永远在我心中披着雪白、火红、金黑的战袍威风凛凛，唤起我对童年的美好回忆。前几年，有人从养鸡场买来一只白鸡。这只鸡大概祖祖辈辈习惯了在笼中卧着，双腿竟然站立不住，爪子上的

"指甲"竟然长到二寸多长，软软的早已失去了自己刨食吃的功能。我想起儿童时代那些真正的鸡英雄们，摸着这只站不起来的笼中鸡哀叹：这也叫作鸡吗?!

真的，我常常想，孩子和小动物之间的和谐，甚至多于他们与成年人之间的理解。没有机会和动物交朋友的童年，是多么单调乏味啊！

书　缘

猜　书

　　我喜欢一个"缘"字。回首往事，种种巧合，桩桩机遇，个中因果，或明或暗，令人惊奇叹息。年近天命，尤其相信"缘"的存在。人生纷繁，别的不说，想想自己也算看了不少书，也算写了不少书，何以做了这一行，追根溯源，竟逃不出"书缘"的萦羁。追忆我与书的初缘，还真有些宿命的神秘意味呢！

　　说来奇怪，我是个外文文盲，但童年的启蒙读物却是几本外文画册。

　　幼时，我寄养在山东外祖父母家，外祖父母都不识字，所以无人教我读书。六岁半时，父母作为进城干部回到了我的出生地天津，外祖父母带着我到天津定居。刚到天津时，父母还没有住房，我们住在大姨妈家里。大姨父开了一个制作账簿的小作坊，家里有许多用来裱糊账簿封面衬里的外文画册。那些被当成废品廉价买来的画册纸的质地很好，光亮柔韧，姨父在纸的两面裱上蓝色毛头纸，便成了挺括的账簿封面。可惜那些漂亮的图画却被封在蓝纸里面什么都看不见了。姨父家有一间只能顺着木梯子爬上去的小阁楼，是专门存放这些供作衬里的"洋书"的，我便一头扎进小阁楼里那些花花绿绿的画册堆中看个没完。后来父母有了房子，我离开姨妈家时，还捡了两本好看的画册带回家去。

　　冥冥之中，那两本外文画册竟如谶语一般预示了我后来的命运。

　　当时，虽然我不认识书上的外文字母，但精美的图画使我爱不释手，百看不厌。我一遍又一遍仔细看画，反复琢磨，用自己的想象依照一幅一幅图画编织故事。其中一本画着一个长着鱼尾巴的漂亮姑娘，她那浓密的长发几乎和身体一般长，她在海底游来游去，长发像水草般漂浮着。下面一幅画是她浮出水面，看着一艘轮船，船上站着一位英俊的王子。再一幅画是她向海底巫婆求情……她来到海岸上，长出人的双脚，虽然她没有衣服，但长长的浓发裹住她的裸体，非常美丽……每一幅画页上方都有几行英文说明故事，无奈我一个字也看不懂。当然，那时我还不到七岁呢，就是汉字也认识不了几个。那时我只是觉得画儿很漂亮，苦苦猜想这"鱼尾巴仙女"怎么变成的人，王子怎么会有另外的新娘，她为什么扔了杀王子夫妻的尖刀，她是怎么飞到天上去的……但是，有一点我看懂了，她很善良……几年以后，我才知道这是安徒生的童话《海的女儿》。

另外一本画册就更叫人纳闷了，上面画着一片大树林，飞着长翅膀的金发小孩，一个头戴花冠的仙女搂着一个长着大耳朵驴头的男人，一幅一幅还有许多漂亮的人儿……这个"驴头男人的故事"实在难以猜忖，直到15岁以后我到了天津人民艺术剧院，从必修课中读到了莎士比亚的《仲夏夜之梦》，这才恍然大悟，知道了仙后蒂泰妮娅，仙王奥布朗，调皮的精灵伯克把到森林里来的织工波顿变成了驴子，他又把花汁滴在几对年轻人的睡眼里，使他们错爱成真……

想一想，如果没有当初按图猜书的想象，就没有后来看懂书籍时的惊喜。多少年来，我知道了几乎所有的安徒生童话故事，仍然最喜欢《海的女儿》，读过几乎所有的莎士比亚剧本，唯独对《仲夏夜之梦》记忆犹新。

时过境迁，岁月流逝，朝花夕拾，忽有领悟，我在人生早春认识的那两本画册，似乎指引和暗示了我以后要走的路：我的职业先是舞台美术，去画《仲夏夜之梦》式的布景，继而当了编剧，然后从事文学创作。纵观二百多万字的拙作，竟没有脱离安徒生式的对善与美的追求。绘画、戏剧、文学、影视、构成了我人生履迹的曲线。如今额发已跳出银丝，仍然对未来充满童话般的幻想和希冀……

听　书

　　人的大脑中的记忆细胞，真是一些莫名其妙的物质，它往往不顾事物的巨细，时间的顺序，顽固地偏爱着一种什么。我近几年来十分健忘，不但有时见了熟人视如陌路，弄得双方都不好意思，甚至转身就会忘记钥匙放在何处。但是，对那些早已流逝的遥远年华的细枝末节，我却记忆犹新。其中，书，尤其放射着异常清丽的光彩，或许关于书的"记忆库存"，会一直珍藏到告别人世吧！

　　记得我上小学五年级时，全班同学在各门功课中唯独爱上地理课。这一奇怪的一致的原因是：教地理的张老师非常会讲故事，同学们总要求他给大家讲，而不耐烦学习枯燥的江河省市名称。他就偷偷地和同学们达成一项协议，只要大家上课注意听讲，考试成绩好，他可以在每节课中省出最后的十分钟讲故事。从此，地理课出现了奇迹，只要哪个调皮鬼学习不及格，影响大家听故事，全班同学就会群起而攻之，这个同学也好像做下天大的对不起人的事情，会迅速地把功课赶上来。就这样，每周两节地理课的最后十分钟，张老师就说起精彩的故事来了，而且往往在最引人入胜之处，下课铃却响了。同学们叫嚷着要求："不休息了，讲下去！"

　　但他毫不退让，并且提出条件："好好完成功课，下堂课我提问，有谁回答得不好，取消讲故事！"

　　就这样，张老师像表演长篇评书似的给我们讲了好多小说。尽管这种教学方法不大符合教育局定的教学大纲，又是背着校长进行的，但在我小小的心灵中，留下久久的记忆。时至年近40岁的今日，耳畔仍能忆起张老师讲故事时那悦耳的男中音。

　　小学毕业以后，我再也没有见到过这位地理教师，他大概也没有想到，在我还没有完全形成独立阅读能力的时候，我从他那儿听来了《卓娅和舒拉的故事》《古丽雅的道路》《钢铁是怎样炼成的》《匪巢覆灭记》……哦，那是多么"不合规范"，而又多么使人难忘的地理课啊！或许，他的"长篇评书"就是引我踏入文学艺术之门的启蒙教育呢……

租 书

四五十岁的城市人，谁的童年记忆中没有一片琳琅满目的"小人书摊"呢！那时候，对于还不大能看"字书"的孩子来说，小人书摊就是世界的橱窗。有钱人家的父母可以给孩子买图书，大多数人家的孩子却都乐意花上几百元（几分钱）去租小人书看。那种存钱的艰辛，那种选择书目的饥渴，那种看了好书向小朋友炫耀讲述的快乐，远非现在只知道坐在电视机前的孩子能够相比的。

那时候没有电视机、录像机、游戏机，但我并不羡慕现在受电视文化左右的孩子。虽然他们的眼界比我们小时候要宽多了，坐在屏幕前便知天下事，但是他们坐在电视机前傻呆呆的样子，活像被拉到灌食机跟前的填鸭。在稍纵即逝的镜头画面跟前，他们的眼睛应接不暇，他们来不及思考、判断、选择，更来不及反问或想象。久而久之，他们的小脑瓜会变得依赖、被动、人云亦云乃至懒惰。疏于文字阅读，也是令人忧虑的现象。凡事有利就有弊，电视文化亦是如此。

在我上小学三年级以后，我家搬到热闹的小白楼附近。放学回家的路上，必须经过短短的徐州道上一家小人书铺，那便是我常常天黑才归家的原因。小人书铺只有一间小屋，临街的门窗上上下下挂满连环画册彩色封面。店主人把那些醒目的封面贴在几大张木板上，一幅挨着一幅红红绿绿叫你眼花缭乱。每天早晨我上学时路过那里，铺子还没有开门，封面招牌也没挂出来，我就匆匆而过连看也不看它。等到放学回来，小铺门口便成了盛开着奇花异草的园地，叫我再也挪不动脚步。

那时候一般家庭的父母每天顶多给孩子三五分钱零花钱，只能买三分钱一根的油条，二分钱一根的水果冰棍。如果想吃五分钱一根的奶油冰棍，你就得牺牲掉油条。为了看小人书，你就得把前几样全都忍痛舍弃。我常常选择了后者。

小人书铺的店主人是一对说河南话的夫妇，两人个子都很高，皮肤很白，男人黄眼珠，女人很厉害，常常打他们的孩子。他们对我们这些来看书的孩子却很热情，客气得就像对待成年顾客一样。那个河南女人很勤劳，总是拿着纳鞋底用的针锥重新装订小人书。来了新书，她撕下封面贴到招牌上，再用牛皮纸重新做一张封面。因为有许多孩子轮流租书，会把连环画册翻得跟狗啃了似的，她预先用线绳把书脊钉牢。多少年来，我只要看到线装古版书，就会想起小时候捧过的那些"线装书"。高深与浅显，古老与童稚，两种截然不同的文化竟然被一条线绳联系在一起，似乎有些滑稽，对我来说却是一种独特的感受。

年节假期，我更是小人书铺的常客。夏天，暑假里我常穿着木拖鞋，俗称呱哒板，每天都要去小铺租书还书。只要听到我的呱哒呱哒的跑步声，老板娘就会从窗口探出笑脸来招呼："来啦？又来新书啦，可好看呢！"小铺里摆了几张矮桌和小板凳，你要是坐在那里看不把书拿走，租金更便宜。有时坐在小铺看了个天昏地暗，外婆久等我回家吃晚饭不归，便知道到什么地方能找到我。她踮着小脚来到小铺外面一喊我的名字，我的呱哒板鞋立刻响亮地冲出小铺……

我在那片连环画的世界里陶醉了好几年，在我还不大能懂读"字书"之前，已经看了全套的小人书《三国演义》《水浒》《西游记》《红楼梦》《说岳全传》《七侠五义》，还有聊斋故事，三言二拍故事，唐宋传奇故事……外国的安徒生童话故事集，格林童话集，铜山娘娘，白雪公主，三头凶龙与美丽的华西丽莎，普希金《渔夫和金鱼的故事》，《上尉的女儿》，大仲马的《茶花女》，莫泊桑的《项链》，高尔基三部曲，马克辛三部曲，还有多得数不清的苏联革命故事：保尔·柯察金，卓娅和舒拉，古丽雅的道路，普通一兵马特洛索夫……另外，我还特别喜欢看电影连环画，按照电影故事拍成一张一张黑白照片，配上精彩的文字说明，真比看电影还过瘾呢！

有了小人书的铺垫，我长大一些时，重新阅读那些同名"字书"，书里的人物场景便在眼前活动起来，栩栩如生，活灵活现。大概正是这种幼功，锻炼了我的形象思维和想象力，直到多少年后我写的作品，别人都说画面感强。这也算是一种意外的收获吧。

现在，连新华书店卖的连环画都越来越少了，取而代之的是录像带，游戏卡。我不反对这些，但我想还是应该让孩子们多看些图书好。看图认字，看图编故事。图书的最大优点是可以沉静下心来思考和想象，开动脑筋，提高文字能力。

现在，家家都有电视机。只要打开电视机开关，浮光掠影的画面就会自动送到孩子们面前，用不着他们费尽心思节省早点钱和冷食钱，也用不着伸长脖子从几百张封面中用心选择自己喜欢的书籍。一切都是现成的。不过，如果一切都过于现成了，是不是也就会变得无滋无味和无意义了呢？

年近天命，我的步履已经迈向老年。然而，那从小人书铺跑进跑出的呱哒板声还响在耳畔，它在呱呱大叫：你还年轻！

买　书

不知是天性如此，还是老师的影响和引导，我在小学时就显现出偏爱文科的倾向了。记得有一次语文老师说，学校可以为同学们购办一批读物，请大家预订。用我现在饱于世故的眼光来看，这不过是新华书店去学校推销书籍罢了，可当时我还是个九岁的女孩子，还不曾懂得自己可以到书店买书，以为书必须是大人买来给自己的，所以把这次活动视作一个盛大的节日。再说，以前我一直只是看"小人儿书"，这是第一次自己挑选字书，谁又能说这不算是人生的一个里程碑呢？

订购书籍那天，老师站在讲台上念着书目，哪个同学愿意买就举一下手，老师便记下名字。同学们个个睁大眼睛，竖起耳朵仔细听着书目。假使现在突然在我面前降临了载有天外来客的"飞碟"，也不会引起我当时那样的专注和好奇。老师每介绍一本书的名字和简要内容，而我没有举手，就好像要失去一个世界！记得老师念到《黑孩子》《小海军》《安徒生童话选》《普希金童话集》《夏令营》……我就举手，再举手，又举手，而且，由于唯恐丢掉一本好书紧张得几乎喘不过气来了。

起初，同学们也和我一样，举手踊跃而急迫。但渐渐地，他们的小心眼儿里开始盘算家长能给多少钱，于是变得犹豫和挑剔了。只有我，像中了魔似的，根本没去想订这么多书要多少钱，到哪里去弄这么多钱，只觉得好像一举手，就能得到那些迷人的书似的！我成了班里的"冠军"，订购了十几本书，受到老师的表扬，说我爱学习。

　　可是，第二天，当老师报出每个同学应交的书钱时，我却傻眼了——要付三四万元钱呢！我清楚地知道，妈妈绝对不会给我这么多钱买"闲书"。当时外祖父母跟我们一起生活，加上我们姐弟四人，一家八口全靠母亲和继父的工资生活，日子是很艰难的，我根本无法向母亲张口……

　　老师可能看出我的惊惶神色，和蔼地说："同学们再想一想，不愿意买的书现在还来得及退掉。"

　　尽管我内心斗争很厉害，还是一声没吭。那些书单单听名字就深深地吸引了我，怎么舍得退掉呢？再说，昨天举手时逞英雄，受表扬，今天却……同学们会笑话我的，说什么也不能退。

　　回家以后，我愁得连饭也不想吃了，几次想找妈妈要钱，却又不敢张口。在解放初期，三四万元钱对于一个家庭来说，是个多么大的数字啊！如果让妈妈知道了，她会立刻去学校找老师退掉所有的书，而我多么喜欢白雪公主和七勇士，渔夫和小金鱼，卖火柴的小女孩啊，怎么办呢……

　　我终于想起了一个能够找他要钱的人来——我的生父。他和母亲离婚了，而我不愿意和他一起生活，是自己跑来找母亲的，因此一直羞于去看望他。为了书，我决心去找他了。

　　他是一位中学校长，学校在郊区。当我气喘吁吁地赶到时，他以为出了什么事情，听我说明来意之后，他笑了，问："说说，是什么书让你这么喜欢呀？"

　　我说了书目，并撒谎道："老师说，这都是必须买的。"

　　撒谎的原因，当然是怕他不给钱。他笑得更厉害了，眨眨眼睛问："是老师说的？"

　　"是老师说的。"我硬着头皮重复。

他撇撇嘴，拍拍衣袋摇头说："要三四万元呢！"

我骇得心都快跳出肋条骨来，认定自己会空手而归了，那么明天的书钱……没想到，爸爸作了一个表示为难的夸张表情，却掏出钱来说："既然是老师说的，不是我的女儿自己要买的，那么就给了吧！"

我得到了书钱，忽然有点不好意思，一溜烟地跑了。回家的路上，我一直把钱攥在手心里，高兴地捻着钞票想：这几张钱币是多么多么薄，而用它换来的那些书却是多么多么厚啊！

那些书陪伴了我好几年，直到我上了中学，能够读懂更深奥，更神奇的书了，才把它们送给妹妹。

由于父母离异的家庭悲剧，我一直对生父心存芥蒂。但这件小事我却牢牢地记着，他那眨眨眼睛的揶揄，给我留下了亲切的印象。我长大以后才明白，当时并没有骗过他，他是一位深知孩子心理的中学校长啊！尽管他不是一位深知子女的好父亲，我还是愿意为了那些美好的书，谅解了他。

现在，我虽然称不上博学，也看过古今中外的不少书籍。奇怪的是，近年来看的书有时很容易忘记，或张冠李戴，和别的书里的情节人物混淆。但30年前"举手得来"的那些书，在我的心屏中却永远是"新拷贝"。其中《小海军》的封面，那个歪戴海军帽的俄国男孩还在朝我微笑，他那浅黄色的头发，被海上的阳光照耀得眯起来的眼睛，那一根根闪光的黄睫毛，都历历在目。哦，金黄的记忆！我赞美书，更赞美童年时代的书！莎士比亚说："生活里没有书籍，就好像没有阳光；智慧里没有书籍，就好像鸟儿没有翅膀。"我现在做家长了，愿意给我的儿女尽量多的书——给他们生活的阳光，给他们智慧的翅膀。因为，当我还是个比我的儿女现在的年龄小得多的孩子时，就有了这样一个宝贵的感受：几张钱币是多么多么薄，而用它换来的书却是多么多么厚啊。

盛开的
生命花朵

壮别百岁将军

吕正操上将 106 岁壮丽的人生长剧谢幕了。我不想用"噩耗""泣别"一类惯常语言，作为开国将帅中的人瑞，吕老的葬礼是真正的老喜丧。一部精彩的戏剧落幕时观众总要报以经久不息的掌声，我们应该为老将军壮行，为老将军喝彩，为老将军热烈鼓掌。

感谢命运，我这棵小草曾有幸受惠于参天大树的福荫，30 多年前成为吕老的"聊友"。大约在 1984 年，市委宣传部通知我去第一招待所陪吕正操老首长聊聊文学。和吕老首次见面，主要是首长问，我回答。当年我们中青年作家风华正茂，常有这类接待任务，周扬、胡启立等中央首长来津休息，我都充当过"陪聊员"。

从言谈话语中我发现戎马一生的老将军并非想象中的行伍粗汉，而是学识渊博，擅长书法，言谈风趣，尤其爱看小说。可能因为我这人伶牙俐齿爱说爱笑罢，以后的几年吕老再来天津，总是找我去聊天。不只是谈文学，社会传闻，坊间笑话，百姓生活，吕老的兴趣十分广泛，什么都爱听。话题像一只长了翅膀的小鸟，飞来飞去一上午，中午吕老的夫人刘沙大姐留我吃饭。吕老要求" 招"给他做清淡的饭菜，指名要吃招待所林地上生长的苦菜，于是我也就平生第一次尝到了苦菜的滋味。那年头人们肚里的油水不多，还未兴起吃野菜的时尚，跟着吕老吃苦菜叫我联想到"忆苦思甜"教育，或许他从苦菜中追忆他随张学良少帅出征的战地黄花？或许他从苦菜中追忆他作为铁道部长踏遍的山山水水？

跟有学问的人对话，逼着你不得不临阵磨枪准备功课。1988 年我随中国作家访问团出访奥地利之前，吕老正巧来津小住，给我留了一道作业。他说："奥地利是文明古国，你去了了解一下，欧洲自中世纪以来各公国拼杀，战乱不断，哈布斯堡王朝为什么能够持续600多年？"

在奥地利的访问活动很紧张，但我知道吕老学习认真记性又好，再见面时一定还会问这个问题。离开维也纳前一天我向文化参赞孙书柱先生请教，并把他的讲授做了详细记录。回国半年多，吕老又来天津了，秘书叫我去"一招"。防备吕老提问，我特意带上了出访笔记本。

果然，见面略事寒暄，他便问："哈布斯堡王朝的事打听了吗？"

我打开笔记本侃侃复述："哈布斯堡意为'鹰之堡垒'，王朝家族起源于瑞士，自13世纪以来统治过神圣罗马帝国、西班牙王国、奥地利帝国、奥匈帝国及一些小王国、公国，告终于1918年第一次世界大战。'一战'导火索即是奥地利王储被刺杀。1740年，玛丽亚·特蕾西亚女王继位以后，立志改革，发展经济，繁荣文化艺术，特别是音乐制作，奥地利成为欧洲强国。除了在政治、经济、文化上的开明国策，她还推行联姻战略，有十几个儿女跟各国王室结亲，巩固其王朝统治，法国大革命时随路易十六上断头台的玛丽皇后就是奥地利公主……"

吕老认真地做了记录，夸奖我好学好问，我暗自庆幸自己有备而来没有掉以轻心。此事前后时隔半年，吕老研究世界历史的认真精神可见一斑。

那次见面，吕老还问到天津城市建设问题，正巧我曾去采访中环线工程，就讲了居民拆迁中的许多故事，吕老非常感兴趣，我说到兴头上随便加上一句："这要是拍一部电视剧挺热闹的！"

时隔不久在一次会议上，李瑞环市长问我："吕正操同志建议拍一部反映天津城建的电视剧，说你有好故事？"

这便是我写电视剧《乔迁》的缘起。后来《乔迁》荣获"飞天奖"，我心中充满了对吕老的感激。

吕老还为我提供了一次宝贵的机遇——玉成了我去拜访胡耀邦同志。有一次我和吕老聊天，获悉胡耀邦同志也住在"一招"，就央求他带我去。吕老问我为什么提出这个要求，我说没有采访目的，只是因为敬重耀邦同志。

当时吕老并未应允，但第二天一早市委接待处就来车接我到了"一招"一号楼。我有幸和耀邦同志、李昭大姐聊了四个钟头，和他们二位共进午餐，耀邦同志还在我带去的首日封上签了名。胡耀邦同志逝世时，石坚伯伯把此事告诉记者，记者希望采访我，我怕有附骥尾而上之嫌予以婉拒。多年后到了江西共青城胡耀邦同志墓地，我痛哭失声。

吕老给我留下的最深刻的印象是他的返老还童。他曾说过："我什么官位都没了，只有网球协会会长的职衔了。"在北京我看过他打网球，那时他已年近九旬了。那个场面非常有趣，一位女教练高高坐在拦网一侧，充当裁判，两个十四五岁的女运动员为一方，吕老为一方打球。说是"比赛"，其实是两个女孩给吕老"喂球"。吕老年事已高，基本站在原地不动，只在手臂够得到的空间接球，而吕老发球又挺刁的，两个女孩满场跑得气喘吁吁。"裁判"一边倒，总是判吕老赢球，两个女孩大叫不公平。隔不了一会儿，一老一小双方就凑到网前斗嘴，老的说："你们赖皮！"小的说："您才赖皮呢！"裁判总是忍住笑申斥女孩们："不懂事，好好打球！"得胜的吕老开心大笑，活脱儿一位老顽童。

开国上将吕正操的名字永远铭刻在共和国历史上，永远鲜亮，永远年轻。

好人阎明复

老友李玉林为他写阎明复的书找我作序，惶惶然不敢领命，以我的阅历、学识实在不够资格。阎明复乃海内外华人万众景仰的大善之人，台湾佛教慈济基金会一代宗师证严法师亲笔为本书题写书名，即说明了阎明复超越政治制度、宗教信仰的全球影响。

玉林说在文友中只有我一人既和阎先生熟识，又拜见过证严法师；我赴台湾采访证严法师，多亏了阎先生的引荐；阎先生曾热诚支持玉林和我创办《慈善》杂志，请赵朴初老人题写刊名；后来又大力奖掖后人，为玉林与我的合著《俗眼观佛门·慈济的世界》写了热情洋溢的序言；再加上我和玉林30多年的通家之好，于情于理于友谊于做人，我都不能推辞这一荣耀重任。但是，言及作序着实汗颜，仅以拜读心得代之。

写阎明复的书单字名"真"，概括了阎先生的性情本源，是再合适不过的了！真善美，真字为先，没有真，何谈善、美？玉林追随阎先生十几年，做慈善赈济工作，足迹遍及祖国各地，飞往各国，旅途中朝夕相处，掌握海量的素材，了解阎先生晚年行踪，可谓权威。阎先生的父亲阎宝航为共和国传奇英雄，阎先生本人也是媒体永远关注的名人，可写可赞的方面多多，玉林的写作竟能返璞归真，一字以蔽之，说明他对阎先生了解与理解的深刻程度。

源于阎宝航先辈之真善基因，源于当年重庆"阎家老店"之环境熏陶，源于曾在毛泽东、刘少奇、周恩来、邓小平身边工作之革命影响，阎明复品格中的至真大善越是伴随着岁月的流逝，越会闪耀出穿透时光隧道的人性光芒。书中有一个情节令我非常感动，"文革"中他身陷囹圄，"四人帮"逼迫他揭发刘少奇、彭真、杨尚昆等革命前辈。他曾为许多中央首长担任翻译，亲历过许多大事件，如果他肯说假话，即能获得自由甚至飞黄腾达。但他始终坚持实事求是，为此当了七年半囚徒。"文革"结束后，邓小平赞扬他"没说过一句假话"，正是取这个"真"字，推荐他为中央统战部部长。

一位高官几度仕途沉浮，没有沾染丝毫官场虚伪，始终保持求真务实，热诚待人，堪称后人楷模。阎先生的禀性中该有多么深厚的善根，才能历经长年的"阶级斗争"之残酷而洁身自好清净无染，完整地保持了一颗真我赤子之心呢？

一个人做点善事不难，难的是一辈子从善如流。玉林书中写了阎先生几十年慈善活动中一桩桩朴实无华的小事，正是这些点点滴滴汇成了从善如流的江河。"80后""90后"青年读者们难以想象，在"十年浩劫"拨乱反正初期，一个人即使想做善事都是很难的。阎先生为《俗眼观佛门·慈济的世界》写的《序》中提到的一件往事令人感慨万千：1991年华东大水灾发生后，台湾同胞在证严法师号召下，积极向大陆灾民捐款。台湾佛教慈济基金会副总执行长王端正先生专程抵达北京，表达了准备捐赠7亿元台币救灾款物的意愿。不料，在当时的政治环境下却遇到尴尬。时任民政部副部长的阎明复闻讯后约见王端正先生表达歉意和感谢，并和证严法师达成了"在大陆只赈灾不传教"的君子协议。王端正先生提出来大陆赈灾保证重点和直接的原则："直接就是慈济人对要救助的灾区直接考察，善款直接向灾民发放。因为我们还有一个原则是帮助穷人，教育富人。直接发放活动，有助于使富人得到教育，使捐助者心明眼亮。"阎部长当即表示同意，并为台湾同胞到重灾区赈济提供有力的帮助。如今捐助者到灾区"直接发放赈灾款物"早已不成问题，汶川地震后涌现了很多"直接赈灾"慈善家，成为感动中国的新闻人物。灾区各级政府只要是一心为百姓为民生着想的官员，有谁会反对"直接发放"呢？然而追溯到19年前阎明复所开先河，却是一次冒着政治生命危险的"破冰"之旅。从这个意义上讲，他称得上是我国新时期慈善事业的先驱，历史会记住他的功勋。

老友玉林为人低调，少言寡语，远离烟酒，不善应酬，但是不显山不露水地做了许多大事。中华慈善总会《慈善》杂志创刊十几年来始终是他在操持，我则只是挂个虚名而已。在杂志社里他不仅是主编、主笔，还要出去征广告找资金，事无巨细都得操心，超负荷工作已成为生活常态。他又是中华慈善总会的常务理事，总会举办的各种活动，他都得赴会写报道，拍照片，编年鉴，出书出画册，驱车往返京津也已成为生活常态。他随总会出国参加慈善活动，在全球五大洲许多国家和地区留下辛勤的足迹，其中印尼、斯里兰卡海啸重灾区就去了十几次。他出访的次数堪称中国作家之最，但他出国总是无暇观光旅游胜地，一头扎进所在国的灾区。至于奔波于国内的重灾区、贫困区，更是成为他的生活常态。几乎每一次大的自然灾害，他都会在第一时间赶往现场。汶川地震时，他冒着塌方危险驱车行驶在山道上，还捐赠了自己的稿费。近年来，他为慈善写作从来不要稿酬；多年来，他一直坚持资助困难学生和孤儿。

阎明复任中华慈善总会会长和从会长位置退下来的许多日子里，李玉林作为阎明复的随员，跟在阎先生身边如影随形，聆听教诲，受益匪浅。他在日夜兼程的旅途中点点滴滴积累文字，已出版了十几部书二百多万字专门记述慈善事业，拍了数万幅照片，成为我国少有的慈善作家、摄影家之一。

我为有阎明复这样的良师而感到幸运。

我为有李玉林这样的益友而感到幸运。

拜读玉林写阎先生的书，我不仅学习作文，也学到如何做人，学做真人。

2010 年 3 月于天津

难 忘 谢 晋

　　猴年岁尾，从京津冀雾霾逃出来的我们在上海享受到五天小雨的清爽，特别愿意上街去游逛，在 PM2.5 围攻下我们几乎变成室内动物了。南方的冬雨一点也不冷，梧桐树叶都还未落，令北来的旅人误以为又回到了秋季。

　　坐车路过一条街道，不经意间眼角余光瞥见上海电影制片厂的大门，心头倏地一热，我赶忙回头去看，汽车已经掠过去了。我知道自己这下意识的回眸是想见到老友谢晋高大的身影脚步匆匆地从那扇大门里走出来……

　　转瞬间谢晋导演离开我们已经八年了。2008 年 10 月 18 日那天发生的事情太不可思议了！不能不叫人相信世上存在着某种神秘的心灵感应。我在午睡后半醒之际，不知为何忽然看到了谢晋导演，他的面容一晃就不见了。我一下子清醒了，担心地想：他的儿子谢衍导演先他辞世，老爷子经受得住么……

　　当时是下午 3 点钟，起床以后我开始了日常写作，撂下了这缕飘来的思绪。

　　4 点零 4 分钟，电话铃响了，是记者的电话采访，她说今天早晨谢晋导演逝世了！

　　我听到噩耗的瞬间反应不是悲伤，而是极度惊诧，乃至发自心底的震颤。按常理说，人们对于一位 85 岁高龄的老人无疾而终不会觉得意外，显然，悚栗源于刚才飘然而至的午梦。不等记者提问，我就哭诉起来，足足说了半个多钟头，反反复复问记者：你说真的会有心灵感应吗？真的会有亡魂托梦吗？我和谢导很多年未见面了，近来也没有想起他，刚才怎么会在半睡半醒的梦境边缘见到他了呢……莫非他尚未走远的英魂没有忘记前来道一声永别？莫非他放心不下他的智障儿子阿四而想起了在天津拍摄《启明星》的岁月……

上海冬天淅淅沥沥的连绵细雨，诉说着光阴荏苒，25 年前上苍赐予了我与谢晋导演合作的幸运。

当我还是个少女时，就迷上了电影《红色娘子军》，那时就知道了梁信和谢晋。把编剧梁信摆在前面，则出于我对文学创作的向往，盼望有朝一日能够成为梁信式的编剧。那时，我只知道谢晋是个年轻导演。自我第一次看"娘子军"，到坐在旅行轿车里哼着"向前进、向前进……"奔驰于海南岛五指山区，已时隔 20 多年，但从未想到会有和谢晋导演合作拍片的机缘。

1991 年正月初七，我在上海见到了这位和我父亲同庚的大导演。在那之前，我曾为了征求意见，把描写智障儿童命运的电视剧本《启明星》送到中国残疾人联合会。邓朴方推荐谢晋拍这个戏，因为他有两个智障儿子，对这个题材有感情，又有和智障孩子打交道的生活体验。回津后，我给上海打了电话。谢晋导演同意看剧本。剧本寄去之后一个星期，他就答复同意拍这个戏。

我没有想到事情进展这么顺利，定板又这么快，于是刚过了春节就匆匆赶往上海，从此开始了我与谢晋导演的戏缘。

初 见 谢 晋

第一次赴上海去见谢晋导演的情景，至今历历在目。

我们到达旅馆刚刚洗去一路风尘，谢导演就来了。他是属于那种先声夺人、高腔大嗓的爽快人，从高大魁梧的外形气质看，像个久经沙场的老牌球星，走路一阵风，到哪里都会带来一片笑声。在上海电影厂附近的一家很洁净的饭馆，谢导设宴为我们接风，席间风趣地问我的笔名的来历，笑道："你们北方女作家的名字怎么这么刚硬？航鹰，铁凝，太男性化！"

他的酒量很大，几杯酒下肚谈兴更浓，谈起了对剧本的意见："首先要确定一条，这部戏不能让聪明小演员去扮演智障儿童，孩子不会装假，让他们装成傻孩子会很做作，只能让智障小演员来演他们自己。"

我是自幼在天津人艺泡大的，深知排戏演戏之难，对导演提出的这一想法感到很意外，让傻孩子来演戏能行吗……理智又让我知道导演的设想是正确的，甭管心里多怵头我还是立即答应下来。如何挑选小演员的工作，起初谢导说要在京、津、沪各地挑选，我提出先在天津找，找不到再考虑外地。因为我这个编剧还兼任制片人，《启明星》是天津市的重点剧目。其次，出于经费方面的考虑，小演员如能出自天津本土将节省不少资金。令人惊喜的是这位大导演非常好说话，知情达理，同意了先在天津选演员。

一锤定音。谢导起用智障儿童演戏的这个大胆而睿智的构思，决定了《启明星》的真实感人和标新立异。为了在天津找到适合的小演员，我们到天津市六个区的启智学校来了一遍"地毯式轰炸"，普查以后根据剧中人的年龄、性格、命运编组，汇成摄像资料寄往上海。谢导从普选资料中挑出了50多个人选，亲自来天津做了两轮面试，最终所有的儿童角色都来自天津。

在当时还没有电子拍摄手段的年代，我们做出一项聪明的决策，用16毫米电影胶片拍摄电视剧，而不用磁带拍摄。这样，《启明星》就可以取得了"一次播种多次收获"的套拍效益，先后制作剪接了一部四集电视剧，两集英文字幕电视剧，然后把16毫米胶片拿到香港去冲印放大为36毫米电影胶片，制作成为一部彩色影片。

大导演启用16名智障儿童当演员，增强了影片的真实性和感染力。拍摄这部由众多傻孩子演出的戏超出了艺术创作的领域，跃为一项世界罕见的慈善活动。后来，谢导把他拍摄这部影片所得的稿酬，全部捐献给了天津的智障儿童。以他为榜样，我也捐出了稿酬。那是我的创作生涯中最为难忘的一段既是艺术的又是人生的高尚体验。

真性情中人

在长达一年多的合作过程中，我不仅向谢晋导演学习写戏、谈戏、改戏，更为难得的是向这位老艺术家学习做人、交友、敬业。

真不知秀丽的江南水乡如何造就出这样一位颇有北国男儿之风的豪侠之人，大概是烈酒多年浸泡的结果。在日常接触中，我发现他善酒、善吃、善睡、善跑腿、善讲、善笑、善交友、善诙谐幽默……关于他的善睡和善跑腿，我实在是望尘莫及。睡不择席已属大福分，又能不择时，实乃少见。在拍摄场地，只要一有空隙，不管身旁有一排椅子还是破沙发，他坐着、倚着、躺着都能睡个香甜，打个盹起来精神抖擞重新指挥人马拍戏。每天晚上八点多钟他才吃晚饭，饭后睡上一觉，十一点多钟爬起来召集主创人员谈戏，为第二天拍摄做准备，工作到后半夜。别人无法做到像他那样倒头便睡有劳有逸，一个个熬得脸色蜡黄。他的善跑腿之快节奏，绝对不像个年近七旬的老人。他常年坐飞机往返于京津沪穗，往返于东洋、西洋，旋风一般来来去去。他每次来天津，下了飞机毫不歇息，坐进汽车一路上就谈戏，进入工作状态。我常想：这老爷子功成名就，还这样拼命苦干，到底为了什么呢？

他还有许多的"善"：善抓好剧本，善"榨"作者改剧本，善发现新演员，善排感情戏……在他诸多的"善"中，给我留下最深刻的印象，却是他的善良。尽管在未见其人之前，早就听说了他有个"法西斯导演"的名声，但在接触中我从未见过他发脾气。或许是面对一群智障小演员他无法发脾气。倒是他的善良，时时令我感动。在中青年同行面前，他是善良的艺术长辈；在智障小演员们面前，他是善良的谢爷爷；在他的两个智障儿子面前，他是善良的好父亲。

取自谢家的真人真事

在剧本修改过程中，增添了不少谢导演提供的他的孩子阿三、阿四的情节。所以，我虽未见过阿三、阿四，对他们却很有感情。摄制组的成员们，也都知道剧中哪些场面取材于阿三、阿四，可以说，他俩是剧中"虚出"（没有出场）的人物。

在谈剧本时，谢导演为了说明问题总是举一些阿三、阿四的生活例子。听者有心，我在修改剧本时，就把这些生动的生活素材写了进去。我第一次去上海时，谢导演说看了剧本深受感动，使他想起一段辛酸往事："文革"时他的影片《舞台姐妹》被打成"大毒草"，他被押上十万人批斗大会，他都没有哭。挨完斗回家路上，他看见自己的傻儿子被人塞进垃圾箱，受顽童戏耍，他抱出儿子伤心地落下了眼泪。我听了心里久久不能平静，稍作改编写了一场戏：知道了自己身患绝症的男主人公，正在为日后傻儿子晨晨无法独自生活而苦恼，又看到一群顽童把晨晨塞进了垃圾箱……谢导演看了之后，对这场新加的戏很满意，只是提出时代背景不同了，20年前的事移到现在是否合适？大家一致认为，现在社会上仍然存在歧视残疾人的现象，这个情节旨在抨击那种不道德行为。"垃圾箱"一场戏拍得非常感人，很多人看了都一洒同情之泪。

谢导演还讲过一些只有智障孩子家长才有的生活细节，他怕阿三、阿四走失，曾在他们身上挂着写有家庭住址、父母姓名、电话号码的小牌子。剧中晨晨给爸爸看小牌子一段戏，就显得非常贴近生活了。另外，谢导演为了启发主演刘子枫的感情，对他讲了自己的体会：疲劳一天回到家里，傻儿子懂得给爸爸拿来拖鞋，心里就觉得热乎乎的。刘子枫把"看儿子拿拖鞋"一段戏演得很深沉，显然因为有了真实的生活依据。谢导演还说起过常为阿三、阿四刮胡子，这个细节叫我十分难过，一位年近古稀的老父亲还得替儿子刮胡子！他心中是怎样的滋味，是怎样的无望！但是，他说起这些时总是谈笑风生，似乎在讲些有趣的开心事。真不知他在何年何月，以怎样的毅力实现了自我超越，更不知他那表面不在乎的底下，隐藏着怎样深的痛楚！

舐　犊　之　情

《启明星》的中心情节是刘子枫扮演的"父亲"知道自己身患绝症以后，忧虑日后智障儿子无法生存。谢导深有同感，他曾对我说："我最放心不下的事情是我身后阿三、阿四怎么办。我想赚一点钱交给老家上虞的慈善机构，日后作为阿三阿四的去处。"

可怜慈父心！谢晋一生拍过那么多辉煌大片，相比之下《启明星》或许不算什么，但我确信只有这部戏的拍摄使他倾尽自己深藏的私人情感，只有这部戏拨动了这位年迈慈父心弦上那根最为脆弱敏感的颤音，只有这部戏寄托了他对自己两个智障儿子的超乎寻常的慈爱。

在《启明星》拍摄的紧张阶段，阿三病重住院，谢导怕影响拍戏，没有赶回上海去看儿子。《启明星》剪辑阶段，他从韩国回来听说阿三病危，赶往医院见了儿子最后一面。我总觉得，在他对《启明星》倾注的心血中，也有对阿三、阿四的深切父爱；在他对智障小演员们的无限爱心中，也有对阿三、阿四的骨肉之情。

11 月下旬，我再次来到上海，看到了《启明星》样片，庆幸一部成功的作品即将诞生。但是，谢导演为我接风那天，却正是阿三去世的"头七"。他强作笑颜举起了酒杯，我看到了一位悲伤憔悴的老父亲。

阿三去世于 1991 年 11 月 15 日。我是 22 日抵达上海的，清晨下了火车立即去看粗剪样片，在放映室黑暗中谢导演一如既往谈戏。中午，他为我们接风。他正处于失子之痛，为了招待我们，不得不周旋于酒席，我便如坐针毡。席间，谢导演主动讲起阿三去世前后的种种细节。我不知说什么好，只能说些惯常的慰问之语。

后来的几天，他也是时时突然谈起阿三，直到一个月后到天津审看双片仍然如此。这位生性乐观、善吃善睡的艺术家，失去儿子之后，吃不下饭睡不着觉，眼前总是浮现着阿三从小到大的影子。眼看大导演如此不能节哀，上影厂的后辈们不敢劝。剪辑师韦纯葆以快人快语著称，又是同辈人，直言相劝："说句话你别生气，你已为阿三尽了心，阿三走到你前面是他的福气，他走了对你也是个解脱。"

谢导当然懂得此话是对的，但还是叹息不已。无论是醒着还是梦中，白发苍苍的老父亲，都在千遍万遍地呼唤：阿三，阿三……

阿三的小小葬礼

在我这旁观者看来，阿三走了总算懂得孝敬爸爸了。这孩子不但智障，自两岁就患有哮喘，动不动就要抢救，几乎每年都要住院。沉重的医药费负担，把谢导拖累得一贫如洗。

在当父亲的看来，什么样的孩子，哪怕呆傻，哪怕病残，都是可爱的小天使。谢导对孩子的爱真是深过海洋，阿三有这样的父亲真有个傻福气。

关于阿三之死，我还知道许多催人泪下的细节：

谢导演从韩国归来一下飞机，迎接他的人说："阿三不行了，您是先回家还是去医院？"

"去医院。"谢导演直接赶往医院。阿三看见了爸爸，虽然不会以言语表达情感，却总是以目光追随父亲，他那颗愚钝的心也早已体会到，这是世界上最爱他的人。母亲远在美国，不知他在弥留之际，懂不懂想念妈妈和用怎样的方式想念妈妈。但慈父赶来了，见到了最后一面，他满足地露出了笑意。爸爸问了一次又一次："难过（北方话难受之意）不难过？"每次他都回答："不难过。"爸爸感到万分欣慰："好，不难过就好。"

阿三咽气时，医生们还在做最后的心脏按压。谢晋知道已是无济于事了，决然表示："算了，谢谢大夫。"我想，心软如水的老父亲下此决心，也是怕儿子被人按来按去整得难受……

阿三的葬礼是很简单的。上海文艺界的朋友们纷纷打听："何时大礼啊？"谢晋冷静地表示："不要惊动任何人，阿三生到世上 38 岁，病了 36 年，是个废人，有家里人送送也就行了。"

阿三的灵前只有一个鲜花花篮，挽联上写着哥哥、姐姐和阿四敬献，表达了深厚的手足之情。按照风俗，长辈不能为后辈送灵，悲伤的老父亲在儿子灵前失声恸哭。

家里人没有把阿三去世的消息告诉阿四，但他意识到家里出了大事情，几天来变得胆小老实，十分听话。哥哥谢衍必须赶回美国去，当汽车开动时，他一下子跳到车门跟前，对哥哥说："握握手！"这是他头一次将意思表达得如此深沉准确，大概出于天然的手足之情。兄弟二人紧紧握住了手。从此天各一方，只盼后会有期。

谢导的阿三走了，但老父亲以一双慈爱的巨手，把天津的 16 名智障孩子托上了银幕。智障小演员们代表所有的残疾孩子在替阿三说笑，替阿三歌唱。《启明星》替阿三表达了他的未尽之言：所有的生命都是美丽的，都是平等的……

岁月久远，我记不清和谢导、邓朴方一起观看过多少遍《启明星》了。因为有工作日志，我才查阅到了相关时日：1991 年 6 月 11 日，谢导、李瑞环、邓朴方专程来天津共同审看影片；6 月 12 日，北京长城饭店电影招待会；7 月 7 日在人民大会堂举办北京首映式；9 月 19 日天津首映式；9 月 22 日上海首映式……若是再加上事先剧组内部的剪辑、合成、审片、修改，看了足有十几次了。谢导每一次观看时表情都很凝重，影片演到动情之处他的眼角都挂着泪花。我想，他已经分不清哪儿是故事哪儿是自己的人生了……

谢衍导演也走了

《启明星》的工作结束以后，我很少再见到谢导了。上世纪 90 年代我担任全国人大代表时，每年春天赴北京开会，谢导是全国政协委员，两会期间我俩在人民大会堂重逢时总是分外亲热。后来就没有机会再与他碰面了，但是我的目光一直追随着他。电视节目里只要出现他的身影，上海电影节啦、长春电影节啦、全国政协委员参政议政啦、电视记者采访他啦……他的音容笑貌总是让我心头发热，回忆起多年前我们共同奋斗的日日夜夜……

电影巨片《鸦片战争》在天津举办座谈会，天津文学界、戏剧影视界、新闻界、社科院、大学中文系的"各路诸侯"可以说是倾巢出动，教授、学者、作家、评论家云集了四十多口子，以至于每位发言都得限定时间。没有任何一部影视作品在"天津卫"享受过如此殊荣，其号召力皆因谢晋导演的亲临会场。

作为谢晋导演的老朋友，冯骥才和我一马当先奉陪到底。我们并不是追星族，我们景仰谢晋导演，除了钦佩他的一部又一部优秀影片之外，更加敬重的是他的正直人品，他的忠厚善良，他为艺术拼搏的精神，他豪爽率真的性格，一句话，是他人格的魅力。几年不见，谢晋导演多了些许白发，耳朵也更聋了，朗声谈笑也难以掩饰"打完鸦片战争"之后的疲惫之色。望着这位在银色疆场驰骋了大半生的老艺术家，我不禁忆起了我们愉快合作的那些时日……

有一年春节，突然有人从上海给我打来电话，自报家门："您是航鹰吗？我是谢晋的长子谢衍呀！"

虽然未曾谋面，但我早已从谢导那里听说了他这位在美国攻读电影编导的儿子。谢衍说他正在帮父亲整理资料，希望我寄给他《启明星》的剧本、剧照、摄制组工作照片等，我满口答应，很快就寄了去。后来我给他打过一次电话问他收到了没有，他说收到了，再三向我致谢。当时我深为谢导有这么一位事业上的接班人而感到高兴。

不料，这位在电影道路上起点很高的小谢导演竟于 2008 年 8 月 23 日离世了！

阿三之死，我知道那么多催人泪下的细节。谢衍之死，详情我一点也不清楚。但是从谢导为阿三离去的大悲大恸，可以想见长子的噩耗对于老父亲来说，是更加致命的打击。

与我父亲同庚的谢晋前辈啊，好命苦的大导演啊！想当初傻儿子阿三离世，谢导都伤心到那种程度，何况是赴美学有所成归来接班的长子啊！前一次老年丧子已属人生之大不幸，又丧一子而且是艺术生命的接棒者，这是多么令人不忍目睹的风烛残年大悲剧啊！屈指算来，从谢衍的往生到老爷子的往生，中间只相隔了 56 天，那 56 个日日夜夜对于一位 85 岁的老父亲来说，是怎样的油灯耗尽忍受煎熬啊……如此想来，善睡的谢晋在梦中长眠难道不是一种解脱么？老父亲这是追着儿子赶往新的艺术生命，父子二人赶往天堂去拍新的影片去了！

启明星，照耀着谢氏父子赶往天堂的铺花之路；启明星，金光闪闪，一路光明，再没有黑暗！

善哉，邓朴方

许多报刊编辑邀我写邓朴方，我和他很熟，但要写他，总有一些难以逾越的心理障碍。邓朴方，作为一个普通的人，一位残疾人，一位热心支持鄙作《启明星》的朋友，真是值得大书特书。然而，他的出身门第……自古以来文人清高，写点什么不好，何必落个高攀之嫌呢……直到好友李玉林找我，他为人的善良热心令你无法拒绝他的要求。于是，便有了我们采访邓朴方。

在邓朴方的办公室，他又一如既往地老远地伸出了大手，一如既往地露出了温厚亲切的笑容，令我想起了初次见面的情景……

一 拍 即 合

1990年，我受天津市政府委托写了一部表现民政福利、社区服务题材的电视系列剧本《暖流》，四部戏共十二集，主题均是呼吁人际关系之间的和谐仁爱，富有浓郁的人道主义色彩。在拍摄之前，为了提高剧本质量广泛征求意见，我们给国家民政部、天津市有关负责人和各区政府送了剧本。因为其中一部戏《启明星》是反映智障儿童生活的，给中国残疾人联合会送去了一套剧本。

当时，我没有料到邓朴方会亲自看这么厚的一摞剧本。

这次正式采访，我好奇地追问邓朴方看剧本的细节。他笑道："剧本写得很好，一看就被吸引住了，我白天看，晚上也看。""因为跟我们残疾人关系密切，我看得很认真，很激动。""我们一直想找个好本子，总是在寻找。谢晋导演也早有此意，他想拍一部智障人的戏的愿望特别强烈。他说过，实在找不到好本子，就拍他和两个弱智儿子的真实故事……看中《启明星》，大家是一拍即合。"

听了他的一番话，我才恍然大悟，并相信了"机缘"二字。一些不肯在写作上下笨功夫的人总是说我这个人"会攀""能折腾"，那就高估了我的活动能量了。须知，客观条件不成熟，机遇不凑巧，再怎么折腾也是枉然。我只是承认自己运气好，不知为何常能遇到好机会，文友们都说我是"文坛福将"。

崔乃夫部长和邓朴方等二十多位"天兵天将"专程赴津参加《暖流》开机典礼，着实把我吓了一跳。

那天，在天津迎宾馆二号楼，我第一次见到了邓朴方。初次印象，是他身上存在着的种种强烈的反差：他的满脸福相和惨遭重残的不幸命运之间的不协调；他那魁梧的臂膀和瘫在轮椅上的腰腿形成了鲜明的对比；尤其令人意外的是，他的朴实温和平易近人，和传闻中的"贵公子"几乎对不上号。我仔细端详了这位大名鼎鼎的新闻人物，他的相貌很符合中国人评价男子汉的审美标准：方面大耳，鼻直口阔，剑眉高挑，双目有神。眼角的弧线很独特，高高扬起煞是威武。又圆又亮的大眼睛透着善良和灵慧，由于他总是得坐着仰视别人，目光中总显得有某种询问与好奇的天真韵味。他笑起来嘴巴大张给人的感觉开心之至，谈笑中歪斜着右嘴角显得有些……调皮。他老远地朝你伸出了大手，使你一下子就觉得这是个值得信赖的人。

开机典礼由于有了这些贵宾而轰动一时，有人以为我追求风头，其实我苦不堪言，好比一个蹩脚的歌手，还没张口就由琴师给定了一个帕瓦罗蒂式的高音，后面的戏该拔到多高呢……我战战兢兢如履薄冰……

大 难 不 死

我和李玉林采访邓朴方这一天，天气很热，我穿着短衫短裙还直冒汗，却见邓朴方穿着厚厚的深蓝色毛料裤，裤脚下面还露出内套的毛裤腿。工作人员把他从轮椅抬到沙发上落座时，他请小周帮他把毛裤抻平，小周告诉他："已经抻平啦！"我听了心中一沉，残酷的事实再一次提醒我，他的双腿毫无知觉！我不由得捏了一下自己的腿，作为健全人无论如何难以体会到高位截瘫是怎么回事，"无感觉"是一种什么感觉？麻木？虚空？沉重？悬浮？究竟该怎样形容，他自己曾对父亲说过一句令人心酸落泪的话：1971年，邓小平同志在江西软禁地惊悉儿子被迫害摔伤已瘫痪好几年，给毛主席写信获准将重残的儿子接到身边照料。江西天气炎热，朴方每天洗澡翻身的沉重护理工作，由父亲来承担，每一次都要把父亲累出一身大汗。儿子大了，不好意思赤身见妈妈，只好由全家人把胖子（朴方乳名）抬进洗澡间，爸爸温暖的双手一遍又一遍抚摸儿子的肌肤，用力揉搓儿子的腰腿，心中尚存帮他恢复知觉的一线希望。朴方却比划着告诉爸爸："从胸口往下，都不是我的了，我成了半截啦！"蒙蒙蒸气似乎也不忍听到这悲惨的形容，轻纱般地升起一道雾幔，遮住了老父亲的面庞，让儿子分不清哪儿是爸爸脸上的汗水，哪儿是爸爸眼中的晶莹……

1968年，邓朴方作为"中国二号走资派"的儿子年方24岁，在那株连九族的封建专制岁月，他又是北京大学技术物理系学生，身陷"四人帮"重要堡垒更是首当其冲备受摧残。

那场浩劫中有不计其数的自杀者和被害者，邓朴方是其中大难不死的幸存者。他的存在本身就是一本活教材，时时令人想起"文化大革命"的死难者，刘少奇、彭德怀、贺龙、陈毅、罗瑞卿等，还有那些为数更多的普通无辜者……人民纪念他们，为他们惋惜。但是，随着岁月的久远，年轻一代对那段历史缺少了切身感受，年长人们的记忆也难免褪色。鲁迅先生曾经悲愤地诘问，"造物主暗暗地使生物衰亡，却不敢长存一切尸体；暗暗地使人类流血，却不敢使血色永远鲜浓；暗暗地使人类受苦，却不敢使人类永远记得。"坐在轮椅上到处奔走呼号的邓朴方，以活生生的形象启迪人们的反思，唤醒人们的记忆，激发人们对极左势力卷土重来的警惕。

每当我见到邓朴方，眼前总是浮现出一幅"定格"镜头，当年曾经是那样健美灵活的青春形象镌刻在那张历史残页上了。

从邓朴方摔成重残到他父亲重新出任党和国家领导人，经历了漫长的12年。四千三百八十多个日日夜夜，他拖着残体顽强地活着，盼着。在他刚摔伤时，如果及时治疗，病情不至于恶化到高位截瘫的程度，但那时哪家医院会为"中国二号走资派"的儿子好好治疗呢？他独自一人躺在北京清河救济院又脏又臭的病床上，发着高烧全身滚烫，为了赚几个零用钱还要编织篓子。1971年9月，林彪折戟沉沙之后，邓小平、卓琳夫妇再次写信给党中央毛主席，请求给邓朴方治病。周恩来总理指示让邓朴方住院治疗，却受到"四人帮"一伙的阻挠破坏，治病的时机一误再误。

在采访中，作家的职业性使我不得不向他提了一个近乎残酷的问题："受了那么多罪，熬了那么多年，有没有死的念头？"

他坦然回答："人也很怪，到了那一步，完全没有希望时，就心如死灰了，不管是精神上还是肉体上都不再觉得痛苦。只有还存在希望时才会有痛苦，什么都没有了，对一切也就无所谓了，再也没有产生过那种念头。"

这番话充分说明了当年他陷入了怎样的绝境。他能够顽强地存活下来真是个奇迹，只有具备超出常人的坚强毅力，才能够战胜漫漫长夜中的绝望孤独和疾病折磨，迎来了辉煌的新时期。

最 佳 位 置

李瑞环同志曾赞叹："朴方在人生道路上准确地找到了自己的位置，这不是每个人都能找到的。"

这一评价贴切极了，尤其一个"找"字说得十分精彩。确实，投身中国的人道主义社会福利事业，是邓朴方在充分了解自身条件，并分析了国际、国内社会发展的需要之后，为自己找到的有所作为的位置。如果不是严重残疾，这位自少年时就参加北京中学生数学竞赛的数学尖子，凭着真才实学考上北大技术物理系的高才生，本该在高科技领域为国家做贡献。但是，命运使他永远不能站立起来了，后半生该怎样活着呢？凭着他父亲的崇高威望，凭着他的几个学有所成的弟弟妹妹的照顾，他本可以靠国家补贴和亲人帮助过着悠闲的疗养生活。但是，他是个爱祖国爱人民的热血汉子，很想最大限度地发出自己一份光和热。于是，他找了几位志同道合的朋友，从无到有创办了中国自己的康复中心、中国残疾人福利基金会和中国残疾人联合会。

这一功德无量的选择起于80年代初，是在他又一次从死神那里挣脱回来不久。

1979年，邓朴方的脊柱再度骨折，中国医生也表示爱莫能助。面临生命危险他不得不于转年去加拿大治病。加拿大医生阿姆斯特朗、华人医生吴稚康、美国医生玛克恩等专家，先后为他做了三四次手术。先是把两根长30厘米，直径4毫米的"哈氏棒"和八只钢爪固定在他的体内，又取出他的左腿腓骨做植骨，再用钢板螺丝钉固定脊椎。两次大手术中出血很多，先后有一万多毫升加拿大人的鲜血输进了他的血管。经过了反反复复的抢救治疗，他才脱离了生命危险，但只能躺着。至于阿姆斯特朗来到中国为他植入"钢筋铁骨"，使他能够坐起来，那又是后话了。

在加拿大治疗期间，为了省钱，手术后不久他就搬回中国驻加拿大使馆，身子罩着一个硬塑料支架，一动不动地躺了两个月，眼睛只能望着天花板。由于只能吃流质食物，他饿得只剩下了皮包骨，然而他那宽阔的额头里聪慧的大脑却在紧张地思考着，设计着，憧憬着……

当时，中国社会正在面临一场深刻的变革，举世闻名的三中全会以后，百废待兴，改革开放的大潮已经发出最初的涛声。远在异国他乡的邓朴方的残躯虽然只能仰面躺着，但他的心却再也躺不住了。

在阿姆斯特朗医生的热心安排下，加拿大康复中心的院长两次来函邀请邓朴方进行免费康复，但邓朴方希望马上回国。连加拿大总理特鲁多都来挽留他，也未能改变他飞回祖国的决心。就这样，1981年初春，他躺在担架上回到了故乡热土。虽然春寒料峭，大地却已解冻苏醒，孕育着绿的生机。

邓朴方所以不顾个人康复急急返乡，是要把在国外了解到的康复医学的观念、康复系统工程介绍到中国，创办自己的康复中心，为同胞中几千万残疾人造福。康复医学，在我国还很陌生。开始，没有办公地点，他就在家里躺在病床上和人们讨论。没有经费，甚至连办公用的纸张用具都没有，有一位朋友捐赠五千元钱，买了最初的办公用具。

中国的康复中心，和后来遍布全国的伤残人康复机构、残疾人联合会、残疾人福利基金会、残疾人运动会、残疾人艺术团……就是这样从邓朴方的病床飞到了大地上。

当我写这篇文章时，电视屏幕上正在播放邓朴方在联合国大会上讲话的新闻，望着他那一贯的端坐的身影，只有朋友们才知道由于"钢筋铁骨"的固定支撑，使他无法弯腰，只能不舒服地仰面而坐，这种看上去气宇轩昂的样子坐在联合国的中国席位上倒是蛮合适的。这时，我又想到了李瑞环同志对他的评价，确实，他找到了自己的最佳位置。

我曾以山东人的直率，当面对邓朴方说："作为一个高干子弟，如果你没有残，可能会做到高官。但是，你个人的声望，绝对没有现在这样世界性的影响。当官，也许本人很有能力，但老百姓总会有许多说法，认为沾了什么光。借了家庭背景的光，个人能力却又被那种背景抹杀了。所以，我认为你的不幸反而是你的大幸，中国需要你这样的慈善家。你们靠自己创立起来的事业，在国内外取得了越来越大的名声，甚至比不残更有影响。"

在座的中残联费薇女士摇头叹道："付出的代价实在太大了！"

是啊，令人惋惜的英才！尽管我们常爱引用孟子的名言："天将降大任于斯人也，必先苦其心志，劳其筋骨，饿其体肤，空乏其身，行拂乱其所为。所以动心忍性，曾益其所不能。"但是，邓朴方所受的筋骨体肤之苦也太残酷了！况且，至今并非所有的人都把他所献身的人道主义社会福利事业看作是崇高"大任"。

大 声 疾 呼

由于我国长期处于贫困状态，健全人的温饱问题刚刚解决，在人们的意识中，对残障人士事业的认识还很淡薄。甚至一些人作庸人之想，认为残疾人问题提得这么响，都是因为有位"大公子"对此事感兴趣。可怜这些人连人类文明的起码常识都不具备：一个国家社会福利事业发达的程度，是其经济发达程度的标志；一个民族对待残障人士的态度，是其文明程度的标志；社会对残障人士的尊重和关怀的程度，直接影响到对每个公民的尊重关怀程度。况且，我们这个泱泱大国中的残疾人就有五千多万，再加上他们的亲人家属，相当于几个中小国家的人口了。为如此众多的不幸的同胞造福，使他们的病残得到应有的康复和改善，使他们重新获得生活的希望和快乐，使他们的亲属尽快减轻经济上和精神上的重负，难道不是一桩功德无量的善举么！

我以为，树立人道主义和慈善意识，对我国的社会生活有着很强的现实意义。"阶级斗争扩大化"，连年的政治运动，造成了人们难以治愈的心理紧张和人际关系的紧张，呼吁人与人之间互相尊重、和睦、友爱，是所有的人心灵之渴望，这也正是《启明星》的主题。由残障人士的处境突出引发的人道、人性、人的尊严、人的价值等问题，尊重人、平等、博爱、人权等现代意识，不仅对残障人士的生存权利有着重大意义，对健全人的生活也有着重大意义，正是所谓"左邻右舍""水涨船高"、共同富裕，帮助他人即是帮助自己。

1984 年，中国残疾人福利基金会的刊物《三月风》，发表了邓朴方的创刊讲话，他顶着压力提出了人道主义的口号。1982 年刚刚因为"人道主义"问题公开批判了周扬，火药味尚未散去，邓朴方几乎是中国大陆唯一敢于又提出这个口号的人。直到几年后全国人大常委会讨论《中国残疾人保障法》，他始终旗帜鲜明地坚持：我做残疾人工作，必须提出这个口号。

邓朴方从不隐讳他是个人道主义者，或许身受不人道的摧残使他深深懂得了尊重人、关心人、体贴人。1985 年，社会上出现了"人才热"。他说："大家都说尊重人才，大都是指'才'，依我看基础是尊重人，只有尊重人，为人的才能发展创造条件，才能出现大量的'才'。"

他还以实事求是的态度，提出过更加冒着"离经叛道"风险的见解：共产主义理想是共产党人追求的目标，不能要求每个人都为共产主义而奋斗。社会的基础思想，应该包括爱国主义、集体主义和人道主义。

我并不想在本文中探讨理论问题，但我相信老百姓更爱听这些"低调"的实在话。在新的历史条件下，爱国主义、集体主义和人道主义，适宜组成更为广泛的海内外中华民族统一战线。

在改革开放热流中长大的青年人可能弄不明白，当年为何对这些美好的口号大动干戈？外国人更会大惑不解，东方文明古国为何对"自由、平等、博爱、人道、人性"等美好的字眼视如大敌？毋庸讳言，邓朴方早在八年前就敢于为人道主义大声疾呼，他在当时的环境下所做的努力不能不令人钦佩。如果人们只管凭着以讹传讹的议论，把一些和他本人关联不大的事情一古脑加在他头上，却忽视了他以独特的号召力为人道主义事业做出的卓越贡献，似乎就有欠公道了。

礼 贤 下 士

我也曾相信过那些道听途说，然而，当我亲眼看到躺在床上的邓朴方时，更相信自己的直觉。

邓朴方只有出席公众场合才不得不支撑着坐着，参加会议坐上半天要付出很大的忍耐力。只要像演员一样退到"后台"，他就要躺下来使身躯平展。他有几次躺着和我谈话，给我留下了深刻印象。一次是他专程来天津参加《暖流》开机典礼的时候；一次在今年六月，《启明星》改编扩印成电影之后，他又专程来津请李瑞环同志审看影片。于是大家又在迎宾馆二号楼欢聚了。另一次是在杨柳青，当时的天津大学机电分校开设了特殊教育班，首批招收残疾大学生，虽然只有六位盲聋哑学生，朴方考虑到残疾人受教育的普遍水平还很低，这是个很好的苗头，他还是特地赶到了杨柳青。那些盲聋哑大学生对邓朴方能够出席他们的开学典礼非常激动，邓朴方的热情发言给了他们很人的鼓舞，将会对他们和未来的残疾大学牛的命运产生良好的影响。

我不知道该如何形容躺着的邓朴方给我的印象，他使我想起了奥斯特洛夫斯基、吴运铎，那些我们在青年时代崇拜的人物。说实话，看到他这副样子，我心中肃然升起的不是崇拜，而是……怜惜和同情。他知道了会不高兴，但我无法掩饰这种大姐姐式的怜惜。其实，我和他同岁，都是属猴，刘小成（中残联副理事长）也属猴。他们给了我这么大的帮助，我送给他们的唯一礼物是每人一只长毛绒玩具猴，因为今年是我们的本命年，朴方说那猴子至今还在他的卧室摆着呢！

在公众场合看到的端坐的邓朴方，觉得他的臂膀很宽，显得很壮实的样子。现在他的躯体陷在软床里，却显得很瘦小，很乏力，很无奈。这个只能在病床和轮椅上度时光的人，没有健全人的享乐，没有子嗣，没有当官的前程，除了必要的医疗保健以维持生命，金钱和权力对他来说几乎没有意义。他只是想使自己活得更有价值，为社会民众做些事情。而命中注定他会树大招风，和他有些关系的人或压根儿没什么关系的人，为公的人或为私的人，做好事的人或做坏事的人，都喜欢标榜他的旗号。关于传言中的种种误解，他自己则是姿态超然，朋友们则真盼着智者仁者有个公断。

他自己这么一副身子骨，却对别人富于同情心，照顾别人心很细。他知道我一个女作家充当制片人困难很多，来天津不管应酬多么忙，总是不忘记给我单独会见的礼遇。《启明星》陷入了马拉松式的漫长拍摄，先是拍了四集电视剧；又应中残联要求改编成两集英文字幕版电视剧，今年4月朴方和小成把它带到加拿大，在国际残疾人几次会议上展播受到各国代表的欢迎。然后，我们重新制作配音配乐，去香港把电视剧改编扩印为同名电影。在工序复杂要求严格的创作过程中，我既要配合好谢晋等老艺术家拍戏，及时为导演提供一切拍摄条件，又要到处奔波筹措资金、场地和物力。剧组"常规军"就有六七十人，群众演员多的场面高达几百人，而且是带着16个智障孩子拍戏……我成了种种矛盾的焦点。

《启明星》的拍摄新闻已经在全国各地报刊登载，观众翘首以待，同行等着判分，这无异于抽了一支只许成功不许失败的"死签"。沉重的心理压力常常使我失眠不安，影视圈里复杂的人际关系更令人厌烦。委屈、急躁、担忧的情绪，往往使我失态。朴方大概听说了什么，一有机会总要把我叫到他的房间，好言劝慰几句，询问拍摄情况，并再三地向我表示感谢。他的这番苦心叫我心里阵阵发热，瞅着他可怜巴巴瘫在床上的样子，同情他还来不及，怎么受得了他反过来安慰我？我很希望得到他的理解，便说："其实，我并没有捞到实惠，不像外面传言的那样。我不过是追求一种成功感，想干成点儿事情……"

他深有所感地叹道:"我还不是一样?人嘛,太忙了不行,太闲了也不行,总要出来做些事情。"

几句笑谈,竟如清凉剂和化解剂,我焦灼的心顿时平和了,熨帖了。我很纳闷,他也时时陷入"人言可畏"的包围中,何以如此超脱呢?床上盖的毛毯下面几乎显不出他那双残腿的骨骼轮廓,哦,他是个曾和死神交臂的人,还有什么可怕的呢?

广 结 善 缘

邓朴方这种体贴别人,关怀别人的温厚善良,对待残疾人朋友方面尤其突出。他非常喜欢《启明星》的智障小演员们,对傻孩子们有着父爱般的深厚感情。见到在剧中扮演小主角晨晨的刘洋,他总是捏捏他的胖脸蛋,拍拍他的圆脑袋,笑道:"来,比比咱俩谁胖!"《启明星》电影在人民大会堂举行首映式时,智障孩子们抢着和他合影留念,记者们团团围住拍照。站在一旁的我发现瘦小的娇娇被又高又胖的牛牛挡住了,忙冲上前一把拉住娇娇往前排送,朴方见状忙说:"哟,别吓着她!娇娇,站到叔叔身边来。"《今晚报》发表的这张合影,所有的人目光都注视镜头,唯有小娇娇扭脸亲昵地望着邓大大。我看着这张照片,心里十分感动。剧组的人都把这张合影叫作"全家福",因为照片上有几位主要创作人员谢晋导演、主演刘子枫、我和五个智障小演员,大家簇拥着邓朴方。是的,朴方已经是"启明星家族"的成员了!

《启明星》电影分别在天津和上海举行了首映式,放映电影后的晚上,天津市政府和上海市政府都要尽地主之谊,宴请专程赶来的邓朴方一行和剧组人员,每次邓朴方都特意请求主人把智障小演员们和他们的家长、教师也请去。于是,在天津迎宾馆和上海锦江大饭店便有了别开生面的晚宴,那真是傻孩子们的盛大节日。往常,这种规格的宴会只能有官员或名流出入,别说是残疾孩子,连普通人也极少有机会出席。傻孩子们轮流来向"谢爷爷"

和"邓大大"（天津方言"伯伯"之意）致敬，他们以橙汁代酒，实心实意地一口气把大杯橙汁灌到肚里去，种种憨态逗得宾主开怀大笑，一扫往常应酬场面的拘谨沉闷。我想，这些孩子尽管智力低弱，但他们终生都不会忘记"邓大大"。

朴方这么爱孩子，哪怕是傻孩子他也搂啊摸啊亲热不够。一个内心深处富于父爱的男人恰恰无法做父亲，真是无可奈何的人性悲剧。

朴方的"朴"字，真叫名副其实了。他的品性之朴实、质朴，别说不像高干子弟，就连一般知识分子的孤傲都没有。他的平易近人，在中残联机关内部也充分体现着，工作人员们不分长幼尊卑一律称他为"朴方"。听说关于称谓还闹过笑话，因为他父亲的原因，大家不好叫他"老邓""邓主席"，叫"小邓"也有某种嫌疑，还是直呼"朴方"来得亲切。于是，"朴方"也就成了他的官称。

我总爱揣测，他的这种"平民意识"是怎么形成的呢？中残联的朋友们告诉了我许多他的往事……

1956年，他考上北京十三中，这所学校中干部子弟不多，他结交了许多普通人家的同学。50年代，老一辈革命家对子弟要求很严格，每天他骑着一辆倒轮闸的破自行车去上学。困难时期，他和同学们一起在学校食堂吃饭，喝菜粥，虽然饥肠辘辘，若干年后他仍然回忆说："最舒服的事是饭后和同学们躺在沙坑里晒太阳。"

在那场政治飓风中他被推到社会的最底层，落入北京清河救济院这个"底层的最贫困的角落"，在这里他结识了一些最不幸的人。40号病室有两个七八岁的孤残儿童，名叫立柱和东风，立柱不仅弱智，腿脚也不利索，东风很聪明但患了小儿麻痹症。朴方自动当了他们的文化教员，给他们讲故事说笑话。立柱胆小，不敢跑跳，朴方就拿两个小板凳，中间横一根竹竿，鼓励他跳过去，每跳过去一次都给他鼓掌。朴方教东风干些编篓子之类简单的活，还教他下象棋、写字、算术。现在，立柱和东风都已是年近30的人了，东风在中残联所属的康复中心工作。

每年春节，朴方都要回清河救济院一次，带去一些糖果点心探望患难时期的老朋友们。这里孤老病残的人们见到朴方都有拉不完的家常，听说谁谁结婚了，他就高兴得不得了，听说某某老人死了，他就伤心叹息……正是这狄更斯小说里才描绘过的生活角落，使他对社会底层有了真实的了解。正是由于他保持着和普通人，特别是残障人士的经常接触，才会当好他们的代言人。

虽然命中注定邓朴方不会留下足迹了，但他的轮椅的轨迹已经印满大江南北。全国除了西藏，几乎各个省、自治区、直辖市他都去过了。每到一个地方，他都去残障人士家里访问，召开残障人士座谈会，倾听大家的呼声，制定中残联的工作重点。

凡是有残疾人的地方，他都要亲自去慰问。中越边界自卫反击战时，他不听劝阻，不顾山路遇上泥石流，硬是让人用滑竿抬着他上了老山前线，看望一个又一个伤病员。截瘫伤员们看到他拖着这么重的残体来到战地医院，感动得号啕大哭，还有什么比同病相怜更为深切的感情，还有什么比榜样的力量更能激励他们生活的勇气呢！

朴方的身体状况虽然不能去西藏，但中残联用募集来的资金组成了医疗队，在全国范围内开展白内障康复的治疗活动。西藏高原阳光中的紫外线很厉害，40多岁的藏民中有许多人患白内障失明了。医疗队在西藏跋山涉水，成功地做了214例白内障剥离手术。重见光明的藏胞激动地高呼："金珠玛米万岁！"

泪 不 轻 弹

知道了他的经历，我才明白他为什么这般喜欢《启明星》。说实话，他喜欢这个戏的程度远远超过了我这个编剧。作为职业作家，《启明星》只是我的作品之一，况且影视剧一向被认为是导演的艺术，有谢晋老前辈的大名，我也知道进退分寸。或许因为本身缺乏残障人士和残障人士家属的体验吧，我缺乏谢导演和邓朴方的那种刻骨铭心的感情。

由于工作需要，在剪辑制作、审片、首映过程中，我不得不一遍又一遍地看这部影片。看着看着也就麻木了，变得冷静客观很难进入剧中情景了。可是，朴方竟然把《启明星》看了许多遍，竟然每次都看得热泪涟涟，欷歔不止。

最近在总结工作中，我整理了一份邓朴方出席《启明星》活动的资料。别看我对剧情故事早已熟视无睹，面对这张时间表却忍不住涌出热泪。

今年春节，邓朴方看了四集电视剧《启明星》录像带，认为不错，希望尽快配上英文字幕，浓缩成两集更适合带到国外去播映。

我们采纳了他的意见，剧组人员日夜奋战，尤其剪辑师韦纯葆老先生非常辛苦，赶制两集版本。为了找到好的翻译，我的好朋友，外交部部长助理李肇星和夫人秦小梅，帮了很大忙。

4月下旬，邓朴方和刘小成赴加拿大参加四个国际残障人士会议，在大会上播映了《启明星》，受到各国代表的欢迎。

6月初，影片的"校正拷贝"刚刚出来，他就在家里邀集亲属先睹为快。听说邓小平他老人家看时落了泪，不知是剧情的感染力还是联想到儿子的遭遇。

我们非常想知道他父亲看影片的情况，直到这次采访才有机会问他，他说："本来我很犹豫，因为我总是希望老人家高兴，别看比较沉重的片子。这里面描写残疾人很多痛苦，怕他老人家受不了。后来我反复揣量，觉得影片中虽然反映了社会的落后面貌，并不是多沉重，还是非常向上的，就下决心请他看一看，他看完以后说好。"我笑着打趣："说朴方抓得好？"他说："没有。老爷子说话多简单啊，这就不容易了。"

邓小平同志南巡讲话以来，中国的改革开放巨轮驶入新的航程，大江南北一片欢腾。老人家能够抽暇观看我们的影片，我感到荣幸极了。后来不知从哪里兴起一股谣言，使大家担心老人家的健康。9月19日在天津迎宾馆的晚宴上，大家都向朴方打听。朴方笑道："没有的事儿！夏天在北戴河老爷子可造了反了——下海游泳！"年近九旬的老人还能搏击海浪，我们听了高兴地举杯庆贺。9月22日，邓朴方赴上海参加《启明星》首映式时，记者们问他，他作了如实回答。第二天，《新民晚报》发表了《小平同志最近身体很健康——邓朴方出席〈启明星〉首映式时接受本报专访》的文章，文中说："中国残疾人联合会主席邓朴方昨日下午在上海披露，邓小平同志最近的身体健康状况良好，他很健康。邓朴方同志是专程由北京抵达上海出席电影《启明星》首映式的。《启明星》是中国电影史上第一部反映弱智儿童生活的故事片，具有强烈的艺术感染力。邓朴方昨天对编剧、导演，主演的辛勤劳动给予很高评价，并称：功不可没。"全国许多报刊转载了这篇通讯，人们对小平同志健康的消息高兴地争相传颂。我更心潮澎湃，孩童一般欢呼雀跃了。这件全国人民都关心的事情，能够借《启明星》首映之机披露于众，我们不仅深感荣幸，还对朴方充满了感激。我们这些艺术家只是为宣传人道主义事业尽了一份职责，谈不上功劳。《启明星》取得今天的社会影响，我只是运气好，大树底下好乘凉。

6月11日，朴方专程来天津和李瑞环同志共同审看影片，并邀请李瑞环同志出席北京人大会堂首映式。李瑞环同志对该片给予了很高的评价，高兴地答应出席首映式。

6月12日，朴方又在北京长城饭店主持电影招待会，邀请各有关部委的领导人审看影片，拜托大家帮助宣传发行好这部影片。为了使更多的观众看到影片，他又两次去中国电影发行放映公司拜托胡健总经理和各省市来的公司经理。

7月7日，邓朴方坐在轮椅上于人民大会堂放映厅门口迎候，招待李瑞环、丁关根、薄一波、杨白冰、温家宝、陈慕华、陈俊生、洪学智等中央领导同志，电影招待会后，李瑞环同志在座谈时发表了热情洋溢的讲话。

9月19日，邓朴方又奔赴天津出席首映式。

9月22日，上海首映式……

屈指算来，他看《启明星》足足看了八九遍。在天津和上海的首映式上，前面的仪式结束电影开演之后，我们知道他坐着很难受，都劝他去躺一躺，等电影放完再回来也不误事。他总是表示："再看看吧！"我问："看了这么多遍了，不烦吗？"他认真地说："每次都想看，每次都很激动。"

或许是在文艺界泡久了，看的戏剧电影太多了，我的心肠似乎越来越硬，轻易不爱流泪。几次首映式上台和观众见面，我毕竟是领过几次全国奖的作家，也不大当回事。但是，在人民大会堂放映室，电影放完以后，我站在台上看见许多首长都眼圈通红，朴方摘下眼镜擦眼泪，身边的五个智障小演员五音不全地唱着"世上只有妈妈好……"，我的泪水再也忍不住了。

在上海首映式上，朴方随着上海市领导人上台来和剧组演职员握手留影时，哭得两眼还红肿着。合影时我站在边上，从侧面看到他眼镜后面的眼角里泪光晶莹，我的热泪又一次夺眶而出……

上海的少年儿童向我们献了鲜花，朴方上台来时，大家不约而同地把一束束鲜花转献给了他。他坐在轮椅里被鲜花包围了，姹紫嫣红，映照着他那闪着泪花的笑脸，几个智障孩子争抢着站到他身边合影，稚嫩的童音一连声地高喊："邓大大！""邓大大！""邓大大挨着我……"

首映式结束了，我们随在朴方后面缓缓地走下台来。朴方回头发现我，忽然把抱着的大捧鲜花往我怀中一塞，我慌忙推给他说："这是大家送给你的！"他执意把花推给我，笑道："你替我收下吧！"捧着这么一大抱鲜花我的脚步踉跄起来了，活了快50年了，这还是第一次拥有这么多鲜花。我的少女时代赶上那场浩劫，养花都被批判为修正主义，从来没有人送给过我鲜花，对于女人来说这真是个遗憾。不料，朴方竟给了我过奖的盛情。我一个人怎能承受，又把一束束鲜花还赠给了剧组成员们。我和颜美怡的两束，我们精心地用水杯养着，在归途的列车上，我小心地把花用丝带固定在车窗上，花枝根部插在水杯里。千里迢迢捧回家里以后，那些花朵依旧艳丽迎人。

来 日 方 长

我知道，一部影片再怎么动人，也不会叫人百看不厌。男儿有泪不轻弹，朴方曾在那黑暗岁月熬过了一个又一个生死关头，不曾掉过眼泪。小小的故事片《启明星》，何以使他如此激动？艺术常识告诉我们，文艺作品的魅力除了它自身的感染力之外，更大的奥秘在于读者观众总是以个人的感情经历去联想、丰富、再创作，任何作品都是由审美的主体（作者）和客体

（读者或观众）共同完成的。《启明星》，会使朴方想起了他自己的残疾，想起了清河救济院的生活，想起了残疾孩子立柱、东风，想起老山前线年轻的伤病员们，想起全国千千万万个残障人士和他们的亲属……他以自己独特的角度和经历，丰富和提高了《启明星》的内涵。作为编剧，我庆幸有这样的知音。

中国的人道主义社会福利事业还刚刚开始，募集来的资金少，急需资助的福利项目太多，残障人士的康复问题、就业问题、教育问题、婚姻问题……哪一项都要有人来操办，朴方忧心忡忡地说："我等于坐在火山口上，残疾人问题是我提出来的，但我不一定能解决它。我可能看不到这个事业的结局，但总要有人开这个头。与其别人来干，不如我来干。"如果《启明星》能够充当鼓吹这一伟大事业的小小号手，引起更多的善良人的重视，我们感到万分荣耀。

改革开放的新高潮，为发展民政福利事业提供了良好的机会，但也面临新的挑战。深入体察民情的邓朴方已经为种种难以解决的新课题在思考，又在拖着残体到处奔走大声疾呼了：

竞争机制，优化组合，能够促进经济发展。但是，残障人士给排除出来了，还有妇女，老弱病人，能力不强的人，社会总要保护这些人，要想出办法……

精神文明变得更加重要了，我们在大搞竞争机制，调动个人积极性的时候，同时要考虑到人与人之间的关系，互相关心、尊重、理解、帮助，对残疾人来说是自尊、自强、自爱。西方文化支撑的社会也讲献身精神，教堂里还是讲真善美嘛！西方如果没有基督教文明，只靠资本主义制度的机制运行，不知可怕到什么程度。我们如果只靠人们去追逐金钱能够维持社会平衡吗……

农村孩子失学问题严重，家长没有远见，只顾叫孩子干活赚钱。残疾青少年受教育的平均水平就更低了……

在结束本文时，我想起朴方另一种对自己的形容。他走到哪里，热情的人们都要求和他合影留念。他的轮椅摆在中间不动，身后变换着各种人群的组合。镁光灯的闪烁和相机快门的咔嚓声中，他脸上总是浮现笑容，满足一群又一群人的要求。在上海锦江饭店，这样的轮流合影达到了高潮。我在一旁逗他："群众演员总换，主角不变呀！"他却苦笑着自我解嘲："我当惯了道具。"

他的这个比喻未免过谦了，但要说他是残障人士事业的一面旗帜却不为过分。旗帜嘛，虽然容易招风，却总是飞舞招展呼啦啦地响亮！

原刊《城市人》1993 年第 1 期

大　师　往　生

入伏首日清晨，孙犁先辈仙逝。这位津门隐士再也耐不住尘世的燥热喧嚣，回归到他魂萦梦绕的百里大淀千里长堤万朵荷花清凉之地去了。

仰视参天大树，吾辈乃小草而已。平生只有一面之缘，无资格以弟子自居敢言悲痛，只是思绪万千难以自制。此时此刻我想到了佛家把去世称为往生，往生，多好的词啊！惆怅中顿觉欣慰，发自心底的默祷：大师往生，往生，往生……

80年代初，我陪北京电影制片厂编辑去拜见孙犁先生。女编辑热情健谈，我是陪员角色插嘴不多。先生的待人谦和，书斋的简朴洁净，给我留下了深刻印象。不知为什么，拜见先生之前我一直在写剧本；拜见先生之后，我就开始写小说了，1980年秋开篇发表了《开市大吉》，从此就转向文学了，可能是沾了先生的仙气罢！

只有那一面之缘。先生的淡泊好静，名扬文坛。尔等后辈，无要事不敢去打扰。保持距离，我想这也是对先生的崇拜与尊重吧。其实，文人之间连一面之缘也是大可不必的。在我见到先生之前二十多年，就读了荷花淀飘洒着清香的文字，就受了先生的文学熏陶，就开始崇拜孙犁的大名。可以说，如果没有梁斌、孙犁作品的熏陶、引导，就没有我的步入文坛。几颗文学巨星照耀津门，真乃这座城市的大幸，真乃吾辈作家的大幸。他们是天津的骄傲，是文学后辈的楷模。

说到楷模，先生的人格文品值得我辈学习之处太多，一时难以概括。如今先生往生了，他老人家给予我的最为宝贵的启示是什么？何为做人作文之高品？追思良久，赫然跃出的竟是"距离"二字。

距离是一种美。

回顾先生在革命战争年代的作品，虽然反映的是当时国家民族的重大主题，却毫无图解政治配合中心之拙笔。那些富于人情味儿的主人公，那些富于禅意的大淀荷影之美景，那些如汩汩清泉娓娓道来的诗性的语言，读来又令人总觉得与直白的具象的现实有一定的距离。

超越时空乃大星本色，众人仰望，灿烂恒久。今后随着岁月的筛选时光的淘洗，将愈来愈凸显大师力作历史的与文学的价值。大师留给我们的精神财富，是以其优秀的创作实践，让文学后辈懂得切勿去当"二踢脚"，甩几篇投机作品乍乎着蹦上天，转眼间已落地成灰。

可惜，我年轻时狂妄无知，不懂得什么是文学的真正价值，不懂得我们这座城市有没有大师是不一样的，糊里糊涂地一度背离了自己自幼崇拜的文学偶像。当然，我们自己沦为喧嚣的尘埃，并不能遮住大星的光芒，唯有使自己蒙羞。成熟的代价是老之将至。后来，虽然我还未愚蠢到无法醒悟的程度，却又摆脱不掉怯懦。

几年前我曾对金梅先生说，有朝一日请他陪我去拜望孙犁先辈，我想当面向先生表达歉意。然而，始终怯懦。

如今，大师含笑往生。我终于有勇气正视自己，明知大师已去。大师从不计较俗世琐节，然而我终于如释重负，对自己有了个交代。不然的话，我就没有资格也来悼念大师，虚伪更会使自己蒙羞。

大师往生。

大师永生。

雾里看冰心

世纪老人冰心，把自己留在了这个属于她的世纪，超然告退了。

我眼前升起一片银色的雾，雾里的冰心，雪白的疏发，雪白的纱巾，白皙的面庞，回眸一笑露出雪白的皓齿。她怀里抱着一只雪白的波斯猫，沿着开满红玫瑰的花径优雅轻盈地走了，隐入银色的雾中……

这一派朦胧的画面，好似一幅镜头加纱的高光摄影，永远地铭刻在我心中了。

那一天是 1977 年 11 月 26 日，我有幸与冰心在雾中相遇并同舟出海。算起来那一年她七十七岁，我三十三岁。二十一年来，我心中涌起过多少次去拜望她或把那次唯一的相逢写下来的冲动，又都制止了自己。对这样一位冰清玉洁的前辈女作家，任何"附骥尾而行益显"的攀缘都是不应该的。无论是年龄还是文学成就，我都不及她的一点点儿，那么，就永远保持这一段距离这一派朦胧罢！直到报上登出这样一行大字：冰心昨走完 99 岁美丽人生，我这才抑制不住拿起笔，试图描摹那一派如纱如云的海雾……

那时我还在天津人民艺术剧院当编剧，还没有写小说。命运却给了我一次机会，安排我登上了一艘名副其实的文学之舟。

那年是在粉碎"四人帮"结束"文革"噩梦不久，繁荣创作终于又提上了剧院工作议程，我与同行王甘生受命到塘沽渤海石油钻井台去采访。主人说北京来了一些作家，安排我们随他们一起出海。

转天清晨集合时，我才知道了同行作家中有冰心、周立波、林林、徐迟、严文井等人，心中暗自惊喜，这都是我景仰已久的文学大师呀！他们在"文革"中未被整死，真是中国文学界一大幸事！听说这是中国作协恢复活动以后第一次组织作家出来采风，怪不得老作家都像出笼的鸟儿一般兴高采烈呢！

深秋初冬时节，海上雾很大。小船驶出码头才几米远，平日里塔吊林立轮船樯比的港口风景就看不见了。没有风，从未见过如此沉寂的大海，海水一丝微波都没有，小船缓缓航行犹如滑过镜面。立于船头，只能望见劈开的寸步细浪；立于船尾，只能望见退去的咫尺水花。无边无垠的雾气中，只有我们这一船人的身影，令人感觉自己不知从何处来，到何处去。我的情绪也被雾珠打得潮湿滞重了，弄不清这是一种由阴转晴的天气过程呢，还是一种人生过程的象征。

海上一派朦胧，我便注意观察那些大作家。我自幼酷爱读书，是捧着这些作家的书长大的，天赐良机巧逢这么多文曲星，当然很兴奋。虽然说毫无海景可看，作家们仍然不顾外面又潮又冷坚持在甲板上逗留，说笑声在茫茫雾海传得很远，真有一种重获自由的挣脱感。最显活跃的是徐迟，他自己耳聋戴着助听器，可能以为别人也听不清，说话的声音很大。他因那篇著名的写陈景润的报告文学《哥德巴赫猜想》而受到海员们的欢迎。周立波似乎不大爱讲话，一直凭栏出神，显然，他心灵的翅膀早已冲破重重迷雾翱翔云空了。这位写出《暴风骤雨》鸿篇巨著的作家，怎样思考近几十年来这段暴风骤雨般的中国历史呢？我心里对这些大作家充满了好奇，但想到自己是个无名小辈未敢上前攀谈。

在客人中冰心是唯一的女作家，我又特别喜欢她的作品，于是就像如今的追星族一样围着她转。海上很冷，她只穿了一件单薄的半大衣，却毫无惧寒之色。银色的雾衬托着她那雪白的头发，雪白的纱巾，白皙的皮肤，衬托着她那双又黑又亮顾盼有神的大眼睛。我从未见过一个女人年过古稀依然如此清秀典雅超凡脱俗，她年轻时又该多么婀娜窈窕端庄秀美呢！

雾越来越大，只有从越来越冷的感觉中才知道船是在朝着深海进发。既然欣赏不到蓝海白云的美景，我和王甘生便请冰心老师（我们依照文艺界的习惯这样称呼她）到舱里暖和暖和。来到船舱落座，我俩向她请教各种问题。可惜当时我还没有开始文学创作，只是诉说了在"四人帮"把持文艺界时期写剧本如何层层受卡的艰难曲折，她摇摇头苦笑了，然后慈祥地安慰道："现在好啦！今后没有那些禁忌啦！你们年轻人撒开手脚搞创作吧！小说、散文、剧本，不论写什么，能写东西就好哇！"

今天的年轻人可能难以体会当时她说这些话的深刻内涵，只有刚从十年桎梏挣脱出来的文化人，才会发出"能写东西就好哇"的辛酸感叹。我趁机请教："您看有什么好题材适合写话剧剧本呢？"

她认真地想了想，说："你们天津有很多题材可写，周总理、邓颖超、马骏……都是在天津搞革命活动的！"

她的眼睛流露出热情的目光，既有对周总理的敬仰，又有对我们年轻人的信任与期望。当时我只是个初出茅庐的编剧新手，她如此耐心地和我们促膝谈心，我心里十分感动。

王甘生是演员出身，活泼直爽，笑嘻嘻地摆出一副童言无忌的样子问："社会上有个流传很广的说法，说您年轻时和张恨水有过一段恋爱，他没能追上您，这才起了笔名叫张恨水，恨水不结冰，是这样吗？"

我听了吓了一跳，生怕她不高兴，岂料她不但没有愠色，反而粲然一笑，豁达地说："完全没有这回事！我和张恨水并不认识，毫无关系！"

这时主人进来说，因为海上的雾太大了，再往前走怕有迷航的危险，参观活动改为返回港口区看停泊在那里的渤海一号钻井船。

大家回到新港码头，上岸后走了一阵子，来到钻井船的泊位。靠近岸边有一条铁船，经过铁船才能上到高高的钻井船。连接陆地与铁船的只有一条又长又窄又陡的跳板，跳板一侧只拉了一条绳子作为扶手，下面就是冰冷的海水。望着颤悠悠的跳板我有些胆怯了，正在犹豫，只见冰心毫无惧色地走了上去，并且辞谢了海员们搀扶稳步而行。她走到中间跳板颤动最剧烈的部位，只伸手扶了一下绳子，待身体恢复平衡以后便又稳稳地前进了，到了铁船上以后，她转过身来笑着朝我招了招手。

刚才她走过跳板的时候，我怕增加跳板的颤动未敢紧跟其后。看到她年近八旬仍然这么勇敢镇定，我也就定下神来跟随前辈的脚步走了上去。

钻井船有四五层楼那么高，船长热情地领着客人们参观各个操作室，但船上极少有缓坡而上的楼梯，上上下下要攀登许多紧贴舱壁的铁梯子，而且舱口十分窄小。作家们大都是六七十岁的老人了，爬上爬下真够吃力的，但没有一个人喊累。冰心的年龄最大，尽管她的身材娇小清瘦动作利落，每当我仰望她攀高梯时还是把心揪到嗓子眼儿。我患有风湿性心脏病，最怵头爬高，这次有冰心在上面攀登，我虽气喘吁吁却坚持到底没有掉队。

三年以后我开始发表小说，多少次想去拜访冰心总怕落下攀附之嫌。1981、1982 两年的春天，在全国优秀短篇小说发奖会上都有获奖作家去看望冰心，我却没有勇气向大会主办者提出跟随而去的请求。多年来我总是注意媒体介绍冰心的消息，每逢她的寿诞，巴金老都送去红玫瑰花篮，我心中的红玫瑰便也灿烂盛开。如今想来这样也好，朦胧之美在于距离。冰心是一棵文学常青树，我只是一株林边小草，个中的距离太大了，才有了那一片朦胧的海雾，就留下雾里看冰心的最美的印象罢！

回想起那次巧遇我心中倍觉幸福，谁能说我步入文坛和那艘雾中的文学之舟没有关系呢？偌大神州有几人能有此幸运，近在咫尺仰望过 77 岁时的冰心攀登一挂又一挂直上直下的铁梯呢？当时我还未解个中的象征意味，如今读到"冰心昨走完九十九岁美丽人生"一行大字时，往昔的邂逅变得分外珍贵，内心生出深深的感激，感谢冰心前辈的言传身教，感谢冰心前辈为一代又一代女作家蹚开的美丽人生之路！

盛开的生命花朵

——徐丽萍《生命的分叉路》序

　　受朋友之托捧起徐丽萍大作《生命的分叉路》一书的稿样，我的心情很沉重，久久无法拜读。因为朋友说徐丽萍是一位年仅 26 岁的肺癌晚期患者，而且是一位漂亮的女大学生。我从来不敢看涉及癌症的文章、图片、电视片等，因为我本人患有 40 多年风湿性心脏病，出现心房颤也有两年多了，心功能已经非常不好。脆弱的心脏使我无法承受任何受刺激的事情，连亲友去世我都不敢去参加告别仪式，宁可在心中保留他们生前健康的音容笑貌。

　　感谢徐丽萍，读着她的作品我的心境逐渐趋于平静，安宁，这些鲜活的文字宛如盛开的生命花朵，教会了我坚强和勇敢，给了我直面人生的胆魄。

　　这本书是徐丽萍博客文章的集锦，也收进了一些日记体散文。我注意到大多数博客文章都标有日期，乃至当天的分分秒秒，电脑忠实地记录了她写作的"现在时"，名副其实地实现了"把握当下"。

　　我想我们对作者最大的尊重是抛开对癌症病人的同情心，以纯粹的文学标准去评价这部作品，单就她的文学水平来说也是属于上乘之作。她的文字之优美，知识之广博，文学感觉之细腻，生活感受之丰富，令人不相信如此厚重的篇章是出自一位年仅 26 岁的写作新手。更加可贵的是她开拓了一方新的写作领域，以切身经历找到了一个新的写作题材——书中不仅以真实感人的细节反映了她自己的治疗过程和心路历程，也描述了癌症患者群体的生活。人类美好善良的本性在这个特殊的群体得到了集中体现，亲情、友情、病友之间的互助友爱，医护人员对病人的尽职尽责，网友之间的沟通倾诉……而且，她并不因为自己患病而把目光围于狭小的病床生活，通过读书、看电视、上网开博客，她做到了胸怀世界放眼天下。比起一些无聊文人的无病呻吟来，她的豪情、大气、有病不呻吟，令读者觉得格外的感动与钦佩。

我特别喜欢这些文章在字里行间所散发的青春气息，任何苦难都压不住的蓬勃的生命力。女孩子都很珍爱自己的秀发，她接受化疗后头发掉光了，却以顽皮的笔调写道："平时第一次有了这么酷的发型""光头让你头上一点负担都没有""我体验到超轻松的感觉"。她还敢于把自己的"光头像"公布于众，照片上的她笑得那么灿烂美丽，该有多么健康开朗的心态！

作者对美的追求和对生活的诗意的理解，特别能够打动读者，其中许多文章都很值得仔细阅读：《31 条包头巾》《变化》《普及生命的意义》《窗口的风景》《子尤走了》《喝下孟婆汤，流下最后的泪》《梦个肩膀靠一靠》《写给十年后的自己》《我的大学》《做自己的旁观者》《不要让自己屈从于环境》……一篇又一篇佳作，从不同的侧面录下了这枝"苦难芬芳"的花朵演奏的生命赞美诗。

《放大美好信号》一文中有一段十分优雅的字句："生病前，不曾真正用心去欣赏四季变化，欣赏大自然的恩赐，欣赏周围平淡的一切。生病后，突然发现了生活的美好。欣赏花朵的当时，那花就变成了我，我就变成了花；享受阳光的时刻，阳光洒向我，我迎着阳光，通身光亮，清澈透明；吹着和风，心情像风一样轻飘飘，随风舞动。我懂得了寻找美好，发现美好。"如此纯净透彻的人生感悟，已经升华到了天人合一的境界，破茧而出，变蛹为蝶，羽化成仙，获得了灵魂与肉体的自由超越。

我已历经大半辈子的写作生涯，作家对于文学的痴迷并不在于俗世的名利，而是一种生命的延伸。文学的目光，文学的情感，文学世界的丰富多彩，能够使你有限的生命无限地延伸，不只是平面的延伸，还能是立体的多棱镜式的双重乃至多重地扩充疆野。我想，聪明的徐丽萍正是在与疾病的抗争中感悟到了人生的真谛，从记录这种感悟的写作中找到了生命的永恒价值。

在阅读徐丽萍文稿时，每每遇到佳句，我就用胶纸条标出，待到掩卷，胶纸条已经"连木成林"。此时我才注意到胶纸条是黄色的，不由得想到了西方民俗"黄丝带"，欧美国家的人在树上系满黄丝带，表达对亲人或友人的祝福。谨以鄙文作为黄丝带，送上对徐丽萍的祝福。

2006 年 6 月 26 日

汉 堡 飞 鸿

女儿刘欣从汉堡来电话说，老朋友莫尼卡·施提罗博士想写一篇回忆解放天津的文章。莫尼卡中文名字石慕宁，因我们和莫尼卡的丈夫施提罗先生也是老朋友，所以在私人场合称她施太太。施太太汉语说得很好，但写文章还是用德文熟练。她用德文写好后由刘欣译成中文，于是我们在电脑上往返了几个来回。

拜读莫尼卡写的《亲历伟大的历史场面》我深受感动，这位天津的洋女儿绘影绘声地回忆了60年前天津民众上街游行庆祝开国大典的盛况，别有一种特殊的视角。当年两个十五六岁的外国女孩从早晨到傍晚坐在墙头上观看游行队伍，为此拒绝回屋去吃午饭，那该是多么长的游行队伍啊！可以想见，她俩在看大街上的人群，大街上的人谁路过这里不看她俩呢？坐在解放南路墙头上的两位漂亮的外国美少女，成为开国庆典上的组成部分，颇具天津解放初期的城市特色。

莫尼卡是我出国寻访的第一位"洋老乡"，九年来我们已经结为通家之好，她的长子柯瑞斯（中文名字石瑞泰）来天津师大学中文，曾在我们"近代天津博物馆"担任美术设计，借以勤工俭学。后来他去了徐州矿业大学教书，临走时说"馆里就是我的家"，他每次回津，馆里的厨师郝姐都给他做他最爱吃的红烧丸子。

事有凑巧，我女儿刘欣在汉堡工作，施太太对她也多有照顾。刘欣回国探亲期间，每次都把公司钥匙交予施太太，施太太常去处理信函事务，及时打电话来告知。两家儿女的"交换场地"很有意思，一个不想回中国，一个不想回德国，似也说明了当今青年人闯荡世界的潮流。

莫尼卡的大作，使我想起 2000 年 10 月 22 日我去汉堡她家采访时的情景，那天她也讲了许多回忆天津解放的往事，当时我做了详细笔记，并有录音。今天找出来重读，比照她写的这篇纪念文章备感亲切，整理出来作为对她的新作的补充：

1949 年年初，解放天津时整夜都在响大炮，我家用床垫堵住窗口，记得那一夜零下 15℃。半夜有人敲门，看门人来叫我父亲，说外面来了一个国民党军官，要公司的吉普车、卡车。我父亲说自己不是公司老板。军官进屋把手枪拍在桌上，父亲只好眼看着他们把停在院子里的两辆车开走了。第二天上午，有人看见路上停着那两辆炸毁了的车，他们没逃出去。

黎明时分，炮声少了。又有人敲门，我去开门，是一个十七八岁的年轻士兵。他戴着大皮帽子，很客气地问我家有没有烟卷儿，可能是他们首长打完仗想吸烟。我拿给他了，他非要给钱，我再三表示不收，他仍然把钱留下了。当时公司里的外国人都说："没见过这么客气这么有规矩的士兵。"

试想那又是多么生动的历史画面呀！解放天津的凌晨，一位十七八岁的解放军小战士叩开了一家市民的房门，接待他的是一位十五六岁的德国小姑娘！他俩在历史的拐点匆匆相会，从此再无消息。他若还健在，如今也是七旬老人了，他一定也还记得门扉初开时那个令人惊奇的外国少女！

我在采访笔记上的一个字下面打了重点符号，莫尼卡说："我 18 岁时去了德国。"我注意到她用的这个"去"字，以她那一口纯熟的略带天津味儿的普通话，她不会分不清"去"与"回"的，何况当时是在汉堡。她没说"回德国"，而用了"去"字。在她心中，她的家永远在天津。

我 的 婆 婆

一

在我婆婆 77 岁生日时，全家欢聚一堂为她老人家祝寿。我们这个大家庭的成员如果到齐了有 27 口之众，每年有四个"法定集合日"：春节、中秋节和两位老人的生日。我丈夫兄弟姐妹七人，加上其配偶子女，各路人马聚于一套两室小单元内，大人说笑，孩子吵闹，半天下来叫你直想钻进大森林求得一份寂静。

两位老人家不嫌吵闹，"全家福"聚会是他们盛大的节日。每年年三十晚上的家宴，孙女们都给奶奶戴上一朵名为"聚宝盆"的红绒花。红绒花映衬着她老人家雪白的疏发，映衬着她那些在额头眼角飞舞的笑纹。这几年她的腿脚已不灵活，不能再干繁重的家务劳动了，只能扶着床边桌角做些简单的操劳。就这样她还能在白天负责照顾瘫痪了的老伴，熥一熥午饭，晚上才有儿女们轮流照顾。寂寞的白日，老人们像幼儿园的孩子盼望家长来接一样盼望着子女归家。

望着婆婆的银发，叫人备感岁月的流逝。25 年前我第一次见到她时，她还是个端庄美丽的中年妇女。我丈夫的奶奶，也就是婆婆的婆婆在世时曾告诉我，我婆婆年轻时是远近闻名的美人。她的漂亮人人都注意到了，只有她自己意识不到，是个拙嘴笨腮的老实疙瘩。旧式家庭出来的女子，不识字，不像现代女郎懂得美丽是女人的武器。

婆婆有自己的名字，但很少有人知道。年轻时人称"刘嫂"，中壮年时人称"刘娘",老年则成了"刘奶奶"。她从来没有上班当过某单位的职工,不用填写表格档案之类。一页户口纸,一张身份证,就能说明她的全部履历。如果说到业绩,那就是她和老伴含辛茹苦生儿育女,当了一辈子"锅台转"。她这一生带大了 13 个孩子:七个子女,为贴补家计照看过别人的两个孩子,然后又照看孙女、孙子、外孙女、外孙子。她对这 13 个生命都是从提着小脚丫换尿布开始,直到他们会跑、上学、长大,鸟儿一样飞出了巢。她再照看第二个、第三个……她一生只去过一两次北京,算是出了天津卫。在婆家所在的居民区没有改建楼房之前,她在平房式的宿舍居住了 30 多年,因孩子多缠住腿脚,很少逛商场、看电影,更没有下过饭馆,天津市许多地方她都不认识。那片平房区堪称"都市里的村庄",婆婆就在"村庄"里乃至斗室里辗转了漫长的人生旅途。她走路时的习惯是不抬脚,穿鞋先磨坏鞋底。过去自己纳的布鞋底擦着地面走来走去不知穿坏了多少双,就连后来时兴的塑料底鞋,胶底鞋,也经不住她终日的操劳。虽然只是"锅台转"和"孩子王",她那沓沓的足音历经了 77 载朝朝暮暮,怕是也相当于绕行地球几圈了。

现在,腿脚不灵的婆婆终于能够节省鞋子了,只需趿拉着一双旧鞋就可度日。她有多年的哮喘病,不能沾累和受凉,尤其到了冬季只适合偎在室内。但是,她改不了勤劳的习惯,每次干活都要造成哮喘病复发的严重后果。为此儿孙们和她吵了多少架,立下铁的纪律不许她干活,她还是改不了老习惯。殊不知她一生病要给儿女们增添许多麻烦,请假送她去看病,值班伺候之类,还不如她只休息保养不干活的好。但是在这方面她表现了异乎寻常的固执,真是叫人没办法。

现在,她哺育过的几代鸟儿都飞向了蓝空,只留她和老伴守着空巢。好在儿女们尚都懂得慈乌反哺,给了两位老人幸福温暖的晚年。每逢二老生日,我女儿欣欣总是依照老人的年龄孝敬他们一些钱,77 岁给 77 元,78 岁就给 78 元,而且是崭新的钞票。这种儿童趣味的做法,一如她小时候爷爷奶奶给她的压岁钱。因此,我戏称女儿为"小慈乌"。

我在创作中篇小说《枫林晚》中的女主角贺望兰时,就写她带大了 13 个孩子。虽然小说中的贺望兰有自己的爱情经历,且又遇上子女不孝,其传统妇女的勤劳善良、忍耐认命的性格，却有着我婆婆的影子。

我生父的两次婚姻都不成功，他来过我婆家几次之后，感慨地告诉我："这么一大家子人的中坚力量是你婆婆，有一位贤良主妇，是全家人的幸福。"我也深有同感。说也奇怪，虽然25年来我只在婆家住过一夜，但我一直觉得婆家是我们的家庭之根，甚至觉得婆婆比妈妈亲切。

然而，新婚时的几年，像所有的婆媳关系一样，我和婆婆之间也有过艰难的相互理解，相互适应的过程。

我自幼父母离婚，小学时住寄宿学校，15岁时就考入天津人民艺术剧院，住集体宿舍，是个吃食堂长大的人。母亲两度改嫁，家庭关系复杂。再加上我的男孩子式的性格，放任自流，倔强好胜，生活上又是大把花钱散漫惯了的。这种种原因，使我的家庭观念十分淡薄，不大注重骨肉亲情。我对于婚后生活没有充足的思想准备，就闯入了一个老天津卫式的传统大家庭，充当了长嫂的角色。它和我在剧院受到的浪漫文化熏陶相距太远了，当我初作新妇拜见公婆时才意识到这一点。

二

当姑娘时，我走进生父和生母各自再婚的家庭时，都觉得自己是多余的局外人。只有躺在集体宿舍的单人床上，内心才感到踏实和自如。初入婆家门，我更加局促不安，无所措手足，苦于和这家人的格格不入。

摩擦是免不了的，像普通人一样首先是经济问题。当时我的写作生涯还没有开始，但工资不算低，自给自足花惯了，不懂得金钱的重要。筹备结婚时，丈夫说他家很穷，拿不出钱来。我不介意，拿出自己的积蓄，加上他的一点复员军人费，置办了简单的家具物品。为了堵住我娘家人的嘴，我偷偷给他钱，再由他买了床单、被套枕套之类送到我家去。我当新娘接到夫家的礼物只有一条派力司裤子和一双皮凉鞋。出嫁那天由两个中学女同学相送，我们是坐公共汽车去婆家的。如此简单的婚礼之后，婆家说为此欠了80元钱的债。婚后我们小两口每月还10元，还了八个月。当时丈夫的工资只有30

多元，因弟弟妹妹多，每月还要交给家里 10 元。直到我怀孕临产的月份，他仍然如数给他家送钱。于是，我们夫妻间爆发了第一场战争。亲友们早就说我傻，说天津卫的老太太再穷也会有些私房钱或金戒指什么的，长子结婚如此吝啬真是少见等等，我的自尊心受到了伤害。

婆婆做的一些事让我很不理解，例如结婚时我送去一块虎木棉布料请她做床褥，她一量多出两尺就扯下来给女儿做了短内裤。岂知虎木棉缩水厉害，那二尺是打出缩水率的，这块褥面拆洗之后就不够长度了。这成了我挖苦丈夫的把柄，吵架时必提此事，他也必然恼羞成怒大发雷霆。

我很少去婆家吃饭，每次去婆婆总要改善伙食，但那时的改善也不过是包一顿饺子吃。婆婆总是让我先吃，我吃惯了食堂到钟点就饿，也就不客气地先吃了。有好几次，我发现最后吃的婆婆坐在厨房的小板凳上，偷偷啃些干粮，喝些破饺子片儿。我看了又可怜又生气，质问丈夫："既然包饺子，为什么不包够了？你妈这样做叫邻居看见了，倒显得咱们不懂事！"不料丈夫淡然一笑："她打年轻就这样，有好吃的济我爸，济孩子，她不是冲你的！"

为了改掉婆婆的习惯，以后再包饺子由我多做馅，多和面，保管饺子吃不了。可是，婆婆仍然偷偷躲在小厨房里吞破饺子片儿！我很生气，问丈夫剩下的饺子都到哪儿去了？丈夫朝一个个饭盒努了努嘴儿，那是婆婆给上班上学的人带的饭，有老伴的、女儿的、儿子的……

由吃饺子的怪事，慢慢我又发现逢年过节改善伙食时，婆婆只吃些鱼头鱼尾鸡头鸡爪子，那年头凤爪还没成为上等美食。那些东西别人都不吃，照例是婆婆打扫。我们给她碗里夹去鱼中段儿鸡大腿儿，她都夹了回来抿嘴笑道："我就是爱吃鱼头鸡骨头。"

这几年生活富裕了，婆家的年节副食品都由儿女们大量运去，家宴丰盛得不亚于酒楼宴会。孙女强迫奶奶吃些对虾鲜贝，奶奶也笑纳了。但是吃罢这顿家宴"正餐"，她还是要把好吃的东西放入冰箱珍藏，这个等闺女一家来了吃，那个等儿子一家来了吃……我对此不以为然，多少次劝她老人家："您要明白，哪个小家庭的伙食都比您这儿吃得好，这些东西是儿女们孝敬您们二老的，您们就应该留着自己增加营养。"

婆婆含笑点头，但就是不肯改正老习惯。

去年春节家宴上，婆婆感慨饭菜的丰盛。我故意问："娘，有个问题我一直不明白，您到底是真的爱吃鱼头鸡骨头，还是舍不得吃好东西呢？"

婆婆仍然只是抿嘴而笑，不作回答。她这一招儿真叫人纳闷，模棱两可，又尽在不言中。

我看了张贤亮的《绿化树》中描写饥饿的感觉，忽然茅塞顿开，哦，贫穷的阴影，饥饿的阴影！我把婆婆的一些"吝啬"行为告诉丈夫，丈夫叹道："你哪里懂呀，我们家孩子多，只有我爸爸一个人挣钱。为了养活孩子们，我娘曾经偷偷地去卖过血……"

自从知道了这件事，我再也没有挑剔过婆婆。

三

1970 年，我女儿刚出生七个月时，我又怀了身孕，她没有了奶水吃。再加上当时剧院派我去农村深入生活，只好把女儿送到了奶奶家。

生下儿子以后，我们夫妻每月一共不到 80 元的工资开始入不敷出。儿子每月的牛奶费、给寄托户的工钱等等，就要花掉 40 多元。我们开始靠借债度日。一直到 1979 年我开始有了些稿酬，才慢慢还清了债务。在此期间，婆婆抚养着我女儿，每月只是象征性地收我们五元钱，还不够孩子的零食钱呢！因为自 1970 年以后我就当了专业编剧，需要经常外出采访，只好把儿子也送到奶奶家。

在那些困难的岁月里，正是我的文学生涯的起步期。婆婆的义务劳动，不但使我们避免背上更多的债务，更为重要的是使我这个两个孩子的母亲得以专心于创作。这份恩情，真是难以用金钱来报答的。婆婆不识字，却帮助我孕育了三百多万字的"文字儿女"！

近十几年来，我们的生活渐渐富裕，我便主动多给婆家一些钱。我原本只是报答之意，不料身为长嫂竟起到了榜样的作用，弟弟、弟媳们和妹妹、妹夫们都对老人很好。当初刘家第二代人结婚时，全都是一无钱二无房，现在却都混得体体面面，安居乐业。别看公婆没有金钱财产，儿女们都比着孝敬。这年头兴老人们给儿女添置东西，我婆家却是兄弟姐妹共同集资"武装"老人的住处，在那片楼区第一个买了彩电，用上了冰箱，装上了电话，当然还缺不了洗衣机、电扇、抽油烟机……这使得婆婆在街坊邻居中成了名人，引起多少老太婆的妒羡。这几年她增添了个爱吹牛夸口的毛病，总是逢人便炫耀自己的儿孙有多么好。老太婆们聚集在一起总是咒骂儿媳妇们，我婆婆凑过去却总是吹嘘儿媳妇们一个比一个好，引起人家侧目而视仍不住口。她的名言是"儿子不孝媳妇孝"，当然"儿子不孝"只是个假意铺垫。

婆婆还多了一句口头禅，逢人就说："识举！儿子媳妇，闺女姑爷都好，识举！"

天津方言"识举"是知足的意思，但从字面上理解，此话出自老人评价儿女时的用语，不免显得有些悲凉了。"识举"顾名思义是"识抬举"，父母辛辛苦苦把儿孙们拉扯大，儿孙们只消给老人一点点好处，老人们都会"识抬举"，尤其是儿媳妇只消给公婆一点点好脸色，老人们都会"识抬举"。长辈对后辈的要求之低，之可怜，之容易满足，不是令人深觉人生晚境之悲凉么！再想想那些自私的儿女们，那些不通人情的儿媳妇们，就连一点点好脸色都不肯给老人们，不是一种人性的扭曲么！

我婆婆恪守传统道德有时到了可笑的地步，常常叫人哭笑不得。她的"长子观念"非常牢固，尤其在老伴患脑血栓不能再在家里发号施令以后，我丈夫便成了她的精神支柱。平时，老两口生病主要靠闺女们伺候，见了女儿们不是说这里不舒服就是说那里不好受，吓得女儿们围着老人团团转。有时病得厉害了，小姑们慌忙来叫我丈夫去探视父母。可是，这位长子到了父母身边询问病情，两位老人却都说些"挺好，没什么大病。惊动你哥哥干嘛！甭惦记，快忙工作去吧"之类的话，气得小姑们直喊爹娘偏心，大哥反而训斥她们小题大做。等长子走了，两位老人家的病又来了，支使闺女决不含糊。年长日久皆如此，不知老人们是一种什么心态。

还有一件事令人感慨万千，那是一块手表的故事。

前几年婆婆腿脚还灵活的时候，每天早晨都要出去遛早儿，街坊邻居的老爷子老奶奶凑到一处说说笑笑，算是一种社交活动。有一天女儿对我说："我奶奶真逗，每天早晨戴上我姑姑的不走了的坏表出去遛早儿。"

我很纳闷，追问为什么，女儿笑道："我奶奶看人家老婆儿们都戴上了手表，也戴上一块装装样子，怕被人家比下去。"

我听了这话心里一沉，忙和丈夫张罗着给婆婆去买手表。丈夫有个叔伯弟弟在天津手表厂工作，我们托他买来一块小坤表，按出厂优惠价格只花了58元钱，金光灿灿，小巧玲珑，煞是好看。女儿高兴地给奶奶戴上了手表，奶奶却埋怨她多嘴："不该告诉你爸爸妈妈，我又不上班儿，没个钟点儿，要表干嘛？太破费了！"

从此，婆婆每天早晨都戴上新手表去遛早儿，逢人就伸出细瘦的手腕夸耀："瞧，这块表多好看，是我大儿媳妇给买的！"

自然，老奶奶老爷子们总是送上一阵恭维和羡慕："您老有这么孝顺的儿媳妇，好福气呀！"婆婆得到了很大的心理满足，好像那不是一块廉价的海鸥表，而是名贵的欧米加。两个多月以后，女儿从奶奶家回来，神秘地说："有件事，我奶奶不让我告诉您，可是我还是想跟您说……您给我奶奶买的手表，是坏的，戴了不到两天就不走了。"

我不相信地问："你二叔从厂里买的，怎么会是坏的呢？有毛病也没关系，拿回来叫你二叔拿回厂里，找老师傅修一修不就得了？"

女儿却表示："我奶奶怕您面子上不好看，大儿媳妇给买一块表，还是坏的。奶奶说反正她也不看钟点，戴着充个样子就行。"

我感到十分不解，催促道："手表有毛病就该去修呀，这和谁买的有什么关系？下星期天你一定要把表要回来。"

第二个星期日晚上，女儿从奶奶家回来了，我立刻找她要手表，她却格格笑个不停："太好玩啦，手表根本没毛病！"

我奇怪地问这到底是怎么回事，女儿笑道："原来是我奶奶不会上表！送表那天，我给拧满了表弦，她只看我手指头一捻一捻的。等她自己上表时，把小钮儿往前捻一下往后捻一下，等于没上几下嘛，那表也就走走停停了。"

我心中顿时生出一阵悲凉和感动，一位七旬老人有生以来头一次戴手表，连表弦都不会上，又出于对后辈的体谅不敢声张……如此的善良，如此的忍耐，如此的体谅后辈，搜尽枯肠也找不出能够表达我的复杂感受的词句，忽然想起那句百姓俗语：可怜天下父母心！

钟表滴滴嗒嗒，诉说着时光的流逝，诉说着"高堂明镜悲白发，朝如青丝暮成雪"。时针旋转着周而复始，揭示着人类的繁衍不息，揭示着社会发展的永无止境。我想，无论现代文明达到怎样的高度，人们都会高擎一代一代传递下来的生命圣火，都会珍爱天伦之乐骨肉亲情。

1993 年 7 月 3 日写于天津

我的几位老师

把 鸟 儿 放 飞

最近，我上小学一、二年级时的班主任孙老师给我打电话来。非常惭愧，我怎么也想不起来她的模样来了。她提醒我说，我还在她家住过一夜，我更加惶恐不安了，连声道歉。我上小学时只有六岁半，三年级时就转到了寄宿学校去了。毕竟相隔四十多年了，我的健忘令一位教师心寒，我实在汗颜。

关于那所我在人生早春第一次踏入校园，即现在的杭州道小学，有一件事情却使我记忆犹新。小时候我非常调皮，从山东农村来天津上学，比男孩子还淘气。有一天早晨上学的路上，我捉住一只小鸟，舍不得放掉它，带到了教室里。快打上课铃了，我怕老师发现，就把小鸟塞进最后一排的一个空座位的课桌箱里。上课时，同学们正在安静地听老师讲课，忽然小鸟飞出来乱扑腾，课堂上乱作一团，同学们一齐捉鸟。在老师的追问下，我站起来承认了错误。老师并没有批评我，只是问："你想一想，如果有人把你捉起来关进笼子里，你高兴吗？"在老师的启发下，我同意到院子里亲手放了小鸟。望着小鸟飞走了，一种美好的感情却飞进了我的心里。

30多年以后在欧洲，有一次我们在露天餐馆吃饭，几只小鸟在我脚下啄食。到了湖边，两只白天鹅和一只黑天鹅游到我们身边，接待我的朋友用面包喂它们。我看到鸟儿和人类这般亲近，兀地想起了小时候老师叫我放走小鸟的事，心中忽有所悟，老师在我心中种下的正是一颗善良的种子啊！

带领我放飞小鸟的老师，必定是这位我忘记了她模样的老师了。在平凡岗位上默默耕耘的小学教师们，学生们长大以后未必能牢记他们。但是，他们在孩子心中播下的美好善良的种子是一定会开花结果的。

谨以此文，表达对我的初小老师们的敬意与歉意。

张老师，你在哪里

有一位男老师，他那浑厚悦耳的男中音给我留下了深刻印象。这位教地理课的张老师，中等身材，眉眼端正方脸膛，丰满的嘴唇笑起来露出雪白的牙齿，非常讨学生们喜欢。

不过，我们喜欢张老师另有原因。

我是在小学三年级时转到寄宿学校五区中心小学的，即现在的重庆道小学。全班同学有一种奇怪的一致——唯独爱上地理课。个中奥妙是教地理的张老师非常会讲故事。起初，同学们的地理课成绩不好，大家不耐烦去背那些枯燥的江河省市名称。后来，张老师背着校方偷偷地和同学们达成一项"君子协议"：只要大家上课注意听讲，考试成绩优秀。他可以在每节课省出最后的十分钟来讲故事。从此，地理课出现了奇迹，只要哪个调皮鬼考试不及格，全班同学就会群起而攻之。这个同学也会因为自己影响了大家听故事而羞愧难当，会迅速把功课赶上来。就这样。每周两节地理课的最后十分钟，张老师就用他那浑厚悦耳的男中音讲起精彩的故事来了。往往在最引人入胜之处，下课铃却响了。同学叫嚷着要求："不休息了，讲下去！"但他毫不让步，并且提出了条件："好好完成作业，下堂课我提问，有一个同学回答不好，我也取消讲故事。"

没有一个同学敢于触犯众怒，人家都把地理课作业写得规规矩矩。张老师叫谁起来回答提问，他都会把巴颜喀拉山澜沧江西双版纳南沙群岛亚热带北温带什么的背得滚瓜烂熟。

从三年级到小学毕业的六个学期里，我们总是盼着上地理课，张老师像表演长篇评书似的给我们讲了好多小说。尽管这种教学方法不大符合教育局制定的大纲，又是背着校长进行的，但在我小小的心灵中留下了久久的记忆。

时至今日已近四十年了，耳畔尚能忆起张老师讲故事时那浑厚悦耳的男中音。

小学毕业以后，我再也没有见过这位地理教师。当年他已是个中年人，不知如今是否还健在。他大概也没有想到，在我还没有完全形成独立阅读能力的时候，我从他那儿听来了《卓娅和舒拉的故事》《古丽雅的道路》《钢铁是怎样炼成的》《匪巢覆灭记》……那是多么不合规范，而又多么令人难忘的地理课啊！或许，张老师的"长篇评书"就是引我踏入文学艺术之门的启蒙教育呢！

珍藏的纪念册

我上初中的学校是市女一中，坐落在海河畔的那座灰色的修道院式的建筑，校园里的合欢花树，操场上的大秋千，留下我12岁到15岁的人生足迹。

在那段学习生活中，对我影响最大的要数教文学的穆嘉珍老师了。穆老师性格活泼，好打篮球，脸上总是堆着灿烂的笑容。我用"灿烂"这个词形容她的笑容，是因为她很爱笑，每当她眯起眼睛笑得开心时，真像灿烂的阳光照耀到我的心里。

她喜欢我有两个原因：一是我的作文好，出现了明显的偏科倾向；二是我母亲和她是中学同班同学，而她又没有孩子，所以待我如自己的后辈。有了这两个得天独厚的条件，我在文学课上出尽了风头。

同学们都知道穆老师偏爱我，但她们又不得不服气，因为我的作文成绩一直在班上遥遥领先，三年当中竟没有得过"乙"，得分都是"甲"或"甲上"。几乎每篇作文之后都有穆老师用红墨水写的热情洋溢的批语，"文字流畅，词汇丰富"啦，"富于想象力"啦，"切勿骄傲，加倍努力"啦，有时这种红字批语会有一大篇。受到老师的鼓励我更来劲儿了，每当接到作文题目，都要开动脑筋挖空心思写出好文章。那种看重作文的心态，真有些像现在运动会上冠军卫冕的拼搏了。看来，中学老师的引导，往往会激发学生对某一功课的学习兴趣，甚至会影响他一生的事业。

初二以后，我的偏科倾向到了不可收拾的程度，代数常常不及格。有一次上代数课，我把小说藏在代数课本里面，公然在课桌桌面上看小说入了迷。教代数的熊老师从背后走过来，没收了我借来的小说。后来，我去她办公室好几次承认错误，她都不肯还给我那本小说。她伤心地问我："听说你的文科功课很好，为什么代数总是不及格？你对我有什么意见？是不是我讲得不好……"

我不知道如何回答，我真的对她没意见，但直到中学毕业考试时，物理代数化学仍然不及格。眼看不能毕业了，我真的害怕了，不得不在暑假补习功课，补考时竟然都得了4分，这才勉强地拿到了毕业文凭。

记得还是穆老师帮我找熊老师要回了那本小说，并再三告诫我注意学习数理化功课。不过，她的批评总是很温和的。

有一次熊老师病了，同学们到她的宿舍去看望她。她是个老处女，南方人，说话声音又尖又高，有些驼背，大约已有30多岁了，住在学校后面一间单身宿舍里。她的房间干净得出奇，雪白的床单平平整整一尘不染。她坐在椅子上笑着让我们坐，我们都不敢坐在那张雪白的床单上，于是从别的屋里搬了几张椅子来。我一直感到对不起熊老师，毕业时靠补考得了4分以后，我想让她知道我的进步。但那时已放暑假，我去她的宿舍时只见一把锁头替她看守那间空寂的宿舍，垫脚朝窗子里望去，雪白的床单仍然平整无瑕，一尘不染。

长大成人以后，我不善理财不识数，还是个电器盲、电子盲，这才"老大徒伤悲"，经常怀念那些教数理化的老师们。熊老师的雪白床单，至今留在我的心室，或许它成了我生活中某种缺憾，某种空白的象征。我也曾做过几次考场梦，梦中终是因为答不出那些深奥的数理化考题，惊醒以后总是追悔莫及，少年时不该过分偏科了。

穆老师在"文革"中被抄了家，受了很多罪，只因为她是一位归国华侨。华侨，同时又是老师者，首当其冲受到红卫兵的迫害。浩劫过后，她仍然热爱教育工作，仍然坚守讲台直到退休。前几年我见到她时，她的头发全白了，老夫妇二人没有孩子，但她的一生教出了无数的孩子。

在我的纪念册里，有一张穆老师中年时的照片，她笑得真挚，笑得灿烂，真挚如赤子，灿烂如朝阳。

中 学 班 主 任

我上初中二至三年级时的班主任，是李娟老师。她长得很漂亮，大眼睛，高鼻梁，笑起来时脸颊一侧有个酒窝，虽然脸上有一些雀斑，但一点也不影响她的端庄美丽。听说她出身资产阶级，我便总觉得和她有着心理距离，觉得她不会喜欢我这个比男孩还淘气的学生。再加上数理化学科的老师总找她告我的状，见了这位班主任我心里总是惴惴不安。

李老师穿衣服很讲究，透着一股高贵的"太太味儿"。当年是大跃进人民公社的时代，我们这些初中生虽然还不谙世事，也受到"反右"的影响，怎么看她怎么像"资产阶级"。

她还有一个生理缺陷，成为我们背后取笑的话柄——她有一条腿微微有些瘸。可能她为了保持走路的姿态优美，跛脚上穿着特制的厚底皮鞋，不是用长腿去迁就短腿，而使用短腿去迁就长腿。这样走路虽然好看一些，身体不至于左右摇摆，但是却一蹦一蹦的，照样暴露出腿有毛病。

我自小眼尖鬼机灵，模仿能力强，爱搞恶作剧。有一次，李老师在前面走，我偷偷跟着后面一蹦一蹦学她走路的样子。同学们的笑声惊动了她。她回过头来我慌忙止步，装作一本正经，若无其事。她那白皙的面庞一下羞红了，转而变得苍白，但她什么话也没说，转身走了，只是尽量保持身体平衡的腿脚显得更加吃力了。

从此，我一直怀疑她会记恨我，和她更加疏远了。

初中毕业时，我决定放弃考高中去做事。那年我才15岁，这个决定完全是我自己作出的。一则艺术院校招考在先，我已经考上了天津人民艺术剧院舞台美术班。这个学员班三年毕业，相当于中专待遇，可以一边上美术课一边在舞台美术队工作。二则父母离婚后，我决心早些独立住到剧院去，不再过伸手向继父要钱的日子。妈妈改嫁后又生了两个孩子，加上卧病的外祖母及我们姐妹俩，家庭经济负担很重，身为长女应早些独立生活，妈妈也就同意了。

李娟老师听说我不想考高中了，非常着急，亲自到我家动员我母亲："航英这孩子非常聪明，这么小就出去做事太可惜了！应该让她继续受教育，只要她稍加用功，就一定会学出好成绩……"

她来了两次，无奈我那颗热爱艺术的心早已飞向艺术剧院，说什么也不肯踏下心来温习功课，应付高考了。李老师很失望，以她的出身和受过的良好教育，很为我的少年失学惋惜。那时是 1959 年，大跃进刚过去，就业谋职和上高中考大学都很容易，学校也没有现在的"升学率"的压力。她来劝我升学，绝对没有她个人荣誉的考虑，只是出于班主任的责任感。

听到老师对我的评价，我心里十分感动。想到自己无端地和她疏远，现在后悔但已面临分别。送她走时，我久久地望着她的背影，她拖着一瘸一瘸的腿来为我的前途操心，以一位教师的仁爱之心对待一个曾经拿她的生理缺陷取笑的坏学生。想到此处，我的眼睛湿润了。

教我走上文学之路的人

1961 年，剧院舞台美术队送我去天津工艺美术学院舞台美术专修班进修。这个班属于大专班，大多数同学是高中毕业生报考的，只有我们几个"调干生"。除了美术专业课程以外，还有文艺理论、文学、政治等文化课，这样我就认识了教文学的王强老师。

王老师是四川人，高高的个子，梳理得很整齐的头发，黄白皮肤，大大的眼睛，高高的鼻子。相比之下，他的下巴显得有些短小，似乎不大肯长胡须，使他失去了男老师的威严。女同学们便常常无缘无故地笑他。但他不计较这些，一双明澈的棕色眼珠对谁都表达着善意和友好。

他讲课时因四川口音很浓重，同学们常喊听不懂，他便拿起粉笔在黑板上写出几个漂亮的大字，同学们看了字联想起他那怪腔走调的发音，往往哄堂大笑。他不但不介意，反而也跟着开心大笑起来。偏偏该讲的古文很多，他讲课时很陶醉很投入，摇头晃脑像个旧时的私塾先生。记得有一次，他讲李白的《梦游天姥吟留别》，用四川话说出这几个字来，"梦"与"姥"（音读"母"），"游"与"吟"，"留"与"别"，都听不出个中区别，叫人丈二和尚摸不着头脑。待他在黑板上写出这几个字来，同学们的笑声如海涛般涌来。他认真的叫起一位同学来，请他用纯正的普通话来念这句诗，他一个字一个字地跟着学，但它的发言总是滑稽地走了调，笑得大家好开心。

欢乐有趣的文学课堂，使我记住了他教的许多古文。我学着他那种川剧对白式的腔调念"海客谈瀛洲，烟涛微茫信难求……"无形中也就背诵了下来。

我们也有作文课，他出的什么题目记不大清楚了。因为这位老师随和，我也就轻松的随意写些什么交卷了事。不料他却很赏识，每次都写一些文绉绉的热情评语。

有一次，我偶然听到了几位老师的谈话，他们在议论王老师在"反右派运动"中受到冲击，才调到这所学校云云。我听了大吃一惊，又感到茫然：这样一个善待所有人的好好先生，怎么会是右派分子呢？一个心中背着这么沉重包袱的人，怎么还能那样爱笑呢？他是真的开朗豁达，还是只有给学生讲课时才找到解脱找到寄托找到欢乐？……

我家和王老师家住得很近，都在离工艺美院很远的小白楼一带。我每天上学放学要做四路汽车，有时在车上遇见他，说说笑笑也就不觉得路远了。有一天，放学回家在汽车上碰见他，他笑道："晚上我请你去起士林吃冰淇凌好吗？"我高兴地答应了。

位于小白楼中心区的起士林西餐店，离我们两家都很近。晚上，我们来到起士林一楼的冷饮厅。落座以后，闲聊了一会儿，他的神色郑重起来，尽力咬着普通话的音调说："我一直想找你谈一件正经事情。看了你的文章，我认为你学舞台美术很可惜，你应该改行学文，立志搞创作。"

我一下子听呆了，只说了一些"我不行啊"之类的孩子话。那年我才 17岁，还不会把握自己设计自己，虽然自幼喜欢看书爱好文学，却还没有认真地想当作家。我只是幼稚地问："您怎么看出来我能搞写作呢？"

"是的，我能看出来，你是搞文学创作的好材料，希望你从现在起就多练笔，多记多写，做好准备。"他说得十分肯定，我那逞强好胜的本性被他煽动起来，不由得跃跃欲试了。

他便滔滔不绝地给我讲起了写作要领立意情节人物语言等等，我钦佩地问："您这么有学问，自己为什么不写作品。"

他的脸色沉了下来，目光也变得忧郁了，轻轻叹息道："我是作过文学梦，后来不成了……我想你能成，老师的希望寄托在你身上，只要你努力用功，一定能成器。"

受到王老师那次谈话的鼓励，不久我就写出了第一篇小说《野鸭的故事》。这篇以我的童年生活为素材的习作虽然没有发表，却是我第一次拿起笔来写的小说。

九年以后，也就是我 26 岁的时候，我的处女作独幕喜剧《计划计划》一炮打响，从此开始了我的文学生涯。

随着年龄的增长，回忆起那天晚上王老师的谈话，我才理解了他当时的心境。在那幽暗的灯光下，他的棕黄色眼珠变得深黑沉郁，蕴藏着难言的隐衷。他于自己的无奈中，却给我指出了最适合的发展道路。他是第一个认定我能当作家的人，我永远感谢他在我还是个 17 岁少女时，帮助我开发自身天性的宝藏。

我感谢指引我走上成功之路的老师们！

城市素描

花木深深五大道

美，在于发现。只要你留意，身边处处皆风景。

天津著名的小洋楼荟萃地"五大道"，如今海内外皆知了。人们望文生义以为它只是指五条道路，其实它是一片近两平方公里的历史街区的统称，泛指旧时英租界的"扩展界"。当年最早修筑的是马场道，往北逐步拓出睦南道、大理道、常德道、重庆道，北至成都道。常德道比较短，自民园体育场向西过三个路口就到西康路顶头了，"老天津卫"们也就简称"五大道"了，说"五条半道"多拗口呀！天津的街名或分经、纬，或分道、路，"五大道"是平行走向的，与它们垂直交叉的称为"路"，自东向西穿过香港路、新华路、河北路、桂林路、云南路、昆明路至西康路止。中间还有和"五大道"中一两条"道"交叉的"路"——澳门路、九龙路、南海路、长沙路、芷江路、贵州路、西康路、广东路北端等；此外还有小成都道、郑州道、岳阳道、浦口道北端等，都应属于"五大道"历史街区范围。

人们纷纷称赞这片街区千姿百态的小洋楼，却很少有人留意这里的花树和绿地。即使是土生土长的天津人，也未必细看这里的花树绿地和别处的有何不同，只有我们这些久居其中的老住户才深知绿色对于五大道的意义。

可以说，天津市所有的街区中当属五大道的绿荫最为浓郁了。这里的道路不宽，街边的房屋也不高，花木挨挨挤挤密密匝匝，竖为"道"横为"路"，织成葱葱绿网。再加上一座座庭院里翳影掩映，有的围墙里郁郁森森深不可测，远非新城区千篇一律的一条大道两行树的布局所能相比的了。

这里的街心公园和绿地的密度堪称天津之最，仅在狭义的"五大道"约

1.72平方公里区域内，冠名的有横跨睦南道、大理道的睦南公园，小巧的桂林路花园；未冠名的绿地星罗棋布，几乎每个路口都有一方绿岛，例如外国语学院对面的绿地、体育馆绿地、马场道与友谊路交口的小广场绿地、大理道与西康路交口三角绿地、常德道与成都道交口白石浮雕绿地、桂林路与大理道交口两组绿地、桂林路与睦南道交口的大片绿地，民园体育场北角、东角、南角三片绿地……不少绿地比街心公园还大，只是没有起名字罢了。此外，还有举目皆见的绿色小景，路边、楼间、胡同口，哪怕有一点点儿空地都见缝插针，精雕细刻布置出别致的小景。

绿地小景中不时冒出一组组栩栩如生的铜塑，愈加让人眼目一亮。雕塑均具异域情调，和五大道的西式建筑浑然一体，例如颇似英国王室气派的骏马拉车；名为《神气》《伙伴》《手拉手》《球趣》《打扑克》《吹笛》《拔萝卜》的几组儿童群像，活泼可爱，动感十足，为绿地平添浓厚的生活气息。民园小广场矗立着三人踢足球的金色雕像，在阳光下闪耀夺目，如今成为民园体育场的历史纪念碑了。

我在维也纳曾拜访旅居奥地利的台湾作家杨玲大姐，她家里里外外的植物十分茂盛。我问她怎么这么会种花，她回答说："在台湾时人家就说我有一双绿手。"

绿手？我一时不解。

她笑道："就是手上有绿色的仙气，经我抚摸过的花花草草，种什么活什么！"

一双抚摸花草的绿手，手上有绿色的仙气，妙极了！以"绿手"来形容管理城市的市容、市政、园林、环卫部门的人是很合适的。随着国人环保意识的提高，那些以美化市容扮靓城市为己任的人士受到公众的注目与尊重，"绿手"已经成为一种朝阳职业。

你若在五大道徜徉，只消对街心公园、绿地和行道树略作端详，就会发现这里的一草一木都不是随意乱种的，都经过了能工巧匠"绿手"们的精心设计，力求每一片绿地各具特色，造型美观，层次分明，错落有致。所谓"层次分明"不仅指空间而言，也考虑到时间、季节的变化，追求花期的

"接力赛"效果，尽力做到春、夏、秋三季色彩绚丽。即使到了冬季，也不再只有往昔长青植物沉郁的墨绿，也要达到由墨绿托举着嫩绿、金黄的多彩效果，何况还有紫叶植物、金枝植物的伴舞呢！

　　一座城市的市容、绿化、市政管理、环境卫生面貌，代表了城市文明的程度。五大道作为天津中心城区规模最大的一方绿岛，它的声名远扬不只因为那些姿态各异的小洋楼，也在于它能够给人浏览不尽的身边的风景。

"绿 手 部 队"

本文在上一节讲述了台湾人谓之"绿手"的典故，以"绿手"来形容管理城市的市容、市政、园林、环卫方面的人士是很合适的。城市人身边的风景不是大自然的恩赐，而是"绿手部队"的奉献。在拥挤的闹市里，他们见缝插针像绣花一样绣出了绿意，移来了江南，留住了春天。

天津冬季严寒，落叶树抖下衣裙，城市变得光秃秃的。天津建筑物涂料的颜色也不像北京那样亮丽多样，大多刷成灰色，再加上汽车尾气造成的空气污染，漫长的冬季成了灰秃秃的世界。如何在冬季增添绿色，成了大多数北方城市都感到头疼的事情。随着植物培育科学技术的发展，"绿手部队"经过多年的试种筛选，用嫁接、移栽、转基因再生等各种法子找到能够在北方越冬并适应碱性土壤的新品种，尤其是叶色多样的"彩树"，天津冬天的色彩比从前丰富多了。

我喜欢种植花草，和一位"绿手"成了朋友，他率领园林工人常在附近作业，在大街上遇见他我总要请教一番，几乎每年都请他来给我们胡同大院里的植物看病。他是地道的城市人，听说还是"官二代"，却脸色黝黑晒得跟个农民工似的。我们认识多年了，但至今我只知道人们对他的官称"林工"——姓林的园艺工程师。这些年我们总给他添麻烦，他来了就是看花儿看树，说花说树，连杯茶都不肯喝。

出于对种花的爱好，我对他们的工作颇为好奇。他告诉我市容、市政、园林、环卫系统拥有共享的数字信息化平台，哪儿出现问题，各区相关部门都会收到市里发来的信息，分区分片负责解决。市园林研究所还有研究全市植物生态的专家，帮助各区园林部门提高植物培育水平。

除了栽种技术，植物的日常养护似乎更为重要。昔日的街头也有绿地，但种了一茬花木之后好景不长，枯木、死枝、空白缺口接踵而至；成活的植物也自由生长，凌乱不齐，缺乏修剪。看来，对绿色生命的呵护也需"绿手"们时时"抚摸"。如今，市政园林界填补了"重栽种，轻养护"的缺失，从街头树木和绿地的生长状况良好，修剪精致，造型讲究，就可以知道"绿手部队"朝朝暮暮下的辛苦了。

前些日子街边出现了有趣的现象——有的树上吊起了药瓶，下端用细管连接的针头扎进树皮。我问林工这是怎么回事，他说是给衰弱树或病虫害树输液。我问吊瓶里是什么液体，他说针对不同的树有不同的配方，氨基酸、基因激活剂等等。看来，他们真把那些树当成生病的孩子了。

有一次，林工来我家大院"出诊"，谈话间他忽然一指大杨树干："看！"

我左看右看也没发现什么，说时迟那时快他已经抄起一根木棍跳起来"啪"的一声打中树干上一个小白点，拿下来给我看："这就是美国白蛾！这种害虫很难治，这是只雌蛾，如果不消灭，它一次产卵多得数不清，那就更难治了。告辞！我得回去报告，这一片儿发现了美国白蛾。"

我追着问："它落得那么高，你怎么能看出来它是美国白蛾呢？"

他笑道："我们是干嘛吃的？您以为我们见天儿在街上闲逛呢？"

是啊，美化市容扮靓城市，得有这么一支勤恳敬业默默奉献的"绿手部队"呀！

我还认识几位市容、市政、园林部门的官员，和他们的交情也只是看花看树，他们也是连杯茶都不肯喝。有的只是在电话里说花说树，至今未曾谋面。他们似乎也没有坐办公室喝茶看报纸的福气，个个晒得脸色黝黑，我笑称他们是"都市里的村庄"，他们的"办公室"设在大街小巷。或许常年和"绿色朋友"打交道的缘故，他们身上比一般城里人多了一种大自然的气息，少了一股铜臭味儿。在大街上种花种树只是一种职责，很难成为赚钱盈利的手段，似乎也不大容易中饱私囊搞腐败，和他们打交道让你觉得简单而纯净。

我们创办的小博物馆地处河北路民园北侧，白手起家，连美化环境的钱都没有。和平园林的朋友们不仅无偿来馆里种花种树，每年还送来肥料，帮助施肥剪枝一干事宜。更让我感动的是，他们听说我喜欢五彩缤纷多次开花的高架月季，特意从北京郊县买来种上。每年由春到秋，我们的小院子开满了紫红、大红、茜红、粉红、雪白、明黄、橘黄、肉色各色月季花，其中还有复色月季优良品种。小院铁艺墙里的"月季花展"曾是河北路街边一景儿，吸引过往行人驻足观赏。院角墙上开满红丝绒般的大花儿，常有青年男女要求在此处拍婚纱照。

今年博物馆旧楼落地重建，院内外有三棵树得移走，需申报批准还要交费。和平园林局与我们同是"非盈利公益事业"，惺惺相惜，他们动用人工和工程车辆移走院里的树分文未取，还帮忙找市政部门协调移走了路边的树。这年头儿不遭人坑钱骗钱狮子大张口漫天要价的事太少啦，我甚至疑惑地慨叹：莫非老八路又回来啦？

绿色，狭义地指自然生态，作广义延伸，是否也该追求一种绿色的社会生态呢……

一条条街来一道道景儿

昔日五大道路旁树木多为国槐，开浅绿色花儿的，枝叶向马路中间伸展，搭成斑驳荫棚。我家住小白楼，在靠近水上公园的天津人民艺术剧院工作，从 15 岁至 37 岁那 20 多个年头，五大道是上下班必经之路。剧院晚上有演出，下午休息，夏天我时常顶着正午烈日回家。马场道较宽，林荫小，骑车挨晒，选走睦南道。这条道槐荫重重，一路上都晒不着。可惜树上垂下许多细丝儿系着的"吊死鬼儿"——一种绿色小虫，骑车时需分外小心闪转腾挪，煞是吓人。幸亏那年头儿汽车不多，寂静的睦南道上车辆更少，偶尔过来一辆小汽车，打老远的就听见声音了。

如今五大道的树木大多换了一茬儿，每条路的行道树各有特色，形成了一道道亮丽的风景。

马场道名气大，树也金贵，种了珍稀的银杏树，又称白果树，雌雄异株，生长极慢，寿命极长，可达千年。这种树号称植物古化石，人工种植很难成活。不知市政园林专家们用了什么高科技法子，马场道的银杏树成活了，犹如两排帅哥靓女跳着群舞。

银杏树叶子的形状十分奇特，活像一柄柄小扇子。熏风吹拂，无数面嫩绿的小扇子摇摇曳曳，清凉之极。这种树身材修长，枝干收拢，不愿伸展张扬，其实没有多大林荫。然而，有那么多层层叠叠的"绿扇"为行人把凉，倒也有一种"望扇止暑"的奇妙感觉。

睦南道的树没有"换届"，仍然是那些开浅绿色小花儿的国槐。只是缺少了一路上有惊无险的"吊死鬼儿"，不由得又令人忧心忡忡：如今让农药毒杀的什么肉虫儿飞虫儿蠓虫儿都没有了,人类消灭了无数动物、昆虫朋友,在地球上终将只剩下孤零零的自己,到那时离自己的毁灭也不远了,想想更是吓人。

说到国槐我有个误解,一直把国槐与洋槐弄颠倒了,望文生义错把常见的"老槐树"当成国槐了。北方农村哪个村口没有几棵老槐树呢?给七仙女董永充当媒人的想必也是那种开白花香气四溢的老槐树,如此蕴含中国文化元素的树当然应该称作国槐了。岂料,它的植物学正式名称叫刺槐,因为原产自北美洲,故俗称洋槐。它可高达20米,小枝上有托叶刺,初夏开白花,又为蜜源植物,五大道有许多这种高大的洋槐。

睦南道、成都道、桂林路等好几条道路上保留的绿化树,才是真正的国槐。国槐花呈浅黄色,无香气,但能入药。许多老树的枝叶枯萎了,园林工人锯掉了树冠只留几棵新枝,如今新枝嫩叶生长在纹理皱鳞的老干上,别有一番枯木逢春的生机。目前"发型"虽然不太整齐,却给未来的葱茏让出了空间。不出几年树冠重新茂盛起来,又是一路槐荫洒洒。

这片街区到了夜晚很幽静,路灯的光圈里勾勒出一棵棵粗矮的国槐树干。树,是路的年龄,沉寂的老树默默诉说着往昔的故事,尽显五大道的历史风韵。

成都道向西过了体育馆的延伸部分俗称"小成都道",那里有着高大的小叶梣织成的浓荫。小叶梣又叫白蜡树,耐碱性土壤,很适合在天津生长。小成都道的白蜡树十分高大,两侧枝叶搭向马路中间,搭成了长长的绿篷。上世纪90年代谢晋导演在天津拍摄鄙作《启明星》,曾拍摄了那条美丽的林荫道。

大理道与睦南道相隔仅百余米,乃五大道中最为精致的一条街。这里曾经住着市领导人,属于"婆婆眼皮子底下"的地界儿,街心绿地错落有致,两三组顽皮孩子的塑像生动有趣,别有一番气象。路旁栽满了西府海棠,如今已蹿到三层楼高了。人间四月天,春花烂漫,馨香馥郁,徜徉街边那真是沉浸于花的川流花的海洋。暮春时节,你若在路边漫步,迎着漫天飞舞的海棠雪,踏着落地仍旧香浓的海棠花瓣儿,还真有点"踏花归来马蹄香"的意境呢!

由大理道往北走即是常德道，常德道虽说又短又小，这里的树木却令人眼前一亮别有洞天。不知何时枝枯色褪的老树光荣下岗了，换上了一班时髦少年。这种树名叫金叶槐，过去在天津很少见，是嫁接技术新品种。金叶槐枝干灵秀细皮儿嫩肉儿的，宛如一个个乖巧清俊的豆蔻少女，尤其是她们的头发——叶子的颜色竟不是绿色的，而是黄灿灿的金子般闪亮！不仅春天如此夺目，即使入夏也仍然保持这等少有的叶簇亮色。试想盛夏烈日炙烤，树叶都是墨绿墨绿的，只有她们还保持早春稚嫩少女的水灵，那该有多么美妙啊！

如今新修的马路宽得叫行人过不去，人行横道线或过街天桥都相隔很远。汽车泛滥到行人无法过街的地步，也是人类作茧自缚的一种窘境。相比之下，五大道的街不宽，多亏了当初极富人性化的设计。不知为何俗称"五大道"，若称"五小道"更名副其实一些。

彩树变奏曲

昔日的五大道是富人区，但如今留守在五大道的"达官贵人"多为"昨夜星辰"了，如今有辄的"非富即贵"们都搬到高档小区商品房去了，留下的大多是老弱病残守着中看不中用的老楼，楼内设施早已破旧不堪了。一些商家不明就里，误以为"五大道"是富人区，相继租赁沿街房屋投资装修开饭馆、茶馆，能够长期保持红火的却没有几家。

旧时代重庆道名叫伦敦路。这里有胡佛总统故居、张作相故居、庆王府、龚心湛故居……还有许多在当时很时髦的公寓式建筑，剑桥大楼、津南里、民园大楼，精英阶层云集。

五大道更像一片历史建筑风景区，并非商业区。若论人文景观，重庆道在五大道中并不逊色。它在靠近桂林路地段朝阳的一侧有一道颇有特色的景观——一字排开十四个院落，一式的连排公寓楼，透过铁艺镂空花墙可以望见院子栽种的月季花丛，半圆形阳光厅顶上有露台，每座院落都有通向二层楼的外楼梯。这种建筑布局与美、英电影里常见的那种式样毫无二致，曾有英国朋友来这里看了说他们真的误以为在自己国内呢！

我曾经很羡慕大理道的花团锦簇，后来才领略了重庆道的树的好处。几年前这条街也换了树种，唉，那也叫树吗？害得我过了大半个春天盼星星盼月亮的日子，就差拿着放大镜去看那树干上长没长绿芽儿啦！那些新栽的树与其说是树不如说是一截截木桩，锯得光秃秃的只剩下手腕儿粗的主干，能成活么？真叫人揪心呀！

终于，那些木桩子顶端冒出一绺绺儿的红芽尖儿，活啦！我忙向和平园林局的林工程师请教，问这是什么树，他告诉我叫栾树。我又忙着查《辞海》，先从文字上认识认识我们的绿色新街坊。栾树，又名栾华，灯笼树。无患子科，落叶乔木，高达十米。奇数羽状复叶，互生。夏季开花，黄色，杂性，圆锥花序顶生。秋季果熟，蒴果囊状中空，三角状卵形。花可提黄色染料，又供药用。叶可为青色染料。木材可制小器具。种子可榨油。又为观赏树。

大理道的海棠花海固然绚丽，但那春意只是闹过一阵儿，枝头从花蕾胭脂红点点到无可奈何花落去，也不过个把月时光，花期过去就只剩下绿叶了，到了秋天结出稀疏的海棠果儿，也是半隐半现似有似无的。栾树就不一样了，自早春至初冬，它没完没了地变换花样儿，演奏着悠长的色彩缤纷变奏曲，给你一个又一个惊喜。

在绿色家族中的"一叶知春"都是鹅黄嫩青，它却是乳芽初露时即红亮红亮的，艳如玫瑰。伴随着春天乐章，树叶由红而绿，由嫩绿而翠绿，未及等到油绿一簇簇明晃晃的黄花儿就迫不及待地"冒场"了！豆粒般的小小黄花颇似枣花，可惜没有枣花的香气。灿灿黄花开得正欢，毫无谢幕之意，叫你目不暇接，另一组演员又迫不及待地"冒场"了——枝头打出一串串苹果绿色的小灯笼，皮儿半透明，在风中轻轻盈盈摇头晃脑儿，好漂亮的绿色明灯啊，照亮了人的心室！伴随着夏天乐章，小灯笼由浅绿变成淡红。秋天的乐章响起时，小灯笼又由淡红变成赭石色，且色彩日益变深。直到冬天的乐章伴着初雪降临，小灯笼变成深褐色，令人联想到甜香的巧克力糖果。

如此猴儿急抢着登场演出了三个季节还不算热闹，更有意思的是哪一位"演员"都不肯退场，大家各染各的色儿，各唱各的调儿，就没见如此多姿多彩的树！尤为逗人喜爱的是这树不懂得守规矩，活得很粗放，很随意，全然一副自由自在的性情。秋意深深，朔风阵阵，树上依然向行人呈献着嫩嫩红芽儿，簇簇黄花儿，苹果绿色的小灯笼儿，淡红色的小灯笼儿，赭石色的小灯笼儿，巧克力色的小灯笼……别说那花儿果儿了，连叶子也不消停，并不像别的树木那样随着季节唱出不同色调的单曲。瞧，这都初雪叩门了，栾树的一些叶子已经变得金黄耀目了，可是另一些叶子却还浓绿浓绿的，树冠顶端甚至仍然冒出嫩红嫩红的叶芽儿，让你真想嗔怪一句：这孩子，怎么不知道冷呀！

去年深秋，我从蓟县回来，一路上望不尽山区层林尽染秋色辉煌。待到进了市区，又陷入"灰色森林"污浊尘嚣，意趣全无，不免困倦。汽车拐到了重庆道，我向车窗外面一望，精神为之一振，竟疑惑自己仍置身于蓟县山上。那金黄，火红，墨绿，浅棕，两排阵容强大的树木乐队一般走向弯路深处，演奏着秋之魂协奏曲。

美哉，五颜六色的栾华！

妙哉，七彩缤纷的灯笼树！

老屋与老树

　　行道树，又称绿化树，仅为五大道绿色王国的"卫戍部队"，一座座老洋楼之间的庭院和胡同里，还有层层高大的"御林军"呢！别墅庭院有大有小，大者占地几亩称得上一片树林，小者也是花推窗枝跳墙绿意盎然。人们对这种欧式庭院建筑统称花园别墅，其实个中大型院落不该叫花园而应称为林园，园子里耸立着老树。老树和老楼年纪相当，都是百八十岁的老人了，相依相扶堪称老伴了。老楼陈旧斑驳，老树郁郁沉沉，道不尽的一种骨子里的沧桑遗韵。

　　历经半个多世纪的变迁，城市容貌变化很大，似乎只有五大道依然故我。风景这边独好，除了小洋楼，更加让五大道老住户骄傲的是那些高耸入云的大树。甭管新区新街种多少树，营造多么精致的绿地，与那些钢筋水泥高层建筑相比，它们也像可怜的矮草儿；与那些宽得行人难以穿过的快速路相比，它们也像单薄的花边儿。只有五大道的大树高高地护卫着楼顶，散落于楼间、庭院、胡同、路旁，有许多七八层高的杨树、槐树、小叶椿、榆树、椿树、泡桐、塔松……连成一柄柄遮天蔽日的伞荫，不论外面多么燥热，一到这里就会觉出丝丝清凉。

　　大杨树叶子油亮油亮的，吹点儿风儿就哗哗大笑，遇上大雨那就更了不得了，雨打杨林惊天动地犹如掠过了千军万马，那阵势！那气魄！这里的杨树分为大叶杨、小叶杨，都是一副不服输的性格，见高儿就要蹿过人家，一股劲儿地向着太阳伸展手臂。大叶杨中有一种"大眼睛杨"，光滑的浅绿色树干上长着一只只"大眼睛"，居高临下守望着五大道。即使是对五大道周围包抄过来的高层建筑，他也是一派傲然的眼神儿，这才叫大树哇！

还有那苍苍老槐，高达二十多米，树皮嶙峋枯黑，枝条屈曲，状如虬龙。冬天屹立在朔风中看上去毫无生气，像一幅铁线勾勒的木刻画。殊不知，到了五月如此铮骨硬汉却绽开雪白雪白的满树槐花。睦南道一座大院子一溜七八棵大槐树，素雅的槐花连成一片，简直是平地生出个大雪山呀！尤其到了夜晚，整条街整片城区都弥漫着沁人心脾的花香，在路灯的光圈里聚首仰望，你能看见"香雪山"的"山坡"，却望不见耸入夜空的"山顶"，那是叫人摸不着边际的自天而降的花香呀！这才叫大树哇！

五大道的大树还有很多品种，高过四五层楼顶的榆树，到了春天枝叶中会悬下来一串串淡绿色的榆钱，那可是没有铜臭的钱呀！昔日人们有蒸玉米面榆钱馅团子的习俗，青黄不接之季或荒年歉收，人们以榆钱充饥。如今连农民孩子也不再上树摘榆钱贴补家用，甚至未尝过榆钱的滋味了。

"纳森故居"里有一排站成 L 形的高大的老海棠，高出屋顶许多，犹如一排护兵，守护着历尽沧桑的老屋。还有的院墙里会冒出一棵硕果火红的老石榴树，也是数得着的高大果树了。大理道一座庭院里有一棵大核桃树，枝叶伸展几乎覆盖了整个院落，满树的核桃自小而大，自青而黄，自生自落，主人也不去打理。不知市区其他地方还有没有这样的老树，或许它就是唯一的了。

无花果树属亚热带植物，都说在北方很难露天越冬的，重庆道有一处朝阳的院落却有一棵高大的无花果，树荫大到遮住了门窗。不知它是如何耐过严寒的。到了无花果成熟季节也无人采摘。可惜在修房子时嫌它碍事，锯掉了树冠，不知何时才能重新茂盛。至于那些私密性很强永远大门紧闭的深宅大院里还有些什么稀罕树种，隔着高墙不得而知了。

若比高大，五大道还有一些胡同、院落里笔直的大泡桐，开花时节犹如举着一盏盏紫色的串形吊灯，煞是壮观。老屋，老树，容易引人回想起老事儿。"40 后""50 后"们看到泡桐树，总会忆起焦裕禄。他曾是全国闻名的勤政廉政典范，其中一项为民造福的壮举即是在河南兰考县盐碱地上广种泡桐树。仰望盛开的泡桐花，我每每忧思浮生：焦裕禄书记若是在天有灵，看到如今种种腐败案例，那一盏盏紫色花盅里是否盛满了他的辛酸泪水呢……

有两种并无血缘关系的大树，被人们生拉硬扯当作两姐妹了——随处可见的"臭椿"与"香椿"。

其实，"臭椿"并不叫"椿树"，应叫樗树，苦木科。因"樗"与"椿"音近，形似，故以讹传讹，使其混淆。民园大楼旁的老"臭椿"以其高大茂盛也是小广场的一景儿呢！樗树虽然普通，却萌芽性强生命力强生长极快，高可达20米，抗旱，耐烟尘，适于工矿区栽种。五大道的樗树是自然繁衍的，"臭椿"母亲撒下的种子随风飞舞，落到哪里就在哪里生根发芽，石阶缝隙、墙根路边，甚至老屋墙头，用不了几年就长成一棵大树，实在挡道或危及房屋安全，居民们还得设法除掉。

它"耐烟尘"的本领让它在日益严重的汽车尾气里立于不败之地。试想，空气污染照这样恶劣下去，将来别的植物都消失了，只剩下"臭树"陪伴着地球，那该是一种多么悲惨的情景啊！

"香椿"的植物学名称才叫椿树，楝科。"香椿"与"臭椿"虽属不同姓氏，在生命力顽强方面却很相似。我家厨房窗外有个铺着方砖的小天井，我和老伴挖出一米见方的土畦，种了一棵花椒树。花椒树香气宜人，还可防蚊。不料从邻家隔墙蹿过来好几棵香椿，迅速疯长，鸠占鹊巢，欺负得花椒树病快快的。但是，春天的香椿芽很好吃，就不用上街买去了。

"椿萱"为父母的代称，父为"椿庭"，母为"萱堂"。唐朝诗人牟融《送徐浩》名句："知君此去情偏切，堂上椿萱雪满头"，说明从我国古代农耕社会人们就很喜欢椿树了。可能古人不大会把植物细分为"楝科"还是"苦木科"，"椿庭"指的是"香椿"还是"臭椿"？抑或两者皆宜？

若比稀罕，金贵，恐怕当属庆王府大院里的黄金树了。当初太监小德张盖这所豪华府邸时为了讨"黄金万两"之彩头，特意花重金从北美购进七棵黄金树。据说这种树在北方碱性土壤很难成活，不知小德张的花匠用了什么法子居然种活了，如今已长成大树了，每年春天绽开紫色的花，雍容华贵，非同凡响。七棵开紫色花的黄金树以月牙形排列围着主楼，象征紫气东来、黄金万两，七星伴月，吉祥寓意发挥到极致。

法国梧桐，优雅的街区不可或缺。天津的大梧桐都在承德道老图书馆门前，那里有一座鲁迅坐像。再有就是泰安道的梧桐林荫，也是成了气候的大树了。因梧桐树的果实像一个个圆铃铛，在植物学上叫悬铃木，分为双悬铃木和单悬铃木。我特别注意过，承德道、泰安道的梧桐枝头悬挂的是双铃。梧桐树还有一个美丽的昵称——美人儿脱衣，树干浅绿淡褐的"花衣"一点点儿朝上长，长到生出枝桠处就一点点儿"脱衣"，一直脱到地面，新一轮的"穿衣""脱衣"又开始了。多么神奇的大树呀！五大道似乎梧桐不多，桂林路上有道院墙冒出新栽的一排梧桐和银杏树比肩而立，这家主人心气儿够高的，梧桐树引来金凤凰，银杏树古老而长寿，亦富亦贵加俊杰加美人儿，可谓人生好运占全了。

不知为何，民园体育场朝河北路大理道一角的绿地，却有一棵其树干双人合围也抱不过来的大梧桐，树枝曾经高过民园看台外墙，你若上了树可以看到体育场里的球赛。"曾经"二字令人伤心，前几年整修民园，不知大树碍了什么事，也给来了个"斩首行动"。如今粗壮的树状生出一侧嫩枝，偏顶着不成荫的树帽儿，小脑袋大胖身子，倒也显得憨态可掬。

我曾经站在马场道临近南京路的平安大厦18层楼上拍摄照片，俯瞰五大道，几乎看不到多少路面，只见一座座小楼红色坡顶"织"在巨幅茸茸绿毯上。居高临下一眼望去，周围全都是高层建筑挤成的"灰色森林"，只幸存了五大道这块绿色"盆地"。"盆地"里的老楼只有四五层高，而簇拥的大树比房顶还要高出许多，偌大的一片自成气候的绿地呀！

天津市规划局20多年来恪守一条雷打不动的"防线"——在五大道盖房一律不许超过12米高度，这才为城市保留了这方少得可怜的透气窗通风口。五大道之美不只在于它的小洋楼，更在于它是城市之肺，是城市之窗口，是大自然派驻城市的使馆。

可惜，大自然派驻使馆时忘了派来一泓水了。我不懂得风水，但五大道作为天津中心城区最大的一块绿地，如果能有一瀑喷泉那就更好了。

家 园

很多朋友看到我住的老楼太破旧了，都问我为何不搬到新开发的小区去。我的回答让他们觉得好笑，我说破楼没什么可留恋的，但我舍不了这院子。他们不以为然：又不是独门独院，是个大杂院呀！我仍然打肿脸充胖子：大杂院也是个院儿呀，也接地气呀，你们那高楼再好它也像鸽子笼。家园家园，没有园子的家多么豪华那也不是完整意义上的家园。

整个儿一个阿Q。

我们的大杂院确实很破，居民在楼顶和院子里搭了各式各样的违章小屋，杂乱无章。可我们这儿的违章小屋也都快成了历史建筑了，其中年轻些的是搭于1976年大地震时的"临建"，再过几年大院居民就可以庆祝"临建"40周年诞辰了。

本文在前面介绍过了，人们沿袭早年印象误以为"五大道"的居民"非富即贵"，有的商家没打听清楚就租赁沿街房屋投资装修开饭馆或茶馆，能够保持长期红火的却没有几家。究其原因，窃思有四：其一，新的"非富即贵"们都买房去高档小区了，有些老楼里剩下了他们的父母辈乃至祖父母辈在此留守。周围的重点学校多，于是老人带着孩子成为这里一大街景。老人们生活俭朴，属于低消费人群。其二，如今经常泡饭馆应酬的人群大都是"汽车族"，五大道街窄故单行路多，外边的汽车进来容易迷路，又没有停车场，食客茶客们若不是出于某种必要何必非来此用餐饮茶呢？其三，这里的餐馆茶馆档次较高，来此落座的客人需玩得起情调，非普通百姓的经济实力够得上的，何况本街居民大多是毛泽东教育出来的"50后""40后"乃至

"30后"，他们固守革命浪漫主义，不玩小资情调。其四，老洋楼里"平窅子"（半地下室）多，房租便宜，适合租给来津打工的外地人，昔日的"贵族区"如今早已成了打工仔们的乐园。

若说五大道其实不过是一片徒有其表的贫民区，未免有夸张之嫌；但说它只适合供外地游客坐着马车游览的人文景观区，却是符合实际的。

总而言之，我们的大院家园仍旧保留了邻里守望，争相扫雪的传统氛围。

大院是一条T形胡同，走进入口甬道，横向胡同宽约十米，长约八九十米，就在这条狭长地带挤着两列二十座联排老楼。如果是在冬季，院子里一片破败，残缺的石阶，碱蚀的断墙，早已看不出什么颜色的建筑。然而，春夏秋三季却像中了绿色女神的魔法，碧绿葱茏掩盖了陈旧破败。不用提别的植物，单说四棵七八层楼高的大杨树，笔直的树干得由双人合抱，树冠遮蔽了半个院子。院子东边有一棵高大的枣树，黄黄的枣花虽小却散发浓香，待地上落满一层金黄的小星星时，青青的枣儿就在枝头跟绿叶捉迷藏了。

枣树的"同桌"是桃树，桃树的邻居是苹果树，皆因疏于修剪也不施肥，全都自由疯长，春天只能看花，从未见到秋果的。

我家位于大院西边，早年园林部门在绿化带种上了丁香、珍珠梅等花木，不出几年就枯死了。我又种了好几种植物，不知为何也未成活。我这人爱刨根问底，挖开土畦一看，发现半米以下竟是白灰疙瘩。估计当初给院子轧三合土铺地砖的工人犯懒，把筛出的白灰倒在花池子里了。要想改良土壤是个不小的工程，我向驻津部队求援，解放军小战士们运来一卡车"客土"，三下五除二挖走了白灰层填上了黄土。

从那时到现在，我已经当了十几年秋翁了，（神话中遇仙的好像没有"秋妪"吧?）左邻右舍还有三位真正的秋翁，我们几家人便自耕自种自娱自乐，在阳光并不充足的条件下百折不挠地营造绿园。

如今，我们这半壁江山拥有葡萄、蔷薇、石榴、西府海棠、紫薇、金银花、牡丹、芍药、凌霄、迎春花……我还种了开各色花朵的高架月季，月季属于阳性植物，恨不能终日晒太阳才舒服，因日照不足死了一棵又一棵，我锲而不舍地补种一年又一年。邻居们还种了许多一年生植物：黄瓜、西红柿、猫耳朵豆角、彩椒、葫芦、吊瓜……

除了地栽植物以外，我们几家还有不少盆栽植物，君子兰、昙花、红掌、彩叶兰、吊兰、绿萝、杜鹃花，还有自制的各种盆景……

我们这些秋翁秋妪们种树种花全无章法，不讲究层次，只要是绿色就好。有花儿看花儿，没花儿看青儿；结了果儿也不吃，把果儿也当花儿看。长此以往，倒也陶冶出一种随遇而安，只管耕耘不问收获，大隐隐于市的超然心态。

还是那句话，家园，家园，没有园子的家是现代人的缺憾。居住在城市而有幸拥有方寸绿园是一种奢侈，哪怕是一条儿日照不足的破园子。人类的家园情结，乃是一种挥之不去的远古的呼唤。

有时面临工作压力夜不成眠，我便一一默念大院几十种植物的芳名。默念一遍发现漏掉了哪位花仙子，再从头细数一遍，顺着长条儿大院儿从东到西，从西到东，循环往复，胸有余香，心境清和，坠入绿意朦胧的梦乡……

忘不了海河上的小摆渡

    天津人是喝海河水长大的，而我是贴近母亲河的人，青少年时代的生活轨迹几乎总是不离海河西岸几百米的半径盘桓。

    我的母校女一中，后来更名海河中学，顾名思义就知道她所处的地理位置了。墙子河沿南京路横穿市区，最终流经解放南路到了台儿庄路汇入海河，女一中就在墙子河拥抱海河的丁字路口南侧金角。那时候解放南路上的车辆并不很多，跨过墙子河只用一弯小桥就足以维持交通了。每天清晨我和同学们走过小桥，便能听见女孩子们银铃般的笑声、喊声、歌声，那些娇嫩的嗓音被两河相挽的臂弯拢住而显得无比清纯脆亮。站在小桥上向东望去，顺着清粼粼的墙子河就能望见金光闪闪的海河了。因为那正是旭日东升的时刻，照射得海河水浮金泛银，华丽炫目。母校临两河而建，是一座灰色欧洲古堡式建筑，旧时是德国兵营，朝阳从建筑物背面照射过来，在楼顶散发出一束束金红色霞光，衬托出校舍的剪影，真如童话中的古堡了。每到中午休息时间，我们一些在学校食堂用餐的同学便会去海河边玩耍，观看往来的船只。那时候河面上有小火轮儿，机动轮船，也有挂成长列的运输木船。每当有帆船驶来，我们便在岸上跟着跑。自古以来人类可能遗传下来一种帆船情愫，直至半个世纪以后的今日，每当我想起旧日海河风光自己赶上了帆船时代的尾声，心里仍然涌动着诗意与激情。

    少年时代我家住在小白楼大沽南路，离海河边只隔一条解放南路。那时候每家都有很多孩子，忙于上班的家长们并不清楚孩子们每天都到哪里去玩，我们也就理所当然地成了海河边长大的野孩子。尤其到了寒暑假，家长们喊孩子回家吃饭只要到河边一找就能找到。我的第一次"探险"是到了"彼岸"，只要兜里有两个一分钱硬币，你就可以去河东"闯荡"一番"未知世界"了。到了大光明摆渡口，你把一枚硬币扔在入口检票处的铁筒里，听着"咣当""哗啦"的脆响你就可以上了渡船。最早的"摆渡"是人工摇橹，那是最有味道的回忆。后来改成机动小火轮儿，上了船我就抢着站在船尾，望着船儿开动时在河上泛着雪浪花儿的长尾巴，心里也跟着乐开了花儿。踏着颤悠悠的翘板上了东岸，不多远儿拐到六纬路上，你会看到一片充满异国风情的街区。旧时那边是俄租界，一座一座原汁原味的俄罗斯式小楼一直伸延到自行车厂那边。1959 年我考入天津人艺舞台美术班，饱读十八九世纪俄罗斯文学。闲暇时仍然喜欢听把硬币投入摆渡口检票铁筒的清脆声响，仍然喜欢看渡船尾巴拖出的雪浪儿，仍然常去东岸去看那些俄罗斯式的小洋楼，望着它们令人想到普希金、契诃夫、屠格涅夫，想到《春潮》《阿细亚》《带阁楼的房子》《白夜》……

1989 年，我担任编剧兼制片人拍摄的电视连续剧《乔迁》，我特意写了怀念儿时记忆的主题歌《忘不了海河上的小摆渡》，歌词是这样的："忘不了海河上的小摆渡，／小小的桨儿稳稳的舵。／摆出了太阳摆走了月亮，／童年的梦儿啊渡向银河。／生活不能总是一个模样，／月亮才有圆有缺。／心灵需要幻想的翅膀，／太阳每天才都是新鲜的。／命运叫我不能在岸上久留，／却不知到对岸上去寻找什么。／摆来摆去永不息歇。／朦胧的对岸总是朝我召唤。／忘不了海河上的小摆渡，／小小的桨儿稳稳的舵。／摆出了太阳摆走了月亮，／童年的梦啊渡向银河……"

光阴荏苒，日月如梭，电视剧《乔迁》曾在中央电视台播映了六次，荣获"飞天奖"也已二十年了。如今应老友董鹏之邀给《渤海早报》写这篇稿子，特意找出当年的录像带和多年不用的老放录机重映了《乔迁》，一句一句地记下了主题歌词。听着昔日的歌曲我感到熟悉又陌生，海河波光粼粼的水，在朝霞中浮金泛银华丽炫目……

大地震后的天津城

日月如梭，唐山大地震已经过去30年了，关于地震细节的记忆至今刻骨铭心。不仅因为我们生活在大地震重灾区的天津，更是由于在我的人生里程中有一个最不希望出现的巧合——7月28日是我们夫妇的结婚纪念日。

在那之前不知道地震的可怕

邢台地震，海城地震，天津都有震感。人们虽也大喊大叫，但惊奇多于惊慌，因为没有造成太大的损失。

1976年7月27日夜里出奇的闷热。我们一家四口住在位于重庆道一座新楼底层一间小房子里，那年头人们都很穷，没有电扇，更谈不上冷气机，我们在大汗淋漓中给孩子摇着蒲扇，直到深夜2点才入睡。

凌晨3点40许，只觉得一阵猛烈的摇晃，伴随着一阵低沉的轰鸣声（后来才知道那叫地声），窗子里闪现了一阵白昼般的强光照得屋里通明，瞬间强光消失，摸黑去开灯发现已经断电。轰鸣声逐渐退去，楼房剧烈地摇动着，竟然发出了令人毛骨悚然的吱嘎声。仿佛有一把大锯从天而降，要把这座四层水泥砖混结构的房子锯断。楼上传来了东西落地的叮咣声，大人孩子惊恐的尖叫声。

慌乱中我们抱着孩子摸出屋门，却被过厅里倒下的自行车挡住了去路。那套有四间住室的大单元住着三户人家，每天晚上过厅里都摆放着许多自行车，这会儿自行车全都朝着我家门口倒下了。我们只好放下孩子，把一辆一辆车扶起来，然后跑出单元门。

事后想起来一阵阵后怕，若是知道大地震的破坏力，还去顾什么自行车呢！早一秒钟从车堆上爬过去，就能争取一线生机啊！那时候人们对于防震与减灾还一无所知啊！

当时我基于无知的勇敢还做出了雷锋式的见义勇为行动，楼上一位老太太是赤身裸体跑出来的，年轻人立即脱下自己的衣服给老人穿上。我见她哆哆嗦嗦站立不住的样子，还跑回楼内搬出一个凳子搀她坐下。

无知无畏，当时虽也惊慌但未失措。真正的恐怖是在天亮时看清楚发生的一切的时候。

那天黎明前格外黑暗，可能是大地震的天象，也可能出于我们从未经历过全市断电的体验。摸着黑我们和全楼的邻居们跑到了马路对面的边道上，对面是一片平房安全一些。天蒙蒙亮的时候我开始关注起周围的情况，这才发现我们这座新楼竟然向前倾斜了，压得边道出现明显的塌陷。附近的一些临街老楼的"前脸儿墙"不见了，一层层大大小小的房间里的家具陈设一览无余。我自幼在天津人民艺术剧院做舞台美术工作，熟知话剧理论"第四堵墙"之说。孰料一夜之间满街的房子都像话剧舞台似的没有第四堵墙了，只是一座座"舞台"上没有"演员"——人们都逃生去了，留下一间间凌乱的空巢。更为可怕的是我们原本以为安全的平房区，可能因为那些平房太简陋了罢，大震时门窗所在的前墙瞬间倒塌了，胡同里已经有尸体被抬了出来，蒙着被单停放在边道上。

死亡就在身边，而且听说多是年轻的生命，年轻人跑得快，被倒塌的前墙砸个正着。奇怪的是听不见哭声，平房组成的胡同里一片寂静，死者的亲人们似乎还无法相信无法接受这突如其来的灾难。

我患有多年的风湿性心脏病，目击死亡，一切镇静与勇敢全都丧失殆尽，浑身颤抖，心律不齐，陷入了无法克服的"后恐惧"中。

在灾难面前人性的高尚

我们居住的那座四层楼里大约有 20 户人家，平日邻里关系很冷漠，碰面时肯露个笑容就算客气的了。

危难当前，全楼的人表现出空前的团结精神，原来有矛盾甚至不说话的邻居主动打起了招呼，互相关心，尽释前嫌。天还没有亮时，就有男人自动聚集起来一一清点各家人数，借助手电筒的光亮查问全楼的人是不是都跑出来了。

全楼的人被确认安然无恙之后，天也大亮了。短时间内不可能回楼里住了，总不能就这样半裸着坐在边道上，胆大一些的人开始尝试着进楼里搬出一些生活必需品：衣服、凉席、被子、粮食、油盐酱醋、锅碗、煤气罐等。那一天在路边的第一顿饭实现了共产主义理想，可以说是吃百家饭，谁也说不清粮食是谁家的，菜是谁家的，锅是谁家的，反正都是大家的。干活儿时能者多劳，吃饭时各取所需。

那种高尚无私的气氛好景不长，人们很快地就飞鸟各投林了。我们当天下午就带着孩子投奔奶奶家去了。

过了些日子我回去拿生活用品时，路边"临建棚"虽在，大锅饭已不见踪影，就听到一些谁奸谁厚道谁吃亏谁占便宜的闲言碎语。

为什么只有到了大灾大难时刻人性高尚的层面才会普遍闪光呢？

倒是我先生的高尚层面表现尚佳而持久。

震后早上，余震还未停止，他就说："我是党员，复员军人，我要到厂里去看看。"

他的工作单位是一家规模不大的光学仪器公司，前店后厂，员工们都习惯称其为"厂里"。当时他尚未担任经理，只是个中层干部，我便有些不以为然，天掉下来有人家一把手顶着呢！于是我说："你是不是先去看看你爸爸妈妈？"

当时苦熬十年"文革"尚未结束，中国老百姓家里都没有电话，亲人们音讯全无。

他却回答："听说河西区那边震得不厉害，我弟弟妹妹多，又都年轻力壮，不会有太大问题。"

他是第一个赶到厂里去的，为此，事后受到了表扬。

后来他才说："连我自己都说不清怎么到的厂里的，路上净是倒塌的房屋。有时我骑着车，有时推着车，有时车骑着我……"

震后的日子他下班回家净说些单位的事情："第一时间到了厂里的是我们这些复员军人，大家按科室和班组分工，挨家挨户走访。万幸的是，虽然有的职工家房子倒了受了伤，没有'减员'的……"

大地震后，号称世界第一大自行车城的天津卫涌现出了一片奇观——数以百万辆计的自行车倾城出动。天津市区及其郊县人口近千万，先是以青壮年男人为主力部队，挨门挨户探亲访友问平安，紧接着姑娘媳妇也出动了，然后凡是有车可骑的人，骑得动自行车的老人们也奔上了大街，别说是直系亲属，就是平时走淡了的亲戚，疏于来往的朋友，这会儿都想起来了，都得去看看呀！伤着人了没有？有嘛困难没有？楼上不敢住住我们家去我们家住平房……

那年头没电话，自行车轮子就是电话线！没手机，至爱亲朋双手紧握才是真情！没有电脑电子信箱，人到了礼儿到了见面了放心了脸儿笑了热泪流了你来看我了我一定得看你去……嘛叫至亲骨肉呀嘛叫莫逆之交呀嘛叫感情呀嘛叫惦记呀嘛叫哥们义气姐们情分呀，赶到大事儿上才看得出来呀……

立体城市变成平面城市

我经常惋惜当年没有照相机和摄像机，未能把震后长达四五年的天津城的模样拍摄下来。

天津是仅次于唐山的重灾大城市，但天津不同于唐山。唐山震成了一片废墟，只待时日重建，灾民统一疏散统一安置相对而言目标比较明确。天津就不同了，仅市区人口差不多就是唐山的五六倍，高楼大厦更是不胜枚举。地震毁坏建筑物的程度不同，但是市民们吓破了胆儿，所有住楼房的人都不敢回去居住了，所有的开阔地都搭设了"临建棚"，不仅体育场、街心公园、学校操场、小广场全都成了"临建区"，比较宽阔的大马路两旁也见缝插针盖满了小房子，马路中间留一条窄窄的"一线天"，车辆慢行才能勉强通过。

当时流行一句俏皮话"天津三大怪，自来水腌咸菜，恒大烟见抽不见卖，汽车不如自行车跑得快"，头一怪指的是引滦工程之前天津人喝咸水的苦涩，第二怪反映了市场物资的匮乏，第三怪就是指公交车在"临建"迷宫的艰难处境了。

高楼是城市之树。虽然是"灰色森林"，但若没有一排排找高空要生存空间的水泥之树，城市人就没有借以栖身的居所了。然而，立体的城市一下子变成了平面的城市，六百万市区人口齐刷刷地全都像是从"树"上爬下来的猴子，一夜之间变成了"地面动物"，形成了人类城市史上一道独特的奇观。

这道独特的奇观一旦出现就难以清除，临建棚在大马路上一呆就呆到了80年代初，而且还不断地升级换代和扩大阵容。

中国人对于苦难的忍耐力堪称世界顶尖，天津人又是中国人中的乐天派，最能够随遇而安苦中作乐。

时势造英雄，地震后天津所有的中壮年男人乃至青少年学生都变成了建筑专家。原本他们中的大多数都是没有握过瓦刀的，时间不长人人学会了盖房子，呼朋唤友你给我家盖我给你家盖家家户户去盖房。那时候的人们不懂得雇佣关系金钱交易，主家只需管饭即可，满城皆是"建筑队儿"，那种全民盖房各取所需的壮观景象堪称"共产主义初级阶段"。

随着季节的变幻临建棚在不断地改善。开始时只是找来一些木棍竹竿之类作为支架，蒙上塑料布即成。随着天气转凉，特别是 11 月 15 日发生一场强烈余震，又倒塌了一些危房，市民们便不得不为在大马路上过冬而从长计议。

记得发生那次强烈余震时，我们正去看望先生的伯父母，伯父母家的"临建"搭在宽阔的南京路边。当时大家正坐在路边聊天，忽地一下子只见马路对面不远处一座四层楼轰然倒塌，冒起冲天的烟尘久久不散。幸亏那座楼里的人早已走空，不然……听说有不少楼房都是在大震后的余震时倒塌的，在这种情况下谁还敢回到楼上去住呢？

于是，"临建"不断地升级换代。塑料布棚之后是"荆笆棚"或"竹笆棚"。

第三代"临建"已经摘掉了"棚"的帽子，晋升为准备打持久战的正式砖房了，很多小屋盖得挺讲究，人们在大马路上铺散开来安营扎寨乐不思蜀了。

公共卫生问题，交通堵塞问题，火灾危险问题，城市何时能够恢复正常秩序……诸多对于政府部门来说难以解决的大事，市民公众却早已习以为常乃至浑然不觉，即使是知识阶层也很快地就适应了满马路泼脏水的生活。

更让政府头疼的是"临建"数目的疯长。过去，天津市民住房困难一直是个老大难问题，特别是贫困阶层老少三代住一屋的状况非常普遍。"文革"一拖就是十年，企盼单位分配住房已成泡影，男大当婚女大当嫁，何处有个片瓦遮身立锥之地呢？

这回好了，在父母的"临建"旁见缝插针再搭一间房子并不难，满城的废墟，扒一些砖头，旧门旧窗，单位领导也乐于帮助职工解决困难，提供一些水泥沙子木料房檩什么的，呼朋唤友小哥儿几个忙乎一天，得，结婚的新房就落成啦！紧接着，呜哩哇啦娶媳妇！再接着，婴儿呱呱落地啦！家家户户大儿子办完喜事二儿子办，"临建"如雨后春笋扎堆儿疯长，"扩军"到后来邻居们在"临建"的缝隙中只能侧身而过，大家都理解呀，将心比心家家如此呀……

在长达四五年的岁月中，乐天派的天津人在脏乱不堪拥挤过度的"平面城市"里，照样过得有滋有味，养鱼种花包饺子捞面老人做寿孩子过满月一样儿也不耽误。也发生过几起火烧连营的大事，人们在震惊之余谈论几日也就心存侥幸高枕无忧了。

70年代末80年代初，时年39岁的建筑专家李瑞环作为全国最年轻的副市长到天津上任。听说他带来了中央调拨的亿元震后重建城市专款，然而他面临的是全城满目疮痍的空楼和蜂窝蚁巢一般茬满地面的"临建"。

倘若发生在今天……

近期中国京津地区还会发生大地震吗？这是个谁都不愿意提及的话题。

然而，倘若真的再一次发生将会怎么样呢？30年后的天津城的应激机制，比起30年前来又如何呢……

天津人的承受能力比当年是提高了还是降低了？一旦发生大灾，天津的社会治安还能够像当年那样好么……这是一些更为敏感的话题。

首先是商品房建筑质量的抗震能力问题。

虽然房地产开发商们言之凿凿保证房子的坚固，但是大家都知道如今什么检验关口都是可以用钱去打通的，玩命追求暴利的开发商们肯在建筑材料的抗震性能方面提高成本么？如今满城都是私有化了的商品房，一旦震塌了，几百万人住到哪里去呢？

说到商品房，中国第一位把商品化理念引入住房领域的人当属李瑞环，但他到天津试行住房商品化的前提仍然依托于计划经济体制。

他到天津上任后经过调查研究，发现若想重建城市必须消除"临建"，而若想消除"临建"又必须先让老百姓有房子住。于是，这位曾在50年代投身北京"八大建筑"工程的风云人物，以内行姿态指挥城建系统开展了"两条战线的斗争"——一方面经过普查对可以修复的房屋做加固修复，动员有家可归的市民重返住室；另一方面以"政府令"式的权威冻结了全市所有完好无损未及分配的新房，从而找到了可以统一调动的"周转房"，让"临建王国"的居民先住进去借以腾出马路等城市空间。当时还没有私有住房和民营房地产开发商一说，房子一律姓"公"，新楼房都是属于各单位各企业为其职工"福利分房"而建的，因此政府行为无人敢违背。

各单位企业无偿提供了"周转房"，使得政府有时间有土地消除"临建"与废墟，得以在市区盖起新楼后重新安置百姓。可巧的是"地震波"所经过的重灾区大多是一些市区黄金地段，新建的高楼群除了安置"原住民"之外还有较高的出房率。另外，政府也配以房屋面积优惠政策鼓励搬到市郊去的居民不再返回拥挤的市区。聪明过人的李瑞环并未完全把手里的"重建专款"完全按照计划经济的理念花完拉倒，而是让各单位各企业为其职工再买房子，收回来一部分钱再去盖房，盖好后再让另一些单位、企业为其职工买房子……一笔"专款"滚动循环，既偿还了最早提供"周转房"方的账，又能不断地解决城市住房问题。虽然当时的"住房商品化"还局限于公有制范围内，他在全国仍然是把住房当作"商品"来运作的第一人。

倘若发生在今天，政府行为还能调动私人开发商的商品房使其成为难民的栖身之所么？

紧接着就会派生公众的心理承受能力问题。

1976年是"文革"第十年，全民皆一贫如洗，大到住房小到灯泡肥皂全都是配给制，公众适应苦难的心理承受能力极强。地震，不过是苦上加苦难上加难而已，虱子多了不咬账多了不愁，只是九十步距百步之遥。如今的人们可就不同了，改革开放20多年来，城市居民涌现众多"有产者"，昂贵的房屋、汽车、家电、各种奢侈品……一旦这些通过奋斗多年换来的财产变成废墟瓦砾，愤怒导致绝望的人群会不会出现过激行为？

还有一个人际关系冷漠问题。

当年国家实行"高就业低福利"政策，失业问题不甚显著。职工、干部、知识分子都视其"单位"为终生的依靠，"以厂为家"并不是一句空洞的口号。所以，每当出现灾害，几乎所有的就业人员都会在第一时间跑回"单位"护厂、护校、护机关、护公司……试想，如今的私营公司外资企业劳资关系紧张，老板炒员工员工炒老板是常事，大灾当前，员工们还会去护厂护公司么？老板们还会像当年的"单位领导"去职工家里一一探问灾情，还会提供建筑物资为职工们搭盖"临建"么？如果不管，把几百万难民全部推给政府，政府吃得消么？如果说公司赚了钱归老板，员工受了灾推给政府，这样的社会机制称得上完善么？

倘若发生在今天，还叫人想到亲情的疏离和独生子女问题。

当年天津百万辆自行车亲情大串联的奇观，恐怕永远难以再现了。当年自行车大军的主力部队如今都步入高龄，但这还不是主要原因，问题的症结在于如今亲情友情的淡化。经济收入的两极分化使得富亲戚与穷亲戚、富朋友与穷朋友、富同学与穷同学、富同乡与穷同乡之间早已视如路人，一个"钱"字隔心，谁还去看望谁呢？再有就是很多娇生惯养的独生子女到了结婚生子的年龄了还躺在父母的庇护之下。大震时刻靠他们救死扶伤？靠他们去看望夫妻双方的父母祖父母？靠他们盖房子住"临建"挑起生活的大梁……

"倘若"二字后面还有许多事情不敢想象了，大震后面对众多伤员医院是否还会摆出那副"有病没钱别进来"的冷脸呢？奸商们于平时都假冒伪劣牟取暴利，大灾年月会不会变本加厉囤积居奇哄抬物价制造动乱？30年前人们大多没有存款，如今储蓄数额惊人，一旦大灾造成通货膨胀，储户会不会蜂拥"挤现"呢？还有更为棘手的社会治安、反恐、反腐败、打击贩毒走私、防疫、公共突发事件……

真的不敢想下去了。然而，也正因为问题的严重性到了不敢想象的程度，我们才必须去想。有备无患，无备而必生大患。

近年来各地政府出现一个时髦用语——预案，政府各部门官员们面对媒体采访侃侃而谈，似乎对未来发生什么情况他们都有预案。

呼吁：切实可行的地震与减灾预案！

原刊团结出版社 2006 年 7 月出版《唐山大地震亲历集》

目睹震后唐山实录

30 年前的震后唐山之旅，每一个细节至今历历在目，而且每每忆起心灵仍然为之震颤。

细节一：未见城市先见坟

当年我是天津人民艺术剧院的编剧，于 1976 年 8 月 17 日黎明随剧院演出队去唐山灾区慰问演出。我们乘坐的大客车接近唐山市郊时，原本晴朗的天空忽然烟雾弥漫，令人觉得奇怪。隐约中可见一堆堆火光闪烁，汽车驶近了才听到远远近近哭声一片。

我站起身来探出车窗去看，这才看清烟雾缭绕中大大小小的新坟，很多坟前都有人在跪着烧纸钱。一位中年妇女一边号啕一边在烧一身小衣服，那身儿童裤褂不是纸糊的祭品，而是布制的真衣服。那一景象让人一望而知，大地震夺去了她年幼的孩子。

8 月 17 日那个日子我并未做文字记录，至今记忆犹新是因为唐山接待人员说那一天是震后"二七"。我国北方丧葬习俗，死者去世后每逢七天为"一七"，亲人们都要祭奠追悼，直到"五七"后才算送走亡灵。

细节二：废墟上的至高点

我们乘坐的大客车进入唐山市后，远远地望见又一件奇怪的景象，令人颇费猜测。整座城市的房屋都倒塌了，一片一片废墟掩盖了窄小一些的道路，只有大路尚能勉强通车。一望无际的废墟中有许许多多在酷夏烈日下闪着光点的白色物体，那些白色物体全都位于至高点。其实废墟里已经谈不上至高点，较高的地方只是一面断垣、一根残柱、半截电线杆、一个立柜或干脆是一座土堆的顶端。

从死神黑袍子下面逃脱的幸存者们在挖掘自家废墟时都会一无例外地找到它，一无例外地把它举到可能找到的"至高点"，那究竟是些什么物件呢？

汽车驶近了我才看清楚——那是一尊尊大大小小的毛主席瓷像！有站着挥手的、有胸像、戴军帽穿军装的、不戴帽子穿中山装的……

我这才想起唐山是北方瓷都，盛产伟人像。如今伟人像落入废墟，人们挖开瓦砾时发现它以后不知所措，只能把它敬奉到可以找见的高处了。

古往今来地球上有过许多遭受震灾的城市，恐怕这一望无际的高光白点是独一无二的奇观了。

更有一种无言的默契，满车的演职员全都看清了位于废墟"至高点"的造像，然而谁都没有喊出来……

细节三：生命承受能力之重

我们的任务是去唐山钢厂慰问演出，相对而言唐山钢厂所在区域震灾较轻，厂房还能像一块核桃酥似的站立着。钢厂门前是一片小广场，出来迎接的女职员恰巧是我的中学同学，于是我便有机会了解一些震后灾情。

慰问演出开始了，演员们在"露天舞台"上唱着现成的革命歌曲和新编的抗震节目。所谓"舞台"其实是一片坍塌的厂房，可巧厂房屋顶落地时形成平面，压在废墟上有五六米高。

借了老同学的光，我得以和钢厂工人们攀谈，若不是熟人关系，人们言语很少。一眼便知，这些站在"露天舞台"下面看节目的观众是厂方派来的，他们看节目时大都心不在焉，表情木讷，没有泪痕，没有笑容，没有激动，更没有报纸文章上常写的"深受鼓舞"。

节目换场间隙，这些来自不同车间的工人们之间也有些交谈。谈话内容叫人听了不寒而栗：

"你们家摊上几口？"

"两口，父亲、母亲。"

"老两口一块走了也好。我可就难了，老娘和媳妇走了，留下个怀抱的孩子，还有个砸瘫了的老爹。"

"你们都比我强，我一大家子人全走了，只活下来我一个。"

站在人群里我侧耳倾听他们的谈话，奇怪的是如此沉重的谈话内容，每个人竟都能够做到语气平淡，音调和缓，似乎只是议论昨天的天气。

我偷偷回首打量着他们的面庞，一个个仍然表情木讷，没有泪痕，甚至没有一丝情感的涟漪。

西方人常说中国人的脸缺乏表情，此时我才悟到，这些望上去木讷的面庞，却能够载负着生命承受能力的超常极限。

细节四：与苍蝇共餐

慰问演出结束已是午后，汽车开出唐山市区停在路边，剧院后勤人员开始发午餐。午餐只有馒头和咸鸭蛋，这在当时已经很不错了。

不料，我们却难以进餐。天热，车窗都开着，车刚停下就黑压压涌进来"轰炸机群"——苍蝇。我们不得不拿出手巾一边轰苍蝇一边剥鸭蛋。吃饭的样子很滑稽，咬一口馒头以后必须用毛巾盖上，不然的话上面就落满了苍蝇。幸亏每份午餐都有纸兜包装，我们不得不把纸兜放在膝盖上，左手拿食物，右手拿毛巾，吃一口立即捂上，再吃一口再立即捂上。人人都摇头晃脑挥舞手臂轰苍蝇，"轰炸机群"仍然嗡嗡叫着向你俯冲。

要不是饥肠辘辘，我真是无法下咽。过去，从未见过个头这么大，嗡嗡声这么响的苍蝇，想到它们曾在炎夏叮噬那么多尸体，我心里顿生恐惧，这哪里还是昆虫，简直是穿梭于阴阳两界的怪物啊……

无奈中，便有人大声叫喊："开车！快开车！"

汽车驶出唐山市很远，大家全都站起来轰苍蝇。好在所有的车窗都开着，车速加快以后车内风力很大，这才渐渐地把苍蝇驱赶一净。

细节五：洗浴变成一种仪式

傍晚时分，我们回到了剧院大院。当时演职员家的"临建棚"都搭设在剧院大院里，因此有许多家属等候多时。

家属们不约而同地捧着洗浴用品和干净衣服，跟前还放着许多洗衣盆。那年头没有洗衣机，亲人们叮嘱我们进入浴室后把身上所有的衣服都脱下来扔在洗衣盆里。

剧院后勤科早已为大家烧热了洗澡水，我们以一种别样的心情仔细搓洗，打了一遍香皂又一遍香皂，冲了一遍清水又一遍清水……

当我们里里外外换洗一新走出浴室，仰望金色的晚霞时，觉得自己从死界回到了生界，从地狱回到了天堂。

那一刻，我完全忘记了天津也是地震的重灾区。

唐山大地震30周年祭

城 市 素 描

绿　　地

　　最近，竟然有好几位外地朋友表示了对天津的羡慕，很是满足了我的"地区自尊心"。我用了"竟然"二字，是因为在三大直辖市中，我们天津人历来总是自怨自艾，觉得逊人一等的。比政治文化中心，古代文明遗产，旅游胜地，不如北京；比现代工业，科学技术，城市繁华，又不如上海；再加上大地震的浩劫，城市街道上破烂肮脏……遇到各地文友聚会，争说"故乡的月亮圆"时，天津人实在缺少夸口的资本。所以，当我听到"眼眶子极高"的上海人艳羡天津时，真要欢呼雀跃了。上海和天津两个沿海工业城市大同小异，只是他们的高楼大厦比我们还多，工商业更发达。那么，天津有什么东西吸引了他们呢？一问才知道，来天津出差的上海人主要感兴趣的是城市建设速度和街心公园。他们对天津近几年来日新月异的城市面貌表示惊叹，拓宽公路，整修旧房，扩建新楼，尤其是遍及路口和住宅区的公园绿地，使客人们赞不绝口，流连忘返。

　　这使我想起了《枫林晚》发表后，朋友们对我描写街心公园的文字的赏识。小说的开头几句写道：

　　小香山，挤在高楼组成的灰色森林的缝隙中，犹如沙漠里的一块绿洲，显得那么明丽，鲜艳，令人神往。

　　小香山，这块葱茏繁茂，百花盛开的园林，俨然是大自然派驻的使馆，吸引了多少热爱绿色的人们。

是啊！只有久居大都市"高楼组成的灰色森林"中的人们，才能体会到这种对绿色的眷恋感情。只有深受城市噪音、环境污染之害的人们，才能如此渴望大自然"派驻"更多的"使馆"。令人欣喜的是，海河两岸，大街小巷，广场路口，庭院楼角，已经遍布了街心公园或花坛草坪。这些绿色"使馆"小巧玲珑，多姿多彩，犹如天女散在海河之畔的鲜花和珍珠，点缀得整座城市分外优雅宜人。

我用了"缝隙"二字，是因为深知要在天津这座楼高路窄，地皮宝贵的拥挤城市开辟绿地之难。由于市政府决心大，园林工人们想尽了见缝插针的办法，付出了辛勤劳动，终于使城市面貌变化一新。

如今，你在津门漫游，到处都能感到绿意盈人。有好几次，我骑车驶在一条熟悉的街上，猛地觉得眼前豁然开朗——过去狭窄的路口变得宽敞了，拐弯处，天方夜谭式地出现了一块硕大的"绿珍珠"。在柳州路、昆明路、体院北等新建居民区，有许多新颖精致的小花园或小绿地。各种图案组成的花墙、花架、花坛、游廊，打破了高楼横平竖直的单调线条，平添了建筑群的美感。花树掩映，孩子们在儿童游戏场上欢笑嬉闹，象鼻滑梯，金鱼摇船，马头转椅……把人领入童话般的境界。浓荫下，长椅上，坐着一排排老人，或提架鸟笼，百灵鸟们在举办"歌星大赛"；或闲谈话旧，闭目养神；或京胡悠扬，清唱韵味十足。待到晚霞笑退，新月羞出，老人孩子们让出了位置，小园林成了情侣们的天下。青年人不用长途跋涉去寻求"郊外的晚上"，信步走来即可找到"维也纳森林"式的谈情胜地。每当我疲劳工作了一天，夜晚到街头徜徉，脑海中很难驱散白日的繁杂思绪。忽然，在幽暗处送来一阵馨香，走过一杆路灯，金黄色的光环下花影婆娑，绿茸茸的草坪捧着一尊雪白的雕像，那是一位坐在草地上的年轻妈妈，正在举起胖胖的婴儿。在这方圆不足三丈的"微型花园"里，充满了人情味儿。它像是节奏紧张的进行曲中的一段抒情慢板，使人们绷紧的心弦松弛下来，顿感安宁清爽，耳目一新。在吊篮式花坛下面，望着瀑布般垂落的花枝，我不由得从内心深处呼出：哦，绿色的"使馆"，愿美神常驻！

花　墙

近来，我总是朦胧地感觉天津的街道变宽了，但细细望去，马路、边道、房屋，又都是原来的样子。大举拆迁拓宽的路毕竟只有几条干线，众多的建筑仍然呆在老地方。那么，这种视野开阔了的感觉从何而来呢？久思而不得其解。一天，我骑车路过马场道，被某种新鲜的街景所吸引，左顾右盼，一下子恍然大悟：墙！昔日的高墙不见了，代之为各种造型漂亮的矮栅栏。院落里的景致尽收眼底，百花盛开，争艳斗妍。两旁的楼房显得各自向纵深"退"去，竟有些"遥遥"相对了。没有了高墙阻隔视线，马路、人行道和矮栅栏内的院落连成一片，怪不得显得这样宽阔了。墙的形状高矮，对于一座城市来说，原来是这样重要的！

我下了车子，站在路旁树荫里打量这条熟悉的街道。它对我来说，真是一位老朋友了。我的少年时代有好几个年头住在马场道，参加工作后，又每天从小白楼路过马场道去天津人民艺术剧院上班，这条道上留下了我的数不清的车印儿，直到母亲搬离了小白楼，我也有了自己的小家庭，才不大常走这条路了。在我的记忆中，童年时的马场道是非常美丽的。至今，我还追恋着那些路中心的长形花坛和攀到路灯杆上的火红的凌霄花。

建筑和街道，不仅是城市的服饰，也是时代的衣装。每个中年以上的人都记得那"深挖洞，高筑墙"的年月，随着阶级斗争的扩大化，闭锁式的对外政策，人际关系的紧张与隔阂，社会治安的被破坏，恐惧心理……所有这些都反映到了"墙"上。墙，越筑越多，越筑越高，厚厚的砖砌得密不透风，不亚于一座座堡垒。人们恨不能像蚕作茧似的把自己密封起来，不惜压挤城市本来已少得可怜的空间。那时候，在路边散步实在没意思，除了贴墙根，还是贴墙根。一幢幢原先很漂亮的房屋隐没在高墙内，如同给一个苗条的姑娘打上齐胸的腰箍，酒桶般蠢笨了。夜晚独行，只见墙影森森，好不吓人！

时代变了，开放式的生活带来了开放性格和开放心理。自信心，安全感，乐观的希望，打碎了心灵的高墙。天津城，换上了时髦美观、袒胸露背的礼服，把自己全部的美奉献给海河人民。瞧，幢幢楼房一改陈旧的暗色，脱胎换骨，粉刷一新，橘黄色、奶白色、天蓝色、淡紫色、浅绿色……宛若一群群穿着鲜艳舞裙的女郎亭亭玉立。远远望去，一扇扇涂上白漆的窗子显得分外明亮，犹如美人胸前的白色镂空花边。再看那些用各种图案组成的矮栅栏，院内的花坛草坪，则酷似美人的花裙和裙褶了。

　　动听的鸟语，打断了我的沉思。呀，花枝间，草坪上，雪白的矮栅栏上，鸟儿们飞起飞落，呢喃鸣啭。那种把鲜花和小鸟都视如大敌的年代已经过去，现在，小鸟飞回来了！鲜花开放得更加鲜艳！鸟儿的翅膀扇动着我的心潮：未来的城市，绿地将会越来越多，园林式的街道，花园式的庭院，为期不远了……

盘 山 写 意

当我仰望盘山山门牌楼时，忽地领悟到蓟县对于天津意味着什么了。天津是一座以近代史丰富著称、工商业繁华的城市，却少有文化古迹，她太年轻了。是蓟县把天津的历史厚度向着古远的"时间隧道"延伸了五千年，这里有着新石器时代的文化遗存，也有着商周时期的文化堆积。在公元前 663 年，春秋时代这里已有建制，名为无终子国。无终子国协助燕、齐作战，军队误入迷谷，人马折损无数。有大将于困境中选择几匹老马，观其所往而随之，才领着全军走出了迷谷。"老马识途"的典故就来源于此。有了蓟县（又名古渔阳），天津可以自豪地对任何古城说：我们不仅有"新马"，也有"老马"了！

我并不相信星相风水之说，但我相信一座城市是有神韵灵气的。天津之灵源于水，天津之憾缺于山。天津，天上"银河"之别名。《晋书·天文志》："天津九星，横河中，一曰天汉，一曰天江"，又名"天潢"。总之，天津是离不开水的。不知是星宿决定城运，还是因城而取星名，当年"九河下梢，水陆码头"，为天津带来了兴旺发达。后来，出于大自然水文变化与人为原因，海河上游水源短缺，形成多方争水之势。海河近于干涸，城运也就不景气了。直到近年天津军民齐心合力引来了滦河水，城市之星才又恢复了"天汉""天江""天潢"之浩淼气势，焕发了腾飞的神力，想来真是令人觉得神妙呢！

至于天津之憾缺于山，则仰仗蓟县来填补空白了。盘山虽然距天津市中心较远，神韵灵气是相通的。盘山与滦河都是燕山山脉的儿女，万里长城绵亘到这里耸起雄伟的黄崖关，把天津与中华文化的脊骨紧紧地连接起来。燕山山脉自古就蕴含着帝王之气，多少皇帝王侯生前在这里活动，死后在这里安寝。自秦始皇起，隋、辽、唐、明、清各代帝王都重视盘山和古渔阳城的地理位置，到这里巡游参拜，盖庙建塔修山庄，留下了独乐寺、天成寺、辽代古佛舍利塔、万松寺等珍贵古迹，鼎盛时期曾有七十二座庙宇和百余座宝塔。盘山别号"东五台山"，与位于山西的佛教圣地五台山东西对应；盘山亦曾有少林寺，与位于河南的少林寺南北齐名。可惜，随着世事沧桑，外侵内辱，大多数寺庙只留下了神秘的传说。当你站在盘山之巅海拔864.4米的挂月峰上，眺望四周紫盖峰、自来峰、九华峰、舞剑台，蟠蜒如龙，又如莲瓣盛开，怎能不激发你丰富的想象力，描摹当年"鸣驺入谷"，"梵宇窣堵之胜"，滋生思古之幽情呢？

滦河引来燕山血脉，盘山成为天津的北部屏风，天津有山有水有陆有海，便更加人杰地灵得天独厚了。蓟县归属"天津九星"之后，盘山的汨汨细泉奔入大海，犹如颗颗璀璨的明星汇成银河，星添河彩，河助星威，又是一番辉煌景象。天津市对盘山的名胜古迹极为重视，把修复黄崖关长城和盘山古建筑列入天津市总体规划，开辟了国际国内旅游区，如今的盘山已是"旧貌换新颜"了。

想到这些，我心中涌起了信女般的虔诚，前来朝拜天津城的山林守护神了。

盘山的景色真是千变万化，半月前我来过一次，那时重阳已过，层林尽染，山山谷谷一派火焰般的金黄。如今已是深秋，目极之处皆是耀眼的火红，红得叫你觉着自己浑身的血液都与山林脉息相通了。厚厚的一层落叶铺满蜿蜒而上几十里的香路，踏在上面又松又软比踩着地毯还舒服。香路，是当年善男信女上山进香拜佛之路。现在旅游热季已过，那些只知春游夏游的人真是傻子，放着这满山红叶寂寞无主自飘自落。几十里的红地毯竟然只为了我和一位女记者铺设，我不禁受宠若惊了。作为平民百姓，我从来没有享受过红地毯迎接的隆重礼节，今天却享受这一份殊荣，更何况那厚厚的叶毯还散发着沁人心脾的清香呢！拾阶而上时心里诚惶诚恐，我们人类有什么资格接受大自然的如此厚待，又给予了地球母亲什么报答呢？

《今晚报》征名的"津门十景"，其中有个"三盘暮雨"。来到盘山，我便打听这"暮雨"何在。主人领我从天成寺向东，爬上一个石砌的高台，高台上有一座四面皆是明窗的建筑——卧云楼。夏季若逢黄昏时分雨后初霁，便会出现"三盘暮雨"的奇景。可能因此楼处于三壑交会之处，其中有一条东西走向的山谷可以引来夕照的光辉，霞光穿过云层和雨后浓重的水气，造成了"谲诡幻怪之观"，光影绚丽，犹如海市蜃楼，白云穿于楼中久卧不散，似醉似眠，大有仙山佛境之妙了。不过，盘山有那么多举目可见的胜境，不知哪位夫子在"津门十景"取名时偏偏采用了这扑朔迷离的"三盘暮雨"，大概由这一奇景想到峨眉佛光、泰山日出，正因其难得一见，才平添独特魅力，正因其可遇而不可求，才更令人感到神秘莫测吧？

盘山主人约我明春梨花盛开时再来，我问："山上有那么多花，为什么单赴梨花花期？"他告诉我那是盘山最美的时刻，山顶积雪未融，山下满坡梨花盛开，一派耀眼的洁白，叫你分不清哪是梨花哪是雪花。常言道，观景不如听景。听他这么一说，我眼前浮现了一座雪白晶莹、香气弥漫的圣山，这"京东第一山"比起日本的富士山并不逊色呀！面对这漫山红遍的秋景，想着那漫山皆白的梨花雪，色彩的反差似乎能够产生一种浮力，托举着你心灵的翅膀跨越了时空自由翱翔。怪不得当年乾隆爷巡游此处时，发出了"早知有盘山，何必下江南"的赞叹，我也想借这位皇帝旅游家的口气发挥一句：既知有盘山，何必下东洋？

盘山被誉为中国十五大名山之一，它也和那些名山一样，在历史上引来无数名士骚客吟诗挥毫，使这里充盈着浓郁的文化氛围。《渔阳名胜诗选释》一书选入了东晋大诗人陶渊明的名句"辞家夙驾严，当往至无终。问君今何有，非商复非戎。闻有田子泰，节义为士雄。斯人久已死，乡里习其风……"《三国志》中记载，田子泰即田畴，其性清高，拒绝功名利禄，率宗族进无终山隐居，建一个"桃花源"式的社会，难怪同为隐士的陶渊明前来凭吊他了。关于"桃花源"究竟在何处，湖南人和江西人都争说出在自己老家。我们天津人也可以说，既然陶渊明专程"当往至无终"来过盘山，谁能说田畴的尝试没有触发他创作《桃花源记》的灵感呢？

唐朝大诗人杜甫在《后出塞》一诗中写道"渔阳豪侠地，击鼓吹笙竽"，白居易著名的《长恨歌》也提到"渔阳鼙鼓动地来"，另外，唐朝诗人高适，明朝散曲家汤显祖，民族英雄戚继光，清朝戏曲家孔尚任等历史名流都在盘山留下了动人的诗句。至于康熙、乾隆等帝王诗人更是留下了几十首御诗，留下了多少逸闻传说。这些，都说明了盘山确实在中华锦绣河山和政治文化史上占据着一席之地。

我沿着"红地毯"拾阶而上，一处又一处清奇秀异的景观目不暇接，古建筑、镌石刻记、碑文、诗词、题字、典故，传说……真可谓"步步有景，景景有典"，在这里无法一一列举。劝君买上几本《盘山旅游指南》《蓟县风物揽胜》《古渔阳风物传说》等书，读过之后自会对盘山有着新的文化思考。

来到万松寺，有一个美丽的传说深深地吸引了我。万松寺原名李靖庵，因唐朝名将李靖曾在此居住而得名，不远处即是李靖曾作《舞剑歌》"陟崇冈兮望四围，挈霆闪兮断虹飞，嗟嗟三军唱凯归"的舞剑台。短短三句诗，表现出一代英豪擎雷掣电、力断飞虹的雄迈气概。然而，由于一个更有力度的传说，这位八面威风的将军不得不把"李靖庵"拱手相让易名为"万松寺"了。这个神话故事说古时候有个叫华成的庄稼人，救过一头受伤的小黄牛。后来他得了病，骑着小黄牛到李靖庵烧香，小黄牛自愿替主人出家免灾。寺中小和尚发现小黄牛总是在一块草地上吃草，那片青草随吃随长，永不衰败。他很奇怪，就去挖地，掘出一只旧铜盆。他捧回去交给老和尚，老和尚没在意，扔在院里盛狗食，谁知盆中食随吃随满。老和尚大异，往盆内投一枚铜钱，顿时铜钱满盆，这才发现是个聚宝盆。一天老和尚外出，把聚宝盆埋藏在山腰，栽上一棵小松树作为标志。次日回山，只见满山满谷长满了青松，再也分辨不清聚宝盆埋藏何处了。万松寺，由此得名。这个民间故事告诉人们什么呢？我正在思忖，主人指着被日本侵略军炸毁的古寺残垣和稀落的松林说："经历了战火的破坏和人们的砍伐，这里已没有那么多松树了。"我顿悟了先人的告诫——对于人类来说，绿色的大自然才是真正的瑰宝，这个古老的传说有着保护生态平衡的"超前意识"。我国森林的逐年减少，已经带来土壤沙化、气候失调，稀有动物濒于灭绝等众多恶果，并将酿成一场民族生存环境的悲剧。我该在万松寺附近立一块牌子，写下这个美丽隽永的神话，告诫人们千万不可失去自己赖以生存的"聚宝盆"。

由此我又想到了游盘山时的某种遗憾，在恢复古建筑的同时，似乎还未及顾到文化建设。如果在每一处景点设一些牌子加以文字说明，诸如神牛坟的传说，善蛇的故事，乾隆与他的天成寺替身僧，唐太宗率部东征的晾甲石，少林寺红龙池的典故等丰富多彩的内容，将为自然景物增色。不仅游人们读了会增加兴味，也能使青少年增加不少知识。

说起"三盘胜境"，上盘松胜，中盘石胜，下盘水胜，是盘山一绝。松胜和石胜算是领教了，真如乾隆的御诗："何处无松？盘山之松天下松之宗。"古代诗人们的形容并不过分："山灵总戏人，有意弄奇态。""峰峰有活石，石石挟仙气。"然而，水胜呢……或许因为此时是深秋缺水季节，对于"水胜"只能是"听景"了。早闻天成寺后有名泉"涓涓泉"，常年不干涸，清冽甘甜。现在看那泉水已不那么涓涓不息，令人伤心地该叫"滴滴泉"了。它使我想起那年慕名去观济南趵突泉，也未见有奔突的水花，只剩一汪静静的水池了。关于盘山泉胜，蓟县县志、史书、名诗中都记载着"万泉响涧，泻玉喷珠""松风水韵，潭影岚光""山泉奔泻，瀑布腾空""乱泉击石响穿云""下盘流泉冷，十里闻滂湃"。然而，近年来水是越来越少了。眼前的山泉流道十有九涸，落叶堆积并不能随流而去。

可能主人觉察出我的遗憾之色，俯在一块巨石上说："听，里面有水声！"我也俯在石上，依稀听到了石里汩汩泉流，不禁又喜又忧。那藏于暗处的水声像是渐渐远去，令人心中升起一种无可奈何的依恋惜别之情。莫非这是甘泉谢幕前最后的咏叹调？莫非这是森林告退的收旗鼓声？莫非大自然不得不对人类破坏行为给予警告……记得几年前的朋友相劝："快去看看大兴安岭的原始森林吧，再不去就看不着啦！"当时他指的是森林快被砍伐光了，于是一群作家拥去朝拜大兴安岭。不料，转年一场大火烧毁了大片森林，不幸应了"再不去就看不着啦"的预言。我不愿从这个意义上劝朋友们："快去盘山领略泉胜，听听水声吧！"盘山主人约我夏季去看飞泉，我感到这是天津人的幸运。我想明年就去，巨石后面的暗泉水吟给人以紧迫感……

棋盘山告诉我……

哦，棋盘山！当我冲破大城市的尘网，来到你的脚下，顿觉耳目一新、心开神释。你使我感情的微波开始震颤，想象的翅膀摇翎起飞，似有所感，似有所悟，却又一时难以捉摸。你那湖面上飘来的清风，山谷里涌来的松涛，林荫中传来的鸟鸣，在我耳边低低絮语，都说了些什么？

我的心听懂了。

你说：我是绿色的摇篮，可以把逝去的童年还给你。

是的，那蓝天、碧水、青山、绿树，都染上了童话般的绮丽色彩。我忘记了自己有心脏病，欢呼雀跃着投向你的怀抱，跟在夏令营孩子们的后面，爬上你高高的山顶。也许由于第一次爬山的缘故，我的心律突然不稳，脚下葱茏的山林竟微微旋转晃荡，真像一个硕大的绿色摇篮！据说，西方人不惜高价寻找绿林、寂静和新鲜空气。某位深晓现代人心理的资本家铺设漫长的管道，把森林里的新鲜空气引到城市郊区，每人在管道口呼吸片刻，就要付出昂贵的费用。而你是那样慷慨，把大自然的美无偿地奉献给人们。尽情地呼吸吧，山谷里的轻风夹着野玫瑰、野茉莉、野百合、野丁香，以及各种说不出名字的野花的芳香，不是比任何名贵的香水更令人沉醉么？哟，你怎么皱着眉头叹息？唔，我看到了，有人竟把城市的噪音和龌龊强加于你，他们在幽静的山坡上口出污言秽语，乱扔脏纸果皮，在饭店猜拳行令，甚至大打出手，制造流血事件……人们啊，热爱大自然，保护棋盘山吧！在绿色的摇篮中回忆童年，陶冶性情，体味人生的哲理，不是一种更美的精神享受么……

你说:我是一个慈爱的母亲,对一切生命——人、树木、草虫、湖鱼、飞鸟……都给予鲜美的乳汁。

是的,湖边有一座山,叫着一个伟大的名字——妈妈山。早先山顶有座妈妈庙,远近城乡缺少乳汁的母亲们都来庙里进香祈祷,企盼有足够的奶水哺育儿女,……这个带有迷信色彩的神话,不是表达了普通妇女的崇高愿望(她们肯定是雇不起奶妈的妇女)么,不是形象地表现了你的胸怀么!你那隆起的圆圆的山顶,不正像大地母亲的乳房么!我这个远方来的孩子,也想喊一声:"妈妈——"怎么,我听到了你的呻吟,湖水——你那闪光的明眸含着泪花,什么事叫你伤心?唔,我看到了,你那些粗暴的儿女,在毁坏母亲的容貌,他们折断树枝,采光野花,夜间到湖边偷鱼,刺伤大地的血肉……我要替你大声疾呼:几百万沈阳人民,只有这么一方郊外旅游胜地,为了人们,为了自己,为了后代,留存棋盘山原来的美貌吧……

你说:我是一个严厉的父亲,曾经有两个爱子……

咦,别是我听错了吧?这是从何说起?山,怎么会成为父亲?我迷茫了……我抬头望见对面的辉山,山石是那样威严冷峻,像是在默默地思念着什么。唔,是的!辉山原名悔山,传说清王朝的开国元勋努尔哈赤率领大军进关,他的儿子作战失利。努尔哈赤为了整肃军纪,将儿子斩首,亲自提着儿子的首级督战,清军大胜。当他率队开到你的山顶望见沈阳城时,胜利在望的喜悦压不住做父亲的伤感,他后悔对儿子不该处以极刑。他挥泪将儿子的头埋在山沟里,因此获名"悔山""埋头沟",即现在取谐音的"辉山""满堂沟"了……啊,你有这样一段启迪人心的历史,足以引起世上家长们的深思!

棋盘山顶曾经有一块天然的平石,上面有不知哪一代遗留的棋盘,为你增加了又一层神奇的色彩和深邃的内涵。人们站在你的顶峰,就会想到:人生,犹如一张大棋盘,但愿我每走一步,都是一着聪明、漂亮的棋子……

写于 1983 年沈阳棋盘山《芒种》笔会

幽 谷 回 声

久居闹市，烦扰缠身，耳畔时常飘来似有似无的回声，那是远山的呼唤：重返幽谷……

那是一次朝拜，你怀着一份虔诚去投奔大自然。汽车沿着公路驶上丘陵坡顶时，回首眺望甩在后面的城市，只见灰蒙蒙一团烟尘蒸腾，似乎那里是鏖战的沙场。你不由自主地长长吐出一口气，吐出大城市的浑浊，深深吸入田野的清爽……

重返幽谷……

那是一路诗情，你轻松得宛若任意吹拂的山风。丘峦起伏没有一处陡峭的险峰，皆是浑圆柔美的曲线。山路像一条舞动的长绸把汽车抛上抛下，车子好似一只小艇在软软的水上戏波滑浪。好温柔的大地啊，抚慰着你被城市霓虹烘烤干枯了的心重返幽谷……

那里的绿色，一切尽染，连你的血液也染得青碧。你拜倒在森林仙女的绿裙下，任她施展魔法把你变成一棵树，一株小草，或者是一滴吮着绿汁的露珠儿……

重返幽谷……

那里的寂静，只容得鸟鸣，连你的语言也自惭声噪。默默山林代替你思想，高深悠远，漫漫无际。你只管生出双翅彩羽，加入到那浓荫中的鸣啭……

重返幽谷……

那是一汪泓泓碧水，四面环山，河流汇聚，映着一座座浑圆的山影。山林本来就郁郁葱葱，经水色一染，倒扎在湖中的山影树影分外绿得纯净了。好清澈的湖水啊！洗去你身心的污垢嚣尘……

重返幽谷……

那是一座弧线分外柔和的山，胀鼓鼓的圆峰顶着高耸的突起，酷似母亲孕满乳汁的乳房。它是群山之母，独具圣洁的灵性。湖水映出它浑圆的倒影，更像哺育婴儿时垂下的乳峰。水面荡起一片涟漪，那乳峰抖抖颤颤滴着奶汁，唤醒你遥远的童年之梦……

重返幽谷……

那里的野花，满山满坡，使你的魂魄升起彩虹。你有生以来从未见过这么多的花，山谷里满满铺了一条花毯。花朵汇成的河流挟携着香气和蜂蝶顺谷而下，淌向山的那一边。花香吸去了你的凡胎躯壳，只剩下醉了的心。心，沉迷地落入花丛，你再也辨认不出哪儿是野花，哪儿是你自己……

重返幽谷……

那是花谷中最美的女王，芳名萱草，又称忘忧。好红好艳的花儿呀！修长的翠叶簇拥着金红的花团，每朵花的六片瓣儿倒卷如钩，花心吐出金黄的花蕊。更妙的是，红红的花瓣儿上撒满小黑点儿，活像鼻头上长着雀斑的调皮少女，娇憨妖娆，无忧无虑。萱草又是母亲之花，古诗曰："白发萱堂上，孩儿更共欢"，"知君此去情偏切，堂上椿萱雪满头"。投奔大自然母亲的怀抱，返朴归真，你才能忘记尘俗烦恼。忘忧萱草啊，拂去你心底的沉怨积郁，你加入了花儿的合唱，吹响了生命的号角……

重返幽谷，那是大地母亲的呼唤。

众水所钟　海纳百川

若想探讨一座城市的文化特征，最好先了解天然造化对它的馈赠。天人合一，内外一理，一方水土养一方人。我以为天津之人杰，之地灵，其渊源都处于一个字——水。

先说天上之水。天津乃银河的别称，先就铺排了星汉落九天的辉煌气势。天上的银河有天津九星，地上的天津有九河归一，天潢之水润泽了城市之运。

再说地上之水。黄河母亲在历史上曾经三次远道而来看望她的天津儿女，在天津地区入海的时间总计长达 1700 多个年头。黄河泥沙"冲积扇"造就的这一方热土，先就决定了海河文化是灿烂的黄河文化的组成部分。

地上之水，不能不提到南北大运河。自隋朝以后，南北大运河使得天津成为贯通北国与江南的血脉中枢。尤其是元朝建都北京，明成祖朱棣迁都北京之后，天津作为南粮北运的验收、转运、仓储之地始终是北国经济之命门。

漕运文化的积淀，使得天津成为当时封闭的农业社会罕见的一座南北交融的城市。元代《直沽诗》曰："转粟春秋入，行舟日夜过。兵民杂居久，一半解吴歌。"一半人口听得懂南方话，带来了文化交流的先进优势。南北文人汇聚的水西庄"文化沙龙"现象，则是"异地交流"的形象例证。

天津不仅地处九河下梢，还是北方少见的水乡泽国，这里曾有"七十二沽，九十九淀"。乾隆皇帝称颂津沽大地"广衍多隰，众水所钟，翕之渟之，呀然成渊"。安徽、江浙一带的军事移民和漕运移民来到北国水乡，"文化杂交"优势促进了经济发展，水稻种植技术在津塘退海之地开花结果，日后培育出闻名遐迩的"小站稻"。

说完淡水说咸水。渤海湾不仅使天津成为产盐胜地，进而派生出近代海洋化工工业，也早就让天津以中国北方最大的海港闻名于世了。在人类没有发明飞机之前，海运是一座城市走向世界的唯一途径。

海河通津，湖淀密布，汇成了"众水所钟"的风水宝地，造就了南北交融、中西荟萃的多元文化特征，这些特征显著的表现于它的先进性、开放性与包容性。

近代天津一直是北方政治、经济、文化中心，特别是洋务运动兴起之后，天津在北方乃至全国走在了近代化道路的前列。中国第一所西式教育大学北洋大学、第一支近代化海军、第一支警察部队、第一条运营铁路、第一条城市公共交通有轨电车路线、第一枚邮票"大龙邮票"、第一座海洋化工制盐制碱厂……一百多项"中国第一"奠定了近代天津无可争议的历史地位。

近代天津能够在政治、经济、军事领域几乎全方位的引领风气之先，出于其思想文化的先进性。思想家严复在天津翻译发表了《天演论》。梁启超在天津"饮冰室"著书立说。全国闻名的《大公报》于 1902 年在天津创刊。孙中山三次来津传播革命思想，直到他生命的最后一个月仍在天津奔走呼号。许多著名的共产党人，如李大钊、周恩来、邓颖超等，都曾在天津领导革命斗争。

近代各个阶段革命的思想文化之花在天津竞放，得益于这座城市的开放性。早在清末民初，天津就率先出现了话剧艺术、歌剧演出、电影院、图书馆、博物馆、美术馆等具有浓郁西方文明特色的文化形态。弘一法师李叔同出生于天津，他在皈依佛门之前，曾是西洋绘画、音乐、戏剧诸多领域的启蒙者。海河之畔至今完整地留存曹禺故居，他的话剧名作《雷雨》《日出》均取材于天津。

众水所钟、海纳百川的文化品格，还体现在它的包容性。近代天津在孕育精英文化的同时，也是一方培育大众文化的沃土。这里是评剧、曲艺的发祥地，推出了白玉霜、新凤霞、骆玉笙、马三立等众多表演艺术家。"泥人张"彩塑、杨柳青年画、"风筝魏"风筝等具有地方特色的民间艺术至今享誉全球。

水，讲究水平、公平；讲究流动，交流；讲究亲近大地，乃至底层。天津作为近代历史文化名城，善于吸纳他山之石他山之水的一切精华，来者不拒，公平竞争，堪称各类文化艺术成长的摇篮。京剧艺术脱胎于徽班进京，成长于京城宫廷王府，作为"国剧"它能够走向民间，赢得广大观众的喜爱，却是得益于天津舞台的洗礼。天津有众多的富商、买办、下野政客、赋闲军阀、遗老遗少、寓公贤达热爱京剧，也便有了"稽古社"等以发展京剧为己任的实力团体。直至20世纪80年代，首届全国京剧节、全国京剧票友大赛等盛会皆发端于天津。

众水所钟、海纳百川的文化品格之外在于形态，莫过于天津的建筑艺术特色了。毛泽东和邓小平都曾称赞"北京的四合院，天津的小洋楼"。两座紧邻的城市中，中西建筑也是和谐共存，相得益彰。著名的中式建筑独乐寺、大悲院、天后宫、广东会馆、石家大院……其精美的程度不亚于全国各地的古典楼宇。不同的是，他们在众多西式建筑的簇拥衬托下，愈发凸显其华夏文化特色。

举世皆知，从1860年的第二次鸦片战争，到1900年八国联军攻占天津、入侵北京，天津先后被分割出九国租界，那是一段中国人难忘的屈辱历史。同时，历史文化遗产又是属于全人类的。天津的旧租界文化遗存，其建筑艺术风格多沿用各国流派，组成了名副其实的"世界建筑博览会"。人们喜欢把建筑比作"凝固的音乐"，那么，天津的"世界建筑博览会"则是一曲集东西方文化荟萃之"凝固的交响乐"了。

综上所述，天津乃大河大海大湖大泽"众水所钟"之财水宝城。天津是天上的银河垂落在地上的大星。战国时代大诗人屈原在《离骚》中写下了"朝发轫于天津兮"的名句，后来的史实一次又一次印证了这句准确的预言——天津是成功者始发的港湾。

"世界建筑博览会"交响乐

——漫谈天津历史风貌建筑保护

2005 年 4 月 24 日，天津市人大常委会开始审议《天津市历史风貌建筑保护条例（草案）》的议案。当了近 20 年人大代表，我参加了许许多多议案的立法审议会议，这是最引起我关注的一部地方性法规。连续两年的市人代会上，我都是这项议案的发起人之一。

城市是由不同时代的建筑"音符"汇成的组曲，一座历史文化名城靠它们铭刻历史的记忆。抹去历史印迹的城市就会罹患"失忆症"，而失忆的喧嚣闹市是缺乏文化品位与历史魅力的。

这部法规对于延续天津城市文脉的重要意义，将会愈来愈得到时间与实践的验证。

凝固的交响乐

人们喜欢把建筑比作"凝固的音乐"，那么，美称"世界建筑博览会"的天津独特的城市景观，则是一部集东西方建筑艺术荟萃之"凝固的交响乐"了。

举世皆知，从 1860 年第二次鸦片战争到 1900 年八国联军攻占天津入侵北京，天津先后被分割出九国租界，那确实是一段中国人难忘的屈辱历史。同时，现代人早已懂得，历史文化遗产又是属于全人类的。天津的旧租界文化遗存，其建筑风格沿用了各国各民族各种流派，不仅在我国城市中建筑式样种类是最多的，就是在全世界也是罕见的。

说起天津小洋楼的得以留存，还要感谢毛泽东和邓小平两位伟人。"文革"结束不久，天津曾有一种观点要拆毁小洋楼，认为那样做是消除"殖民地耻辱"。时任市长的李瑞环同志请示邓小平同志，小平同志表示：毛主席说过，北京的四合院，天津的小洋楼，都是财富嘛！

一语定乾坤，一座城市举世罕见的多元文化建筑风格留给了子孙后代。

天津设立了历史风貌建筑保护委员会及其专家咨询委员会，负责审核、确定历史风貌建筑，上报市政府批准。历史风貌建筑的主要范围是：建筑样式、结构、施工工艺和工程技术具有建筑艺术特色和科学价值；革命纪念建筑；反映本市建筑历史文化和民俗传统特点；具有异国建筑风格特点；著名建筑师的代表作品；本市的标志性建筑；名人故居；其他具有特殊历史意义的建筑。历史风貌建筑集中成片，街区景观较为完整协调的区域，确定为"历史风貌建筑区"。

这项工作的艰巨性不仅仅在于整修工程所投入的大量资金时间人力物力，也是人们思维观念和生活方式的一场更新。往昔"阶级斗争"年月人际关系形成的壁垒心理，沿街院落"高筑墙"几乎封闭成阵地工事了。高墙内满是1976年唐山大地震时搭起"临建棚"，许多租用公产房屋的居民，还随意在院内乱搭"违章建筑"。整修工程把高墙改为镂空铁艺花墙，拆除"违章建筑"，遇到的人为阻力可想而知。

分管城建的两任副市长王德惠、陈质枫都是我的朋友，他们像跑接力赛似的致力于这项工作。市房管局分管这项工作的副局长杨族耀也是我的老朋友，他长年奔波在大街小巷，已经由满头青丝劳碌到初霜染鬓。他们对这项工作投入的程度早已超出了公职行为，人称"历史文化发烧友"。我家居住在"五大道"，有一天夜里11点钟，我儿子回家说他看见陈质枫副市长与其太太在"五大道"上一栋一栋看房子说房子。夫妻深夜散步还在研究老房子？简直是着魔了！

他们对天津老房子的感情投入，不大像政府官员，更像一些狂热的艺术家。

历史风貌建筑保护工作者，确实需要具备艺术家的文化素质，因为他们在指挥和演奏着"凝固的交响乐"。

如何指挥演奏"凝固的交响乐"

指挥和演奏"凝固的交响乐",可不像指挥演奏只限于听觉艺术上的交响乐那样空灵,其难度即在"凝固"二字。一座城市的建筑群"凝固"了上百年,早已形成了它自己的"旋律"和"乐章",岂能轻易改动?然而,时代毕竟在前进,现代化大都市毕竟要发展,也就必得有出色的指挥家来重新"诠释"昔日留存的"旋律"和"乐章"。新的诠释之难度更在于现代城市必然要加入许多时尚的"音符"元素,老城与新区,怀旧与时尚,历史与新潮,记忆与梦想,又该如何协调统一呢?

城建规划专家们的两难境地,在于他们必须伸展两只不同的翅膀——一翼承载着城市对往昔的记忆,另一翼则要承载着城市对未来的梦想。这样一对各行其道的双翼,如何能够轻盈地飞翔呢?他们必须做到一只手拉住历史老人的胡须,另一只手扯着理想女神的裙裾;一只脚站在旧城保护的界碑上,另一只脚又要迈向城市发展的至高点。侧身于这样一种绝崖夹缝,却还得游刃有余面面俱到,回首往昔经得起千秋功罪褒贬评说,放眼未来经得起世界潮流与时俱进,纵然是齐天大圣孙悟空三头六臂二郎神,也难以如此圆通周全八面威风。

天津城建规划的精英们,选择了这样一种特殊的职业,他们是一些不断调试记忆与梦想的双翼负重展翅的翔者,他们是一些跳跃在历史与未来之间的一弦钢丝上追求高难度动作的舞者。

"凝固的交响乐"华彩乐章

历史风貌建筑保护工作不可能孤立地独自进行,依托于城市大环境的不断改善与优化。整座城市大的布局是否合理,是对指挥家们的"音乐才能"更高层次的考验。

一部交响乐大多分为四个乐章,事有凑巧,近年来天津为城市发展而演奏的"凝固的交响乐"也可以分为四个乐章。

第一乐章：工业东移

工业东移，是天津城市保护与城市发展的一步高棋。随着天津工业新城"滨海新区"所辖的经济技术开发区、保税区、保税区航空港的高速发展，已经形成了海河下游现代化工业重镇。天津决策层首脑们制定了乘势而上的"工业东移"战略，原先在市区的冶金业、纺织业、化工业……大批工厂迁往市区以东至渤海湾的大片地区。那里多为"退海之地"盐碱荒滩，不适宜农业种植，发展工业不会占用很多耕地。这一步巧棋带活了全局，既净化改善了市区环境，又为工业开拓了新的发展空间；既有利于老城风貌建筑的保护，又为新建筑让出了黄金地段的土地。

第二乐章：海河开发工程

天津历史上曾经是河海运输水旱码头，许多老工厂、老码头、老仓库都在海河两岸。工业东移腾出的沿河地块，又为海河开发工程提供了千载良机。

海河开发，是天津各届首脑们共同的梦想。蜿蜒的海河，越到入海口水面越宽阔，若是能够美化两岸景色，使其更适宜人类居住和娱乐休闲那该多好！工业东移，厂房迁走，使得海河开发梦想的翅膀飞落在大地上。

海河开发工程拓宽了沿岸街道，开辟出美丽的广场，使得那些经过整修的老房子凸显出来。

海河开发工程推出的新建筑，也注意到与原有建筑风格的和谐，新老建筑相映生辉相得益彰，将会成为一条亮丽多姿的景观带。

第三乐章：历史风貌建筑保护工程

这是一项旷日已久的"绣花工程"，需要一座一座老楼、一面一面阳台、一根一根柱子、一个一个屋顶、一扇一扇门窗地"绣"出原有风貌。"五大道"整修工程在这方面提供了宝贵经验。"五大道"指的是旧英租界小洋楼集中的五条半"道"，与其成十字交叉的十几条"路"及其周边延伸地区，这里的新建筑不允许超过六层，而且保持了统一的欧式建筑风格。市政府投入巨资历经几次整修的"五大道"建筑区，视觉上通透的沿街铁艺花墙，使得马路都"变宽"了。一座座小洋楼显露出来，像争奇斗艳的盛装美人，手挽手排成队翩翩起舞，如今已成为一片著名的人文景区。

至今，由于资金匮乏等原因，不少老房子尚未得到保护性开发。听说我的老朋友，建筑专家路红正在率队整修清末逊帝溥仪的行宫静园等极具历史文化价值的建筑。

第四乐章：开发天津历史文化旅游

天津人太老实，不会自我宣传，因而天津经常遭人误解，最大的误解是许多外地人外国人以为天津没什么可看的可玩的地方。其实，天津不仅拥有蓟县山野旅游和滨海海洋旅游资源，也富含近代历史文化旅游资源。

近年来，市政府接受了我们这些文化人的建议，打出"近代中国看天津"文化旅游品牌。

天津曾经是近代中国百年风云的前沿阵地，"历史风貌建筑"之魅力即在于其富含"名人、名居、名事"。众多中外名人曾在天津生活、任职或求学：清末逊帝溥仪；洋务运动时期的崇厚、李鸿章、曾国藩、容闳、盛宣怀……北洋政府时期黎元洪、徐世昌、冯国璋、袁世凯等六位总统；孙中山三赴天津从事革命活动；中国近代思想家教育家文化名人梁启超、严复、张伯苓、严修、弘一法师、曹禺……美国第31届总统胡佛；清廷外交顾问德璀琳（德）；二战时期美国将军马歇尔、史迪威、包瑞德、魏德迈……无产阶级革命家李大钊、周恩来、邓颖超、吉鸿昌……仅南开中学一所学校的高才生中就有新中国两位总理周恩来、温家宝；两位副总理邹家华、钱其琛。

天津的许多街道和老房子都颇具传奇性，因而招来了一队又一队电视摄制组。例如赤峰道曾号称"军阀一条街"，张学良等几十位历史英雄或枭雄在此购置豪宅，"辫帅"张勋虽曾保皇复辟却喜欢住在德式公馆内，他拒绝与日本侵略军合作而保持了晚节；慈禧太后和光绪皇帝驾崩，清廷追杀袁世凯，他躲进英租界利顺德饭店才逃条活命……发生在海河之畔的著名历史事件更是不胜枚举：曾有20个国家在天津设立领事馆；曾有53个中外条约是在天津签订的，其中大多数是不平等的屈辱条约；震惊中外的"天津教案"，两次火烧望海楼教堂；1886年在天津武备学堂试制成功的中国第一只载人热气球，勇敢登空的是抗倭名将丁汝昌和刘步蟾；溥仪的淑妃文绣起诉离婚，是中国历代封建王朝首例妃子"出走"案；曹禺名剧《雷雨》《日出》皆取材于天津……俯拾皆是的历史传奇故事，使得这座城市的角角落落都充满了魅力。近代中国看天津——这句话是一点都不过分的。

拓展文化旅游是对历史风貌建筑最好的保护与开发利用，这一"乐章"闪亮登场，震撼人心的强音还在后头。

如今天津"凝固的交响乐"能够演奏出绚丽的华彩乐章，使我们不禁再一次感激毛泽东和邓小平，感激两位伟人的同一句名言：北京的四合院，天津的小洋楼。

金 球 联 想

太阳在地平线上打乒乓

我是个球盲，挂上 43 届世乒赛的记者证时，那条细细的铁链儿使我的脖颈一阵发凉。走进体育馆看运动员练球，我脱口惊呼："乒乓球怎么变成金黄色的啦？"人们用怀疑的目光瞅瞅我的记者证：这样的人也能采访世乒赛？

这都怪冯骥才和李家森。李家森在天津电视台国际部得意，奉命拍摄世乒赛大型专题片。他一直信奉电视与文学的合作，想请个作家当撰稿人。天津作家中只有冯骥才是体育内行，写球理所当然找大冯。不巧，大冯要出国，这位当年的篮球队员一个传球把家森支给了我。家森与大冯合作过《津门十景》，十年前与我合作过《美哉，津城》，老搭档，推辞不得。朱砂没有，红土为贵，我只好愣打鸭子上架了。

画家讲究新鲜感觉，我这个球盲写球也只有依赖新鲜感觉了。第一感觉，乒乓球是金橙色的，辉煌、轻盈、跳跃、活泼泼灵巧巧如同有生命。挤在任何色彩中，橙黄色都最夺目，最传远，如同日出日落，朝霞夕照。太阳每天在东西两端地平线上打乒乓，地球是蓝色的星球，如同一方乒乓球台。

乒乓球在球类中最小最轻，其赛场也只是丈许长桌，但其他任何球赛都不会唱出地球与太阳的永恒的恋歌，于是便有了小球推动大球之说。

眼睛的多雨季节

往年的北方农历四月多干旱，今年却非同寻常。老天爷也来凑趣，派出了三支甘霖啦啦队为天津添喜为赛场助兴。杜甫名句真可以改为"好雨知时节，世乒乃发生"了。盘山内外，滦河两岸，渤海之滨，禾菽滋润，万木葱茏，好一番丰收喜兆。

难得在春天光临的司雨女神，不仅把甘霖普降津门大地，也蓄满人们的心池，充盈人们的泪泉。眼泪这东西很奇怪，它的干旱期有时长达几年十几年心冷如铁的人甚至一辈子与泪水无缘。然而，一旦它受到触动心闸开启，那真是滚滚热泪天上来，泪眼蒙眬泡湿了整个世界。

小小金球，凝结着夫妻生离死别的深情。前世乒联主席荻村先生满腔热情支持天津举办世乒赛，曾十二次来天津考察，并飞往贝尔格莱德游说其市长把43届主办权让给天津。可惜，这位中国人民的老朋友未能看到他为之呕心沥血的盛会开幕，就抱憾谢世了。世乒赛组委会特意邀请荻村夫人代表其亡夫来津出席开幕式。在主席台上，当少年儿童向在前排就座的贵宾们献花时，李铁映同志转过身把鲜花献给荻村夫人："谢谢荻村先生谢谢您!"她的热泪滴在花朵上，晶莹如露珠……

荻村夫人返回日本时，李家森他们赶到利顺德饭店送行。她告诉记者们："荻村先生在弥留之际还在念叨，世乒赛、天津、天津……"

记者克制住心灵的震颤，把稳摄像机拍下这珍贵的临别时刻，长长的镜头伴随着荻村夫人回眸天津的热泪，一直到她乘坐的汽车远去，远去……

从43届世乒赛开始，世乒联向男子单打世界冠军颁发一只新的奖杯——荻村杯，纪念荻村先生对世界乒乓球运动做出的卓越贡献。当孔令辉高高举起金碧辉煌的景泰蓝荻村杯时，中外运动员和观众中有许多人流下了眼泪。天津人为荻村杯长久地鼓掌，这是始于天津的奖杯啊，今后只要还有世乒赛，每一位世界冠军举起它，不管在世界上任何地方，人们都会想起荻村先生，想起天津……

小小金球，凝结着父母对儿女的舐犊之情。盖亭老爸的喇叭声，跟随儿子走遍了全世界；塞弗的妈妈特意赶到天津来为儿子助战，她与马文革的父母进行了"可怜天下父母心"的对话；孔令辉站在1号领奖台高举冠军杯时，他的父亲喜泪横流……当家森用摄像机扫描沸腾的观众席时，发现有一个人怀里抱着什么东西。记者的敏感使他们飞奔上楼，采访了这位悲伤的父亲。照片上是一位花季少女，她就是渴望见到世乒赛的董苗青。董苗青患尿毒症去世前留下遗愿，把她的眼角膜捐献给失明的小朋友，遗体捐给医学事业。她特别叮嘱爸爸，把自己存的一点钱捐给世乒赛。现在，爸爸满足了她的遗愿，抱着爱女来看世乒赛了。照片上的小苗青睁大眼睛望着领奖台上的大哥哥大姐姐，望着冉冉升起的五星红旗……

　　小小金球，凝结了拼搏者多年的汗水和梦想。被记者们爱称为"乳犊"的孔令辉，登上男子单打冠军奖台，爆出个大冷门。看来他自己对这一殊荣也缺乏思想准备，那羞涩、紧张，无所措手足的样子动人极了。他孩子似的撇撇嘴，强忍眼泪没有掉下来。他两次低头细看怀中银光闪闪的圣·勃莱德杯，大概他以为这是个梦。当颁奖官员陆续给他送上荻村杯和天津纪念杯时，他简直不知如何对付这么多大杯了。这个黑龙江小伙子竟像小憨熊掰棒子一般笨拙地接过一个放在领奖台上，再接过一个再放下，直到摄像记者提醒他抱起圣·勃莱德杯供人拍照，他还是不能像老冠军那么注意自己的镜头形象。瞅着这小冠军的纯情憨态，我不知为何心头一酸泪眼模糊了。前面领奖的那么多冠军得体的姿态，都未能如此打动我。在观众的欢呼声中，我静静地坐着陷入沉思。瞅着这个比我的儿子还小三岁的孩子，我想象着他今后的攀登之路。从这个写着1号的白色高台上出发，他得一次比赛又一次比赛地拼搏、卫冕，世界各国的乒林高手都将研究他、对付他，直到他伤痕累累，被新手打败，跟瓦尔德内尔、盖亭、塞弗一样抱恨回国。竞技、参与、胜利、失败，再胜利，再失败，再胜利，直到退役，难道这就是体育比赛的残酷与魅力么……

　　小小金球凝结着胜利的激情、战友的共鸣。男子团体决赛，引发了场上运动员、教练员和全体观众的感情的洪峰。经过五局苦战，记分牌终于宣告胜利时，王涛没有像其他运动员在此时通常表现的那样，或激动挥拳，或蹦高跳跃，或在胸前画十字感谢上帝，或大哭一场，这小老弟竟然一下子躺在了地上！攀上顶峰后的一时瘫软？多年拼搏精疲力竭了？场场厮杀太累了？不容我多想，队友们一窝蜂地冲到他跟前，一个叠一个压在一起大哭起来。我生平头一次看到这么多小伙子用这种方式在万目睽睽之下恸哭号啕，感情的堤坝一下子决了口。紧接着，运动员们举起蔡振华教练向空中抛着，抛着。环顾左右，观众席里男女老幼热泪横流，全无遮拦……

小小金球，凝结了硬汉子的情愫柔肠。男团决赛散场时，家森神秘地告诉我："警察哥儿们认识我，没有挡我，我的镜头一直跟到运动员休息室。房门一关，场上的欢呼声一下子听不见了，室内一个静场，您猜怎么着？"我忙问："怎么了？"家森得意地一笑："看带子时您擎好儿吧！"回到电视台看素材带时，我又一次为眼前的场面欷歔了——屏幕上的蔡振华一进休息室就哭了起来，这个硬汉子先是伏在桌上用手捂脸哽咽着抽泣，后来顾不上害羞对着镜头张大嘴巴哭了个不可收拾，哭红了眼睛，哭肿了鼻头。男儿有泪不轻弹，只因未到情浓处。当初中国队丢掉了乒坛霸主地位，兵败如山倒。许绍发含泪辞职，推荐了这位"少帅"，蔡振华毅然从意大利归国，受命于危难之时。如今，压抑了六年的心啊，祈盼了六年的梦想啊，许下六年的誓言啊，此时不哭更待何时，痛快淋漓地宣泄千里吧……坐在观众席上的许绍发也早已泣不成声。慧眼识珠，后继有人，让喜泪化作滂沱大雨冲刷心头的积郁吧……

小小金球，凝结了孩子们对生活诗意的理解。孩子的纯情是最动人的，开幕式和闭幕式的祝贺演出成功的奥秘，在很大程度上取决于少年儿童们的出色表演。大型团体操《乒坛春秋》，几百名身着小红帽白衬衣红短裤的孩子，列队挥舞球拍前进的场面，一下子拨动了万名观众的心弦，坐在主席台上的世乒联秘书长施普莱先生眼圈红了。男子团体决赛时的观众情绪犹如山呼海啸，在万众齐吼的浑厚和声的上空，飘飞着一个奶声奶气的清脆童声："王涛哥，加油！""丁松哥，谢谢你！"我这才知道童声的厉害，一万个成年人的喊声也压不过一声稚嫩尖细的童音，上帝赋予儿童清纯无比压倒一切的嗓音,云雀一般回旋在体育馆上空。它是那样撩拨人心,那样富于磁力,尤其声声"哥哥",声声"谢谢你",叫得人心头发热,泪满双腮……

小小金球,凝结了全人类的亲情和友谊。闭幕式最后一个节目《一路平安》,由关牧村、王红、吴蓓、王蕾四大女中音同台演唱堪称独出心裁。女中音最富于抒情,其宽厚的音域和柔美的音质最适合表现母亲的祝福、亲人的抚慰,随着她们的声声"一路平安",几十名海员打出告别的旗语,轮船开动,海浪拍击,海鸥鸣叫,来自五大洲的朋友们告别天津踏上归程。今后常来啊,天津永远为朋友敞开友谊的大门!当演出结束场灯明亮时,我看到了一双双蒙眬泪眼,黑眼睛、蓝眼睛、棕眼睛、黄眼睛、灰眼睛,年轻的眼睛,童稚的眼睛,眼角开满菊花的老眼,全都泪泉奔涌,依依惜别……

哦,眼睛的多雨季节!

赛场上的人生况味

本届世乒赛中国队一举夺得了全部奖杯,国人大喜过望,天津城一片欢腾。

在天津市为中国乒乓球队举行的庆功会上,我看到了七只奖杯列队林立的盛况。人们喜气洋洋,"功德圆满""大满贯"一类喝彩不绝于耳。

望着七只闪着荣誉之光的奖杯,我心中忽然袭来一股不合时宜的思绪:假如这次中国队一个冠军也没拿来,那情形又会怎样呢……天津在争办世乒赛时显然没有包下七大奖的期望值,但有没有"剃光头"的心理准备呢……一旦出现那样的局面,观众的情绪又将如何?朝野各方对我市如此兴师动众举办大赛的舆论评价还会一致赞同么……如果是那样,又将是另一番情景,岂不说明大家都"魂系奖杯"了?那么奥运精神呢?体育竞技的宗旨呢?……我陷入了悖论的怪圈,但这样推想并非多余,它涉及一个民族的心理承受能力。

在赛场上我有个重大收获,见识了输得起的民族。41届冠军瓦尔德内尔卫冕失败的那一刻,其懊丧只有适度流露,仍然不失优秀球星的自信,望着他悄然退场的高大背影，我相信下届世乒赛上他还会回来的。瑞典队乘兴而来，空手而归，但他们和他们的啦啦队仍然不失北欧人的温文尔雅。哈马隆德身为瑞典人，仍然向中国队一再表示衷心祝贺。5月12日的男子单打四强赛，欧洲人全面败退，前三届冠军佩尔森、瓦尔德内尔、盖亭一股脑输给了亚洲人。尽管欧洲人管这一天叫作"黑色星期五"，但他们仍然为能来天津参战而高兴，盖亭老爸仍然嘀嘀答答吹他的小喇叭。奥林匹克运动起源于欧洲，他们更早更深刻地理解体育竞技贵在参与的精神。

赛场能够使人体会到很多人生况味。它贯穿着人性的欢歌与悲歌。万众目光总是注意赢家，我却特别留意败者的感情流露。他们的失意、悲伤，总是令人想到人类的生存困境，那一份无奈，怅然，总是令人怦然心动。马文革被淘汰出八强时，胜方得意地走了，他却手握球拍久久地立于球台前。望着一张张球台前队友们仍在厮杀，看来他不相信自己在父老乡亲们面前就这样退场了，可能他还想跳过围栏，为队友助战，但这一切都来不及了。球星再怎么拥有昔日的辉煌，到头来也只能以怅然和无奈退出竞赛。上届盖亭捧得冠军杯，意味着这一届交给孔令辉。孔令辉还年轻，或许他能像庄则栋那样蝉联几届，但终将逃不过把奖杯让给新人的命运。对于运动员个人来说，残酷的宿命，注定了拼搏夺取就是为了失去。一代一代运动员以自己短促的体育青春跑接力赛一般达到"更高更快更强"的体育境界。个人荣辱得失的前仆后继循环往复，组成了奥运精神绵远流长的史诗，所以堪称悲壮的史诗。

富于人生况味的细节总是动人心弦的。王涛和金泽洙比赛失利后，独自一人在休息室呆坐，满脸的不理解，凭实力他是可以打胜的，搞不清楚是怎么回事。别人只知道万人高呼"王涛！王涛！"的荣誉，却不知他独自吞咽失败的苦酒。一夜之间，金泽洙被世乒联罚出比赛，王涛又擢升四强之一获得了牵国旗一角绕场一周的荣耀。他付出同样的努力，机遇却是大起大落变幻无常。这不能不让人感受到体育竞技是人生长剧的"快镜头"，是社会竞争的缩影。运动员的胜与败，拼搏与参与，老化与更新，都能够使人们联想到自己的命运，想到社会环境，想到人类永恒的理想追求。

球运·城运·人运

体育赛事或文艺活动，看上去似乎和一座城市的命运关联不大。然而，奥运会之于洛杉矶、汉城、巴塞罗那的全球影响，世乒赛之于日本千叶县，瑞典哥德堡的知名度，乃至一本书《飘》（《乱世佳人》）之于亚特兰大的芳名流传，一部电影《北非谍影》之于摩洛哥城市卡萨布兰卡的举世闻名，一首乐曲《蓝色多瑙河》之于维也纳的名垂史册，都说明了体育竞技、文学艺术与城市命运的息息相关。所以，聪明的城市首脑总是想方设法通过举办大型文体活动来吸引世人的目光。

虽然我懂得这个道理，但为天津人对世乒赛所付出的热情所寄予的期望还是估计不足。或许因为我对乒乓球原无兴趣，便总觉得天津人对筹办此届世乒赛过于投入，天津观众对赛场球运过于关注。尤其是男子团体决赛和男单女双决赛兼闭幕式，我为万名观众的狂热惊呆了。失球的惊呼，得球的欢呼，啦啦队的声嘶力竭，赢球后的疯狂宣泄身陷山呼海啸般的声浪中，我心里总在琢磨这不只是简单的球赛。看运动员、教练员们的劲头有些异乎寻常，观众与运动员的配合默契、相依为命也有些异乎寻常。只有在球运、城运、人运息息相关荣辱与共的情况下，才会出现这样热烈的赛场高潮。北京市体委主任对天津市体委主任仇勇预言：十年之内的中国馆内比赛不会出现这样盛大的场面了。

那么，球运、城运、人运之间的内在联系究竟是什么呢？教练员、运动员与观众之间深层次的心灵对话又是什么呢？

后来我知道了斯韦思林杯、圣·勃莱德杯和中国人久违了三届六年，知道了教练员运动员心中的压抑。除了国家荣誉之外，他们还要面对"阴盛阳衰"笑谈对男子汉自尊心的刺伤。

无独有偶。五六年前天津城也曾有过出类拔萃的成就，城市建筑领先曾受到不少城市的艳羡。可是，随着商品竞争的激化，"上游"原材料价格暴涨，使天津这个"下游"加工城市陷入困窘。国营大中型企业设备落伍，员工老化，负担过重……在计划经济时代，国家没有在天津投资一项重点工业项目。改革开放以后，市里苦于没有新的利税骨干企业，几届领导班子都在围绕"争项目"，疲于奔命。好容易争来了"大无缝"工程和"十一万吨乙烯"工程，不料国家拨款改为银行贷款，建设期连沉重的利息都还不起……市财政紧张，手头拮据，身为老牌北方工业商贸金融中心，竟然被不少南方新兴城市抛在后面……天津紧邻首都犹如挨近一颗最亮的大星，总是显得相形失色。就拿这次争办世乒赛来说，若不是当时北京的注意力全在申办奥运会上，世乒赛的主办权也不易落到天津。

乒乓男儿感到压抑，天津人也感到压抑；乒乓男儿渴望夺回荣誉，天津人也渴望发出自己的光芒；乒乓男儿需要在世界面前证明自己，天津人也需要在世界面前喊出自己的声音。憋着一股劲儿想打翻身仗，在这一点上天津观众与乒乓男儿心有灵犀一点通。

天津确实是一块宝地，球运、城运、人运都达到了新的境界。

我相信人生不是一条平直的线，重要的是几个凸突的点，几个对人的命运起转折作用的点，就像冠军领奖时站立的凸突的高台。城市的命运也是一样，多么古老的城市，它的发展历史也不是一条平直的线，闪光的也只是几个凸突点，几个对城运起转折作用的点。新中国建都之于北京，改革开放之于广州，辟为特区之于深圳，开发浦东之于上海……过去我们无限眷恋抗震救灾重建城市之于天津，现在我们可以自豪地喊出 43 届世乒赛之于天津了！

但愿这次盛会成为天津城运转折的闪光点，问题在于如何抓住这个闪光点把它的光束延伸、延伸、再延伸。只要爱看热闹的天津人不只是把它当成一场热闹看，不只是吹吹打打大办了一场喜事，不再回到往昔的平庸。

寻找回来的崇高

采访世乒赛期间，我时时觉得迎面扑来一种久违了的东西，轰轰作响地撞击着你的心灵。它是什么？是一些事？一些人？还是某种感觉？叫你一时也捉摸不清。但它实实在在地让你经受各种各样的情绪历程，激动、欢乐、不安、焦灼、祈盼、惊喜、失望、压抑、担忧、狂欢，生命能量得到大量的迸发释放，最后推向振奋的高峰。

我第一次在国际比赛现场看到升起国旗，身临其境和看电视的感觉那么不同，我简直为自己如此动情而惊异了。这些年，金钱大潮带来了人际关系的冷漠，人们有各种牢骚，各种不如意，对中国对天津有各种失望各种埋怨，我以为自己早已对升国旗之类的仪式冷淡了。不料当五星红旗徐徐升起的时候，我顿时觉得浑身的血液沸腾了。有两场比赛后有四面国旗冉冉而升，对我来说是生平首次目睹，一股子酸热的泪水夺眶而出。

尤其有一场我的座位离旗手很近，一排身穿白色礼服高大英俊的战士把国旗系在吊杆上，然后双手捧着叠得整齐的国旗肃立。随着电动吊杆缓缓升高，鲜红的绸旗升起时轻轻抚过战士们的脸庞。过去，我在苏联反法西斯战争影片里见过战士亲吻国旗，从来没有见过国旗亲吻战士，这次在这样近的距离看着柔软的红绸久久地在战士年轻光泽的脸上摩挲，我倏地对祖国是母亲有了形象的理解，眼泪簌簌地流个不止。

有一天我离开体育馆已是深夜，雨中的场院已无宾客。但是，两位礼宾哨兵仍然一丝不苟地走着正规的步伐。雨夜无人，他们做给谁看呢？驻足良久，我忘记了自己没有雨具，但总觉得我这唯一的看客也离开他们有些歉意。当我理解到他们这样做是为了自己的信念时，才踏上了夜路。在大馆外面的路边，我问两位值勤战士的年龄，一个20岁，另一个也20岁，我不由得想到孔令辉也二十岁。战士不同于冠军，但他们在追求生命的辉煌这一点上是相同的。

有记者撰文说得贴切：世乒赛期间最累的是记者，最苦的是警察。因为听到有人对安全保卫工作过严的牢骚，我来到大馆的一个里外间，这个比派出所还小的地方就是安保部。老朋友李宝金局长和高公瓒副局长挤在小里间，看他们那日夜顶班的劲头真像派出所所长呢！我开玩笑说："弟兄们晒得个个都跟非洲运动员差不多了！"公瓒苦笑道："下雨也不好受，个个淋成落汤鸡。开幕式那天夜里，附近居民看民警太冷了，送来雨伞和姜汤。"我问："这么多民警吃喝问题由谁管？"李局长似乎认为我这个问题提得多余，两手一摊回答："当然是公安局自己。局里用汽车送来热水罐和盒饭。"有一天我没赶上晚饭，散场后公瓒热情地说："冰箱里有饭！"我一看冰箱里全是些干馒头，扭身就走："谢谢，我宁可饿会儿回家去吃夜宵。"又有一天我没来得及吃早餐，公瓒拿出自己在家里炸的虾酱，又叫人从冰箱里拿出干馒头："晾晾，一会儿就不凉了。""晾热"的馒头夹虾酱，我吃了个香甜。

闭幕式前一夜，赛局已定，全部奖杯落入中国人怀里，指挥中心气氛显得轻松了。我劝李宝金："坐下歇歇吧，只剩明天一天了，不会出事了。"他正色道："千万别念叨这个！"在庆功会上我又见到他，这时他才笑道："直到闭幕式那天夜里我们把中央首长送到高速公路出口，这才放下心来松一口气。"

唉，警察这行当，人们在安全的时候讨厌他们，在不安全的时候需要他们。可是，当今世界上既有歌舞升平，也有日本毒气案、美国俄州爆炸案。人们弄不清自己这会儿安全还是不安全，也就弄不清自己究竟是讨厌警察还是需要警察了。金局长对这些全不介意，长舒一口气："只要平安无事，我们再苦再累，挨骂落埋怨也心甘。"

是啊，为世乒赛做出贡献的人多得很，为准备文艺演出操练了几个月的孩子们和演职员、志愿者服务人员、翻译、大会工作人员，哪个不是白尽义务呢？这几年我们听多了大款挥霍公款吃喝之风丑恶现象，重新发现这些久违了的纯净与高尚，顿觉耳目一新心潮澎湃。

在大馆外侧的指挥中心，我还看见了官员"大降职"，一间大办公室里挤满了办公桌，钱其琛、张惯文、张绍宗、耿建华、李宝金、仇勇、黄东升等领导干部合署办公，每人只有一张办公桌，秘书们和工作人员则只能在一旁候着了。组委会每天一早一晚必开碰头会，让人想到车间里的班前会和班后会。

所有这一切，都令人误以为是发生在战争年代的事情。体育竞赛是和平的战争，参加这场和平的战争的人们都受到灵魂的净化。

我一次又一次试图使自己理性起来，我想弄清楚，那久违了的宝贵的东西到底是什么？轰轰作响撞击心灵的力量到底是什么？那种排斥平庸卑琐洋溢着理想之光的激情到底是什么？在闭幕式上，当孩子们以清脆纯净的童声合唱贝多芬的《欢乐颂》时，我忽然从高耸入云的和声中捕捉到了它——崇高，审美的最高境界。

崇高二字无可阻挡地进入我们的想象和情感，于是，我们打破自己平时的局限，飞向崇高的顶点，分享着它的伟大。崇高感唤醒人的尊严和价值感，使人有一种强烈的生命力的迸发和升华。

世乒赛给天津人带来许多精神财富，最宝贵的当属让天津人分享到崇高的宏大感觉。寻找回来的崇高，天津不会再甘于平庸，不会再甘于落后，不会再错过机遇。天津城要重写自己的地方志，天津人要重新设计自己了。

飞碟式体育馆在她的生命之初，就发出恢宏的交响，如果有天外来客乘坐飞碟从这硕大的地球银碟上空飞过，他们会听到奇特的音波：天津！世乒赛！世乒赛！天津！……他们会把这些高昂的符号带回外星去破译、去传扬，地球上有一座与银河同名的城市——天津……

写于 1995 年 5 月天津举办第 43 届世界乒乓球锦标赛

上 海 印 象

坐在"东方明珠"塔顶旋转餐厅上，外滩、停泊巨轮的码头、苏州河、浦东新区……你会以为上海在自转，和地球一样日夜不停。我不由得想起同乡赵启正的一段妙语，赵公原籍天津，曾任上海市副市长、浦东开发区主任，后任国务院新闻办公室主任，从政坛引退后现任人民大学新闻学院院长。他一身兼有天津人的乡情，上海官员的立场，中央官员的眼光、文化学者的睿智。有人问他对上海和天津的印象时，他以两座城市的电视塔为例讲得十分有趣："天津电视塔建得早，曾经是亚洲第一高塔。但是天津人把塔建在了偏僻的体育学院以北，虽然上面也有旋转餐厅，但是游人上去以后看不清市中心景观。只热闹了一阵子，如今很冷清了。上海人则把塔址选在了黄浦江边最佳地段，坐在旋转餐厅上，外滩、苏州河等代表性市容景观尽收眼底。再加上把塔座建成展示老上海风情的博物馆，每天去观光、参观、用餐的外地人前呼后拥。电视塔取名'东方明珠'，又成了城市形象的宣传用语，简直是一本万利的摇钱树。"

寥寥数语，天津人的傻气和政府行为，上海人的精明和商业头脑，惟妙惟肖，呼之欲出。

说来惭愧，我已有十年未到上海了。今春赴沪参加中国作家协会全国委员会，上海印象为四个字：大吃一惊！

吃惊当然出于变化之大印象之佳，但也缘于昔日印象之不佳。

昔日沪上见闻，虽为小事，只因伤了北方人的自尊心，至今记忆犹新。

坐车。北人赴沪，主要兴趣在于购物。经人指点，兴冲冲奔向南京路淮海路，在公共汽车上充当了好长时间的"沙丁鱼"。"罐头"太小"鱼"太多，挤得人喘不过气来。不知为何有好几条"沙丁"冲我嚷，南语如外邦，完全听不懂。某"沙丁"操北语告诫："朝里走，别堵在车门口！转过身来，背对背！"冤死人了，难道我不想朝里走么？售票员报站名听不懂，只好自己探头去看每一个站牌子上的字，敢离开车门口吗？转过身来？挤成这样子转得过去么？偷眼打量，大家确实都是背对背依序而挤，"鱼"贯向前的，只有自己与某"雄鱼"脸对脸呼吸，甚土气甚傻气甚不成体统，原来这挤罐头也分文明鱼与野蛮鱼呢！汗颜，无地自容（挤的），好不容易到站冲下车，死里逃生一般。

那年头上海没有出租车。

购物。名街名店名装。我客气地请售货员拿下一条裤子看看，北方老土自打进了大上海，一步步受到心理打击早就自惭形秽矮了半截，所以请求售货员时格外赔着小心。柜台里沪女目光如隼，只剜了我的腰臀一眼，便冷冷告诫："你们穿不得的，这是我们上海人的尺寸。"

惴惴而退。走在街上打量人家的体形，果然个个窄臀细腰，骨感如螳，只有自己蠢笨无比。欲加汗颜，未购得一衣，空手北归。

买早点。我和几个"北佬"作家住在某出版社改稿，大家轮流上街买早点，这一天轮到我了。闻香而去，不远处有炸油条的小店。欣欣然，那年头天津吃不到新炸的油条，还是大上海好！只有四五位沪女在买油条，我排在队尾以为很快就会排到。不料等了又等，她们每一位都是挑来拣去，总不满意，总以为新出锅的那一根大一些。我在后面等得好不耐烦，好不容易排到跟前，便对店家师傅说："铁篦子上的馃子我都要了。"我用一根大竹签子挑着金黄金黄的热油条刚一转身，就听见后面排队的人说："港督！"

回到招待所，我问值班老伯上海话"港督"是什么意思，老伯说就是傻子，原来她们说我是"憨豆"。

屡屡受挫，怏怏之余忽有阿Q精神排解，转而噗嗤一笑。你说这上海人聪明吧，其实也"港督"。明知北方人爱去上海买衣服，为什么不针对北方人的体形制作大号的呢？有钱不赚，傻不傻？对一根油条的算计只有毫厘之争，穿得好体面的女士们矗在路边为这等"蝇头小利"浪费时间，有那功夫去干点正事不是更上算么……上海人最大的失算之处更在于他们自己的生存状态挤迫如沙丁鱼罐头，却在外地人面前处处表现出世代贵族般的优越感，招来各地人士的反感。尺有所短寸有所长，各方人士都觉着自己家乡的月亮圆，岂能容你沪人独尊？自诩有教养的上海人却在这事关城市形象的大事上失之涵养了。

不过，那都是很久很久以前阿拉伯的故事了……

今春在上海小住，往昔不佳印象一扫而光。

还是从小事说起，作家注意细节，一滴水见大千世界。

订下行期，忽然想起20年前在广州开会时的会友刘巽达，刘小弟锛头星目，聪慧异常，为人也热情。我想趁机去上海档案馆查阅历史资料，求他帮忙介绍个把朋友。去信打探，果然他答复愿意提供帮助，信中留下好几种电话号码。想到上海人过日子精细，我不好意思打他的手机号码，双向收费。打办公室吧，他是个大忙人，极难找到。终于通了话，他问我为何不打他的手机，听了我的顾虑后朗声大笑："您这是旧印象啦！现在的上海人谁还在乎这点电话费呀？"

新天地之夜，他和夫人做东请我聚谈，还特意请来了档案馆陆其国先生，帮忙解决查阅历史资料问题。其豪爽大方不让燕赵男儿，其善解人意仍为上海绅士，南北之优秀集于一身。我暗自搜尽枯肠，搜遍天津卫文化界编刊高手写作俊才，虽各有专长，若论综合素质，竟无人能及。

住在锦江饭店，离淮海路很近，虽购衣无信心仍闲逛数次，不想收获颇丰。各家商场售货员皆是笑脸相迎，殷勤介绍种种服装的种种好处。惴惴问尺寸，不料不仅尺码齐全，还有加肥特号，别说我这中等富态能够买到合身的衣裳，就是美国大肥妞来了也保管叫她对号入穿。区区尺寸，却令人抒发大感慨：不愧为国际化大都市啊！价格嘛，与京津商场无异，自然是从中低档到天价各有领地。

我很快就找到了购物良机——上海已是暮春时节，商店冬装都在换季，挑中三件羊毛加羊绒质地很好的大衣和外套，做工精细，削价处理很便宜。

北方仍然春寒料峭，买回去还能穿个把月，夏日闲置不久，到了金秋十月又能上身了。回到锦江显摆，引起若干北佬赞叹，其中一件黑紫色短大衣，山东聊斋学者马瑞芳爱不释手，急忙赶了去也买了一件。一件金黄色长大衣捎到汉堡给女儿，女儿也非常喜欢。德国佬金发雪肤，不论男装女装素喜与头发搭配的这种颜色，问起价格折合只用 100 欧元，个个瞠目艳羡。可惜我不经商，我若当服装贩子，一定打好时间差，趁换季时节把上海清仓处理的冬装倒卖到京津乃至离北冰洋更近的汉堡柏林去。

用餐变化之大，北佬的胃口最为敏感。20 年前在沪一家著名饭店当过一回贵客，至今想起来都半饥半饱的。豪华大厅，西餐长桌，蜡烛玫瑰，沪上文学精英聚全。餐，却只有六道菜，而且是小碟小碗小盅小菜，精致高雅无比，只是填不饱肚子。盼着最后一道菜"小罗尔"，揣度何物，端上来一看原来是一块小小的三角形冰激凌。席散告别，我和几位北佬作家早早地到街头去买夜宵。此次作客今非昔比了，各处招待之丰盛，不让东北老饕，在沪小住数日，便有减肥之虞了。眼瞅着满桌筵席，满意之余却又有些担忧，竟然怀念起昔日上海式的小碟小碗小盅小菜了。以上海人的精明，原本是可以堵住外地传来的饮食陋习浪费之风的，矫枉过正不可取，拿捏的恰到好处方能体现上海人的智慧。

浦东新区的拔地而起。上海人已告别了窄屋陋巷。

通往洋山港架于惊涛骇浪上的长桥。上海人心胸已宽阔如海洋。

开发崇明岛的宏伟规划。上海人已设计好了未来发展空间。

宏观至此，国之龙头。

忽一日在一条整修一新的宽街大路上见一微观细节，忍俊不禁赘于结尾：漂亮的马路边道上，两棵树之间拴着铁丝，铁丝上仍晾着衣裳，"仍"字之用，因为令人想起旧时上海里弄万国旗一般的晾衣竿。就连晾衣，上海人都比北佬精明，那铁丝上挽成许多扣，衣架钩穿入扣中，不会被风吹落。不知为何神州北国竟无一人能想出这么好的主意，世世代代的马大哈们任凭衣架被风吹来吹去，甚至吹落在地。钦佩之余忽又一想，沪人为何非要把洗干净的衣裳晾在路边呢？车水马龙、汽车尾气、环境污染……大上海仍在负重而行。

相伴吉祥鸟

相 伴 吉 祥 鸟

近年来天津的喜鹊越来越多了，鹊鸣阵阵，为城市平添一派吉祥之气。常见报端登载喜鹊探访民居和居民厚待喜鹊的趣闻，每当看到这类报道，我就想到了我们大院里发生的人与喜鹊的故事实在太多了，于是写了这一组散文。请读者朋友们相信，文中所叙除了必要的文学描绘，绝对是真实的故事。

天津如果要选市鸟，我一定投喜鹊一票。

喜 鹊 报 喜

我与喜鹊的交往，已经有两个多年头了。

前年大年初一清晨，我被一阵喜鹊的叫声喊醒，精神一爽，睡意顿消，急忙起床到阳台上去看吉祥鸟。

我家有个很大的楼顶阳台，院子前后都有粗大的杨树蹿过了4层楼楼顶，夏日里树冠茂密的枝叶一直伸到阳台上，凭栏而立就像依偎着一座绿色小山。北方的春节其实是冬天的尾声，光秃秃的杨树枝还未绽开新绿，我一眼就瞧见那只喳喳叫的花喜鹊了。它看到我扑棱棱腾空而起，却不飞远，落到对面楼顶高耸的烟囱顶端的避雷针上，仍然冲着我尾巴一翘一翘地欢叫着。昨夜人们守岁放炮睡得迟，大年初一的黎明显得格外寂静，只有这喜鹊富于冲击力的鸣叫震荡着清晨的空气。周围房屋的轮廓还很幽暗，只有这居高临下的花喜鹊沐浴着金色的霞光。

自古以来我国民俗闻喜鹊声以为吉兆，"鹊笑鸠舞"——一向作为喜庆的词语。古诗中更有"破颜看鹊喜，拭泪听猿啼"之名句，人们只要看见喜鹊就会破颜而笑，更何况新春伊始，鹊灵报喜呢！我仰望着喜鹊，仰望着霞光初照的春天第一个早晨的苍穹，孩童般地摆动双臂学起了喜鹊的叫声：喳喳！喳喳喳——

后来我才知道，"破颜看喜鹊"的快乐并非我独有，吉祥鸟的祝福是属于方圆附近所有的居民的。不知何时从何方飞来的喜鹊在好几棵大杨树的枝上都筑了巢，大院里热闹起来了，喳喳的叫声此起彼伏，人们抬头见喜也就成了家常事。

我一向有起早写作的习惯，自从窗外来了吉祥鸟，更是天刚亮就习惯性地惊醒了——喜鹊简直成了我的小闹表，成了我日常生活中的一部分。在我听起来，鹊声虽不如别的鸟儿歌声婉转，甚至有些沙哑，却总是那么有力，急促，富于金属般的敲击感。这种节奏明快的敲击感，消人烦恼，解人愁肠，去人慵意，催人奋进，给人以信心与希望。每天清晨喜鹊一叫，我就跟上了发条似的利索地起床。为了不惊动还在熟睡的先生，我悄悄地走出卧室，也不敢打开卫生间的灯，趁着朦胧的晨曦洗漱，然后来到4楼小书房开始写作。这里是全楼最早射进霞光的地方，窗外邻家屋顶卫星电视线架上的喜鹊已经雀跃着催叫多时了。

如果说这两年我写出了一些澄明稚朴的真情，写出了一些禅心佛韵的善境，写出了一些清净大爱的美文，在很大程度上应该归功于吉祥鸟了。

日日有吉祥鸟相伴，是人生难得的一种雅味清欢啊！

置身于繁华闹市疲于竞争的现代人，差不多是没有雅味清欢的，因此我万分珍惜这一份福缘。

人 鹊 相 依

喜鹊在高高的杨树上过日子，人们在楼房围起来的方城里过日子，本来是各过各的两不相关，自打喜鹊夫妇孵育出雏儿，大院里就生出多少人与喜鹊的故事。青年人中年人忙着上学上班早出晚归没有空闲注意鸟雀什么的，老人们聚在一起却总爱仰望鹊巢。特别是有的老人的子女在外地或国外，老夫妇处于人生的"空巢期"，就更加关注树上的动静了。看到大喜鹊来来去去忙着给孩子喂食，他们常常叹息："唉！动物世界也是可怜天下父母心啊！""把孩子拉扯大真是不容易啊！"

谁承想，那雏鹊刚长到半大不大，就在家里呆不住了，趁着父母外出觅食，它难耐好奇飞出来闯世界了。它小小年纪哪里知道，单说这杨树干就有四层楼高，飞下来容易，羽毛未丰的稚嫩翅膀怎么飞回树冠上去呢？它只能在窗台屋檐间扑腾着，再怎么努力也没气力往高处飞了，吓得它惊慌地惨叫着。

喜鹊爸爸和喜鹊妈妈回家来发现少了一个孩子，焦急地叫岔了声儿，巢里的雏儿也喑哑地叫成一团。这下子惊动了全院的居民们，大人孩子个个仰着脸跟随飞来飞去的大喜鹊涌动着，呼叫着，终于找到了落在一处墙角的小雏鹊。孩子们哄撺着替它加油："飞呀！往高处飞呀！""你爸爸妈妈找你呢！"

小喜鹊吓掉了魂儿，东扑腾西扑腾更加飞不到树上去了。

喜鹊妈妈不理解人们的好意，大叫着俯冲下来保护自己的孩子，啄起雏儿的脖羽就飞。可能是喜鹊妈妈怕啄疼了孩子吧，用嘴鸽鸟不够紧，没飞多高小鹊就又扑腾下来，掉了好几片羽毛。

人们七嘴八舌瞎出主意，情急之中忘记了鸟类听不懂人类语言。幸亏一位养鸟的老者说话了："大伙都避一避吧，让它们自己想法子吧！"

人们悄然而退了，喜鹊们却仍在声嘶力竭地鸣叫，简直令人觉得到了世界末日。我在窗口窥视，只见对面二楼屋顶上两只大喜鹊追逐小喜鹊，不断地用喙啄它的翅膀，引导它一点一点做短距离飞翔，一家三口在树之间辗转腾挪终于飞回巢了。

看到这一幕，不知怎么我心中倏地想起了远在德国的女儿，鼻子一酸眼睛潮湿了……

暮霭降临，大院里树上树下都安静下来了，家家厨房飘出了炊香。相信今晚的餐桌旁人们的中心话题是喜鹊，长辈们会这样叮嘱孩子们："可别到处乱跑啦，看把小喜鹊的爸爸妈妈急的！"孩子们会说："小喜鹊真勇敢！有探险精神！"长辈们会说："那也得先学本事啊！乱飞乱闯也不行啊！今天多亏了人们护着小喜鹊，让野猫叼了去可就没命啦……"

人与鹊，已经息息相依了。

雏 鹊 的 心 跳

远远地观看喜鹊，和把喜鹊捧在手心里，是完全不同的两种体验。

这一天清晨，儿子要去上班打开了大门。我正在楼上洗脸，忽听儿子大喊："妈妈——快来看呀，喜鹊！"

我急忙下楼，只见一只小喜鹊在楼道里扑腾。我惊喜地说："一大早儿喜鹊登门，准是要有喜事临门啦！"

小喜鹊还不大会飞，我没怎么费力气就把它给捉住了。有生以来第一次触摸到喜鹊，头一回在近距离把喜鹊看得这样仔细，我高兴得心花怒放。这是上次擅自离巢被爸爸妈妈引领回家的那个小家伙呢，还是另一只羽毛未丰就出来闯世界的小家伙呢？

从外表看上去小喜鹊有半尺多长了，但抓在手里却是一把瘦瘦的小骨头，原来是因为羽毛蓬蓬尾巴长长显得像一只大鸟了。我不敢紧握手掌，怕攥疼了它，它那双稚嫩的小爪子使劲地挣扎着，却挠不疼我的皮肤。我的手指感受到它柔软的温热的身体，一下子涌出一股说不出来的怜惜之情。它有一双圆圆的晶亮的小眼睛，凄惶惊恐地瞅着我。它的嘴角镶着嫩黄色的边儿，说明它还是一只雏鹊。它不停地张开大嘴东找西找，叫人一直能看到它的喉咙，开始我以为它要啄人，略作观察这才发现它根本还没学会以尖嘴当武器，张大嘴巴像是等着爸爸妈妈来喂它东西吃，或者说，这是一种它唯一学会的找爸爸妈妈求助的动作。它那颗小小的心脏慌慌地激跳着，怦怦的心音敲击着我的手心，不知为何，我的心跳也加速了，随着雏鹊的心悸也慌慌地跳成一团，简直成了同频共振了。

唉，这才是多大点儿的小东西啊，又一个冒失离家的小家伙！现在你闯到我家里，叫我拿你怎么办呢……先找点吃的喂喂你？可是你来得太不巧了，冰箱里没有火腿肠，剩米饭，剩面条，什么你能吃的食物都没有。你这么小，还不会自己啄食，总不能往你嘴里塞生米粒吧……

我怕喂坏了它，唯一的办法是尽快让它回窝里去，可是杨树冠上的鹊巢比四层楼还高，而此时它的爸爸妈妈又不在家，也不能飞下来帮助它飞上去，怎样才能帮它回巢呢？忽然，我想起了楼顶阳台，急忙抱着它上了楼。

大杨树的枝叶一直伸到了阳台上，这里离鹊巢很近了。我抚摩着它的小脑袋，黑脊背，大尾巴，终于恋恋不舍地松开手把它扔到树枝上去。好极了，它扑腾着翅膀落到树枝上，又借助一根又一根树枝做短距离跳跃或飞翔。杨树叶子太浓密了，鹊巢隐没在浓荫里面，只能从叶隙中间看到它攀飞的身影。

忽然，惊险的一幕出现了！看来它是太没经验了，不小心落到一簇叶子上，叶子经不住它的体重，它惊叫着掉了下来！我也失声惊叫起来，还好，它扑腾着飞在三层楼窗外的一块探出的房顶上。我慌忙跑下楼从卫生间窗口朝外看，窗外的房顶上却没有它，只有一根黑翎尾羽。我又冲下楼去到院子里寻找，哪里都没有它的踪影……

我坐在书房里一个字也写不下去了，整个上午都忐忑不安，一会儿去楼顶阳台看看，一会儿到三楼卫生间窗外瞅瞅，一会儿又到大院里听听动静。老人们安闲地坐着聊天，孩子们仍然在玩耍，没有一个人看到刚才的一幕。两只大喜鹊飞回来了，只是喳喳了一阵，也并没有像那天找孩子那样声嘶力竭地鸣叫。那么，这究竟是怎么一同事呢？小喜鹊究竟回巢了没有呢？它飞落的那块房顶离树冠也不远了，但愿它按照我教给它的法子，借助一根一根树枝的距离飞回家了……

我为小喜鹊祝福。

大 树 的 乐 手

喜鹊似乎很喜欢在杨树上筑巢，起码是居住在城市里的喜鹊做出此种选择，居高临下，以免受人打扰。这样，我家前院后院的杨树上便有了三个鹊巢。

喜鹊与杨树作伴是再合适不过的了，它们有许多共同之处。

　　杨树喜欢蹿高，身旁如有一根电线杆，它一定要高过电线杆去；身旁如有一排楼房，它一定要高过楼顶去。喜鹊喜欢登高，它不仅把家安在杨树冠上，还总是飞落在楼顶烟囱或避雷针尖儿上，人类的活动尽在它的俯视下面。

　　喜鹊是一种热闹而欢喜的鸟，杨树是一种热闹而欢喜的树。无论是烈日炎炎还是阴霾重重，天生天养一股劲儿蹿高的大杨树总能活得鲜鲜亮亮张张扬扬，总有一股自得其乐的傻欢喜。哪怕只有微风吹拂，绿油油的叶子也多情地做出回应，拍起大巴掌哗哗作响；哪怕只有小雨浇洒，叶丛也细细吟唱，道不尽的深情谢意。若是遇上狂风暴雨，摇曳的树冠发出天马啸啸天车辚辚天鼓隆隆天兵浩荡之声，好一排如醉如痴痛快淋漓得意忘形恣肆汪洋的大杨树啊！

　　一排四棵大杨树就够热闹的了，何况又添了好几窝咋咋呼呼的喜鹊！而且喜鹊不是候鸟，一辈子就认准天津卫这地界了，冬天也迎着寒风在杨树枝头欢叫跳跃。不客气地说，喜鹊有一条破嗓子，缺少优美圆润，更谈不上细腻婉转，但它毫不自卑，仍然可着喉咙大喊大笑，全无遮拦直抒胸臆。与其说它是歌手，不如说它是个乐手，它发出的极富冲力与张力的声音更像演奏打击乐。更加逗人的是，喜鹊还不是孤芳自赏的鸟儿，喜欢呼朋唤友喳喳聊天。院前院后五棵杨树上的三家喜鹊，还有不知道哪里飞来做客的喜鹊，或遥相呼应，或凑群聚会，简直就成了打击乐队，大锣大镲架子鼓铿铿嘹亮直冲云霄。或许喜好热闹的杨树正是难耐严冬的寂寞，才招来这些活泼的房客呢！

　　冬天的妙处还在于大杨树没有了茂密的叶子遮挡，我才能够看见喜鹊巢里的一举一动。北国严冬裸枝上的喜鹊，是大树的花朵，大树的乐手，大树的精灵啊！

　　我家窗外有这么几棵喜杨，有这么几窝吉祥鸟，日子就总是这么喧哗着。奇怪的是，树与鸟的喧哗从来不曾使我烦躁，反而令人备觉宁静平和，大有"鸟鸣山更幽"的意趣。这热闹不是红尘嚣噪，而是来自大自然天籁之声；

这喧哗不是浮世声色，而是风、鸟语、绿荫合奏的交响。于是，大院里居民们也就成了热闹而欢喜的人了。对于久居大都市灰色方城里的人们来说，不出家门即有芳荫相蔽，清晨醒来即有吉祥鸟相依，邻家女孩弹奏的高山流水般的钢琴曲，不时伴随着树声与鸟语。这绿，这鹊，这音乐，无疑是一份奢侈，一份享受，一份上苍偏爱的恩赐。

美哉，欢喜杨！

妙哉，吉祥鸟！

听得见的绿色

色彩，也能够听得见么？

当然。观景儿不如听景儿嘛！

不过，本文标题《听得见的绿色》却不是指由别人说给你听的，指的是你不用去看就可以用自己的耳朵聆听的风景。

唐朝两大文人贾岛与韩愈为了切磋诗句留下千古"推敲"之典故："鸟宿池边树，僧推月下门"，还是"僧敲月下门"好呢？贾岛反复"推敲"未定，找韩愈斟酌。"韩立马良久，谓岛曰：作'敲'字佳矣"。"敲"字之佳，在于它是可以听得见的声音。朦胧月夜，你若站在稍远的地方，怎么能看清楚和尚推门的动作呢？况且那寺庙在夜间也会插上门栓呀，不敲门怎么能轻易推开呢？夜深林静，池边古寺，咚咚的敲门声会传得很远，愈发衬托出月色，湖水，树林，鸟儿入眠，孤僧归庙的幽远意境。南朝诗人王籍的名句"蝉噪林愈静，鸟鸣山更幽"，写的也是"听得见的绿色"。逾，越过之意，亦可引申为"超过""胜过""更加"诸义。鸟鸣、蝉噪使得山林显得更加幽静了，这是作者身在山林亲身体验"听得见的绿色"获得的灵感，如果只是观看挂在墙上的一幅山水画"哑景"，未必能够吟出这么生动的佳句。"听得见的绿色"之妙处，在于比"观景"的层面平添大自然音律立体的交响。

足见拥有"听得见的绿色"是一种奢侈。风声，雨声，松涛，浪拍礁岸，雨打芭蕉……一切天籁之音几乎都是"听得见的绿色"，个中的鸟鸣，则称得上是大自然交响曲的领唱演员了。

居住在大城市"灰色森林"里的人有幸听得见鸟鸣，更是一种奢侈。

五大道的居民，几乎每天清晨都能听见鸟儿大合唱。

城市不再是鸟儿的羁绊，当然要以人类文明已发展到不打鸟为前提，否则鸟儿们怎敢放心大胆地视人类为芳邻呢？

多年前，我在欧洲有过多次和小鸟"零距离接触"的美好经历，至今历历在目，每每回想都能叫你快乐。一次在维也纳，奥地利前驻华大使的夫人乌舒拉女士请我在露天咖啡馆喝下午茶。"麻雀桌"下真有一群麻雀啄食面包屑、蛋糕渣儿，一只小鸟竟然跳到我的脚面上歇息，或许它觉得我的脚面比较柔暖吧！令人称奇的事情还在后面——一只小鸟落到桌前我的水杯沿儿上，一俯一仰地喝起水来了！它一边喝一边还歪着小脑袋瞅瞅我，目光好奇而友善，圆圆的小眼睛在阳光下闪得晶亮。我高兴地屏住气息，生怕把它吓走，而它对人毫无惧色。这样的细节让人清晰地意识到：这是在欧洲！小鸟的祖母的祖母的祖母早就告诉它：人类不会伤害你，人类是咱们的朋友。

一次在阿尔卑斯山区，傍晚时分我们在湖边散步。远远的一只羽毛漂亮的绿脖儿野鸭看到我们，飞快地游了过来，在平静的湖面划出一道金色的涟漪。主人这才想起上山时忘了带食物了，这一带居民上山野游有带食品喂鸟的传统，我们只好向鸭先生道歉。它不死心，一路跟着我们，嘎嘎地叫着。我们沿湖走到暮色沉沉，那野鸭一直在相随，我们不住地摊开双手道歉："鸭先生，对不起呀！真对不起呀……"

还有一件更加叫我难忘的事，那是在汉堡市区著名的大湖岸边。湖畔游人嬉戏，水边有几只天鹅歇息。我忙举着照相机悄悄地凑过去，越凑越近直到离它不足两米远，生怕惊扰了它。谁知它们根本不怕人，仍然把脑袋埋入翅下自顾自打盹儿。拍了几张"睡美人儿"不过瘾，我"嘘"它起来，它大方地站起来颇有模特感地摆出几种姿势供我拍照，这可是野生白天鹅呀！那一片刻，我打心底冒出一个似乎不相干的词儿来——幸福指数！

五大道的居民们也极少有人伤害鸟儿。

我家先后在重庆道东、西两处房子居住 30 多年，若再加上幼时曾在马场道居住的时光则近 40 年了。这里从前当然也有鸟儿，但没有引起人们太多的注意，鸟儿们更喜欢农村广阔天地。不知为何，近年来愈来愈多的有翅膀的邻居占领了五大道，一些树多的庭院空荡荡的居民不多，鸟儿们简直反客为主了。

当然，五大道的林木茂盛，花园绿地葱茏是"引凤来栖"的缘由。但鸟群的数量、种类逐年增加，大有"鸟口膨胀"之势，令人颇为不解。某日，我读到一篇报章短文：《寂静的农村》，说如今许多农村已经听不到鸟鸣了，有的地方连麻雀都没有了，滥用农药化肥，鸟儿吃了农田、菜园中有毒的谷物和昆虫，已接近灭绝了！农村失去了鸟鸣该是多么的死寂沉沉呀！此类消息频频传来，读了令人心里发冷。后来我又看了一些西方人拍的纪录片，说的是由于农村、山林的过度开发，动物和鸟类无处栖身，开始向城镇进军。北美小镇居民家园闯进一位棕熊客人已不鲜见，大批鸟类更是在城市树端、屋顶安家落户生儿育女，它们在市区垃圾里容易找到食物，早已乐不思蜀了。几代小鸟生下来，它们的基因里已淡化了"羁鸟念旧林，池鱼思故渊"之情结了。

五大道的小鸟的祖母的祖母的祖母也早就告诉它们：人类不会伤害你，人类是咱们的朋友。

五大道树多，花多，绿地多，人们善良，理所当然地成了鸟儿们的乐园。这里栖息着多少种类的鸟儿，说来可能您不相信……

家养的鸽子和笼中鸟不算在内，野生的有麻雀、喜鹊、燕子、布谷鸟、啄木鸟，还有许多叫不上名字来的小鸟。我曾经在书房窗外看见一只比蜻蜓大不了多少的"袖珍"小鸟，看它那飞上落下的利索劲儿绝非笼中逃出来的雀儿。我还在家门口遇到一只浑身发出宝石蓝色的鸟儿，简直怀疑它是偷了蓝孔雀的羽毛披在自个儿身上了！

鸟儿们为何背井离乡舍弃农村广阔天地，跑到城市来重新适应车水马龙的环境呢？

中国的鸟儿也不傻呀，也懂得和国际接轨呀！鸟类各部族开了个常委扩大会，长尾们一合计，面临剧毒农药咱不能净等着断子绝孙呀，城市虽然也有严重的空气污染，噪声污染，光污染，再加上日本核辐射碘、铯、钚什么的，那还是慢性自杀呀，不像吃了农药立时嘎嘣呜呼。万般无奈，迁徙吧，进城吧！鸟儿们拍打双翅鼓掌通过，把户口来了个"农转非"。得，人家农民工抢着办"蓝印户口"，咱甭去凑热闹，自个办个"绿印户口"吧，哪儿绿朝哪儿去！老鸟率领孩儿们飞到城市上空转了一圈儿，又犯了寻思，照咱老祖宗的规矩应该拣高处搭巢，可这些方方正正线条呆板的高层建筑多难看呀，咱鸟类是大自然的精灵，总不能屈尊栖身于钢筋水泥灰色森林吧？再找找看，哪儿房子矮，树多，绿地多，奔哪儿去！

五大道，理所当然地成了鸟儿们的乐园。

先说麻雀，从前麻雀多到不值得一提的程度，如今也快成了珍稀鸟类了。这种小鸟醒得很早，每天黎明就聚在一处啁啾鸣啭，它们的歌声虽然没有百灵鸟的花腔，却也轻盈悦耳，犹如小闹钟一般催人起床。城市人能够在鸟鸣合唱中开始一天的生活，哪怕是小麻雀唱的"草根"小曲儿，也是一种幸福啊！

布谷鸟的叫声已经陪伴五大道居民好几年了，"哼咕咕——哼咕咕——"叫个不停。可能它很害羞，总是躲在大树顶端，从来不肯下来和人亲近。人们只闻其声，不见其庐山真面目，到底也闹不清它长得什么模样。

生活有了鸟鸣伴奏，顿时生趣盎然。我这人一向好奇心强，兴致勃勃地探究布谷鸟学问。查阅资料才知道布谷鸟就是杜鹃鸟，种类很多，分为鹰头杜鹃、四声杜鹃、大杜鹃、小杜鹃等。其中某些种类不自营巢，把孩子产在别的鸟妈妈家里。它替孩子找养母多选比它体型小的鸟雀，为了不让养母发现其卵有异，它特意产下与自己体型不相称的小卵。那卵小到什么程度呢？它可以在地上产卵后用喙衔到树上养母巢中，养母傻乎乎地以为都是其亲生儿女，辛辛苦苦孵化。岂料雏鸟出壳后杜鹃飞长，把人家的儿女推出巢摔死而独受哺育。知道了它的习性我备觉好笑，原来催人耕耘励人奋进的布谷鸟自己却懒于筑巢，甚至懒于哺育子女，我们人类社会不也有光说不练嘴把式，也有工于心计鸠占鹊巢损人利己的阴谋家么！

书上还说了，布谷鸟"多主食昆虫，尤嗜毛虫，故为益鸟"，其实，把鸟分为益鸟、害鸟，皆出自人类的功利心；"鸠占鹊巢"一类的指责，也出自人类的道德评价。自然法则讲的是生存竞争，优胜劣汰，本无益害是非之分。

有一种布谷鸟喉咙里总像含口水，音质浑厚却传得很远。鸟儿那么小的胸腔不知有什么特异功能发出那么大的鸣叫，且经久不息不知疲劳。人类这么大的个子稍为叫喊几句就哑了嗓子，而且喊声无论如何也不能像鸟鸣那样响彻碧空。

为了弄清楚我家院子树上的布谷鸟属于杜鹃科的哪个亚种，我仔细聆听，细数其鸣声，奇怪的是，既有"哼咕咕——"三声曲式，也有"哼咕哼咕——"四声曲式，那么它究竟是"四声杜鹃"还是"三声杜鹃"呢？抑或茂密的树冠掩映着两种杜鹃呢……今春以来，树上只剩下狐步舞"慢三"节拍，没有再听到"中四"舞曲了，让人又担心那鸟儿太孤独了。不想一场春雨之后，"哼咕哼咕——"之后又有一声娇嫩些的"哼咕咕——"回应，独唱变成二重唱了。仰视良久，虽辨不出雌雄，但我相信树上发生了爱情，往后布谷家族更加鸟丁兴旺了。

让人更费脑筋的是啄木鸟，奇怪的声响源自我家隔壁四层楼屋顶阳台上。房主为阳台铁护栏加了几根粗竹子护栏，用更粗的竹筒当立柱固定在原先的铁护栏上。不知为何每天都有一只比鸽子小些的鸟儿去啄那竹筒，声音大的震天响。邻居说那是啄木鸟，说它把竹筒里的虫子啄出来吃。日子长了我不由得心生疑惑，那根干竹筒里有多少虫子供它常常来啄食呢？况且寒冬腊月虫子早冻死了呀！那么它为什么常常来啄而且只在一个地方啄呢？终于有一天我按捺不住好奇心拿出望远镜举首细观，看清楚它不是用喙啄竹而是以竹磨喙，左磨几下，右磨几下，跟磨刀似的！怪不得那空竹发出的巨大响声不是"咚咚，咚"的敲击声，而是"得啦啦啦——得啦啦啦啦啦——"，颇得李润杰说快板书打出的"花板"之真传。原来它是用竹子把喙磨得更锋利，再去树上捉虫子，好聪明的鸟儿呀！查了资料，又用望远镜观察，我确认它的学名叫斑啄木鸟，因头顶红羽乃是一位啄木鸟先生，身披黑底白斑外衣，肚皮赭红色。花尾巴如楔子，木楔一般粗硬，用来支撑身体，鸟儿进化至此等绝妙堪称一架小巧的精密仪器。

家门口"听得见的绿色"，值得详细介绍的当属喜鹊了。

每天黎明，麻雀们唱歌儿唱累了，散去觅食了，大花喜鹊们就登场了。

不知为何天津近年来喜鹊日益增多，俨然一座"喜鹊城"了。五大道的喜鹊更是多得能和家养的鸽子PK，一大群一大群的。

我家前院是个T形胡同，院子里有四棵七八层楼高的大杨树，树上有鹊巢。后院隔墙是两座久无人居的庭院，院子里大杨树上也有鹊巢。方圆附近皆为老楼深院，皆人丁稀少或久无人居，庭院里海棠、桑树、枣树、桃树、核桃树、苹果树、梨树、榆树、槐树、椿树、葡萄、石榴……园子里林木草丛，昆虫多多，树上的果实自生自落，成了喜鹊们的乐园。喜鹊属于杂食鸟儿，找不着虫子，海棠果儿、桑葚、小枣、葡萄……有嘛吃嘛！它还有贮存食物的心眼儿，秋天把好吃的东西藏起来，冬天不用发愁了。拥有如此顽强而又聪明的生存能力，难怪鹊丁兴旺呢？

不知古代哪位达人给这种黑衣白肚皮花尾巴的大鸟取名喜鹊，它可就大大地沾了中华民族"吉祥文化"的光了！谁见了它都欢喜，认为它能给人带来喜事好运气，从来没人敢伤害它。连那些可怜的比蚂蚱腿儿多不了半钱肉儿的小小麻雀，都有人打了去吃"炸铁雀儿"，没听说过有人吃喜鹊的。就连嘛都敢吃的广东人，也不敢端上盘野味来说：尝尝喜鹊！

相比之下，乌鸦的命运差多了。也是出自人类自己的文化偏见，给乌鸦制造了冤假错案。虽然当今人们并不驱赶乌鸦，市里的乌鸦仍然不多，或许它们敌不过来势凶猛的喜鹊群自甘避让了？慈乌反哺，鸦群搭救清祖皇努尔哈赤，小学生都知道的故事，但人们还是偏爱既不孝顺父母，又未救开国皇帝的喜鹊，上哪儿说理去？似乎有两处例外，那里是乌鸦的领地，鲜见喜鹊的踪影，或许自古以来鸦鹊不同席？简称"一招"的迎宾馆招待所大院是一片名副其实的森林，有一片湖水与水晶宫饭店相隔，栖息着一群灰白色的水禽大鹤，堪称天津市区一大奇景。有一次我去迎宾馆会客，一进大院只见远处林间草地上铺满一层蓝黑色的"毛毯"，地毯怎么还有黑色的呢？为何铺在树林里？走近了一看，原来是一大群乌鸦，一只只呆呆地挤在草地上发昏，在阳光的照射下羽毛闪着金属般的蓝光。或许因为我这人眼尖心细，还发现了另一处乌鸦奇景。有一天傍晚我们乘汽车从北京回津，驶到十一经路时已是夕阳西下时分了。远远地只见天上从四面八方聚来黑压压大群大群的乌鸦，飞落在几座高层商务大厦楼顶上。令人纳罕的是它们并不"啊——啊——"地鸣叫，或许被下面川流不息的汽车长河吓的吧！

其实，喜鹊与乌鸦同属"鸟纲，鸦科"。分布在我国的鸦科种类有大嘴乌鸦、秃鼻乌鸦、白颈鸦、寒鸦、渡鸦等；欧洲除了浑身漆黑的乌鸦以外，还常见白嘴鸦、白颈鸦等。西方神话故事中似乎没有"报喜鸟"，西方人更喜欢"飞回诺亚方舟报平安"的鸽子。你若给欧洲人看喜鹊的照片，他们会认为这不过是只白肚鸦。鹊，只有在中国（或许包括亚洲"汉文化圈"）才罩上了喜庆的光环，自古以来诗歌、绘画、刺绣、剪纸、楹联、故事传说，戏曲唱词各种文学艺术形式都充溢着"灵鹊报喜""喜鹊登枝""鹊桥相会""声名鹊起"一类的吉庆典故。"鹊桥"又引申为男女相识做"婚介"，更是喜上加喜了。窃思，那些在银河上为牛郎织女搭桥的鸟儿为什么是喜鹊，而不是凤凰、孔雀呢？后者不是更具神话色彩么？略作推敲，便钦佩古人的聪明了。凤凰虽为神鸟，但那是鸟中之王呀，凤毛麟角乃稀罕物儿呀，银河里要是飞来成千上万只凤凰，它还怎么称孤道寡呀？孔雀虽然美丽无比，但它太贵族化了。牛郎织女乃农民，又不是皇上大婚公主下嫁，怎敢踩着那么多孔雀过河呢？相比之下喜鹊则是平民化的常见鸟，"草根鸟"热心帮助"草根夫妻"，或许正是这个神话故事的亲民性，才在神州大地流传得如此久远家喻户晓。

若论歌喉，真不敢恭维喜鹊那条破锣嗓子。我们大院里几十只喜鹊经常聚在大杨树上开碰头会，吹风儿会，不知传达鸟国什么重要的文件精神，大家七嘴八舌争先恐后吵吵着喳喳叫，嗓门之大，音质之破，发言之乱，讲话之长，能把人听乐喽！我更喜欢鹊雏儿的学唱，它们的儿歌既不唧唧，也不喳喳，而是嫩生嫩气的"啊？啊？啊？"令人称奇的是，声声都是问号的语气。鹊宝宝来到这个世界，看什么都新鲜，啊？这世界怎么这么乱呀？人类都在瞎忙些什么呀？啊？树下面跑来跑去的铁房子是什么呀？啊？发出那么难闻的气味，人类不怕吗？啊啊？疯了一般长出那么多灰色森林，大厦里那么多房子却又都空着，这又是何苦来呢……啊？啊？啊？

大喜鹊也有安静的时候，可能在苦思冥想如何解决地球危机罢！

我家厨房门外有个小天井，天井里种了一棵花椒树。隔墙即是久无人居的老楼荒园，伸过来几棵桑树枝叶。今年春天一个阳光明媚的上午，我推开厨房的门去天井拿东西。不料墙头忽地一声吓了我一跳，定神一看，原来是十几只喜鹊惊飞而散冲上蓝天。随着噗楞楞忽啦啦礼花般的鹊起腾空，一瞬间我倏地体验到了心花怒放的狂喜。

　　清晨，邻居们匆匆地送孩子上学，买早点，去上班……又一轮新的太阳，又一片新的天空，又一道新的风景。七八层楼高的大杨树，茂密的树冠抢先迎接第一缕朝阳，油亮的树叶被霞光照射得熠熠生辉，宛若一柄巨大的翡翠伞。仰望树冠阴翳憧憧，并不见鸟影，但那翡翠伞里却发出响彻云霄的鸟鸣，"哼咕咕——""哼咕哼咕——""喳！喳！喳！""啊？啊？啊？"……树冠不仅是绿色的发光体，竟也成了绿色的发声体！

　　哦，听得见的绿色！

喜 鹊 佳 佳

这不是童话，是一个真实的故事。

我家所在的大院，由两排建于三四十年代的老楼房围成。院子中间一字排开四棵高过楼顶的大杨树，其中两棵树上各有一个硕大的喜鹊巢。七号楼四层住着我先生的堂妹和她的丈夫，及其女儿，平时大家都忙，我很少去串门，最近听说他们家来了一只喜鹊住下不走了，连忙过去看个究竟。

进了门，我抬头一看就乐了——那只喜鹊蹲在过厅墙上的摆头电扇上端，随着电扇摇来摇去，电扇吹得它的黑羽毛、白羽毛倒伐着翻花儿。天气这么热，它倒挺会找凉快地方！

进屋落座，闲聊了几句，堂妹一指门帘笑道："咱们都进屋了，没人理它了，它非进来不可！"

话音未落，就见地上有个黑黑的小脑袋拱开门帘，一双圆圆的晶亮的小眼睛打量着我，那喜鹊试探着进了屋，跳到男主人身边。男主人挥手轰它，它飞出门帘去，不一会儿又飞进来，又轰，又来，如此这般几个回合，人与鹊都乐此不疲。

男主人举起香烟盒对我说："我把烟盒往地上一放，它就会叼起一根烟逃走，它那大嘴儿有准儿极啦！"

我有些半信半疑，男主人便把烟盒往地毯上一掷。说时迟那时快，只听门帘呼地一响，一个黑影箭似的俯冲下来，喜鹊都未落地便伸出长嘴往烟盒里一啄，就叼起一根香烟飞出去了。人们被这飞贼神偷逗得哈哈大笑，我这才相信它的身手不凡。

主人一家三口看我对喜鸦这么有兴趣，轮流给我讲起了佳佳的故事。佳佳，是他们给喜鹊取的名字，他们还彼此戏称是佳佳的爸爸、妈妈、姐姐。为了便于叙述，我也就采用了人与鹊之间这些亲昵的称谓。

爸爸说佳佳

佳佳来的那天是 6 月 8 日，农历五月二十四，你问我怎么记得那么清楚？因为那天是我 53 周岁生日。

清晨起床，我去阳台浇花，周围很寂静。往远处看，发现对面房顶上有一只小喜鹊，过生日抬头见喜，我心里很高兴。心里一高兴便童心大发，学着喜鹊的叫声招呼它："喳喳！喳喳喳！"

它朝我飞过来，落在大杨树上看着。我又招手叫它，它便毫不客气地飞落到我头顶上了。我挺着脖颈不敢动弹，怕惊吓了它。可能因为它俯冲的速度太快，或是我的秃头皮油光光的缘故，它的爪子抓着我那几根儿可怜的头发站立不稳，扑腾着翅膀落在了我的肩上。我一伸手，它又落到我的手背上，我就这样用手背架着它回到屋里。

妈妈一见，说："快把它放了！听说喜鹊气性大，在笼子里养不活的！"

我把它送回阳台放在铁栅栏上，它仍然不走，妈妈端出一碗新剥好的豌豆喂它，它可爱吃呢！这只喜鹊半大不大，嘴角的雏黄未退，刚会飞又飞不多远，不知怎么一点儿也不怕人。这时，又飞来两只大喜鹊，一迭声地大叫着寻找它，这一定是它的爸爸妈妈了。我经常看到那两只大喜鹊，它们的窝就在这棵大杨树上。

真不知鹊巢里发生了什么事情，这只来到我们家的小喜鹊说什么也不愿意回窝了。两只大喜鹊围着阳台叫了好半天，它吓得躲到墙角花盆后面的旮旯里。晚上，它就住在我家屋里，白天飞到树上蹦蹦跳跳地玩耍。只要一听见大喜鹊叫，它就藏在叶丛底下一动不动。

一连好几天，两只大喜鹊都在外面招呼它，我用手背托着它到阳台上给它的爸爸妈妈看，大喜鹊一飞过来它就逃回屋去，样子又可气又可笑，真像个离家出走的孩子！

妈 妈 说 佳 佳

佳佳刚来时还小，爸爸为它的食物不惜花钱，把玉米面烫了加入鸡蛋黄，还喂面包虫。面包虫得去鸟市买，5元钱一斤，爸爸一买就是半斤，还得在盒子里放上面包屑喂那些活虫子。

起初，佳佳对这种有粮有蛋有活虫吃的待遇很满意，但不久它就发现我们的饭菜更好吃。我在砧板上切肉丝，它在我跟前蹦来蹦去抢肉吃。一碟新出锅的辣子鸡丁刚摆上桌，我还没来得及盖好，它就俯冲下来啄起肉就跑。它怕长棍形的东西，我做饭时身边得准备一个用报纸卷成的棍儿随时轰它。

一家人坐在一起吃饭，得有它一份。它的"座位"在爸爸的椅子背儿上，什么东西都得让它尝尝，如果不喂，它就啄爸爸的耳朵。它不但爱吃各种炒菜，还爱吃饺子，自己会啄开饺子皮吃馅，你说它馋不馋？

喜鹊是杂食鸟类，几乎什么都吃，西瓜、桃、葡萄、荔枝、核桃、无花果、干枣……家里有什么好吃的都给它，但它还是不放心，总是偷偷地把食物藏起来，墙角里、柜子底下，扔在一旁忘记收起来的皮手套里，不常穿的鞋窠儿里，到处都有它藏的食物。最可气的是它把面包虫藏在墩布条儿里面，我用墩布时才发现虫子乱爬。洗衣机下水管流水不畅，拆开一看，才知道它往水管里塞了很多枣、肉块儿、豆子什么的。把家里弄得这么脏，爸爸还夸它有本事，说保存食物是动物的生存本能。

有一次我的侄子来了，光着脊背吃冷食，把冰棒、酸奶都给喜鹊尝了，它高兴得直扇翅膀。后来侄子吃冰激凌，不想给它了，它就照着他脊梁狠啄了几口，把侄子的皮肤都鹐红了，他只好把半盒冰激凌都给了它，它这才罢休。

就这么个不懂礼貌的家伙，爸爸还夸它的举止像一位绅士，只是因为它的白胸脯外穿着黑色大燕尾服。

姐姐说佳佳

佳佳成了我们家庭的一员，爸爸说我是它姐姐，我这个独生女终于有机会给人家当姐姐了，心里甭提多高兴了！我给这只喜鹊取名叫佳佳，因为它又漂亮又聪明，黑脸盘儿黑脊背儿白胸脯长尾巴，动作特灵活，反应特敏捷，各方面都很棒。给佳佳这个小调皮当姐姐可太累人了！如果是笼养，不会添这么多麻烦，但我们不想把它关在笼子里。从一开始，爸爸就做好了日后放生的心理准备，让它自由自在地飞来飞去，怕它不会飞了无法回归大自然。

为了保持卧室卫生，早晨上班之前，我们得把几间卧室的门关好，只许它在过厅里活动。下班回来一看，这间大房子里就让它糟蹋得乱七八糟。门框上、电扇上、窗台上、碗橱上、抽油烟机上、冰箱上……它想落在哪儿就落在哪儿，到处都沾满它的羽毛。自从家里多了个佳佳，打扫卫生就变成十分繁重的劳动。

最要命的是佳佳到处屙屎，妈妈在家的时候，不断地用纸擦掉鸟粪，但怎么勤快也跟不上它的不文明行为的速度。每隔一天我就得进行一次彻底清扫，蹲着用刷子蘸着来苏水刷地，然后用水墩布擦地，幸亏这间屋子是水泥地面，不怕水。

佳佳特坏，我擦地时它站在冰箱上看着我干活，等我擦干净了，它用爪子按着一张纸，用嘴把纸撕成一条条地撒在地上。气得我追着打它，哪里追得上！真弄不懂它为什么这样做，是喜欢看我干活？以为我干活是陪着它玩儿？还是认为我干涉了它的生活方式……实在猜不透，什么时候科学发展到人与动物之间能够达到真正的沟通就好了！

爸爸眼里佳佳是好学生

喜鹊真是一种聪明的鸟儿，你教它什么，一学就会！

佳佳通人性，我一拍腿它就跳到我的膝盖上。谁说它不懂礼貌？我教会了它表示谢谢，只要一给它食物，它就舞动几下翅膀。我也努力领会它的形体语言，每天我下班回家，它听得出我的脚步声，喳喳地大叫。但很奇怪，它一看见我，脑门儿就鼓起个大包，还一个劲儿翻白眼儿。为此我去请教养鸟有经验的人，人家说只有公喜鹊的脑门才能鼓胀起来，这是见到我感到兴奋的反应。我这才知道佳佳是雄鸟。

为了佳佳，每天我都早起40分钟，带它到阳台上玩一阵子再去上班。我先用一个塑料小喇叭对它进行训练，扔出去只要叼回来，就给它一条虫子吃。然后我教它更深一些的课程，给它看到我把虫子放入烟盒里，让它自己找虫子。它能够啄开盒盖，或啄开一个洞，找出里面的虫子吃了。

它的模仿能力很强，看到我经常把烟蒂捻一下扔进烟灰缸里，它也学会了，但它总是把烟盒啄开，把一根一根香烟叼走，折断了塞进烟灰缸里，真叫人哭笑不得！有一次，我在阳台上扔了个烟头儿，它啄了回来，我给了它一条虫子。不料这下子惹祸了——它常常出其不意地从我手指间抢走带火儿的烟头，不知扔到哪里去或藏到什么角落。咱这砖木结构的老楼房失火可了不得，以后不敢玩这种危险的游戏了。

佳佳爱学习，每天晚上都跟我们一块看电视。只要有电视节目，它就蹲在门框上往下看，既不乱飞，也不啄人，你说它要是看不懂能这么老实吗？

喜鹊通晓人意的程度，真叫人吃惊！每天清晨它醒得很早，但它怕吵醒我绝不乱叫。它知道我几点钟该起床，比闹表还准，到时候它会飞到我的卧室门外，听到我醒了的动静就钻进门帘落到我身上。有时候听到它叫早儿我故意一动不动，但我绷不住烟瘾抽一根烟，它闻见烟味就知道我醒了，用嘴掀开门帘飞到床头起床，好带它到阳台上去玩，喂它早餐。

佳佳还挺爱干净，喜欢洗澡。我教它洗澡，端来一盆水，它就落到盆边上，先做一下试探，只洗洗脑袋，歪着头看清楚水深，然后跳到盆里扑腾起来。它这一爱洗澡习惯也挺悬的，灶台上的锅里有水，它也去伸一脚，要是热锅就把它烫坏了！做饭时必须小心盖锅或把它轰开。

洗完澡，它会到阳台上展开身体晒太阳。如果正好有人打开热水器它还懂得跑到热水器上端去烘烤羽毛。不知道它是如何学会利用热水器的，只要里面的火苗一蹿，它就跑到燃气箱上方烤屁股。谁看到它那种朝外撅起尾巴烤屁股的怪样儿，都会被逗得哈哈大笑。

姐姐眼里佳佳是坏孩子

爸爸出于感情因素只看到佳佳的优点，对它的劣迹视而不见。

自从它来了，我家养的两只黄鹭鹭可遭罪啦！小鹭鹭一直在碗橱上的鸟笼里平静的生活，人家是先来的房客，佳佳却容不了两个可怜的小东西，经常伸进尖嘴鸱小鸟，小鸟吓得吱吱叫，在笼子里东躲西藏，美丽的羽毛都被它啄秃了。小鸟爱吃黄瓜，放在鸟食罐里的黄瓜条佳佳一定要叼走。其实，爸爸给它许多好东西吃，还有上餐桌尝遍美味的特权，为什么还要这样霸道地欺负小鸟呢？更加不讲道理的是，它自己享有自由飞翔的天地，却对小鸟住的笼子感兴趣，或者它以为小鸟拥有"单间"是一种优待？它嫉妒得总去啄鸟笼的门，终于有一天把门啄开了自己钻了进去，吓得小鸟飞出来了，小门也关上了，它那么大个子在鸟笼里折腾半天也出不来，差点把笼子撞散了。

对佳佳这些野蛮行为，爸爸却笑着说弱肉强食是动物的生存本能，具备这种本领才能回归大自然去生活。顺着他的这一思路，我也开始注意观察和研究佳佳的行为逻辑。

佳佳有许多奇怪的行为，令人百思而不解。不知为何它不许我们打电话，只要你一打电话，佳佳就用长嘴和爪子把电话线从插销的接头处扯断，你得准备个长棍儿轰它。你要是手里忘了拿棍儿，又用身子护着电话线，它就敢飞下来，一下一下啄你的衣服，好像它知道你打电话时不会去追它。我不知它这样做是为了什么，但很佩服它的聪明，它又没学过物理，怎么懂得扯断电线接头就断了电，就打不通电话了呢？

它对电扇情有独钟，天天蹲在电扇上端吹凉风儿，弄得电扇网罩和扇叶上沾满了羽毛和屎粪，太不雅观了。爸爸要把电扇拆下来擦洗，这下子可把它惹急了，大吵大叫疯了似的鸱爸爸，我在一旁用木棍儿轰它，爸爸才完成了拆洗工作。看它那个霸道劲儿，是不是它把电扇当成了树枝，认为那是它占领的一棵树了？

咱们住的这种老式楼房并不是每一层都有厨房和浴室，阳台上的这间木房子足有 20 平方米，兼当过厅、厨房和餐厅，还可以放一个浴缸。它可能把淋浴喷头也当成属于它的树枝了，经常栖在上面。我们洗澡时可就麻烦了，不管当时它在哪里，只要发现有人拉上帘子打开水龙头，它一定要飞来站在喷头上看。虽说它是异类吧，谁洗澡时也不愿意有一双贼亮的小眼睛总盯着你呀！更可气的是，爸爸那么疼它，它却专门跟他捣乱。他在外面累了一天，晚上回来喜欢泡澡，放满了水刚躺进去，佳佳一定要在喷头上面往浴缸里屙一摊屎。得，前功尽弃！逼得我们只好关灯洗澡，它不大敢往黑处去。我们倒是给它自由了，它却剥夺了我们的自由！真不知它那颗小脑袋瓜里怎么弄明白的，只要往澡盆里屙屎，爸爸就洗不成澡了呢？

它还有个坏毛病，不好客，欺生、护食。我姨妈和表弟来了，它一看饭桌上多了两个"外人"，气坏了，又蹦又跳凶狠地啄他们。我只好放下碗筷抄起小棍轰它，保护姨妈和表弟用餐。过去我们养过一条小狗名叫熊熊，来了生人熊熊也吠叫，但主人一制止它就罢休了，并且很快地就能以主人的朋友为朋友。作为一只自由飞翔的大鸟，它仍然保持了野性和傲骨，丝毫没有宠物的媚态。

妈妈说爸爸为佳佳掉了魂儿

佳佳长大了，嘴角的黄边儿早已退尽，长嘴和大爪子越来越有力气。因为吃得好，胸脯的羽毛雪白晶亮，头部、背部和尾巴的羽毛黑得发蓝，大翅膀子展开跟个大蒲扇似的！它经常飞出去玩，爸爸下班回来见不着它就六神无主像掉了魂儿。

这一天午后，它飞出去不久下起了大雨，雨小一些时天已黑了，一般的鸟都是夜盲眼，爸爸担心它找不着家。夜深了，我们打着雨伞穿着雨衣拿着手电到处找它，阳台角角落落，房顶上树枝上院子里，哪里都找不见。我们两人都一夜未眠，真像孩子走失了似的。天蒙蒙亮时才打了个盹儿，忽听爸爸翻身下床趿拉着鞋朝外跑——佳佳回来了，在阳台上喳喳的叫早儿呢！

后来又下了一场大雨，它又一夜未归，我们又提心吊胆惦念了一宿。在我们心里真的把它当成了娇生惯养的宠儿，忘了它是个野物儿，而野物儿生来就具备野外生活的本能的。事实证明我们的担心是多余的，转天清晨雨过天晴，它又在阳台上抖着翅膀跳跃起舞了！

这一天，爸爸下班把它喂饱了，照例逗着它玩儿。它得意忘形地跳到爸爸肩上，一口鸲住他的手背，把他啄得太疼了，怎么轰它也死死鸲住不松嘴，爸爸一怒之下扇了过去，这才把它打走，不料这下子它可惨了，摔到地上翻了几个滚儿不动弹了。

他这才觉察自己出手太重了，急忙蹲下去看它，把它抱回窝里。我们给它准备的窝是个纸盒子，但平时它很少在窝里呆着。它翅膀无力地耷拉着，爪子不住地抽搐，还屙稀屎，爸爸以为它要死了，不忍再看，躺到床上直伤心。

我替爸爸护理佳佳，抚摩它，细声细语安慰它。家里静极了，我和姐姐交流着眼色，爸爸心脏不好，佳佳要是真死了，他非犯病不可。一个半钟头以后，佳佳终于缓过来了，慢慢在窝里站了起来。我到床边告诉爸爸这个喜讯，他面朝里没有说什么，却长长地舒了一口气。

以后，爸爸再也不敢打佳佳了。

自从佳佳两次在暴风雨之夜被拦在外面之后，很长时间它不飞出去了。我认为它受不了野外生活的苦，安心在家里呆着了。可是，过些天我又发现它总站在窗台上朝外看。

每当这个时候，我总是发现窗外有两只喜鹊在叫。佳佳有时也答话儿，窗里窗外三只喜鹊喳喳地不知交谈些什么。

终于有一天，佳佳跟着那两只喜鹊飞走了。

起初，我们还盼着它回来。它飞走了，把爸爸的魂儿也捎在翅膀上带走了。

他每天早晨仍然早起40分钟，端着盛面包虫的盒子站在阳台上傻等……他仍然固执地用开水烫玉米面做好鸟食备用，怕它不定什么时候回来肚子饿……看电视的时候，他会情不自禁地回头望望，往常佳佳总是蹲在门框上和家里人一起看电视的……夜里他睡不踏实，阳台上稍有动静都要披上衣服出去看看，其实那是风吹大杨树叶子的响声……外面有许多喜鹊的叫声，他总是细听一会儿就露出失望的神色，他听得出来那不是佳佳的音色……

爸爸关于佳佳的哲学思考

佳佳是 10 月 30 日飞走的，眼看就要进入 11 月了，一天比一天凉了。想到它乍一出去就要面临秋霜冬雪的考验，我心里就……早知如此，我该对它进行严酷的生活的训练，我们太宠它了，会不会反而害了它呢？

佳佳来我们家住了 144 天，我很感谢它给我们带来这么多的快乐，使我们有机会增长这么多关于鸟类的知识。这 5 个月，它已经是我生活的一部分，通过和它相处，我的许多习惯都改变了，比如说清晨起早，过去我可是爱睡懒觉的。我的许多观点也改变了，比如说对野生动物的认识。过去我只养过狗和小鸟，它们都是世世代代经过人类驯化的，咱们人类在它们面前一直是主人地位。如果也以主人翁心态去对待野生动物，这就错了！

咱们总以为动物只有生存本能和条件反射，没有思维、情感、意识，等等，以我对佳佳的观察却不是这样。

我觉得佳佳有私有观念，例如抢食物、藏食物。如果说这是出于本能，那它的自我意识也很明显，要求我们重视它的存在，我想这也就是它什么事都要掺和的原因。看电视、洗澡、打电话、来客人、收拾房间，它不是积极参与就是横加干涉，这些已经超出了生存层面的需要。它有儿童般的好奇心和模仿能力，《人与自然》介绍过猫科动物的好奇很强，狮子对毒性很强的响尾蛇都产生好奇心，竟敢凑近了去看它从哪里发出声响。猴子的参与能力和模仿意识，更是人所共知。看起来脑瓜小小的鸟类，在这方面比起哺乳动物来并不逊色。

佳佳以它的行为告诉我，鸟类也有自尊心。早晨它叫我起床，双休日我想睡个懒觉，没出去和它玩，它就生气了。等我找它时，它躲在天然气管道上把头扎在天花板墙角里不理我，用虫子引它也不下来，非得我说许多好话道歉才肯跟我和好。你说它是不是也有尊严？是不是对友谊的追求？

我反复琢磨佳佳如何看待我们，如何看待家里的东西，终于寻思明白了——它非但不认为人类是它的主人，它反而有一种高傲的领主心态，认为屋里屋外阳台大树都是属于它的领地，我们三口人甚至都是它的臣民。它的"主权"是不容侵犯的，因此它经常为"捍卫主权"变得十分凶猛。只有找到这种逻辑，才能够解释它扯断电话线、不许清洗电扇、不许客人吃饭的"过激反应"。它的高傲还表现在对自由的向往，不愿意受到人类的干涉和约束……

云 端 鹊 鸣

在本文即将结束的时候，我问男主人："说到追求自由，我有一点不明白，你们并没有约束它，家里吃得好，喝得好，热了有电扇吹，冷了有暖气烤，完全不用为了生存去竞争，为什么最终它还是一去不复返了呢？"

他的脸上掠过一丝惆怅，继而笑道："这只能归结于爱情的力量了，它长大了，到了青春期了，家里留不住它了。从外表看很难分辨出喜鹊的雌雄，但我相信把它引走的那两只喜鹊中至少有一个是喜鹊小姐。如果是一对姐妹，佳佳准是看上了其中一个小美人儿。三只喜鹊经常回来，总是那两只先落在树上，佳佳随后赶来。别看它个儿大营养好，却因为小时候缺乏飞翔锻炼，飞得跌跌撞撞跟个蝙蝠似的，追不上人家，但它总是奋力追赶。它们三个究竟是什么关系？在哪里安家？永远是个谜了。它现在外面滚成个脏猴儿，看样子生活得挺自在。我也不替它揪心了，和大自然融为一体是动物的本性，外面的世界一定很精彩！"

"爸爸""妈妈"和"姐姐"描绘的关于佳佳的细节还有许多，限于篇幅我只能收笔了。我从未料想我会为一只喜鹊作传，而且写得这么兴致勃勃。

自从认识了佳佳，每天黎明我听到喜鹊催我起床的叫声，心里多了一层老朋友式的亲切感。推窗寻觅，常常只闻其声不见其影。仰望云端，嘹亮的鹊鸣回荡九霄。忽然，我有了一种被俯视的感觉，而过去我们人类一直习惯于俯视动物的。空中有那么多自由的鸟儿，它们高高在上地审视着我们人类社会，它们会奇怪地想：在所有的动物中只有你们人类这么傻，竟然肯远离美丽的大自然，把自己关进一间间方笼子里去，竟然砍伐了绿色森林去种植灰色水泥森林，竟然没完没了地制造所有的动物都不需要，其实你们人类自己也不需要那么多的汽车、家用电器、化学制剂、武器……所有的动物都是和大自然和谐共存的，只有你们人类破坏地球，制造污染，残杀同类、残杀动物，你们那被鼓动起来的病态的无休止的欲望，真该有所遏制啊……

我们人类一向自诩为"万物之灵"，但是一只小小的喜鹊都有"领主心态"说明了"万物皆有灵""万物各有其灵"的客观事实。何时人类能够摆正自己在大自然中的从属位置，顺应自然、善待自然，能够学会保护环境、保护资源，能够学会平等地对待野生动物，地球母亲才会露出欣慰的笑容。

云端鹊鸣一声又一声地重复着传唱了几千年的"天人合一""众生平等""尊重一切生命"的理想之歌，这些朴素的哲理是多么的古老，又是多么的现代啊！

生命之水

生 命 之 水

　　酷热的 8 月，连续几天都发生奇怪的事情——一些蜜蜂总在我家门外飞舞，开门关门不小心，就会有蜜蜂飞进来，随时可能被蜇，煞是吓人。我住在天津著名的"五大道"一座砖木结构的老楼房里，门口有水泥台阶通向院子，却没有养花。察看房檐廊厦，也未见新筑的蜂巢。全家人里里外外寻找原因，百思不得其解。

　　这一天午后，我冒着 40℃ 高温外出办完事回到家。一路上汗水把衣服全湿透了，喉咙干渴得冒了烟儿，最大的愿望是逃回有冷气的房间喝一杯凉白开水，再去洗个淋浴。刚走上台阶要打开家门，眼前的景象令我惊呆了——门外墙上架着的冷气机伸出来的塑料管口流出水滴，几只蜜蜂围着管口在抢水喝！

　　我忘记了室外难耐的高温，没有马上开门逃进冷气房间，呆呆地望着抢水喝的蜜蜂们出神。炎炎烈日下整座城市成了一口炙烤的干锅，夏季本该生机勃勃的树叶蔫答答地低垂着。架设冷气机的墙体因为有廊厦遮阳，从管口流出的小小水滴才没有立即蒸发掉。水滴落到烫脚的水泥台阶上，立即化作了一缕白烟。我想，如果水滴落到土地上，它连蒸发的时间都没有，就会被焦渴龟裂的土地一口吞下肚去了。

　　可钦可叹可怜的小蜜蜂啊，你们竟能找到这个工业文明制造的"泉水"来维持生命！是连续几年的高温大旱，逼得你们这些大自然的小精灵来做机器的降兵？这么说，你们在其他地方再也找不到水了？天空失去了雨水，花草失去了露水，枝叶失去了绿汁，河流近乎干涸，市区勉强流淌的臭河也挟带着太多的污染……

呜呼，这可是在昔日闻名的北方水乡泽国天津啊！

关于天津城名的缘起，其中一说即因天上的银河别名"天津"；另有一说"天津"乃星官名，又称"天潢"，属天鹅座。《晋书·天文志》载："天津九星，横河中，一曰天汉，一曰天江。"所有这些名字，都是多水的意思。

昔日的天津河流多。此处是我国华北地区最大水系海河五大支流潮白河、永定河、大清河、子牙河、卫河交汇入海之地，再加上南、北大运河，蓟运河，独流减河，号称"九河下梢"。若再加上后来引入天津的滦河，就是十条河了。如今，那些澎湃大河的水都哪儿去了呢？

昔日的天津郊区"沽"多。海河古名沽水、沽河，所以其入海口名曰大沽口。市郊有数不清的小片湖泊和水洼，因此地名多为咸水沽、葛沽、塘沽、汉沽、大直沽、团泊洼、青泊洼……曾有"七十二沽"之多，薮泽罗布，水稻苇荡，鱼鸟繁生，水汽氤氲。如今，那些沽洼沼泽的水都哪儿去了呢？

昔日的天津周边"淀"多。"淀"为浅水湖泊，京津地区最大的淀就是白洋淀了。1716 年乾隆皇帝巡览淀海，自赵北口乘船出发，经过天津，沿途考察水文环境，那时已有"九十九淀"之说。乾隆御制淀神祠碑文："畿南之地，广衍多隰，众水所钟，翕之渟之，呀然成渊，而以输壑者惟淀……"另有一首赞叹芦台水泽的诗词："我击鼓兮潭如，神之来兮七十二沽。我牲牢兮既荐，神之去兮九十九淀。"如今，那翕之渟之呀然成渊的水都哪儿去了呢？

是人类自己把自己的生命之水快折腾没了。

海河水系五大河源出燕山、太行山、五台山、恒山和黄土高原。上游过量砍伐树木，植被破坏，水土流失，春旱夏涝，恶性循环。从乾隆皇帝巡览淀海算起，时隔不到 300 年，京津地区的酷暑高温早已把"四大火炉"远远地抛在后面。沙漠已逼近北京城郊，沙尘暴蔽日遮天已成了家常便饭。破坏环境的愚蠢行为照这么再折腾下去，不用多少年就会来一个"春风不度津门关"了！

这几年北京人天津人最关心什么？不是政治不是经济不是物价不是工资

不是子女上学也不是住房问题，是气象预报！每到春夏，我们全家人每天都要看早中晚三次气象预报。人们见了面或打电话头一句话就问："看气象预报了吗？有雨吗？""看气象预报了吗？明天有冷空气南下吗？"中央电视台瞎选一些优秀主持人，其实观众心中最看重的是"气象先生""气象女士""气象小姐"，只有他们的金口玉言才能抚慰一颗颗求雨盼凉风儿的焦渴心灵。

我比任何时候都更加熟悉我国版图了，每晚《新闻联播》后就伸着脖子等待"公鸡报雨"。我比任何时候都更加痛切地知道京津地区正卡在"鸡脖子"的位置。尽管咽喉最干渴，积雨云却越来越难以光顾了。一旦沙尘暴终年缠住了"鸡脖子"，说北京、天津会变成沙漠中的楼兰古城遗址，并非危言耸听。

忧思重重，浮想翩翩，呆立久了自己快成了烤炉里的鱼干。我逃进家门，在有冷气的房间略事梳洗歇息，又情不自禁地隔窗观看贪恋生命之水的小蜜蜂。

无独有偶，新华社曾以专电报道伊朗大旱奇观《野猪进村抢水，居民落荒而逃》："由于伊朗今年大旱，干渴难耐的野猪冲入城乡寻找饮水……有时一大群野猪一窝蜂闯入一座村庄，吓得当地村民落荒而逃，造成一片混乱。"同一篇文章还报道："鳄鱼也因同样原因光顾伊朗的这一地区，也曾使当地居民吃惊不小。"

我倍觉庆幸，目前来家门口抢水的还只有一窝蜂，而不是野猪和鳄鱼！

动物与人抢夺生命之水尚不足怯，人与人抢夺生命之水将是更大的灾祸。

有人发出可怕的预言：20 世纪的许多战争都是因石油而起；而 21 世纪水将成为引发战争的根源。

在干旱的中东地区，近半个世纪以来几乎每一场战争，双方都以摧毁敌人的供水系统和水源作为首要战略目标。和阿拉法特共获诺贝尔和平奖的以色列已故总理拉宾也发出过警告："如果我们解决了中东的所有其他问题，但是却没有令人满意地解决水的问题，那么，我们的地区将会爆炸。"

以色列和周边阿拉伯国家之间的战争，其中一个主要因素是争夺约旦河水源。戈兰高地堪称"中东水塔"，约旦河的源头在此，其归属问题已争吵了 30 多年。

非洲是全球水危机最厉害的地区，尼罗河流经 10 个国家，各方面都在争水，其中埃及与苏丹的矛盾尤其尖锐。

按理说地处南亚的亚热带、热带国家应该是气候湿润雨量充足，但随着全球环境恶化，旱情日益严重。印度、孟加拉国、巴基斯坦加起来十几亿人口的生命之水都指望着恒河，因水而发生战争的阴影笼罩着恒河。

沙漠逼近京津，令人想到中东；酷热逼近京津，令人想到印度。幸亏我们的长江、黄河、淮河、海河、松花江……都流经一个祖国，短期内尚无战争之虞。然而，充斥报端的新闻连篇累牍：北京持续干旱，缺水范围扩大，程度不断加剧，百余城市被迫限水……天津市主要水源潘家口水库仍在死水位以下……北京地区密云水库蓄水严重不足……上海人均水资源不足 200 立方米……山西省较大的河流中一半以上已经断流，有 27 座大中型水库和 560 座小型水库干涸……哈尔滨有 20 万人口只能吃"夜来水"……长春实行定时限额供水……山东省各城市 180 多万人出现用水危机……陕西省有 26 个县城每天缺水 20 万吨以上……

人类与大自然之间的战争，必将以人类的毁灭告终。

徐剑、陈昌本合著的《水患中国》一书中有两段振聋发聩的警句："历史上当黄沙逼近古楼兰国的城郭，国王才发出最后通牒文告——'砍伐一棵树，杀头。'""人类的最后一滴水，将是自己因破坏环境而悔恨的泪。"

窗外冷气机管口积蓄的水滴在阳光下闪闪发光，一轮又一轮的蜜蜂像采花蜜那样吸吮着生命之水。"一滴水见大千世界"，这是自幼常听的一句话。不料，如今却成了"一滴水见干旱的大千世界"，"一滴水见环境遭到破坏和污染的大千世界"。

真想大哭一场，趁着眼睛还有泪水的时候。

“妙”　想

　　资深编辑约稿，往往不拘题材，约小说只要求构思巧妙，约散文则说只要是妙文就欢迎，因此我常常为了一个“妙”字大动脑筋。

　　汉字中的“妙”，究竟是什么意思呢？似乎只能意会，说不大清楚，实在有些“妙”不可言。

　　祖先创造汉字时竟然发明了一个“妙”，一定是源于某种诗意的空灵的飘渺的奇思妙想罢！我孤陋寡闻，不知最早的“妙”字出于何典，仅凭揣摩，终觉“妙”的确切含义难以捉摸，不像表现饮食男女日常生活的用词那么具体写实，吃就是吃，睡就是睡，瘦就是瘦，胖就是胖，可是，怎样的人或事或物件或景色才算得上“妙”呢？

　　妙，从这个字的应用范围上分析，大致可以表示三种意思：

　　妙，美好之意。美即妙，然而妙比美似乎还多了一层别样的神韵。《汉书·孝武李夫人传》中以“实妙丽善舞”来形容美人之舞姿。此处的“妙丽”实在比“美丽”用得妙，如果说“实美丽善舞”，美人的美貌虽仍旧够美貌的，其舞姿却少了许多霓裳羽衣之仙风，轻盈妙曼之神韵了，甚至会有俗艳“劲舞”之嫌。

　　妙，亦有细微渺小之意，妙者，微之极也。细微的景物容易显得精致。《吕氏春秋·审分》中有句“所知者妙矣”，用在此处的“妙”似应理解为“微之极”，明察秋毫。然而，“微妙”却又另有一层含义，不只是指微小，而是暗示着敏感或暧昧或某种苗头什么的。那么，为什么“小”即“妙”呢？小的东西往往可爱，令人联想到童稚、少年、娇蕾、新芽等充满生机的美好事物。小而精美，精巧，那就更加讨人喜欢了。于是，便又有了精妙、妙品、妙年、妙龄、妙选、妙善等词汇，其中"妙选"既指精选又有巧选之意，而"妙善"更是一语包孕了精妙美善诸多蕴含了。

妙，还有一层神奇，不同凡响之意。人们对事物的最高赞叹，往往会说：绝妙！《老子》："故常以无欲以观其妙"，此处所用之"妙"就被赋予一种神秘意味，神妙、奥妙、玄妙、神机妙算，等等，便都与某种玄机、机巧有关联了。

呀！好妙的一个"妙"字啊！除了它，还有哪个字能够同时含有美、善、精、小、巧、玄、奥如此众多的寓意呢？又有哪个字能够兼备它所独有的空灵，飘逸，"睿哲在躬、妙善居质"之韵味呢？"妙语"比起"巧语"，同样是说聪明善辩，前者却高出一份智慧幽默；"妙手"比起"巧手"，同样是说技能高超，前者却高出一份鬼斧神工旷世绝活乃至回春之术。

细细一想，妙，乃少女也。女子为好，少女为妙。虽说"好"的字义之一也是美、善，但毕竟比不上一个"妙"字。娇小动人的少女资质，确实是女人一生中最美妙的年华，古人也真是的，太懂得审美了！女子就够美好的了，妙龄少女就更加美不可言妙不可言了。

所以，妙，是一个不可言状的词。

可是，我却说了这么多，说来说去仍然不得"妙"领，仍然捕捉不住那种野鹤闲云世外仙境般的妙意。

说起野鹤闲云，便又想到出家人的法名道号，妙常、妙空，妙妙道人，妙手空空儿……《红楼梦》中的黛玉宝钗各占去宝玉名字的一个字，形象地摆出了世俗爱情的三角结构。然而，另外还有一位妙玉，对宝玉来说虽然也占了一个玉字，却是一段尽在不言中的"槛外之恋"，那份别样的隐情似有非有似无非无亲近不得忘怀不下，怎一个"妙"字了得！

除了以上各种"妙"处，还有佛家之"妙"。

佛家讲"真空妙有"，"如来所得法，此法无实无虚"。有人会问：既然无实又无虚，那又何必拟设虚与实呢？我想，这是针对凡人欲念中的"执有"而言的。追名逐利，误以为自己能够"执有"财富地位而永不满足，殊不知一切"执有""皆是虚枉"。佛家认为"无实"是"真空",而"无虚"是"妙有",领悟到"真空妙有",才能洞察"此法无实无虚"之真谛。

那么,何为"妙有"呢?佛家谓之的"妙",愈加染上一层如梦如露如幻如影镜中花水中月的空灵意味了。

台湾著名宗教家证严法师有一句名言:"人生只有使用权,没有所有权"。以此阐释"真空妙有",深入浅出,通俗易懂。人不分贵贱贫富,都无法逃避终将来临的死亡,从这个意义上讲,人生确实只有一段时限的使用权,而没有永远的所有权。即使富翁们把其财产留给子孙,其子孙也只能在各自生命的一段时限中享有使用权而已。明白了这一层道理,就可以了悟"真空"了,人终将一死,死后方知万事空,因而"空"是"真"的,是绝对的;"有"是"妙"的,随时可以飘遁流逝曼妙无痕,因而是相对的。

这样说来,"妙有"必然派生出如何"妙用"人生这样一个重要的话题。"有"如果不能发挥"妙用",与无何异?"有"而去滥用甚至恶用,人生便走上了歪路乃至邪恶之路。人生只有使用权,如何使用好这段宝贵的生命就变得头等重要了。我们只有让生命发挥"妙用",只有学会善用,巧用,正确利用有限的人生,才能充分体现自身"妙有"的价值。

妙有人生,妙用人生;

善用人生,巧用人生;

美哉人生,妙哉人生!

色彩的民族感情

　　去年会见外宾，一位瑞士朋友与我相识后劈头就问："你为什么叫这个名字？"我简介了我的乳名、学名、笔名变字不变音的过程。她听了很不以为然，说"鹰"字给人以凶残之感。面对这位具有独立阅读能力的汉学家，我起初不知如何来解释。忽然，我想起了德国法西斯的旗帜上有双头鹰的图案，而欧洲人所受的战争创伤，已形成对此厌恶恐惧的心理，便笑着问她是不是出于这一原因，她点头默认了。我告诉她，在汉语中词和字的分类很细，同类鸟中，分为"雕""鹫""鹏""鹰"等，民俗中对前两者多用来形容凶残，很少有人以此命名；而对后两者则褒多于贬，多用来象征前程远大，勇敢机警，如"鹏程万里""鹰击长空"。她听后高兴地笑了。

　　这件事引起我许多联想，早年听说过工艺品纺织品出口曾闹出的笑话；"卍"为"万"的古体字，我国传统民俗引为吉祥万福，喜欢以此做锦缎上的花纹图案；出口到欧洲，出于那位瑞士朋友的同一心理，那里的民族则避之千里了。又如，我国民间喜欢取"蝙蝠"之谐音"遍福"，每逢年节庆典，画上"五蝠（福）捧寿"，并把蝙蝠图案印在瓷器、衣料、家具等物品上。西方人则认为蝙蝠是魔鬼的化身，断然不肯购买这种工艺品摆在居室里。诸如此类的例子很多。当前，在我国文学艺术作品中，生搬硬套外国的民俗、典故、名词也随时可见，动辄亚当、夏娃、普罗米修斯、诺亚方舟，以上典故中国读者尚可懂得，而有的作者宁可写"哀的美敦书"，叫人莫名其妙，也不肯把它译为易懂的"最后通牒"。至于肖像描写，表达感情的方式，心理活动，引用的歌曲词句……几乎全是"进口货"。这样的作品，使人如同看一张同时用油画颜料和国画颜料杂乱地涂抹出来的怪画，失去了色彩和风格的谐调。

以上种种，令人深思。作为文学家艺术家，必须首先研究本民族的语言、风俗、习惯和心理特征。文学艺术之花只有扎根于国家民族的沃土上，才能结出丰硕的果实。愈是有民族性的作品，才愈有世界性。那种认为随着现代交通电讯科学的发达，文学艺术可以不顾国家与民族传统，搞"跨越国界民族的现代派"，是不会得到群众承认的。屠格涅夫长期旅居国外，但当有传说他用外文写作时，他愤怒地给予了驳斥，说自己只能用优美的俄罗斯语言写作。文学巨匠尚且如此，何况我们？所以，作家、画家、戏剧家、电影家、舞蹈家、歌唱家……都面临着民族特色——其中包括民族色彩和民族感情的问题。

文学、绘画、音乐、舞蹈、戏剧、电影都讲究色彩，而色彩本身就具有民族的感情价值。从文学作品讲，色彩是间接的。作家用传神的文字描绘出种种事物景象，渲染某种感情色彩，读者通过大脑判断后同样产生对色彩的感觉联想，甚至比直接视觉更为神奇绚丽。由于每个国家、民族、个人的情况不同，对色彩的感情感觉，既有相同之处，也存在具体的差异。这就是个民族感情问题。在这方面可以列举许多例证：

白色给人的共同感觉是"纯洁""清净"，但西方人觉得它象征"快活，光明"，所以女人的结婚礼服采用白色。日本人还觉得白色"神圣"，大概因为他们的国旗是白色（配以红日图案）的缘故罢！我国的民族习惯则不然了，尽管古代许多诗人画家以赞美之情描绘白云、白雪，但多了一层峻冷、空灵、清素的调子，汉族旧俗的丧事则用满堂皆白、全身皆白以示哀悼，这与欧俗的结婚礼服真是大相径庭。

人们见到蓝色都会想到天空、大海、远山……但白种人在填写"色彩联想"一栏时，大多写上"眼睛"，因为白种人中有许多人的眼睛是蓝色的，而中国人或其他种族的人一般是不会生发此种联想的。

对紫蓝色，欧洲人会联想到教堂窗户，而我们亚洲人很少见到天主教堂或基督教堂，对教堂窗户为紫蓝色也就无深刻印象了。

对紫色，欧洲人会联想到死亡和丧葬仪式，引起的心理感觉则是华美、庄重、宗教、帝王、幽灵、神秘，这无疑与他们的风俗、信仰、神话、传说有关。如果我们为了追求"洋调子"，写中国人面对紫色也会想到这些，那就滑天下之大稽了。

黄色给人的感觉是温厚，西方人在心理上不但认为它象征光明和希望，还象征嫉妒和欺骗。而我们是黄种人，封建帝王又以黄色为华贵服色，佛教仪式和寺庙建筑也多采用黄色，所以人们感觉它神圣、庄严，决不会联想到什么"嫉妒"或"欺骗"；倒是政治术语"黄色书籍"之类，赋予了它特定范围内的特殊含义，而这在西方人眼中又是无法理解的了。

红色给人的感觉是炽热兴奋，欧洲人往往联想到战争、血、火；我国民俗则用以象征喜庆和吉利，结婚礼服和用品皆红。十月革命后，红色又成了具有革命意味的色彩，深为反动统治阶级所惧怕。

色彩，并不只是狭义的绘画语言。音乐是听觉艺术，本来毫无"色彩"可言，但人们形容乐曲时大量采用了绘画的语言：明快，辉煌，绚丽，阴沉……而绘画本身虽是无声的，却有了有声有色的术语：色调，调子，色彩的旋律。同样，文学作品也有个色彩和调子的问题，这里当然不能生硬地套用"白色""蓝色""黄色"之类，但每一部作品，特别是中短篇小说，作者应注意掌握给读者一种和谐的、独具韵味的色彩感和有着自己的"主旋律"的调子，不能搞"中西餐拼盘"。色调的杂乱无章只能使作品失去了个性。我私下里曾为自己的作品设色：《金鹿儿》为金黄色，朝霞和晨光的调子，她戴的金发卡是这一主调的"高光"。《明姑娘》是绿调子，盲人游园那一节"绿"，是这篇小说构思的发端，也是深受读者喜爱的一节。其实，这一节散文化的描写并无情节性，把它删掉也无碍故事的进展，但那样一来，《明姑娘》将黯然失"色"。我新近发表的《枫林晚》，主观上想追求"火红（夕照枫林）"与"雪白（雪景，白发）"的协奏曲，这是一篇专写老人问题的小说，我想把老人的外形（白发苍苍）和内心（火热的追求）形成鲜明的对照，不知客观效果能否如愿。我正在修改的中篇小说《红丝带》是专写人对色彩的主观感受变化的，发表后祈望得到读者们的关注和指教。文学艺术是借助于形象的艺术。我所以重视色彩、音调等的感情价值，并力图把它们运用到文学创作上来，是出于几年来创作实践中悟出的点滴体会：大自然有着丰富不竭的色彩和音乐，这些色彩和音乐，是不能把它翻译成日常生活语言和某种政治概念的，但又胜过那种浮面的直白的语言，往往蕴藏着更为优美的意境和深刻的哲理。而作家、艺术家的功力，正在于找到这种艺术的语言，并把它传达给读者，使读者从各自的意会想象中，获得美的享受，进一步作出人生的思考。

足 球 与 戏 剧

上

我从 1970 年就写剧本，戏剧早已融入我的血液中。我在 1998 年世界杯大赛才开始关注足球，对足球刚刚有一知半解。

或许正因为我从未注意过足球，上来一下子攀上了顶尖——法国队与巴西队的夺冠之战，足球在我面前是如此突兀和新鲜。凭着这股新鲜感觉，我发现足球与戏剧竟然有许多相通之处。在我这个编剧眼中，绿茵场只不过是平展到土地上的舞台而已。两种看上去完全不同的门类，其"不谋而合"的广泛程度简直令人吃惊。

时间的艺术，生命的体验。

戏剧的永久魅力在于它是由真实的活人表演的一次性闪过的时间的艺术，足球比赛的魅力也在于此。一场戏和一场足球的时间都在 90 分钟至两小时左右，似乎这也不全是偶然的巧合，一定有着某种内在的规律。

一本书可以反复翻阅，一部电影或电视剧可以反复播放，绘画、雕塑、建筑可以摆在那里成为固定的艺术，而戏剧演出和足球比赛的宝贵之处在于他们不能反复不能复制也不能固定（现场电视转播另当别论）。即或是在同一剧场由相同的演员演出同一部剧本，在同一球场由球员相同的两支球队再踢一场球，也不可能有两场完全相同的演出和比赛。每一场演出和比赛，都是真实的活人在新的时间里进行新的生命体验和生命消耗。因此我相信，不管将来电影电视电脑技术多么发达，戏剧艺术永存魅力。新世纪哪怕出现比球员踢球灵活准确多少倍的机器人组成的足球队互相拼杀，观众照样迷恋由真实的活人进行的球赛。

对于人类来说，最宝贵的莫过于一次性流逝的时间和一次性生命的体验，而这正是戏剧与足球的属性。

虚拟性，不可知性。

戏剧与足球都是对人类活动的一种虚拟，戏剧是社会人生浓缩的再现，足球则是战争的游戏化演绎。人们所以会涌到剧场去看戏，涌到球场去看球，主要是被戏剧与球赛的那种神秘的不可知性所吸引。一场戏的情节如何发展，剧中主人公的命运如何，使观众牵肠挂肚非得弄个明白。一场球谁输谁赢，哪个球员表现如何，更加令观众猜测纷纷揪心扯肺。在不可知性方面，足球比戏剧更胜一筹，戏剧是按照事先写好的剧本演出的，第二次来看这部戏的观众就会对剧情了如指掌，每一场足球赛的结果却都是无法预测的，就连球王贝利也屡猜屡错。

冲突，危机。

戏剧的要素是冲突，剧情的发展靠一个又一个阶梯式上升愈演愈烈的危机，和一次又一次愈来愈难地克服危机，最后达到至高点——高潮，这种结构方式和一场足球比赛的过程何其相似！

诗歌、散文、情节淡化的小说，可以没有冲突，但戏剧不能没有冲突。

在体育项目中，游泳、体操、田径、射击可以只有危机（能不能夺冠取得成绩）而没有冲突，球赛却依靠冲突而生，越是两强相遇拼死一搏，比赛越精彩。排球、网球、羽毛球，由于有网相隔，对立双方有一定距离，有冲无撞。篮球比赛双方球员虽说形成混战，但冲突的激烈程度逊于足球，可以说足球是最为紧张激烈的冲突性运动了。

戏剧冲突分为内心冲突（心理动作）和外部冲突（显性动作），外部动作与心理动作越是出现反差，越有好戏可看。经典歌剧《茶花女》堪称渲染心理反差的典范，交际花玛格丽特深深爱着阿芒，她应阿芒父亲的请求，为了阿芒的前程毅然离开了他。两人重逢以后，阿芒当众羞辱她，她强忍内心的痛苦病重夭亡。茶花女内心的挚爱与表面的冷酷交织在一起，成为忠贞爱情的千古绝唱。我原先以为这种内外反差为戏剧独有，看了足球才知道球员们攻球并不是一味直攻球门的，欲擒故纵，闪转腾挪，制造假象，虚晃一招，处处表现了心理动作与外部动作的反差。和戏剧一样，这种反差越大，越显出球员的高水平，观众越是兴高采烈。

戏剧和足球都是在接近尾声时出现高潮，但后者的"时间危机"更为强烈。坐在剧场的观众随着剧情的发展犹如身临其境，往往忘记了时间。足球场的观众却是人人都盯着钟表捏着一把汗，比赛越是接近结束时间越是冲突激烈危机告急。

世界杯这样的大赛，除了每场比赛自身的冲突与危机之外，还有来自外部的更大的冲突与危机。小小足球关系到国家荣辱民族恩怨球队前途教练去留个人命运，种种外部压力早已超过了体育比赛自身。一支球队从国门一路杀出去，途中得跨越一道道障碍——冲出本地区，闯入十六强，八强，四强，半决赛，决赛，每过一道关都是一场你死我活的激烈冲突，每前进一步都得克服一场深重的危机。并且，越是接近夺冠的球队，球员的内心冲突和心理危机越难以抑制。因此，才会出现荣辱胜败压于一身的巴西球星罗纳尔多决赛前夜的突发痉挛。

中

悬念。

足球比赛与戏剧演出的另一个相似之处，是两者都充满了悬念。

戏剧抓住观众的重要手段之一是设置悬念，一出好戏总是悬念丛生，甚至悬念到底。悬念的设置越是错综复杂，"揭谜"越是接近剧终，观众看戏的兴趣就越大。探案剧，悬疑片，是戏剧悬念的外在形式。由主人公的命运和内心冲突而引起的悬念，更能引起观众的关切与共鸣。好莱坞著名导演希区柯克被誉为"悬念大师"，他善于以主人公内心冲突造成的悬念与外部情节的悬念紧密结合，让观众紧张得透不过气来。

我有心脏病，由于职业的关系再紧张的悬疑片我都得看，因为知道那都是编导故意设置的。也就不大容易"入戏"了。但是我不大敢看足球，怕比赛太激烈心脏受不了，这说明足球悬念比戏剧悬念更紧张。我想，足球所以更紧张的原因是比赛时的悬念不能人为编造，不能事先设置，结局难以预料。它是发生在生活中真实的事情，因其真实愈加令人惊心动魄。

瞬息万变，神秘莫测，是足球悬念的表现特点。悬念布满每场球赛中，冲锋与阻截，传递与断球，射球与守门，任意球，点球，头球，分分秒秒险象丛生。悬念还埋伏在世界杯大赛的整个进程中，每一轮的比赛都是生死未卜，观众的心一直提到嗓子眼。

最高任务，贯穿动作。

斯坦尼斯拉夫斯基表演体系要求话剧演员在舞台上做到真听真看，体验角色的真实情感。我在天津人艺工作时，老一辈导演对演员要求非常严格，排练一场新戏时，每个演员不论戏份轻重都要写出角色自传。我不知道当今的明星们会不会写角色自传，演艺界真不该丢掉这个优秀传统。每个演员通过对角色的深刻理解，明确了角色在全剧中的最高任务，和为完成最高任务而表现出的内心与外在两方面的贯穿动作。不同角色的最高任务与贯穿动作在剧中的碰撞，形成了戏剧冲突。

在这方面足球更能叫人一目了然，双方球队的最高任务都是取胜，贯穿动作都是要把球攻入对方球门和防止对方把球攻入自己的球门。分兵把守在各个岗位的球员都是为了这个最高任务而排除万难完成自己的贯穿动作。断球、铲球正是为了打乱对方球员的贯穿动作。从这个意义上说，足球与戏剧有异曲同工的血缘关系。对此持怀疑态度的剧作家，不妨去看一看哑剧和早期无声影片。

情感，激情。

以情动人是戏剧的血肉，一出好戏总是能够使台上台下充满激情，观众和剧中人一起体验跨越时空浓缩人生的丰富情感。

足球只是一项体育比赛，它给予人们的情感体验虽然不如戏剧深刻，却比戏剧要强烈。球员和观众在比赛过程中堪称时时遭遇激情，球场激情山崩地裂一般无可阻挡地进入人们的身心，球迷的狂热正是对激情宣泄的迷恋。

高潮，结局，尾声。

戏剧讲究激动人心的高潮，意料之外情理之中的结局及耐人寻味的尾声。优秀的戏剧结构，高潮总是尽量接近结局，高潮戏过后即是干净利落的结局和尾声了。

足球比赛不仅能够掀起高潮，而且高潮迭起。每当到了时间大限的临界点，双方球员更是拼死一搏，此时谁能攻入一球，观众的情绪就会迸发到顶点。球迷们总是渴望看到最后关头的神来之脚，一球定乾坤，而那种"高潮即是结局，结局即是高潮"的精彩比赛又是可遇而不可求的。

足球与戏剧异曲同工之处还有很多，戏剧有导演掌管全局，足球有教练运筹帷幄；戏剧分主角配角，足球分球星球员；戏剧讲究节奏，足球教练在比赛时也随时掌握自己球队的节奏；戏剧讲究风格，世界杯大赛也可以分出热情浪漫的法国队，桑巴舞式的巴西队，理智思考型的德国队等不同的风格；戏剧讲究余味无穷，世界杯也总是留下太多的话题。

关于结局，足球与戏剧不大一样。看戏的观众走出剧场时情绪是一致的，要么同喜，要么同悲，要么都在默默思考。球赛的结局却总是把球迷们推到"西院笙歌东院哭"的境地，一方大喜，一方大悲，泾渭分明。再有就是尾声的不同了，戏剧的尾声力求短小简洁寓意深刻，悬念消失冲突解决高潮过后结局尽知，尾声不会再生出新的情节了。然而，球赛的尾声却是意犹未尽节外生枝，街头狂欢的，球迷闹事的，砸电视机的，甚至自杀他杀的……1998世界杯决赛的尾声，比球赛时间还要长几十倍，法国人彻夜狂欢，第二天仍然如醉如痴。戏剧演出再精彩，也不会拖出这么长的"尾巴"……

过去，我从来没有想过要把足球与戏剧作个比较，不想不知道，一想真奇妙！

下

观众参与，感情共鸣，现场交流。

足球与戏剧还有一个共同点——必须有观众的参与。演员与观众，球员与球迷，双方在演出和比赛进行中不断地形成感情共鸣和直接交流，互相刺激，互补互进，这一优势是电影电视无法比拟的。

影视观众无法像戏剧观众那样直接影响演员的表演，更无法像球迷那样直接左右球员的竞技状态。其实，电影电视仅从发行的商业意义上讲才必须有观众，它可以拷贝复制许多套，也可以无对象地播映许多次。影视观众其实是"自作多情"，单方面付出感情而得不到银幕荧屏上人物的回应，久而久之，只会增加现代人的孤独感与虚幻感。

足球与戏剧的观众，则是参与比赛和演出的主人。至今我还没听说过两支球队在完全没人观看的情况下比赛的，即使是新戏彩排也得有专家同行的观看评审。

我自少年时代即在天津人艺工作，深知观众对于演员的重要性。当年话剧有很多单位包场来看戏，不同的观众会带来不同的剧场气氛。演员们最喜欢的观众是学生和军人，他们最热情，看戏时的喜怒哀乐反应最强烈，刺激演员演得最有激情。

相比之下，足球观众对于比赛的重要性更甚于戏剧观众。对于球队来说，有没有自己的球迷助威，主场和客场的比赛结果有时会出现天渊之别。

演员与观众，球员与观众（特别是球迷）是鱼水相依的关系，双方在现场形成的感情共鸣和直接交流，对双方都是一种极大的精神享受。

分享，宣泄，审美快感。

观众看戏或看球所以能够获得极大的精神享受，个中因素很多，但首要因素在于"分享"。独自一人听音乐、看书、赏月、看电视，也能引起审美愉悦，但很难达到狂喜狂悲酣畅淋漓的精神巅峰状态。足球与戏剧都不是"孤芳自赏"，而是"群芳群赏"，观众中每一个体平时压抑的情感，由于有了群体的共鸣与支持便变得"胆大妄为"起来，于是才有了恣肆汪洋的宣泄。

那么，人的情感为什么在群体中能够奔放起来呢？我想，这是来自人的合群本能。把个体"掩藏"进群体中能够减轻不安全感，于是人人觉得力量倍增，精神的力量常常依靠这种群体的合力。群体与个体相互作用，很像

"风助火势，火借风威"的道理。

猿猴、类人猿、古人类，人类的远亲近亲都是群居的动物，人类的繁衍和发展都靠的是合群本能。足球与戏剧正是提供一种公众活动，供人们淋漓尽致地释放这种本能。从心理学上说，人总是希望和别人（越多越好）分享自己的感受。大家共同对同一对象所感到的愉悦，快乐，激动，会在很大程度上增强幸福感；大家共同分担失望，沮丧，痛苦，会在很大程度上减轻不幸感。何况，足球与戏剧都是一种虚拟和游戏，它们给人带来的失望，沮丧，痛苦，也是一种悲剧式的审美快感。

悲剧英雄，悲剧快感。

冯骥才在他的专栏文章《纸上踢球》中《英雄相继而去》一节说："世界杯是否还有一种悲剧性？"这话问得不错，世界杯大赛的过程很像古希腊英雄史诗式的悲剧。

以我这个编剧的眼光看来，球员和球迷都在自觉或不自觉地扮演悲剧中的主人公。对于收看卫星转播的几亿观众来说，坐在赛场的观众也是演员。球队出战，难道他们不明白自己面临的一半可能是失败么？在整个大赛过程中，各个球队难道不明白最后的冠军只有一个么？球迷为自己的球队呐喊助威，难道他们不明白自己很可能徒劳么？大家心里都很清楚，但还是一往无前地上阵或助战了。大家都勇于面临悲剧，甚至可以说乐于面临悲剧，体验在平庸的日常生活中很难体验到的英雄气概。

悲剧是什么？悲剧是把有价值的东西撕毁给人看。因此，悲剧总是充满崇高和悲壮的气氛。戏剧舞台和绿茵场上演出的悲剧都具有重要的审美意义，通过让人们面对艰难困苦乃至失败，死亡，从而唤起人性的尊严和人生的价值感。

汉语中的"痛快"二字是绝妙的组合，痛感和快感常常结伴而行，在特定条件下快感是由痛感造成的，不痛不快。快感的简单形式是满足，满足某种欲望或意念趋向，当生命力找到了正当发泄的途径时，便产生快感。但生命力往往在受阻受挫的痛苦中郁结力量才得以畅快宣泄，反过来又产生一种巨大的快乐。足球比赛就是由球员的生命能量在受阻受挫或胜或败的体验中，激发观众的相同体验而释放最大的生命能量。

世界杯对于社会人生的意义，或许就在于它的悲剧性。它创造了无数个悲剧英雄。即使是本届冠军，待到下一届卫冕失败也是悲剧英雄。生命终将面临死亡，故而生命本身就具有悲剧性，戏剧悲剧和足球悲剧都是对这一生命过程的阐释。足球与戏剧共同的主题是，人生正是在不断地对失败与死亡的超越中才实现了崇高的涅槃。世界杯大赛为球员和球迷提供了在和平年代"为祖国而战""为集体呐喊"的机会，更使人们的精神升华到崇高境界。

悲剧不是灾难，不是惨败，猥琐自私的人不懂得崇高，褊狭狂妄的人不懂得升华与超越。

《综艺大观》的台前幕后

艺术不是方便面

中央电视台著名撰稿人、老朋友韩伟点将，叫我充当《综艺大观》第 81 期天津专辑的嘉宾主持。我以为只需要到演播棚坐一坐，也就答应了。

岂料，这一回我可失算了。提前三天，天津电视台就派车把我和演员们"押解"到京。听了我的抱怨，韩伟笑道："请你们来这里已经接近完成了，我们早在 10 天以前就投入了策划工作，袁导演定下总体思路以后，我们写稿，交稿后集体研究，再修改，到现在还没定稿呢！"

我听了很吃惊，又问："《综艺大观》每两周一期，每一期都这么兴师动众折腾吗？"

韩伟说："那当然！天津市离北京近，这还是最省事的一期呢！"

既来之则安之，我只好向这句古训求得安慰了，于是问："该我说什么词儿？请吩咐吧！"

韩伟表示等见了袁德旺导演当面商量。

第二天一早，韩伟开小车把我接到了梅地亚饭店。在剧组包房里，我见到了睡眼惺忪的袁导演。他是中央电视台文艺部的著名导演，排过许多台深受欢迎的节目，且四旬刚过，年富力强、语言风趣、思维敏捷，难怪能够在中央台这个人才荟萃之地站稳脚跟了。有消息灵通人士透露，当年河北省刘子厚省长乃其外祖父。不过，他身上已不见老干部痕迹，里里外外一位新潮艺术家了。

大家闲谈中，我称赞他导演的元宵节名人家庭演唱节目有新意，他却叹道："长年累月搞节目，想要出新太困难了。《综艺大观》已经出到 81 期，每一期都要有新意，容易吗？"

韩伟说："剧组的人员每天只睡四五个小时，中午也没午睡，一个个就跟吞了兴奋剂似的。"

我问："《综艺大观》永远拍下去吗？"

袁导演表示："拍到一百期就要考虑停止了，该想新词儿了。"

他们的早点是"康师傅方便面"，谁来了谁就泡一碗喝。袁导演搬起地上的纸箱给我看："大家天天喝，喝上瘾了！这上面写着'保证不含防腐剂'，喝着放心，味道真好！"

我笑道："这是我们天津开发区出的，他们厂该给你们广告费了！"

望着他们喝"康师傅"的样子，我想：可惜观众看电视并不想天天喝方便面，视听艺术很残酷，既要以大量节目排满每天的时间，又要推陈出新避免重复，个中辛苦，今日算是管窥一见。

陈年老酒分外醇香

艺术女神的残酷在于，她常常选择"青春"作驿站。尤其是歌唱、舞蹈、武功演员的职业，大多是"吃青春饭的养小不养老"。许多明星虽能火红一时，却难逃像韭菜那样割去一茬又一茬的命运，能够在舞台上活跃到白发苍苍的，那可真是凤毛麟角硕果仅存了。

在《综艺大观》演播棚里，我看到厉慧良、王毓宝二位年逾古稀的老艺术家演出，近在咫尺的现场交流，深深地打动了我的心。

时至今日，海峡两岸及港澳地区的演艺界，有幸同时为国共两党主席毛泽东和蒋介石献艺的怕是只有厉慧良老先生了。重庆谈判的历史给予了他这份独家荣誉。随着两位巨人先后作古，厉慧良的京剧表演艺术称得上中华绝唱了。

见到久违了的厉先生，我自然而然问道："您什么时候实现去台湾演出的愿望啊?"他笑着回答:"这不正在办申请入境的手续吗!"望着他那健壮灵活的身姿,我相信他一定能叫台湾政界和演艺界的旧友一饱眼福,大吃一惊。

20年多年前,我看过他的拿手戏《挑滑车》和《长坂坡》,在后者他一人前扮赵云后扮关羽,那场精彩演出令人至今记忆犹新。那时他正值壮年,既能文唱又能武打,是全国少有的长靠文武老生。可惜,"文化大革命"中他在狱中多年,荒疏了嗓音,今天虽然一身硬功夫不减当年,在舞台上仍然威凤凛凛翻腾跳跃,我们却再也听不到他那嘹亮的演唱了。

为厉爷爷开道的两个京剧娃娃,慰藉了我心中的遗憾。10岁的王玺龙和12岁的刘俊,在全国京剧界已崭露头角,如今又得到厉爷爷亲传,谁能说日后他们不会成大器呢?

杨乃鹏、李经文、邓沐伟三位中年演员的精彩演唱,亮出了我们天津京剧艺术的实力。就连在后面烘托气氛的八员男将四员女将,也都是40多岁的成熟演员。他们为了在屏幕上献给全国观众几分钟的镜头,提前排练了三天,演出前两小时就得化妆束发,把额头紧紧扎住,血压有毛病的人根本受不了这份罪。袁导演只对七旬老翁厉慧良网开一面,允许他在开演前半小时扎头。艺术家们的严肃劳动,换来了舞台上的花团锦簇,使观众得到了美的享受。

70岁、40岁和10岁的组合,昭示了古老京剧的生命力,阐述了艺术的生生不息绵远流长。

王毓宝大姐已经69岁了,在台下看比她的实际年龄要年轻10年,上了台看上去还要再年轻10年。修长的身材,大方的风度,真有一种大牌主演的分量。她一张口即博得满堂喝彩,圆润脆亮的嗓音时而高入云霄,时而低如流水。如果不是亲眼所见,仅是听听录音带的话,真不敢相信这是一位七旬老妪的声音。说起她这条金嗓子,从来不怕吃辣、抽烟,冷了热了风里雪里全不在乎,可真是得天独厚。说来有趣,袁导演只给她两分钟演唱时间,既不能多也不能少。她按照新写的词儿和乐队排练了几遍,只能唱五句词。坐一旁的相声演员李伯祥惊异地瞪大眼睛问:"四句半?甩了个单条虎啊?"王大姐却胸有成竹地笑道:"五句就五句,有法子结住,保准让观众听不出来!"果然,演播时我仔细地听,她唱得起承转合字正腔圆有始有终天衣无缝。一位演员在舞台上游刃有余到这种地步，真叫炉火纯青了。

深夜，我和王毓宝大姐一行坐着汽车飞驶在高速公路上。快到天津时，我问："您和厉先生的表演，拍了录像带留资料了没有？"她说："拍了，都拍了。"

我舒了口气，望前方家乡的灯海，我想：如此精湛的表演艺术，应该留给后人啊……

明星的喜与忧

我对冯巩的印象不错。不仅仅因为他是天津老乡，不仅仅因为他是我的朋友冯容大姐的侄子。除了喜欢他的表演，也是看他为人随和、喜相，有人缘儿。今年3月在京开人大会期间，他来天津代表团看望姑姑。会务人员趁机请他参加订于转天举行的联欢会，为天津团一壮声威。他不但满口应承，还当场打电话叫了声："牛哥，明晚来帮帮忙……"结果，他和牛群到场说了一段精彩的相声，分文未收。早就听说这些明星出场费多少多少，看来他们很是看重家乡亲情。

据悉，演员们到中央台演出也不敢提酬金的事。因为中央台比任何地方都更能提高演员的知名度，谁还计较钱财呢？

化妆师很熟悉冯巩的面容，见他来了就要给他粘眼皮。原来他长得一只眼是大双眼皮儿，一只眼是小双眼皮儿，如不把小些的眼睛粘成大双眼皮儿，就有"咯瞪眼儿"的美中不足了。不料，冯巩却说："谢谢，不用了，这双眼睛自己变双了。"化妆师小姐从未见过这种事，笑道："这怎么可能呢？"他站在镜子跟前左照右照："你看，就是一般大了嘛！"看来，冯巩虽说不是大姑娘，却也男大十八变，越变越好看了。

在这期《综艺大观》排练对词过程中，我算是服了冯巩和倪萍背台词的能耐。直到现场直播的当天下午，袁导演和"大写"韩伟才算把台词最后敲定。他俩的台词最多，两人你一句我一句"顺"了几遍，就各自找个角落去叨咕。可这时还有不少人找他们照相或签名，他们就在忙乱中抽空背几句。

直到坐在化妆室里，化妆师只管为他们化妆，他们只管对镜背词儿。这种临阵磨枪的仓促，真叫人替他们担心。

然而，演播棚的灯光一亮，导演像发射原子弹一样高喊口令倒计时："五、四、三、二、一……"他们立刻精神抖擞上了阵，竟然都能滚瓜烂熟地口若悬河了。大概只有我这听过几遍排练的局内人才能听出几处破绽，但他们都是舞台熟手了，均能互相"接球"互相掩护化险为夷。

演员分"台下欢"和"台上见"两种，前者在台下聪明伶俐，上台就见傻。后者在台下稀松平常，上台就冒精气儿浑身都是戏。显然他俩属于后者。

人们只听说演员们收入较高，很少有人知道他们的苦处。远离家人四处奔波，丧失个人行动自由到处受人围观，睡眠不足，面临激烈竞争精神紧张等等且不说，单说这置装费吧，就是一笔不小的开销。过去我一直以为中央电视台的主持人们都由公家给置办演出服。这回问了倪萍，倪萍说："台里一年只发420元服装费，现在物价这么高，顶多能买一双中档鞋。"她长年累月出现在屏幕上，总不能捉襟见肘只穿老一套吧？头一天彩排时，不知谁帮她设计了一套满清黄马褂式的短上衣，明黄黄的织锦缎拿灯一打甚为晃眼，效果不佳。第二天现场直播，她只好从某时装店借来一套裙子来穿，黑色长裙红领红袖，衬托她的修长身材，甚为典雅。一问价钱，高达几千元，听者无不咋舌。

我不禁想到，如果有时装商家肯动脑筋，借电视节目主持人作为自己的服装模特，岂不是既能扩大其广告效应，又能帮助主持人们美衣华服勤换常新吗？我还给倪萍出主意："穿过几次的服装不好再用了，不如联合一些明星来个拍卖会。"倪萍摇摇头："咱们国家不是美国，恐怕行不通……"

随着商品社会的发展，中国的明星们能不能像好莱坞明星那样拍卖名剧演出服，谁知道呢……

浅谈文学共鸣与多元文化环境

共鸣与孤鸣。

我曾在一个周末傍晚交通拥堵高峰时间乘车驶上纽约大桥，上下行驶各有四车道的汽车一辆挨一辆严严实实爬满了大桥，大家只能以相同的速度缓缓移动。钢铁大桥有节奏地颤动，数不清的汽车马达在轰鸣，置身于惊天动地的颤抖与轰鸣中，我忽然想起"同频共振"和"共鸣"这样两个词，而且由它们想到了文学。此时坐在汽车里悬在跨海大桥上的人，不论你是银发老者还是睡在母亲怀里的婴儿，不论你是亿万富翁还是打工穷人，不论你来自世界什么制度的国家信奉何种宗教有着黑白黄棕何种肤色，大家都处在这惊天动地的同频共振和共鸣之中。

这还是外在的共振。文学，更讲究心灵的共鸣。

文学作品的成功和出版的效益（无论是经济效益还是社会效益），简单地说取决于"共鸣"二字——能否取得广大读者的心灵共鸣。曲高和寡固然因其阳春白雪而够得上与之共鸣者不多，但只要不是专为自己弹奏的曲子，也需要哪怕是少数的"和者"，最低限度也得有几位大致能听懂他弹奏些什么的"知音"。

这还说的是音乐。乐曲是可以不要听众自娱自乐的。

文学则永远是面对读者的。不论作者的作品多么"先锋"多么"另类"，它只要被称为文学，就不可能是作者的自说自话。引不起读者心灵共鸣的"孤鸣之作"，也就失去了印刷出版的意义。

文学共鸣与多元文化环境。

我是属于"新时期文学"队伍的作家。那时候的社会文化环境比较单一，当时我们的作品很容易与读者产生心灵共鸣。整个 50 年代的人都有大致相通的经历或体验，阶级斗争岁月，十年"文革"，你只要生动真实地写出自己的感受，大众就会一呼百应迅速取得轰动效应。（举例：我的获奖作品《金鹿儿》在 1981 年率先提出了"爱美的人也可以是出色的劳动者"，收到了全国各地上千封青年读者来信。《明姑娘》写了一对盲人青年不向命运低头的故事，那时候的全国评奖没有任何黑幕，获读者投票第一。）

如今的社会文化环境变得复杂而多元，读者的生存状态、价值取向五花八门，一部文学作品很难取得各个不同层面的读者的心灵共鸣。

但是，无论未来社会出现什么样的变化，人类的心灵仍然会有相通之处。从某种意义上说，作家选择写作题材的技巧，正是看他能否选择那种全人类心灵相通的情感交汇点。在全球经济一体化和全球多元文化迅速交流的当代，从表面上看寻找全人类相通的东西似乎容易了，然而文学同时又是讲究个性的，如何于高科技带来的"外在相通"大环境下写出独特的"这一个"，而"这一个"又能够引起各个不同生存状态、价值取向的读者的共鸣，此乃文学面临的新的挑战。

谈到多元文化环境，还有一个民族性与国际性的问题。曾经有一句话：越是民族的就越是世界的。此话如果不在前头加上先决条件，我不敢苟同。似乎这样说才全面一些，越是具有人类普遍意义的民族文化，越是世界的。

天津曾经是一座拥有多元文化的国际化大都市，建城 600 年的历史，近 200 年可以写出一部来自世界各国的侨民史，旧九国租界不仅形成了"万国建筑博览会"，还有 20 个国家的领事馆、七国风格的街心公园及其广场……这在世界城市史上都是罕见的独特风光。

近年来我一直在收集、写作一部反映曾在天津居住的外国侨民生活的历史报告文学，为此多次赴德、奥、英、美、法、比、意、荷等相关国家，采访了50 多位曾在天津侨居的西方老人或其后代，带回来大批有关天津的外文书籍、老照片、口述录音、实物等史料，创办了"近代天津博物馆"。因馆内杂务缠身，写作速度不快，但我写得很认真，非常注重历史细节，力争早日完成。

教育的"第五目的"——责任感

《天津教育》的编辑邀我写写教育，对教育我能发表意见的话题很窄。我不是教育家，没当过教师，只能从自己当过学生，也身为家长的角度谈些感想。仅限于"心理素质""个人修养"方面通过举一些个例试图说明一些做人的常识。

还有一点需要说明，本文所谈的"教育"，不只是针对学校和教师，也面向家长乃至社会各界，泛指成年人社会对未成年人的教育问题。

开篇的话题就不轻松——责任感·教育的缺失。

首选这一话题是因为近来总是受到媒体新闻的刺激。今天的报纸又登载了一出家庭悲剧：一个女孩只因父亲批评她几句就离家出走了，焦急的父母求助于报社寻找女儿……近年来媒体披露的此类报道已经屡见不鲜，一些孩子仅仅因为一些小事就走上了轻生的绝路……一些孩子荒废功课沉溺于网吧……一些孩子脆弱到不能承受一点儿小小的挫折而出现心理问题……他们从来不会想到他们的出走、沉沦、自杀给父母亲人造成多么大的痛苦。因为自从他们出生，从来无人告诉他们不应该只是受到亲人的宠爱，他们对家庭也负有责任。

不仅仅是小孩子因为缺乏对家庭对亲人的责任感而变得极端自私，大学毕业生也因为自身修养方面缺乏责任感而一再遇到人生的挫折。那篇关于四川某公司招聘 21 名大学生，不得不辞退 20 名的报道文章引起很大的社会反响，即说明这个问题的普遍性。那篇报道中的大学生们因自己不慎给公司丢失了贵重物品，或因自己处事不妥给公司造成经济损失，面对老板的批评而毫无愧色，试问哪一家公司肯白养如此不负责任的职员呢？

许多动物都有照顾幼仔、保护家族的"责任感"，连群居动物的物种繁衍都得依仗着责任法则来维持下去，何况人类乎？

问题的严重性还在于我国人才市场和劳动力市场的过剩，招聘方可以苛刻地挑选人才，而在人才竞争中屡屡被淘汰者若不能从失败中汲取教训，将会在社会生活中每况愈下。

人生的悲剧还在于很多优秀品质、良好的习惯若是未能从小养成，延误到成人之后就旧习难改，品性难移了。

不论是为社会负责还是为自己的孩子负责，家长们都不能替孩子过多地"负责"，宠出没有责任感的孩子就害了孩子。

教育的目的

我国是联合国《儿童权利公约》缔约国，《儿童权利公约》第29条有这样一段话，很值得我们深思：

教育的目的应是最充分地发展儿童的个性、才智和身心能力；培养对人权和基本自由的尊重；培养儿童相互谅解、和平、宽容、男女平等和友好精神；培养儿童对自然环境的尊重；过有责任感的生活。

上述条款对"教育的目的"表述很简洁，只有以分号排列的五大目的，"第五目的"即是培养儿童的责任感，充分说明了国际社会对人类的责任感的重视程度。

有一点需要说明，联合国《儿童权利公约》对"儿童"一词作了界定，该条约第一条指出：儿童是指18岁以下的任何人。

这也就是说，国际惯例界定的"儿童"包括我国习惯沿用的"儿童""少年"两个年龄段，泛指未成年人。

不知道为什么，我们的教育恰恰缺少对责任感的教育。——也许我们拥有太多的人口，如此一来，每个人所要承担的社会责任就变得很小，小到我们都无法意识到自己的责任。只有当国家民族的命运衰败的整个后果都需要所有人来承担时，我们才能意识到自己是社会的一份子，自己也要承担相应的后果。但是一个人对自己人生成败的责任呢？只能自己独自承担后果了。

如今的在校大学生大都是独生子女了，独生子女问题向我国的教育工作者提出了许多新的挑战。中国教育家们一直在对此做深入的研究，如果能解决好独生子女学生的教育问题，将是中国教育对全人类的特殊贡献。

对独生子女学生的教育，其中一个棘手问题是由于家长的溺爱，孩子缺乏起码的责任感。祖父母外祖父母爸爸妈妈乃至姑妈姨妈们为孩子担起了过多的"责任"，造成一些孩子压根儿就不懂得自己还要负什么责任。

自从幼儿园变得商业化，各个幼儿园为了争夺"生源"，也放松了对幼儿的教育，甚至帮着家长宠孩子。

这就意味着一位小学教师面对的一年级新生，大都是一些几乎毫无责任感的孩子。如果各年级教师未能找到科学有效的方法逐步帮助学生树立对自己、对家庭、对朋友、对社会的责任感，即使学生的分数再高，也谈不上教育的成功。

因为学生毕业后要走上社会，而社会要求他们负起责任来。缺乏责任感的人，将受到社会竞争的无情淘汰。

那不仅仅意味着个人人生的悲剧，更关系到国家民族的命运。

西方人和日本人特别注意责任感的教育。

有一件事给我留下了深刻印象，1988年我第一次出国，在维也纳机场见到对于中国人来说十分新鲜的一幕。一对夫妇带着四个孩子走出机场，每个孩子都背着自己的行李。最小的金发男孩看上去只有两岁多，也背着自己的小包包和玩具。父母和哥哥姐姐们走得很快，他追不上，不小心摔倒了，委屈得要哭。走远了的父母和哥哥姐姐只是停下来回头望着他，无人过来哄劝搀扶。他拾起自己的东西背好，蹒跚摇摆着追了上去。

他的父母和哥哥姐姐们无言的注视是在告诉他：摔倒是你自己的责任，你有能力克服这些困难。

相比之下，我们的教育缺少了对责任感的强调。孩子很小的时候，如果不小心被椅子绊倒了，照顾他的家人不是提醒他走路要自己当心，不要再被绊倒，而是经常说："都是这把椅子不好，看我打它。"孩子虽然被逗得破涕而笑，但他不能从这次跌倒中得到任何有益的经验教训，反而容易学会在自己遇到困难和挫折时怪罪别人，于是就养成怨天尤人这种不利于自身发展的恶习。说是恶习，毫不为过。一个人遇事就指责别人，或者抱怨自己生不逢时，责怪老天对自己不公，这些都成为自己不能成功的借口。不仅自己不能反思自我、寻找不足、弥补缺陷而获得提高，还会因为他的不负责任而导致他受到周围人的孤立，众叛亲离。没有人喜欢听别人的抱怨。怨天尤人就意味着一个人不能承担责任，久而久之他就会受到社会的抛弃。

也许男子国家足球队倒是个例外。每次输球后，他们或者指责教练战术不对、训练不得法，或者怪罪对手没有公平竞赛，或者是天气、食物、运气……就是没有他们自己的责任。而我们的球迷们居然一次又一次地原谅了他们，还对他们寄予下一次的希望，就像我们对待自己宠坏了的孩子一样。

不久前我儿子去美国，在那里见到了以前的同学和他的未婚妻。这位同学的未婚妻是土生土长的美国姑娘，正在大学攻读政治学博士。交谈中，儿子的同学自豪地介绍道，未婚妻不仅会说汉语，还会驾驶小型飞机。儿子听了很吃惊，问：你的父母愿意让你学开飞机吗？他们会不会为你担心？女孩回答说自己的父亲也会开飞机，尽管他是一家建筑公司的老板，跟飞行没什么关系。是父亲鼓励并出资让女儿学开飞机的，这位父亲认为，学习驾驶飞机可以培养人的高度责任感。因为驾驶飞机不仅需要技术，还要有很强的责任心，在空中你能依靠的只有自己，任何一个微小的失误都有可能导致机毁人亡的灾难性后果，所以你必须为自己的所有行为负责。而一个人只有先对自己负责，才有可能对他的家庭和社会负责。

儿子讲的这件事让我沉思良久。乍听起来，这位父亲教育子女的方式令人匪夷所思，用驾驶飞机这样冒险的方法来培养女儿的责任感，好像只有欧美人做得出来。在中国，不仅没有这个客观条件，主观上一般人也是不能接受的。人们大都认为孩子是脆弱的，是需要成人来保护的，是不能让他有任何闪失的。因为"不孝有三，无后为大"——重要的不是把他教育成什么样，而是要把孩子作为"根"留下来，让他传宗接代，延续祖先的香火。所以，最好是不要让孩子冒任何风险。更不用说，现在国家实行独生子女政策，一对夫妇只生育一个小孩。孩子不仅变得越发的宝贵，而且简直就是家里的"太上皇"。"捧在手心里怕摔了，含在嘴里怕化了"——已经不知道该怎样守护这一棵独苗了。什么，让他冒险？难道你疯了吗?!

健康的经济社会需要从恪守诚信来保持稳定与平衡，恪守诚信正是责任感的重要体现。

我认识一位年轻的日本记者名叫川赖户司，他在当日本《经济新闻》驻北京记者时来津说要采访我，因工作日程安排太满未能实现。后来他调任上海工作，我早就把那件事忘了。日前他竟利用到北京出差的机会，专程赶到天津来采访我，当天中午抵津，傍晚时分赶往北京机场飞回上海。当我听说他来天津没有其他工作，只是为了兑现对我的诺言时，我心里深受感动。

说实话，我自己做不到这一点，有许多对别人的允诺没有实现，有些事忘记了，有的事因某种理由而原谅了自己。

而原谅自己的理由总是很容易找到的。

还有一个德国人的故事，也很能说明问题。一天晚上，我和在德国留学的女儿一起外出，在大街上看见一个人歪歪斜斜地走着，手里还握着一个酒瓶。细看之下，酒瓶里已经没有酒了。我想，这可真是一个地道的酒鬼，酒都喝完了，酒瓶还舍不得撒手扔了。但见这个酒鬼晃晃悠悠地冲着一排垃圾箱艰难地走去。走到垃圾箱跟前，他并不急着把酒瓶扔进去，而是用乜斜的醉眼对着几个垃圾箱瞅来瞅去。看了半天，他才把手里的酒瓶扔到其中一个垃圾箱里，然后又晃晃悠悠地走了。我问女儿他看什么。女儿告诉我，德国的垃圾箱分类别，不同的垃圾要扔到不同的垃圾箱里：可回收的垃圾放在一类箱里，不可回收的垃圾放在另一类箱里；玻璃瓶也是可以回收的，要放在单独的一个箱里。我不得不赞叹德国人社会责任感之强——一个酒鬼在意识不十分清楚的状况下，还不忘记要把垃圾分类放置。难怪这个国家能在"二战"后迅速恢复经济和社会发展，重新赢得国际社会的广泛尊重！一个人的成长过程，如果没有从家庭到社会、经年累月的公民意识和责任感的培养和教育，是不可能塑造出高标准的社会责任感的。

本文列举了奥地利人、美国人、日本人、德国人的个例，试图说明发达国家的责任感教育的深入人心。我国的学校和家长两方面都亟待奋起直追。在我们的教育中，要采取有效方法特殊强调对未成年人责任感的培育。让孩子们懂得责任感是一个人必不可少的品格。可以想见，当企业招聘员工的时候，企业的经营者当然希望未来的员工富有责任感、事业心；当我们为自己的子女挑选未来的配偶时，我们当然希望他（她）是一个有家庭责任感、能够承担家庭义务的人；更不用说，当国家、民族遇到危难的时候，需要有责任感的人挺身而出，承担振兴国家民族的重任。

从成功学的角度看，富于责任感能够使一个人事业成功、家庭幸福。我们很难想象，一个随手丢弃垃圾、经常迟到的人，能够具备成功所需的坚强的意志和克服困难的毅力；我们也无法想象，一个家庭中的成员总是互相指责、抱怨、推卸彼此在家庭中的义务，这样的家庭会是幸福美满的；我们更无法想象，一个遇到困难就为自己寻找借口、开脱责任的人，能够坚毅不拔地向着既定目标不断前进，最终获得成功。

做一个有责任感的人并不容易，需要在许多方面严于律己，哪怕是一些看来不太重要的、琐碎的事情。这意味着，他从不迟到，无论是去上班还是去赴约会；收到别人的信，他总会在一两天内就回信；出外旅行，找不到垃圾桶时，他会把垃圾带回家；他努力工作，恪守职责，在没有人监督的情况下干活仍然一丝不苟。他恪守诚信，绝不说谎欺诈；他会为家庭的未来而储蓄；他从不错过任何选举权利；他从来都是正事优先，然后休闲；出现任何问题，他都先从自身找原因，而不忙着怪罪别人；他相信"既然决定做一件事情，那么就要把它做好"。

有时候，做一个有责任感的人，要付出很大的代价。比如，挺身而出，见义勇为抓坏人或者救助落水儿童，这些有可能是十分危险的、有生命危险的情形。但更多的时候，做有责任感的人，所要付出的仅仅是时间、金钱和精力。

儿童只有从小逐步树立责任感，长大了才能和谐地融入社会，出色地工作，快乐地生活。

儿童只有从小形成为小事负起责任的优秀品质，长大了才能担当起社会重任，受到人们的尊重。

一个读书的民族是打不倒的

关于读书，有几件令我终生难忘的事情。

1988 年在莫斯科，我惊奇地发现公共汽车上和地铁车厢里鸦雀无声，几乎所有的乘客都在低头看书读报，甚至有人在地铁升降机上都爱不释卷。那里的地铁升降机又陡又快，把着扶手站在电梯上飞速滑向纵深或升向地面都叫你心惊肉跳，而俄罗斯的年轻人却不放过那一两分钟的读书时间！

1999 年 10 月在贝尔格莱德，美国飞机轰炸的硝烟还在弥漫，南斯拉夫人却照样举办盛大的国际书展！书展开幕式上，我倚着二楼廊桥栅栏俯视会场，比体育馆还要大的展厅站着上万人！主席台上一支庞大的交响乐队在为书——人类精神的食粮演奏颂歌！世界各国著名的出版商出版社都在那里设了展台，我虽然不懂外文，却仍然遛了个脚后跟疼，而且一个劲儿地想掉眼泪。要知道，在同一天我去凭吊了被美国飞机炸毁了的我国大使馆！浏览书籍的大川，我心里只有一个念头——一个读书的民族是打不倒的！本文用了这么多的感叹号，是因为我想一千遍一万遍高喊：一个读书的民族是打不倒的！

这些年来，我曾三赴德国，对以哲学思考闻名于世的德意志民族之酷爱读书更是深有领教。2001 年金秋，我去了 14 座城市采访了 20 多位曾在华侨居的老人，年纪最小的 67 岁，最长者 101 岁，每位老人都有自己的书房，其中许多人撰写了关于中国的回忆录。居住在德国南部阿尔卑斯山区的米勒牧师 89 岁了，20 世纪 30 年代曾是天津德国教堂的牧师兼任德国学校体育和生物教员，他家楼上是一层完整的关于中国的书库。

我也曾三赴维也纳，在德奥之间的火车上，乘客们大都以书报为旅伴。车厢里安静极了，免去了许多聒噪，更没有打牌喝酒猜拳行令一说。旅途几个钟头，有一位奥地利姑娘始终低着头用耳机听音乐。我觉得挺奇怪，以散步为名溜达过去看个究竟，这才发现她在对照音乐研读一册五线谱乐谱。行李架上放着小提琴盒，令人深切地感受到踏上了音乐之乡。我曾听到三位汉学家教授说起他们的藏书，没有一位少于万册，而且其中一半以上是中文书。维也纳大学图书馆是一座宫殿式的大厦，每天有上万名大学生前往借书或在阅览室静静研读。

　　相比之下，中国人太浮躁了，该到了静坐读书的时候了。

　　如果说到视听艺术的冲击，网吧、游戏机、电视、电脑、VCD、随身听一类，欧洲各国都不比中国少，但他们懂得人类最高级的精神活动是读书，因为读书会使人思考和丰富想象力。

　　我并不排斥视听艺术，但视听艺术愈来愈商业化和流于俗浅的时尚化。说句不大恭敬的话，电视机其实是一种引人浮浅的灌输器，孩子如果自幼只能接受屏幕上一次闪逝的浮光掠影，从而相信商家为了赚钱而故意制造的虚假世界，那是对孩子聪明的大脑的极大浪费。君不见，白痴都喜欢看电视么？电视机不需要傻子知道什么，只要花花绿绿咋咋呼呼占住他的眼睛就成。

　　聪明的民族，雄踞于世界强国之林的民族，沿袭人类文化传统的民族，都是爱书的民族。

漫谈"拼搏与机遇"

人生能有几回搏

在天津人艺重演《雷雨》的座谈会上，我又见到了当年的合作者方沉导演。方导真是宝刀不老，年近古稀又一次为新一代演员排出这部名剧。我望着老导演的白发，心中陡然想起了 20 年前他劝过我的一句话："人生能有几回搏？再拼一回吧！"

那是我情绪十分低落的时候。

1978 年我在天津人艺当编剧时，话剧《婚礼》定为向建国 30 周年献礼剧目。这本来是好事，不料此剧一拖就是两年多，简直要把我折磨疯了。那时粉碎"四人帮"不久，文艺官员抓创作仍然沿袭"文革"中"十年磨一戏"的习惯，左一遍右一遍地叫作者"修改提高"，每一遍修改稿都要向领导汇报。审稿会一般在上午九点钟开始，编剧捧着八场剧本一口气念下去，累得口干舌燥。秘书们时而进来请领导签署文件，时而请领导出去接电话。好容易念完剧本已近中午，各级领导按官阶由低往高依次谈意见，不外乎"主题还不够深刻，人物还不够丰满"什么的。关于剧情的具体意见则是各抒己见，莫衷一是，最后本着"官大表准"的惯例，听最高领导的。编剧的才能表现在把领导的原则性意见转化为故事情节，既要符合艺术规律又要有政治高度，为此绞尽脑汁。在审稿会上没有作者还嘴的份儿，你只能低头飞快地做记录，好作为修改的依据。以后两三个月的日日夜夜，你就从头至尾修改去吧！令人啼笑皆非的是，你尽力领会领导意图认真修改了，下一轮的审稿会，领导竟然把他们自己谈过的意见忘了，又作了一套全然相左的指示。仍然没有作者还嘴的份儿，又一轮的两三个月的日日夜夜，你就"而今迈步从头越"逐字逐句修改去罢！

就这般"春花秋月何时了"，我完成了十几稿"案头稿"，五稿"演出稿"。前者是供各方面讨论用的，后者更可怕，是由几十位演员、舞美人员兴师动众在舞台上立起来的。演职员们怨声载道。我不能有怨气，各级领导都是好心人，他们十几遍来看你的戏也很辛苦。自从江青抓样板戏，全国的剧团都是这个"磨法"。磨到后来，我已经完全失去了创作冲动，一听《婚礼》二字就头疼。我在排演场呆不住，只要导演不叫我就在院子里溜达，犹如一头困兽。终于有一天忍耐力达到了极限，我向院部正式提出不干了。

那一天，导演方沉丁小平夫妇来到我家斗室。屋子太小，两个孩子做功课占据了书桌，床上摊满了剧本，每一稿都是八场大戏一字排开。两年来我坐在小板凳上伏床而写，已经落下了腰病。我给二位导演看我右手中指握笔时磨出的茧子，指着满炕剧本说："如果加上写废了的稿纸，十几稿摞起来有我孩子高了。我实在干不了了，谁愿意干谁干吧！"

这时方导演就说了那句激励我的话："人生能有几回搏？人活一世，有机会拼搏它几回是幸福的！离国庆节只有几个月了，最后冲刺的时刻到了。行百里者半九十，咱们一起再搏一回吧！"

《婚礼》终于在全国获奖，长达两年多的"喜事"终于办完了。值得一提的是，那时编剧付出两年多的劳动写出几百万字，没有稿酬。获奖以后，分到编剧导演名下的奖金区区 300 元。

但是，我还是觉得很幸福，因为我拼搏过，在极为特殊的历史转折期拼搏过。

至今，我心里对当年的各级领导充满了感激。当年抓创作的办法虽然不可取，但经历过那种"磨戏"的作者，都会磨得皮皮实实，百折不挠，善解人意，听得进去意见。后来我写小说时对编辑改稿持豁达态度，不像有的名人那么狂。更为宝贵的是练就了成功者必须具备的做事投入的工作素质，不搏便罢，一搏到底。

在我创作生涯的起步期，经历那一回拼搏之后，我不再惧怕任何难啃的"工程"。好容易摆脱了话剧《婚礼》，为电影《婚礼》一搏又是半年多……1982年在搏电影《明姑娘》期间，我患重病住院。董克娜导演追到病房，我又一次伏在床上改剧本，左手吊着输液瓶子右手奋笔疾书，以致医生向董导演提出了抗议……后来，我又为电视剧《乔迁》搏了一年多；再后来，搏《启明星》……那几年我几乎成了"以搏为乐"的工作狂了。打过这些"大战役"，再躲在书斋写它个把中篇小说，进行纯粹的个体劳动，就显得轻松愉快毫不吃力了。过了知天命之年，体力不及当初，我有自知之明不敢贸然去"搏"了，但还可以磨慢工磨细工，量力而行长跋涉。

当我们回首往事的时候，不因碌碌无为而悔恨，不因事业成败论英雄，也不因成就大小论价值，从某种意义上说，生命的价值就在于放出能量去拼搏。只要你相信生命的能量，尽力发挥生命的能量，付出过，投入过，你就可以挺起胸脯自豪地说：人生能有几回搏？人活一世，有机会拼搏它几回是幸福的。

机会只给那些有准备的人

关于拼搏，我在前一篇想以自己创作上起步艰难的亲身经历，说明恒心、韧性、锲而不舍的重要性。继而又有一个新问题：许多人能够做到吃苦耐劳，可以说一生都在拼搏，可是他们取得的成功远远不如他们所下的辛苦。于是总有人埋怨自己命不济，妒羡别人运气好。

这样就有了拼搏与机遇的关系了。

自古以来，人们用得最多的祝福语莫过于"祝你交好运""鸿运高照""心想事成"一类的吉利话了，可以说这是一种"机遇崇拜"。那么，为什么看上去有的人总是机缘凑巧一帆风顺，有的人却机会不佳屡屡受挫呢？原因是多方面的，文化素质，智商情商，自我设计是否符合客观条件等等，本文只想就"机遇与准备"讲一些个人见解。

谈到机遇，又得分开两种：大机遇与巧机会。当前人们常说的"抓住机遇"，指的是我国社会发展的大潮流总趋势，深化改革，经济建设，高科技，信息时代，股份制……这种时代机遇不是"翩然而至，稍纵即逝"，而是来势凶猛形成主流并有较长时期的稳定性。个人面对社会机遇只能有"认识，跟上，抓住"与"不认识，跟不上，抓不住"的区别，这一区别往往决定了一个人一家企业甚至一级政府的成功与失败。

就个人事业而言，更加引人妒羡（特别是同行妒羡）的是后一种机遇——巧机会。那么，为什么有的人容易遇上机会，有的人却得不到命运女神"偏爱"呢？其实，巧机会并不全是只凭一个"巧"字就能碰上的，守株待兔式的"撞大运撞上了"的人也有，但那种事实在太偶然太少见了。你若是仔细询问那些幸运儿遇上巧机会的细节，就会发现个中有着"机遇与准备"的因素。

马来西亚著名女作家戴小华，是个运气奇佳的人，集才华、能力、名气、富有、美貌于一身，可以说是个很少见的命运宠儿。然而她却深有体会地告诉我："机会只给那些有准备的人。"天下美女富婆数不清，有几个能成为名扬四海的女作家？如果她没有在台湾以勤工俭学供自己上大学的文化准备，如果她没有在台湾参加选美当选"智慧小姐"的聪明与能力，如果她远嫁马来西亚豪门之后整天只和阔太太们打麻将，如果她舍不得扔下三个幼小的女儿去美国修完"公共关系与行政管理"硕士学业，如果她在相夫教子之余不去伏案疾书拼出几百万字来，她就永远只能是个美女富婆而无法成为驰骋世界华文文坛的名作家。

文友们认为我也是个运气好的人，但我从来没有遇上过天上掉馅饼的便宜事。在机遇到来之前和到来之后，都要付出艰苦的劳动。

80年代初，有一天一个作协工作人员来我家，把别人不屑一接的电视片写作任务硬塞给我。我陪着电视台的摄像师编辑奔波于全市各个绿化小区，苦干20多天排出了《美哉！津城》，获得了各方面的好评。对这样一部15分钟的小专题片，我们并未抱过高的期望值。但不管写什么作品，我那"工作狂"式的投入精神和过于认真的理想化人格，提高了取得成功的概率。

90年代初，我去市政府办事，在走廊上巧遇当时主管民政工作的陆焕生副市长。他是个热心人，邀我去他的办公室小坐。闲谈之中我说起写了一部描写残疾儿童生活的剧本《启明星》，很想得到中残联的支持，他立刻给中残联领导同志写信举荐我前往拜访。我把剧本送到中残联，恰巧遇到了一位北大中文系硕士生任宣教部主任，他以文学内行眼光看了剧本之后迅速报送邓朴方主席，听说邓朴方躺在床上看剧本时哭了……于是，在上百部送往中残联的剧本中唯有我的作品被相中了。于是，民政部、市政府、中残联三方出资拍摄，于是请来了大导演谢晋……一连串的巧合带来了一连串的机会，这还不算交了好运么！然而，即使巧遇诸多吉星，假若没有认真创作的一剧之本，假若没有在创作准备阶段采访六个市区召开的四十多个座谈会，假若没有在事先下的笨功夫，也就没有后来的好机会。即使诸多最佳条件碰巧凑到了一起，假若在投入拍摄以后我们不去废寝忘食地拼搏，不去在艺术上一丝不苟精益求精，也就没有影片的成功。

一些人交不上这种好运，或因不具备基本素质，或因做事不认真怕吃苦。但他们不肯寻找自己内因上的不足，一味怨天尤人，甚至妒火中烧，污蔑成功者是投机取巧巴结权贵之徒，这就是一种可怜可笑的庸人之见了。

人们一般以为能交上好运的人都是些见风使舵巧舌如簧的机灵鬼大滑头，但我认识的一些"命运的宠儿"，却多是既踏实积累又聪慧异常的实干家。"机会"并不垂青"机会主义者"，投机取巧可以取得一时实惠，终归难成大器。

我想，这就是戴小华说的"机会只给那些有准备的人"之内涵。所谓"准备"，就是"厚积薄发""磨刀不误砍柴工"；就是锲而不舍地拼搏，多年苦修行一朝成正果；就是练就一副当机遇降临时你能够抓住它并发展它的真本事。

人缘　善缘　机缘

说到机遇，大概人类最渴望得到的机遇是摆脱贫困的运气了。"文革"中提倡的"越穷越光荣"已经传为笑柄，当今中国人说起自己梦想发财时已经不再犹抱琵琶半遮面。是啊，谁不想发财致富呢?

我虽有点虚名却财运不佳，当年发稿量大时稿酬太低，而今稿酬稍厚了又盛行商业化作品而非我所长，待我对公婆尽孝道对子女尽养育供学之道对亲戚尽常情之道之后，说囊中羞涩无人相信，说"囊中遮羞"却是实情。自己不懂经商不会理财，本不该空谈什么发财机会。但我因职业关系见到过不少巨富，听他们谈过独到的"发财经"，便也愿意向读者转述他们的见解，以供借鉴。我多次出访香港、台湾、澳门、新加坡、马来西亚，结识一些亿万富翁，千万富翁，百万富翁，他们在谈到自己成功经历时，不约而同地告诉我:

"除了自己努力拼搏，恪守商家信誉，保证产品质量与公平价格等先决条件之外，做生意主要靠人缘。朋友多，生意就好做，发财机会就多。"

"有很多时候发财机会是朋友给你的! 彼此合作愉快才会合作长久，在商场没有比你能够交几位长久合作互相信任的伙伴更为幸运的了!"

"大家做生意，有钱大家赚，你给别人赚钱机会，别人才会给你赚钱机会。"

"奸商在起家初期可以大捞一把，但他得罪朋友得罪顾客，人家吃亏一两次就躲开你了。因此，奸商往往成不了大气候!"

他们讲的经商之道有大家之气，难怪他们不但积累了巨额财富，也博得了社会的推崇人们的尊重。那些靠损人利己欺诈蒙骗的奸商刁商很难结交高层次的正经朋友，于是也就失去了许多发大财的机遇。

佛学讲究一个"缘"字。"机遇"的同义词谓之"机缘"，缘，联接着"因"与"果"的关系。广结善缘，同样适用于商界。"无商不奸"并非亘古不变的真理，新一代优秀商家信奉"信誉第一""知识就是力量""严格的科学管理"。我认识的一些儒商，善商，都谈起过他们缘起于"善"的机遇。

香港亿万富翁陈玉书先生对我讲起他的起步之初:当年他从内地到香港身无分文，彷徨中到一座街心公园闷坐，看见一个打秋千的孩子总是要他瘦弱的妈妈推秋千。他热心地上前帮那位女士推秋千，攀谈中女士知道了他的窘境，看他厚道善良，主动出资供他做成了第一笔生意。助人为乐推秋千，推出了原始积累。看来，"善缘连着商缘"，"发财机会是朋友给的"这些话并不虚妄。

新加坡儒商周颖南，"文革"中去看望家中四壁皆空的著名画家丰子恺先生。虽是初次见面，周先生眼见丰先生连御寒的衣服都没有，告别后心中久久惦念。他在离开广州去香港时，仅留下自己身上穿着的衣服和一个小纸箱，把所带行李衣物全部寄往上海以解丰家之困。从此，他俩结下了深厚的友谊，直至1975年丰子恺先生去世。大画家为远在南洋的朋友留下了多幅书信墨宝和绘画，周先生的这笔收藏不仅价值不菲，更为华文书画史平添一段宝贵的佳话。

这些真实的故事都说明了"机遇与人际关系"的重要性，而"广结善缘""舍利取义""给别人发财机会"恰恰是一些赚钱赚红了眼的人容易忽略的。

目前，我国内地商品经济格局尚在初期形成阶段。很多方面还处于自我调整过程中的无序状态，一时制约不了奸商行为，假冒伪劣商品，商业诈骗，不公平竞争等等。但是，真正有大志向的聪明商家应该预见到日趋成熟走向有序的商品社会即将到来，这也是一种不可抗逆的时代潮流大机遇，谁能够"认识，跟上，抓住"新世纪"有序""法治""信誉""公平竞争，机会均等"之经商法则，谁将会事业发达财运高照。

我想，对于商家来说，这是最大的机遇。顺应潮流，顺应人心，从商为善，诚信为本，不仅商运长久，福荫一世，也将福荫子孙后代。

启明·长庚·维纳斯·金星

——《启明星》写作初衷

10 年前,我的成名作写的是盲女的故事《明姑娘》,人们注意到了她那清新的青春气息。连我自己也没有来得及多想她何以感动了我,又何以感动了那么多的读者。神差鬼使,10 年后我又涉足残疾人生活领域,写出了描写弱智儿童命运的《启明星》。这一轮回意味着什么呢?写作初稿时我还想不清楚。当电视剧和同名电影拍摄完成,我看着男主角向金光灿烂的大佛祈祷,保佑所有善良的人们时,心中忽有所悟:仁爱,向善,充满爱心,追求光明,始终是一条贯穿我的创作的主线啊!几十年的笔耕生涯,几百万字的作品,可以用四个字概括:文海慈航。

在一个滂沱雨夜,我为今后的路陷入迷茫。一个成熟的作家不应再单凭即兴情绪写作了,要有清醒的自我认识。作为人道主义者和女作家,我始终是向善和仁爱的。只有寻求全人类共有的东西,人性、人情、人与人之间的爱心,才符合我自身的气质。我决定后半生的写作以人道仁爱为主旨,于是,便有了电视系列剧《暖流》的策划。《暖流》把触角伸向城市社区生活,已写作或拍摄的剧本有:表现高楼邻里关系的《芳邻》;描写老年人公寓生活的《亲情》;探索生与死,老与少的人生哲理的《晨歌暮曲》;《启明星》亦是其中一部。为了尽可能忠实地完成自己的艺术追求,我冒险地充当了编剧兼制片人。在内地当制片人只是名义上的,我自己没有资金,需要到各处募集。放着舒适的书斋日子不过,带着六七十人的摄制组日夜操劳,两年来荒疏了小说创作,朋友们说我疯了。

我曾在天津六个市区的街道里弄、居民住户、老年人公寓、残疾儿童日托所、启智学校、街办残疾人工厂等许多地方采访，召开过 40 多个座谈会。其中，和平区和红桥区居民自动组织起来的"志愿者协会"，显然受了世界性民间慈善组织 VOLUNTEER 的影响。他们对需要救助的人提供无偿援助，使我深受感动。《启明星》的创作灵感，来自河北区启智学校和红桥区大伙巷残疾儿童日托所。看到那些残疾儿童，作为女人和母亲，我的心震颤了。回到家里见了一双儿女，觉得他们分外健壮伶俐。只有了解了残疾孩子和他们的家长的痛苦，相比之下才懂得了健全家庭的珍贵。可是，我反过去又一想，如果彼此作为"参照物"，在健全家庭的对比下，不是更加深了残疾人与其家庭的痛苦吗？平常，我们对自己作为健全人并没有什么特殊感觉，早已习以为常。人类对幸福完美不会久挂于心，对不幸残缺却会耿耿于怀。残疾人以自己的残缺衬托了我们的健全，令我们备觉自己的幸运。任何体味到这种幸运的健全人都会感激残疾人，都会觉得因了这种幸运感而欠了不幸者什么，尤其是对残疾儿童，更应当补偿给他们一份爱心。奉献爱心，完善自我，世界会变得美好，我想，这就是"帮助他人即是帮助自己"的真谛。

谢晋导演以他多年拍戏的丰富经验，决定由 16 名弱智儿童来演《启明星》，无疑是正确之举。如此众多的弱智儿童参加大型影视文化活动，在国内外尚属首次。联合国大会通过的《儿童权利公约》中有一条："身心有残疾的儿童应能在确保其尊严，促进其自立，有利于其积极参与社会活动的条件下享有充实而适当的生活。"弱智儿童们参与《启明星》拍摄活动，正是体现了这一精神。

在剧本的苦心构思阶段，黎明时分徘徊于楼顶大阳台，我抬头望见东方天空中的大星——启明星。从那以后，这个光彩夺目的剧名就照耀着我。起初，"启明"二字只是想取启智学校和开发智力之意。后来查阅了资料，我欢呼雀跃了。关于这颗行星，我竟然有了三个令人惊喜的发现：启明星即金星，在九大行星中离地球最近，所以其亮度仅次于太阳和月亮。我国古代把早晨出现于东方天空的金星叫"启明"，把黄昏出现于西方天空的金星叫"长庚"，古人不知道"长庚"和"启明"是同一颗金星。我为剧中的父亲起名长庚，儿子则叫晨晨。金星，在西方国家又称之为维纳斯，女神维纳斯掌管爱、美和欢乐。而《启明星》正是播撒爱心的种子，高奏美的旋律和抒写带泪的欢乐啊！剧名的几层象征意味，为这个平凡故事平添了诗意和哲理。

我在全剧开头写了一段旁白："这是个人们不大注意的生活角落……请您把目光在这里作短暂的停留，它能使您发现自己有多么善良，多么富于爱心……"我希望所有看过此剧的人，都有相同的感触，这便是我写作的初衷。

祝愿启明、长庚，朝朝暮暮，斗转星移，高照着富于仁爱之心的善良的人们！

附录：航鹰作品出版概览

单 行 本

《倾斜的阁楼》	中国青年出版社	1984 年 5 月
《东方女性》	人民文学出版社	1985 年 7 月
《名演员》	百花文艺出版社	1987 年 8 月
《前妻》	花城出版社	1988 年 6 月
《枫林晚》（法文版）	中国文学出版社	1990 年
熊猫丛书《枫林晚》（法文版）	中国文学出版社	1990 年
《东方女性》（台湾版）	台湾新未来出版社	1991 年 2 月
《商旅》（传记）（精装版、平装版）	天津社会科学出版社	1995 年 2 月
《航鹰幽默小说选》	百花文艺出版社	1995 年 5 月
《欧罗巴之梦》（散文集）	百花文艺出版社	1995 年 5 月
《普爱山庄》（长篇小说）	百花洲文艺出版社	2000 年 4 月
	21 世纪出版社	
《中国作家经典文库·航鹰》	光明日报出版社	2002 年 6 月

两 人 合 集

《智商的误区——〈启明星〉拍摄散记》	航 鹰 维 佳	青岛出版社	1996 年 4 月
《俗眼观佛门——慈济的世界》（报告文学）	航 鹰 李玉林	中国社会出版社	2008 年 5 月

入 选 合 集

《1981 年全国优秀短篇小说评选获奖作品集》	《金鹿儿》入选	上海文艺出版社	1982 年
《飘逝的花头巾》	《开市大吉》入选	四川人民出版社	1982 年 4 月
《1981 年短篇小说选》	《金鹿儿》入选	人民文学出版社	1982 年 4 月
《当代女作家作品选》	《开市大吉》入选	花城出版社	1982 年 8 月
《中国文学》（法文版）	《金鹿儿》入选	中国文学出版社	1982 年第 1 期
《中国文学》（英文版）	《金鹿儿》入选	中国文学出版社	1982 年第 2 期
《中国文学》（法文版）	《明姑娘》《前妻》《访女作家航鹰》入选	外文出版社	1983 年第 3 期
《归来的儿子》	《明姑娘》入选	四川人民出版社	1983 年 6 月
《1982 年全国优秀短篇小说评选获奖作品集》	《明姑娘》入选	上海文艺出版社	1983 年 8 月
《青年佳作：1982 年优秀小说选》	《明姑娘》入选	新华书店北京发行所	1983 年 8 月
《中国获奖短篇小说选（1980—1981）》（英文版）	《金鹿儿》入选	外文出版社	1985 年
《1984 年全国短篇小说佳作集》	《宝匣》入选	上海文艺出版社	1985 年 4 月
《小说拾珠》	《前妻》入选	百花文艺出版社	1985 年 10 月
《新时期女作家百人作品选》	《明姑娘》入选	海峡文艺出版社	1985 年 10 月
《凝结着爱的死亡》	《演员二题》入选	时代文艺出版社	1986 年 8 月
《鲁班的子孙》	《东方女性》入选	时代文艺出版社	1986 年 11 月
《妇女小说选》	《前妻》入选	宁夏人民版社	1986 年 11 月
《中国当代女作家文选》	《我与书的初缘》入选	香港新亚洲出版社	1987 年 3 月
《小说与小说家》	《前妻》入选	重庆出版社	1987 年 5 月
《新笔记小说选》	《后台趣谈七题》入选	作家出版社	1992 年 9 月
《美丽的天空·20 世纪华夏女性文学经典文库》	《宝匣》入选	中国文联出版公司	1995 年 8 月
《百家文粹　文学报 1000 期》	《蜗居》入选	上海文艺出版社	1998 年 5 月
《百年大观奇人绝事》（中）	《老喜丧》入选	漓江出版社	1998 年 9 月

《中国当代精品文库—— 　　绝妙·幽默小说卷》	《后台趣谈七题》入选	中国文学出版社	1999 年 7 月
《百年烟雨图》	《点与线》入选	中国文联出版社	1999 年 9 月
《华人世界英才传略大系》	《商旅》入选	中国言实出版社	2003 年 1 月
《读者人文读本（初三）》 　　（上册）	《生命之水》入选	甘肃人民出版社	2004 年 8 月
《滚滚红尘中拈花微笑： 　　名家谈佛缘》	《俗眼观佛门：我拜见 　　了证严法师》入选	中国青年出版社	2005 年 1 月
《名家名作　微型小说集》	《地毯》入选	京华出版社	2006 年 5 月
《唐山大地震亲历记》	《目睹震后唐山实录》 　　入选	团结出版社	2006 年 7 月
《世界华文微型小说精选》 　　（中国卷·上）	《地毯》入选	上海外语教育出 版社	2007 年 11 月

航鹰文集（9 册）

《东方女性》（航鹰文集·小说卷一）	文汇出版社	2017 年 11 月
《航鹰幽默小说选》（航鹰文集·小说卷二）	文汇出版社	2017 年 11 月
《宝匣》（航鹰文集·小说卷三）	文汇出版社	2017 年 11 月
《倾斜的阁楼》（航鹰文集·小说卷四）	文汇出版社	2017 年 11 月
《普爱山庄》（航鹰文集·小说卷五）	文汇出版社	2017 年 11 月
《误攀穹顶》（航鹰文集·散文卷一）	文汇出版社	2017 年 11 月
《绿魂》（航鹰文集·散文卷二）	文汇出版社	2017 年 11 月
《商旅——华人实业家王克昌的一生》 　　（航鹰文集·长篇传记）	文汇出版社	2017 年 11 月
《火凤凰》（航鹰文集·电视喜剧文学剧本）	文汇出版社	2017 年 11 月